唐诗之路研究

第一辑

中国唐代文学学会唐诗之路研究会
上海师范大学人文学院　主办

吴夏平　主编

上海三联书店

发刊词

新阶段唐诗之路研究的思考

——代发刊词

卢盛江

中国唐诗之路研究会第二届年会第一次在浙江之外的江苏淮阴举办。《唐诗之路研究》集刊创刊,唐诗之路研究会有了自己的会刊。这标志唐诗之路研究进入新阶段。当此之时,有必要回顾唐诗之路研究的历史,总结过往,对一些问题提出个人的看法,作为对《唐诗之路研究》集刊的期待。

一

1988 年 9 月 3 日,竺岳兵先生在浙东四市地市长专员联席会议上首次提出"剡溪是一条唐诗之路"的观点。1991 年 5 月 26 日,在中国首届唐宋诗词国际学术讨论会上,竺岳兵先生宣读《剡溪——唐诗之路》论文。1993 年 8 月 18 日,中国唐代文学学会秘书处给竺岳兵先生来函,正式命名为"浙东唐诗之路"。先是在新昌、绍兴,有了"唐诗之路"的文化建设和旅游开发,直到 2018 年 1 月,浙江省十三届人大一次会议,"唐诗之路"被写进省政府工作报告,现在,四条诗路的文化建设和文旅开发,在浙江全省上下正如火如荼展开。"唐诗之路"作为学术研究论题,进入国内国际学术会议,甚至在 1994 年中国唐代文学学会第七届年会上,作为会议的重点议题。浙江省内相关的学术会议更是层出不穷,高校和地方的研究机构,如雨后春笋般涌现。2019 年 11 月 3 日,中国唐代文学学会唐诗之路研究会在浙江新昌宣告成立,紧接着,2020 年 11 月 21—22 日,在浙江天台举办唐诗之路研究会首届年会。2023 年 4 月 22—23 日,唐诗之路研究会第二届年会在江苏淮阴召开,标志唐诗之路走出浙江,走向全国。安徽提出四条诗路。唐诗之路研究会编辑出版《唐诗之路研究》丛书,现在又出版《唐诗之路研究》集刊。浙江省之外,不少高校和个人也正酝酿申报"唐诗之路"相关的国家和省部级社科项目,着手进行相关研究,有的已经研究多年,有的国家和省部级社科项目已经申报成功。已经有不少专著出版,论文发表,还将有更多更好的成果问世。可以相信,这些将在学术史文化史上留下重要的一页。唐诗之路发展势头迅猛。

唐诗之路之所以会有这样迅猛的发展,根本原因,在于唐诗之路独有的特点和价值。唐诗之路是唐诗发展、唐诗创作值得注意的一种现象。唐代诗人常常游走于全国各地。这有各种原因,有科举应试,有入京求仕,有朝廷任命到各地任职,或贬谪各地,有漫游、隐居或避乱。他们的很多诗歌写在"路"上。他们把诗歌带到各地,把各地的山川生活写入诗中,也把文化带到各地。这就形成"诗路"。唐代国力强盛,国家统一,疆域广阔,全国道路四通八达,诗人有可能沿着道路到各个地方去,可以到诗的远方。唐代诗人生活追求、生活道路丰富多彩。他们热爱生活,热爱山水,因此有专游山水的壮游,也有仕宦沿途或专为隐逸的山水之游,当然也有贬谪之游、流浪之游,一路留下行迹,也就一路留下诗歌,成为诗歌之路。唐诗的繁荣,诗歌艺术的成熟,使描写诗路山水的很多诗歌,成为名篇。诗歌因诗路名山名水而生,诗歌名篇的产生,又使诗路山水更加有名,有一层深厚独特的文化韵味,诗与路相得益彰,融为一体,各具特色,富于标志性。因此,我们有了各种各样的唐诗之路,唐代全国绝大部分地方都有诗路。查检唐代诗歌和唐代诗人经历,可以发现,唐代相当部分的诗歌都写在"路"上,相当部分诗人都有诗路游历的经历。这是唐代全国范围内普遍存在的带有时代特征性的文化现象、诗歌现象。每一条诗路,诗路的每一个方面,都有着丰富多彩的文化内容和值得研究的问题,唐诗之路研究有着非常开阔的学术前景。诗路之上,诗人生活、游历、诗歌描写,很多都是名山名水名村名镇名寺,或者因唐代诗人生活游历、诗歌描写而成为名胜,这些名胜,既是重要的文化资源,也是宝贵的旅游资源。因此,唐诗之路对于推动地方文化建设和旅游开发,又有重要意义。唐诗之路提出,不论是学术层面,还是文化建设和文旅开发,都得以迅速发展,不是偶然的。

几十年来,唐诗之路事业走过了一条比较正确的道路。它以学术为基础。竺岳兵先生发现和提出"唐诗之路",就以学术研究为基础。早期,竺岳兵先生在公路技术员的工作中,有一些朦胧的想法。但是直到1983年,他读到郁贤皓《李白丛考》,还读到其他一些学者的相关著作,打开学术的天地,进行深入研究;后来,1990年,又有众多学者赴浙东考察,在这样的学术支持下,才最终形成"唐诗之路"的观念。可以说,离开了学术研究,"唐诗之路"的发现和提出要更为艰难。那之后,关注并考察"唐诗之路"的,既有绍兴等地文旅部门,也有学界人士,有浙江省内的,也有浙江省外的,甚至有国际和香港的。除竺岳兵先生之外,浙江省内高校已有不少学者对"唐诗之路"进行学术研究,并发表论文。自上世纪80年代中期,三十多年来,仅诗路发源地浙江新昌,就举办了十多次与"唐诗之路"相关的学术会议,有的还是大型的国际学术会议。一些高校创建了与"唐诗之路"相关的研究机构。对"唐诗之路"的学术研究,相关的学术活动,发掘诗路文化的丰富内涵,考订史实,并从学术上给予论证,给"唐诗之路"的文化建设和文旅开发以有力的学术支撑,使之建立在严谨坚实的学术基础上,极大地提升了其层次和品格。当然,地方也支持学术。很多学术会议,得到地方支持。浙江新昌资助《唐诗之路研究》丛书的出版。会地共建,在很多地方成为共识。不少地方文史研究者在诗路研究上做出了很好的成绩,同时又以他们所熟悉的地方文献,以及诗路地理和文化丰富的实地知识,与高校学者熟悉的传统文献资料相辅相成,使研究资料更为全面,更为厚实。

我深感学者们执著的坚守。尽管有很多不如人意，尽管学术外的诱惑多如牛毛，尽管有的时候，有些地方放不下一张安静的书桌，但是，确有人视名利如浮云，确有人在心中保持一块学术的净土，真做学问，做真学问。志同道合，虽功成名就，而仍抱远大的学术眼光，持坚定的学术信念。凭借他们的声望、号召力和凝聚力，始得集天下英才于麾下，推波助澜而成奔涌之势。地方文史研究者工作者领导者真挚的家乡情怀，让人看到唐诗之路深厚的群众基础。

唐诗之路走跨学科研究的路子，文学、历史、地理、哲学、宗教、文化融为一体。充分利用前代丰厚的学术积累，吸收丝绸之路研究，文学地理学、历史地理学和流寓文学、地域文学研究等的成果和经验，海纳百川，在包容、融合中发展。唐诗之路的研究者，原来多研究唐代文学，研究历史地理学。他们带来了这几个学科严谨求实的学风。注重坚实的基础性工作，注重历史面貌的清理和还原，视野开阔，而着眼于实实在在地提出和解决具体的学术问题，提出和解决唐诗之路全局性的大问题，着眼于研究的高层次，在实际材料和问题的基础上，作综合性和理论性的探讨，既不做虚空的理论大架构，也不流于研究的碎片化。

唐诗之路的提出和发展，顺应了国家文化发展的大局，顺应了现实的大势。新时期以来，我们国家和各级政府，都在探寻经济和文化发展的路子，越来越重视传统文化。早期，竺岳兵先生为唐诗之路四处联络，得到政府相关部门的支持和响应，就因为切合了地方文化发展的需求。后来浙江把唐诗之路写进省政府工作报告，让它成为浙江全省文化建设的重要工作，也是从大局出发，需要寻找文化建设和发展的路子。省里重视，才有浙江诸多高校关于唐诗之路的重大科研项目，这就实际上推动了学术的发展。有这样的文化氛围和发展基础，受竺岳兵先生临终嘱托，卢盛江周游浙江，才能得到各方支持和响应，短短的十多天，就能使研究会的筹备工作有实质性的进展，再用不到半年，就能在全国范围内把相关的学者联络起来，最终成立唐诗之路研究会。现在国内长三角文化发展研究，河洛文化研究，巴蜀等地文化研究，都含有诗路研究的因素。丝绸之路研究，更是与唐诗之路密切相关。这些研究，都因切合国家文化发展的大局而得以兴起。文学要有独立性的品格，要有超脱性的研究，同时也要顺应社会大势，要善于借现实之势。唐诗之路学术研究和文化建设顺现实之势而起，才能在短短的时间里得以迅猛的发展。

二

但是，唐诗之路的发展不平衡。浙江轰轰烈烈，诗路其他很多地方还没有起来。就学术研究来说，很多诗路，很多问题，还没有进入人们的视野，还没有深入展开。

要重视基础性的工作。唐诗之路研究刚刚起步，基础性的工作做得如何，决定它的长远发展。有必要以唐诗之路为主题，整理传统文献资料。一条诗路，留下哪些诗歌，多少诗歌？哪些诗人走过这条诗路，因何而来，因何而去？诗路交通情况怎样？何时有路，何时成为诗路，何时成为官道？诗路之上，诗人游历，诗歌描写，有哪些名山名水名村名镇？这些基础性问题都需要弄清。

这里着重谈谈传统文献资料整理之外的基础性工作。

地方文献的整理是一个需要非常重视的大问题。唐诗之路说到底，都是具体到某个地方。诗路名山名水名寺名村名镇和其他名胜，地理位置，交通状况，历史沿革，还有文化典故，等等，在地方文献有大量记载。还有诗路面貌大量的其他史料信息。但是，地方文献，特别是一些县志，情况非常复杂。编纂者水平参差不齐，态度也各有不同，编纂时目标要求也不尽一致，多因家乡情怀而带有地方意识甚至偏向，这种地方意识和偏向有时很浓烈。录入史料时，有时不辨真伪，有利者虽伪亦录入，不利者虽真亦舍弃，这种情况应该不在少数。学界对使用地方志史料持慎重态度，是有道理的。但地方志有大量珍贵的文献史料，撇开地方文献，诗路研究在史料上至少是不全面，不完整的。诗路研究需要的主要史料,有时就在地方文献。发掘、整理这部分史料,对诗路研究是非常基础的工作。现在一些地方也重视地方文献的整理,影印甚至标点出版,单部出版,或者作为丛书出版。但仅仅标点出版恐怕还不够,甚至远远不够。还需要校勘,特别是考订。对地方志所涉史料史实一一考订,持严谨客观的态度,用科学规范的方法,不带偏爱偏见。诗路沿线那么多地方文献,一部一部考订下来,整理出来,工作量之大,难度之大,可想而知。但那是功德无量的事,是诗路研究非常重要的基础性工作。

诗路沿线地方还有其他史料性的东西。比如,地方性传说。诗路沿线地方有大量的传说。这些民间传说如果直接作为史料,其可信性当然大可怀疑,但不可否认,地方传说包含有重要的历史信息。即使这些传说的基本内容都不可信,但它也是一种文化,它与诗路沿线其他文化融为一体,是诗路文化的难以割舍甚至不可或缺的重要内容。对这些传说的考订和研究,就是诗路研究的一个基础性工作。传说极少文字纪录,基本靠口耳相传,流传过程的变异应该是常态。因为极少文字纪录,追溯其流传、变异过程应该非常困难,但如果能把这个工作做下来,应该非常有意义。用文字记录口头传说,是又一项重要工作。有些地方做了这方面的工作,但多是记录传说本身。科学的办法,应该在记录传说本身的同时,注明传说的来源,比如,记录传说的时间、地点,讲述传说者的姓名、身份。村里生活时间不长的外来青年,和世代生活于此,对村里历史非常了解、声望甚高的年长者,讲述材料的可信程度肯定差异很大。在千里之外的甘肃新疆,偶尔闻说的浙江天台的传说,和在天台本地听本地年长者的讲述,情况也很大不同。

比如,诗路沿线的碑刻,特别是不可移动的摩崖石刻,各地出土的文物,地面上遗存的古代各种遗迹遗址,包括古道、古建筑遗迹遗址,都记载或包括大量对诗路研究有用的史料或信息。比如,某一诗路沿线,从未发现人类活动的痕迹,比如,从未出土人类生活的各种遗物,瓦器陶器等,结合其他史料,可以证明那一带在唐代非常荒芜,而唐代诗人就是从这样荒芜没有人烟的道路走过，走向他向往的名山，这对于我们理解诗人诗路行走的心态，是很有助益的。碑刻和摩崖石刻保存的文字材料，当然更为珍贵。对这些史料性东西的收集、整理，应该看作诗路研究一项重要的基础性工作。

实地考察，也是一项基础性工作。有不少学者有意识地行走甚至考察诗路，林东海、宋红、左汉林、薛天纬、王超、赖瑞和等还把诗路考察写成专著，简锦松的现地研究已有好几部著作。这些学者对诗路的考察和著作，有的注意到解决学术问题，或者本来就着眼于提出和解决学术问题。一些地方文史研究者，研究本地诗路，常常也利用实地考察所得。实地考察，可以解决很多学术问题。如吴怀东为王超《杜甫遗迹研究》①作序所指出的，王著在遗迹研究过程中，就发现了不少杜甫生平问题。比如，对鄜州羌村遗迹的研究，运用文献学和沿革地理学相结合的方法，按照年代层层梳理，解决了杜甫鄜州寓所的方位问题，同时批驳了清代流行至今的"二次移家"之说。夔州部分的研究，则彻底廓清了杜甫寓居夔州期间的数次搬迁情况。如宋红《杜甫游踪考察记》②"引言"所述，宋红考察杜甫游踪，钩沉旧名故地，勘正旧注误说。比如，勘正杜甫所住"陆浑山庄"，以及在湘江流域停宿过的凿石浦、津口、空灵岸、花石戍等的定位，从而重新厘定相应的杜甫的游踪。实地考察，有助于诗人行踪所及时间、地点、过程的拓展研究。还如宋红"引言"所述，实地追寻诗人游踪，可以记录消失和正在消失的历史文化遗迹，为之存照写真。到诗歌写作地点实地游历考察，感受诗歌写作的实地环境氛围。能更为准确真切地体会一些诗路之诗的意味境界。诗路之诗写在"路"上，"路"是唐诗之路研究的一个重要内容。研究路，能够更好地了解诗人行路生活环境，诗人所行之"路"的状况，是诗人生活环境的重要部分。只有了解诗人所行之"路"的状况，才能全面真切地了解诗人所处的现实环境，才能深切了解诗人生活、心态，了解所写的诗歌。

---

① 王超《杜甫遗迹研究》，中国社会科学出版社 2021 年。
② 宋红《杜甫游踪考察记》，人民文学出版社 2020 年。

而要更深入更真切地了解"路"的状况,离不开实地考察。考订每一首诗路之诗的写作地点,诗中描写景物环境的实际地点,并且实地考察,诗人所游历、生活的地方,凡有诗路的地方都走一遍,带着学术研究的目的实地考察一遍。这个工作量实在太巨大了。一个人把全部诗路走下来,是有困难的。但是,研究某一条诗路,某一个诗人的诗路,结合实地考察,是做得到的。这实在是唐诗之路研究的一项非常基础性的工作。

基础性的工作,要围绕唐诗之路的主题,力求准确,史料来源可靠,考订可信。注重规范性和系统性,尽可能全面。特别注意新史料的发掘。

三

要充分展开问题。

展开问题,首先是思路和视野要开阔。思接千载,视通万里,方不会见木不见林。对唐诗之路理解不要太狭窄。它远不只是在诗路上写了几首诗的问题。路、人、诗,每一个侧面都有方方面面的问题。路自不用说,对于唐诗研究而言,这是一个新的观念和视角,路本身有很多问题需要探讨,着眼诗人游历、生活的空间和环境,又可以展开宏大的研究空间。人,即诗人作家,一般的研究,应该有不少,但是,着眼诗路,新的视角,结合诗路来考察诗人的具体生活境况和心理状态,新的问题应该会层出不穷。诗,作为一般艺术鉴赏的诗,作为文学史描述对象的诗,和着眼诗路来考察的诗,不一样的视角,提出的问题和看法,也应该会各有新意。诗路的出现,使唐诗创作出现了丰富多彩的创作题材,促使诗人更为细致深入地探讨诗歌艺术,给艺术表现予丰富生动的空间。弄清诗路面貌,更深层次地了解唐诗内容变化和艺术发展的原因。路、人、诗,每一方面都有大量的问题值得研究,路、人、诗三方面综合起来,

问题会更多。诗路之外,还可以提出和发现很多其他的学术问题。精
骛八极,心游万仞,穷极对象的方方面面,方知重渊之下,骊珠满目。凝
心天海之外,方能意出万人之境。

要在不断探索中弄清唐诗之路的内涵。上下求索,方得其貌。唐
诗之路不是一个概念,我们的研究不能从枯燥的概念出发,而要从鲜活
的实际出发。不能事先设定框框。事先设定一个框框,框外的东西不
敢涉及,只会画地为牢。对事物的完整认识,在于对它系统全面研究之
后,而不是在这之前。唐诗之路的内涵有多丰富,会涉及哪些方面的问
题,只有深入探索之后,研究之后,才会对它有比较全面的了解。左穿
右穴,勇于探索,逐步展开问题,尤其重要。

展开问题,就要善于发现问题。要用联系的观点看事物,看待历史
现象,寻找客观存在的各方面与诗路的联系,也就容易发现问题。已有
研究成果,一方面提出和解决了很多问题,另一方面,又打开了通往进
一步研究境界和课题的新路,启示我们去认识和发现更多的问题。如
同不断胀大的气球,研究成果越多,与外部未知世界的接触面就越大,
善于利用已有成果,更容易发现新的问题。不同学科的融合,也是发现
和提出新问题的一个重要途径。

既要横向展开同一层面的问题,又要由一个层面深入到另一个层
面进行探求。已有的研究可以给我们很大的启示。比如,可以建构一
个谱系,对诗人诗作作系列研究,某一诗路唐诗编年史长编,诗路诗人
群体研究,诗路游历寓居考,诗路诗歌艺术研究。可以有时间维度,空
间维度,人物维度,艺术维度。就"路"而言,可能有地理之路,文学之
路,文化之路,宗教之路,旅游之路。如浙江绍兴"越州浙东唐诗之路"
的重大项目,展开史料汇编、越州唐诗编年考证、唐代诗人越州行踪与
创作丛考、越州唐代本土诗人、会稽文化世家、越州政坛诗风、绍兴地名
风物考、唐代越州经济、越州进士研究,唐代越州刺史列传,绍兴佛道、
书画文化,古城、云门、东山、剡溪、天姥山、浦阳江文化研究等十九个子
课题。比如交通问题。继严耕望《唐代交通图考》之后,有作者研究各

条诗路水陆交通与文学创作,行旅生活与唐文人心态变化,唐代交通与文学传播,唐代交通与唐人创作方式的新变,文学母题的拓展,文学风格的变化。继而又研究馆驿制度与文学,唐诗驿传与唐诗发展之关系,研究驿路体系,唐代驿路诗的生发,唐代驿传在唐诗异地交流中的功能,唐人诗歌的当时传播,与诗人团体的形成。比如有作者研究唐诗镜像中的丝绸之路,探讨唐代丝绸之路盛衰在唐诗中的反映,从唐诗对唐代丝绸之路的描写,感触唐人丰富复杂的情感心态,揭示丝绸之路对唐诗繁荣所起的推动作用。比如,研究西域文化与唐诗之路,考察行走西域的诗人诗作,研究西域地理如何拓展唐诗之路图景,研究西域乐舞文化及民俗文化如何影响唐诗之路。比如,研究贬谪文化与贬谪之路,研究贬谪诗人的生命沉沦,他们的诗路行径与书写特点。比如,研究地域文化与唐诗之路,研究籍贯与文学,诗歌创作地点和地域文化,地域文化的表述与诗歌创作,弱势文化区域的文学创作。比如,研究文学的地理意象,研究唐人心目中的文化区域,地名与文学作品的空间逻辑,类型化文学意象的地理渊源。研究文学地理,研究文学家籍贯的地理分布,本土文学的成长,文学书写中的地理意象,文学的地理背景。这样可以展开的问题有很多。区域性的,浙东、浙西、陇右、天山、西域、川蜀(秦蜀,陇蜀)、巴渝、宣歙、三晋、蓟北、荆楚、湖湘、湘漓、岭南、湘粤、粤西、大庾岭、齐鲁,都有诗路。海外的,朝鲜半岛、日本、越南等与唐诗之路。以点带面带线的,长安、洛阳、两京(京洛)、扬州、建康(金陵)等与唐诗之路。具体诗人,宋之问、孟浩然、李白、杜甫、韩愈、柳宗元、刘禹锡、白居易、元稹、李商隐、杜牧等,都走过一条诗路。壮游(漫游)、隐逸、贬谪、流寓、宦游等,名山情结,诗路的各种文化等等,都可以研究,或者可以从诗路的角度进行研究。横向展开,又纵向深入,就提出了很多有价值的学术问题。

立足一手材料,立足原创性基础工作,提升思维能力,是充分展开问题的关键。我们研究和展开的所有问题,历史的所有信息,都蕴含于一手材料和原创性基础工作。离开了这些,我们的所有研究都只能是一句空话。从生动的一手材料出发,全部清理过来,发掘其内涵,发现新的材料,拓展原创性基础工作,必能促使我们不断发现新问题,将研究引向深入。学术之所以能持续进步,因为人的思维水平,对事物的认识能力的提升不会有止境。一般学术如此,唐诗之路的研究也是如此。提升我们的思维水平和认识能力,就能使我们持续保持研究的活力。

四

要注重深入和提升,注重理论性的思考和综合研究。

可以借鉴一些理论,将其融入到唐诗之路研究之中,启迪我们的理论思考。比如文学地理学。中国传统就有诗骚地理、江山之助、南北比较和地方文学等理论。西方自 18 世纪中叶孟德斯鸠"地理环境决定论",奠定西文文学地理学的理论基础,20 世纪 40 年代,西文文学地理学正式诞生,20 世纪 70 年代之后,以"空间批评"引领文学地理学研究。进入 21 世纪之后,中国本土学界,融通古今中西,走向文本空间与文学地图研究,形成文学地域、文学空间与文学地图研究三位一体的格局。从梅新林等的研究知道①,文学地理学提出一系列值得唐诗之路研究关注的理论性的问题。比如,版图复原、场景还原、精神探原的问题,注意文学活动场景和文学文本场景。回归生命现场,回归鲜活样态,回归人文精神。考虑多种多样因素的复合的地理空间维度,回归富有诗意的鲜活的立体文学场景,真切感悟其多重的生命意义。考虑一些经过历史沧桑积淀的特殊景观,对于文人群体如何具有特别强烈而持久的吸引力,形成一种人文的精神向力,使物理场景演化为文学活动场景和文学文本场景。既考虑场景还原的显性贯通,又考虑通过实地考察与意义阐释,使之隐性地融会贯通。缘于特定地域而又超越其上,

---

① 梅新林与葛永梅合著有《文学地理学原理》,中国社会科学出版社,2017 年,此处还有其他很多著作。

考虑具有精神原型与文学象征意义,经过价值内化的内在的地理空间,考虑客观让位于主观,本然让位于想象的地理图景和诗性空间,建立同时包容空间的物质维度和精神维度的文化空间。考虑文学化的自然地理空间,考虑人类各种活动分布和组合,社会、生产、生活、文化特定圈层的人文地理空间,自然地理空间的人文化,人文地理空间的自然化。考虑以创作主体为中心的文学地理空间,考虑静态空间,也考虑动态空间,关注文人群体通过空间内化积淀而成的空间经验、记忆和想象,考虑潜藏于作家内心深处的心灵地图,关注基于现实地理与超越现实地理的空间想象。关注客体空间和主体空间,也关注文本空间和传受空间。关注文学地理的情结动力,关注恋地情结,关注人们对身处环境的情感依恋和敬重之情,包括家园情结,异乡心结。考虑文学的扩散与接受,文学景观,文学区,以及系地法、现地研究法、空间分析法、区域分异法、区域比较法、地理意象研究法等文学地理的研究方法。文学地理学之外,历史地理学、文学传播学、地域文学研究,也提出或涉及一些理论性的问题。比如,感觉文化区的问题,地名与文学作品的空间逻辑问题,类型化文学意象的地理渊源问题,文学因子的空间组合与地域分异规律问题,文学书写中的地理意象问题,文学发展的地理生态环境问题,疆域变动与文学发展的关系问题,等等。不是生搬硬套,不是空谈理论,不是从理论到理论,不是理论和实际两层皮,而是着眼于提升思维能力,拓展理论视野,吸收,融合,将理论与唐诗之路研究的实际密切结合,开辟新的研究领域,切实提出和解决新问题,提升理论层次,将研究引向深入。

一方面,吸收融合相关理论,另一方面,要切实从材料出发,从唐诗之路各种具体问题研究的实际中,提出理论问题,对问题和现象进行更为宏观的综合观察和理论思考。清理唐诗之路的面貌本身,是一个综合性的工程。它涉及文学,也涉及地理,涉及地域文化,地域文化又有一个历史传承的问题。它涉及诗,还涉及人和路。就人而言,在"路"这个特有的生活环境下,生活状态和心理状态是很复杂的。地域地理环境和文化环境,特定时期的政局、社会思潮、经济,都影响着诗路上诗人的精神状态。诗、人、路,需要综合研究,才有可能弄清其历史面貌,这种综合研究,常常需要理论思辨。唐诗之路面貌的清理过程,常常是理论思辨理论把握的过程。我们的研究,总是面对一个一个具体的问题。现象和问题的清理,研究和解决具体问题,是需要的。有的时候,清理出历史的面貌,清理出现象和问题,就是研究目的。但是,前面说过,现象和现象之间,问题和问题之间,往往有一种内在的逻辑联系,寻找这种联系,就容易发现问题,而要做到这一点,就需要综合的研究和逻辑与理论的思辨。不是孤立地看待事物,而是着眼于整体,见木又见林,善于从纷繁杂乱的史料和纷纭复杂的现象之间发现和把握其内在逻辑联系,发现和总结普遍性规律性的现象和问题,梳理出清晰的史的发展脉络,在这个基础上,把历史面貌准确地描述出来。枝节问题的解决是需要的,但更需要站得更高一些,准确地把握历史发展的基本特征和总的趋势。我们还可以对历史作深刻的价值阐释和理论分析,透过表层的现象和问题,发掘其内在的本质性的东西。这样做,我们的研究应该就推进了一步。这都需要综合研究和理论思辨。

唐诗之路研究是否要文学本位,是一个值得思考的问题。唐诗之路是跨学科的研究,涉及文学、历史、地理、哲学、宗教、文化等各种内容,各自学科都可以成为研究的本位。可以研究文学家籍贯的地理分布,文学的地理关注和地理背景,心目中的文化区域,地名与文学作品的空间逻辑,类型化文学意象的地理渊源,这是以历史地理文学地理为本位。可以研究诗歌创作地点,纯然研究路,研究交通问题,包括驿路、驿站、驿传、驿寄、驿壁,研究路的名山名水名寺名镇名村,与路相关,研究壮游(漫游)、隐逸、贬谪、流寓,研究诗路地名。研究各条诗路的文化,浙东文化、川蜀文化、宣歙文化等等,都是唐诗之路研究的题中之义,都可以成为研究本位。

但是,文学本位确实是需要非常关注的一个问题。诗路诗路,离开了路不成为诗路,离开了诗,同样不成为诗路。不一定把所有的研究归入文学史的发展链条,但是,作为文学研究者,唐诗之路的研究确实应该考虑为文学史的发展提供或者说增添一些新的东西。跨学科而落实到文学,至少是文学研究者需要关注的一个问题。

我们的研究有些已经注意到这一问题。研究交通,而注意到唐人创作方式的新变,注意到题壁诗、送别诗、纪行组诗等问题,注意到唐代交通与文学母题的拓展,包括飘泊母题和贬谪母题,唐代交通发展与文学风格的变化,行记内容形式的创变和文化特征唐代驿传影响诗风的变迁等问题。研究贬谪,着力贬谪文学的悲剧精神和演进轨迹,注意贬谪诗人的书写特点,逐臣的文学风格和艺术特征。研究地域文化,注意不同地域文化在诗歌表现中的差异。不少研究对诗路诗歌有精彩的艺术分析。

要继续这方面的研究。研究范围可以拓展。可以考虑专门专题研究,不一定包含在交通或贬谪等研究的范围内,可以考虑以文学本身的某些问题作为主题。注意内容的变化,因为行走于诗路,羁旅行役,唐代出现大量羁旅客愁、思乡、思友,出现大量离别、送别诗。这些有的是传统主题,但唐人有更为大量的描写和表现。更要注重审美和艺术把握。一方面,诗路艺术随着唐诗艺术的发展而发展,另一方面,丰富多样的诗路生活,促使诗人更为细致深入地探讨诗歌艺术,给艺术表现予丰富生动的空间。唐人在各种诗体上都有达于颠峰的艺术创造,比如山水诗,他们善于表现山水的美,特别是名山名水的美,把山水的美变为艺术的美。这种艺术创作,和诗路有什么关系?因为行走于诗路,唐人善于艺术地表现羁旅客愁感受,善于把握和表现行路客愁离别最动人的那份感情,善于表现行路客愁刹那间的感情片段,巧妙选用意象,表现行路客愁的微妙诗味,善于营造诗歌氛围,表现行路客愁。这方面的研究值得注意。诗路诗歌的研究,要关注其人文内涵、地域色彩、形成因素、承传关系、发展脉络,还可以考虑诗路诗歌自身的内在结构、意象、境界、词采、声律等等,这些方面,因诗路影响而有哪些新的变化?可以从整个文学史的高度来考察这些问题。有些研究,有些变化,研究深入,具有文学史的意义,自然会进入整个文学史发展的链条。

创新,仍是第一要义。在现阶段,唐诗之路处处都是有待拓荒的领地,每一块领地都有创新的课题。发掘新材料,做好基础性工作,是创新的根本。拓展思路,充分展开,就容易发现新的问题,提出新的见解。把研究对象本身的面貌弄深弄透,对事物有更为准确全面的把握,在此基础上,站得更高一些,视野更开阔一些,着眼全局和整体,着眼发展和变化,才有可能提出独特的见解。力避刻意标新立异,求险求怪,切忌四平八稳的老调重谈,观点的某些方面不那么完善,但它新颖,能启发人们关注一些新的问题,对事物和现象作进一层的思考。我们需要这样的独到创新的深入思考

作为新的学术增长点,唐诗之路研究有着非常开阔的前景。相信会不断出现新的成果。《唐诗之路研究》集刊,就为发表这些成果提供平台。这是研究的平台,也是交流的平台。读者通过集刊,了解唐诗之路研究的最新进展,相交交流,促进相关的研究。希望它能起引导作用。文章选题,研究方法,观点创新,可以考虑设置一些能概括唐诗之路研究重要领域的栏目,加强这种引导作用。希望能引导高校学界的研究,也引导地方的研究。唐诗之路研究,大的架构,可以写成专著,而一些具体问题,需要写成论文。论文的写作,有时难度不亚于专著,它需要提出的问题更明确更集中,论述更集中更充分,并且观点更有创新。论文和刊物都应该有流传价值,这就对我们的研究提出了更高的要求。《唐诗之路研究》集刊应该是开放性的,有海纳百川的包容性。展开各种研究,包容各家观点。百花齐放,百家争鸣。相信集刊凝聚学术力量,有自己学术特点,对唐诗之路研究乃至整个学术一定会起非常积极的推进作用。

2023 年 11 月 12 日初稿

2024 年元月 6 日修改于南开

目　　录

综合研究

各地诗路研究

域外诗路研究

Contents

Editorial Preface

Comprehensive Research

Research on Poetic Paths in Various Regions

Study of Poetic Paths Beyond Borders

Scholarly Commemoration

New Publication Review

Academic Trends

综合研究

《唐方镇文职僚佐考》与唐诗之路

戴伟华

摘　要:本文旨在论述《唐方镇文职僚佐考》对于唐诗之路研究的
价值和意义。可从三方面加以认识:一是从使府文人群体活动来看,
"使府—辖州—辖县"双向互动结构模式,提供了观察使府文人与本土
文人诗歌活动的时、地切入口。以浙东唐诗之路为例,可以看到以鲍
防、杨於陵、元稹、李讷等使府文人主导的诗歌唱和及其与本地文人互
动的真实情况。二是《唐方镇文职僚佐考》隐含大量信息,以幕府为中
心的文士活动及其诗歌创作意义尚待探究。比如大历年间《状江南》唱
和组诗,对江南风物系统而直观的展示,在江南文化史建构中具有特别
重要的文化意义和不可替代的认识价值。三是《唐方镇文职僚佐考》信
息可重新组合。如以时间为单位考察某一时段截面、以幕府文人职掌
为单位考察某一文人群体,可以重新发现唐代诗路不同文化空间及其
相互关系。

关键词:《唐方镇文职僚佐考》 "使府—辖州—辖县" 特殊诗路
诗路空间

以前所做的《唐方镇文职僚佐考》①《唐代使府与文学研究》②与地
域文化密切相关,前者是特定区域的文士分布图;后者较多部分论述了

---

① 戴伟华《唐方镇文职僚佐考》(修订本),广西师范大学出版社 2007 年版。
② 戴伟华《唐代使府与文学研究》(修订本),广西师范大学出版社 2007 年版。

文士分布与文学创作的关系。这里特别想借用"唐诗之路"一词谈谈《唐方镇文职僚佐考》文学地理学研究意义。

唐方镇文职僚佐可以理解为某一特定人群的文士活动而形成的诗路,在时间和空间上也是比较完整系统反映出文士基本活动的整体面貌。如从唐诗之路角度去考察,所谓"浙东唐诗之路""浙西唐诗之路""巴蜀唐诗之路""河西唐诗之路""西域唐诗之路""岭南唐诗之路"等都与幕府僚佐分布相关,可以说据幕府文士空间活动可以描绘出唐诗之路地图。幕府文士活动对唐诗之路形成作出了特别贡献,尤其值得关注的西域唐诗之路,没有唐代方镇幕府制度是不可能出现岑参这样的西域诗人的。

一

《唐方镇文职僚佐考》有时间和空间坐标,清晰地呈现使府文士活动的时间范围和地点。比如,山南西道,建中三年(782)到贞元十五年(799),府主为严震,幕僚先后有郑馀庆、严砺、崔廷、卫次公、郑敬、崔从、元衮、沈迥、元锡、独孤实、崔简等。节镇治所是活动中心,但节镇可管辖属下诸州。

使府内部文士交流也很频繁,使府僚佐到属下各州巡视应是日常工作,这一条线路的重要性在于州长官周围也有一批文士,州下有县,县长官周围也有一批文士,这一内部的文士活动构成较为庞大的诗路网络。比如,颜真卿《湖州乌程县杼山妙喜碑铭》:"大历七年,真卿蒙刺是邦,时浙江西观察判官殿中侍御史袁君高巡部至州,会于此土,真卿遂立亭于东南……大历壬子岁,真卿叨刺于湖,公务之隙,乃与金陵沙门法海、前殿中侍御史李萼、陆羽、国子助教州人褚冲、评事汤某,清河丞太祝柳察、长城丞潘述,县尉裴循,常熟主簿萧存,嘉兴尉陆士修,后进杨遂初、崔宏……以季夏于州学及放生池,日相讨论,至冬,徙于兹山东偏……而起居郎裴郁、秘书郎蒋志、评事吕渭、魏理、沈益、刘全白、沈仲昌、摄御史陆向、沈祖山、周阆、司议邱悌、临川令沈咸,右卫兵曹张著兄谟、弟荐、蔿,校书郎权器……往来登历。"①浙江西道亦曰镇海军节度、浙西观察处置等使兼润州刺史,领润、苏、常、杭、湖、睦六州。这里记载,大历七年颜真卿做湖州刺史,观察判官殿中侍御史袁君高巡部至州,而活动中的评事吕渭为浙江西道观察支使。

州下有县,幕府僚佐与县亦有联系,李绅为浙西幕僚,与溧阳县尉孟郊即有过从。李浚《慧山寺家山记》:"贞元元和中,先丞相太尉文肃公,心宁色养,家寓是县,因肄业于慧山,始年十五六,至丙戌岁,擢第归宁,为朱方强留之。文肃公窥畏,常惊切于旦夕之间。李庶人以反状闻,尝召公草不顺章檄,公语以君臣父子忠孝诚节,别白自古道理者,约千余言,言既劲勇,庶人畏敬,又逼以狂卒,围以兵刃,促公下笔,振叱数四,发皆见怒状,庶人因令闭之于别所。命许纵成之。是夜,张子良、裴行立共义公忠赤。"②沈亚之《李绅传》:"锜能其材,留执书记……会留后使王澹专职为锜具行,锜蓄怒始发于澹。"③绅从事浙西李锜幕同见两《唐书》李绅传。孟郊《酬李侍御书记秋夕雨中病假见寄》:"未觉衾枕倦,久为章奏婴。达人不宝药,所保在闲情。"④孟郊贞元十六年(800)至二十年(804)任溧阳尉,诗中李侍御书记即浙江西道掌书记李绅。

方镇——辖州——辖县,这都是幕府文士的活动范围。唐诗之路形成,幕府僚佐的文化和诗歌活动的影响不可小觑。

目前大家较关注的浙东唐诗之路,在《唐方镇文职僚佐考》中亦有涉及。甚至可以说,浙江诗路的成熟以方镇使府文士唱和为标志。

方镇使府的文职僚佐都有可能有条件参加诗歌唱和,浙东唐诗之路上便留下了使府府主、文职僚佐唱和的记录。

---

① 董诰等《全唐文》卷三三九,中华书局 1983 年版,第 3436 页。
② 董诰等《全唐文》卷八一六,第 8591 页。
③ 董诰等《全唐文》卷七三八,第 7623 页。
④ 彭定求等《全唐诗》卷三七八,中华书局 1960 年版,第 4242 页。

（1）以行军司马鲍防为领袖的唱和。这次唱和诗歌收入《大历年浙东联唱集》，参与者有五十七位文士①，除幕府僚佐外，还有幕府外文士①。《旧唐书》卷一四六《鲍防传》："鲍防，襄州人。幼孤贫，笃志好学，善属文。天宝末举进士，为浙东观察使薛兼训从事，累至殿中侍御史。"②秦系《鲍防员外见寻因书情呈赠》③，则鲍防又带员外郎朝衔。鲍防在浙东与文人唱和极盛，《唐诗纪事》卷四七载鲍防与谢良辅、杜弈、丘丹、严维、郑概、陈元初、吕渭、范灯，樊珣、刘蕃、贾弇、沈仲昌等人同赋《忆长安十二咏》《状江南十二咏》，又与严维、谢良辅、杜弈、李清、刘蕃、郑概、陈元初、樊珣、丘丹、吕渭、范淹等人及吴筠中元日联句④。穆员《工部尚书鲍防碑》："自中原多故，贤士大夫以三江五湖为家，登会稽者若鳞介之集渊薮，以公故也。"⑤《嘉泰会稽志》卷一〇："兰亭古池，在县西南二十五里……唐大历中，鲍防、严维、吕渭而次三十七人联句于此。"⑥三十七人兰亭联句，可谓盛况空前。按：与鲍防唱和者人数极多，谁为浙东幕僚，不敢妄断。唱和内容主要是浙东治所越州风物故事以及文士活动，《经兰亭故池联句》《松花坛茶宴联句》《寻法华寺西溪联句》《云门寺小溪茶宴怀院中诸公》《征镜湖故事》《自云门还泛若耶入镜湖寄院中诸公》《秋日宴严长史宅》《严氏园林》《柏梁体状云门山物并序》《花严寺松潭》《入五云溪寄诸公联句》《登法华寺最高顶忆院中诸公》《忆长安十二咏》《状江南十二月》《中元日鲍端公宅遇吴天师联句》《酒语联句》《云门寺济公上方偈序》⑦等诗和联句反映了幕府内外文士的生活。如果从诗路看，方镇使府文士贡献巨大，这样唱和的集聚规模前所未有。事实上也改变了诗歌的内容和形式，从偏重政治的长安文士诗歌活动到偏重生活的越州诗歌唱和，除《忆长安》所具有的政治色

① 参贾晋华《唐代集会总集与诗人群研究》，北京大学出版社 2001 年版，第 74—78 页。
② 刘昫等《旧唐书》卷一四六，中华书局 1975 年版，第 3956 页。
③ 彭定求等《全唐诗》卷二六〇，第 2898 页。
④ 计有功撰，王仲镛校笺《唐诗纪事校笺》，中华书局 2007 年版，第 1585—1586 页。
⑤ 董诰等《全唐文》卷七八三，第 8190 页。
⑥ 施宿、张淏《（南宋）会稽二志点校》，安徽文艺出版社 2012 年版，第 199 页。
⑦ 参贾晋华《唐代集会总集与诗人群研究》，第 75—77 页。

彩外,文士们在越州的大多数诗作是写集体的生活,而且形式自由,无形中对传统诗体有了突破的尝试。

比如杂言的宝塔体诗,此前义净有杂言《一三五七九言》①以及中唐张南史杂言诗,义净和张南史的杂言诗创作是单个作家的文学行为,而大历诗人集体唱和表明有一群人认同这一诗体趣味。仅保留在《大历年浙东联唱集》中就有两首,唱和核心人物除鲍防外,严维、吕渭都在其中,他们在尝试中得到才情释放的满足。特别要注意的是,大历诗人是在联唱中形成的,这一作诗过程中充满智慧而快乐。因此,他们不断尝试,《入五云溪寄诸公联句(从一字到九字)》②《登法华寺最高顶忆院中诸公(从一字至九字)》③,这两次唱和九位参与者相同,地点不同,一是水上游,一是登山游。虽非诗之正体,但自由抒发情感,而有游戏性质。后来白居易分司东都,众友送至兴化亭,"酒酣"之际亦作"一字至七字诗",也是如此。

(2) 以府主杨於陵为主导的唱和。陈谏《登石伞峰》诗序云:"至元和九年(九年当作元年)秋九月七日,浙东廉使越州牧兼御史中丞杨公,泊中护军王公,率僚佐宾旅,同游赋诗,纪登览之趣。小子承命序其梗概以冠篇。窃谓斯地也,斯文也,必传于后世,与兰亭东山俱为越邦之不朽者矣。"④中护军王公,王承郧。《会稽掇英总集》卷四录陈谏《登石伞峰并序》,杨於陵而下,陈谏、卫中行、路黄中皆有诗⑤。

(3) 以府主元稹为主导的唱和。《旧唐书》卷一五五《窦巩传》:"元稹观察浙东,奏为副使、检校秘书少监、兼御史中丞,赐金紫。"⑥《新唐书》卷一七四《元稹传》:"在越时,辟窦巩。巩,天下工为诗,与之酬和,故镜湖、秦望之奇益传,时号'兰亭绝唱'。"⑦《嘉泰会稽志》卷二:"《旧

---

① 彭定求等《全唐诗》卷八〇八,第9118页。
② 陈尚君《全唐诗补编》续拾卷一七,中华书局1992年版,第908页。
③ 陈尚君《全唐诗补编》续拾卷一七,第908—909页。
④ 陈尚君《全唐诗补编》续拾卷二四,第1012页。
⑤ 参孔延之编,邹志方点校《〈会稽掇英总集〉点校》,人民出版社2006年版,第67—70页。
⑥ 刘昫等《旧唐书》卷一五五,第4122页。
⑦ 欧阳修、宋祁《新唐书》卷一七四,中华书局1975年版,第5229页。

经》云,所辟幕职皆当时文士,镜湖、秦望之游,月三四焉。而讽咏诗什,动盈卷秩,副使窦巩,海内诗名,与积酬唱最多,至今称兰亭绝唱。"①《册府元龟》卷八六八《总录部·游宴》②同此。《全唐文》卷七六一褚藏言《窦巩传》:"故相左辖元稹观察浙东,固请公副戎,分实旧交,辞不能免,遂除秘书少监兼中丞,加金紫。无何,元公下世,公亦北归。"③

其中有掌书记卢简求。《旧唐书》卷一六三《卢简求传》:"简求字子臧……又从元稹为浙东、江夏二府掌书记。"④又见《新唐书》卷一七七。《云溪友议》下:"卢侍御简求戏曰:'丞相虽不恋鲈鱼,乃恋谁耶?'"⑤《诗话总龟》卷一六引《古今诗话》云:"卢简夫侍御曰:'丞相不恋鲈鱼,为好鉴湖春色。'"⑥郑鲂。郑鲂字嘉鱼。《全唐文》卷七四一郑鲂《禹穴碑铭序》:"唐兴二百八祀,宝历庚午秋九月,予从事于是邦,感上圣遗轨,而学者无述,作禹穴碑,廉察使旧相河南公见而铭之。"⑦庚午或为丙午之误,宝历丙午,即宝历二年(826)。《全唐诗》卷四四五白居易《和酬郑侍御东阳春闷放怀追越游见寄》:"君得嘉鱼置宾席,乐如南有嘉鱼时。劲气森爽竹竿挞,妍文焕烂芙蓉披。载笔在幕名已重,补衮于朝官尚卑……昨日嘉鱼来访我,方驾同出何所之……白首旧僚知我者,凭君一咏向周师。"注:"周判官师范,苏杭旧判官,去范字叶韵。"⑧《全唐诗》卷四二一元稹《酬郑从事四年九月宴望海亭次用旧韵》⑨。《嘉泰会稽志》卷一六:"《禹穴碑》,郑昉撰,元稹铭,韩杼材行书,陆洿篆额,宝历景午秋九月作。后有大和元年八月三日,中山刘蔚续记二行,在龙瑞宫。"⑩郑昉,当作郑鲂。鲂在幕带监察御史或殿中侍御史。

---

① 施宿、张淏《(南宋)会稽二志点校》,第42页。
② 参王钦若等编纂,周勋初等校订《册府元龟》,凤凰出版社2006年版,第10108页。
③ 董诰等《全唐文》卷七六一,第7911页。
④ 刘昫等《旧唐书》卷一六三,第4271—4272页。
⑤ 范摅《云溪友议》卷下,见陶敏《全唐五代笔记》,三秦出版社2012年版,第二册,第1507页。
⑥ 阮阅《诗话总龟》卷一六,人民文学出版社1987年版,第185页。
⑦ 董诰等《全唐文》卷七四一,第7657页。
⑧ 彭定求等《全唐诗》卷四四五,第4988页。
⑨ 彭定求等《全唐诗》卷四二一,第4633—4634页。
⑩ 施宿、张淏等《(南宋)会稽二志点校》,第315页。

（4）以府主李讷为主导的唱和。《云溪友议》卷上："李尚书讷夜登越城楼……时察院崔侍御元范，自幕府而拜，即赴阙庭，李公连夕饯崔君于镜湖光候亭……《听盛小丛歌送崔侍御》，浙东廉使李讷：'绣衣奔命去情多，南国佳人敛翠娥。曾向教坊听国乐，为君重唱盛丛歌。'《奉和》，亚台御史崔元范：'羊公留宴岘山亭，洛浦高歌五夜情。独向柏台为老吏，可怜林木响余声。'团练判官杨知至：'燕赵能歌有几人，落花回雪似含颦。声随御史西归去，谁伴文翁怨九春？'观察判官封彦卿：'莲府才为绿水宾，忽乘骏马入咸秦。为君唱作西河调，日暮偏伤去住人。'观察支使卢邶：'何郎戴笏别贤侯，更吐歌珠宴庾楼。莫道江南不同醉，即陪舟楫上京游。'前进士高湘：'谢安春渚饯袁宏，千里仁风一扇清。歌黛惨时方酩酊，不知公子重飞觥。'处士卢潈：'乌台上客紫髯公，共捧天书静镜中。桃叶不须歌白苎，耶溪暮雨起樵风。'"①又见《唐诗纪事》卷五九，崔元范以监察御史为浙东幕府②。

浙东有山川人文之美，陈谏《登石伞峰》诗序云："窃谓斯地也，斯文也，必传于后世，与兰亭东山俱为越邦之不朽者矣。"③斯地、斯文构成浙东诗路的双核。

大运河"唐诗之路"。大运河文化与淮南节度使治所扬州密切关联，淮南节度观察处置等使兼扬州大都督府长史，领扬、楚、滁、和、舒、庐、寿、光、宿九州。扬州是大运河诗路轴心，文士南来北往都经扬州。比如杜佑为淮南节度使时，刘禹锡为其掌书记，和同僚廖姓参谋有诗歌唱和，写有《酬淮南廖参谋秋夕见过之什》，诗云："扬州从事夜相寻，无限新诗月下吟……不逐繁华访闲散，知君摆落俗人心。"题下原注："休公昔为扬州从事参谋，从释子反初服。"④刘禹锡又有《送廖参谋东游二

---

① 范摅《云溪友议》卷下，见陶敏《全唐五代笔记》，第1474—1475页。
② 参计有功著，王仲镛校笺《唐诗纪事校笺》卷五九，第1999页。
③ 陈尚君《全唐诗补编》续拾卷二四，第1012页。
④ 刘禹锡撰，陶敏、陶红雨校注《刘禹锡全集编年校注》卷八，中华书局2019年版，第933页。

首》其二:"繁花落尽君辞去,绿草垂杨引征路。东道诸侯皆故人,留连必是多情处。"①扬州夜和扬州月十分迷人,到杜牧为牛僧孺幕僚,也是迷恋扬州夜月,在他离开扬州时,还念念不忘"二十四桥明月夜,玉人何处教吹箫"②。刘禹锡在扬州写有一诗:"寂寂独看金烬落,纷纷只见玉山颓。自羞不是高阳侣,一夜星星骑马回。"诗题很长,实为诗序:"杨州春夜,李端公益、张侍御登、段侍御平仲、密县李少府畅、秘书张正字复元同会于水馆,对酒联句,追刻烛击铜钵故事,迟辄举觥以饮之。逮夜艾,群公霑醉,纷然就枕。余偶独醒,因题诗于段君枕上,以志其事。"③杨州即扬州。这里包括了过往行人。

活动在大唐各镇的文士,他们周围还有一批诗人,他们对诗歌传播所产生的作用,也可以说对唐诗之路的形成产生不可估量的作用。

以幕府为例考察诗路,人和地都非常重要。府主和幕府核心成员推动了诗路的形成。即使府主不写诗,也能欣赏诗。《旧唐书》卷一六三《卢简辞传》附《卢纶传》:"父纶,天宝末举进士,遇乱不第,奉亲避地于鄱阳,与郡人吉中孚为林泉之友……朱泚之乱,咸宁王浑瑊充京城西面副元帅,乃拔纶为元帅判官、检校金部郎中。"④《新唐书》卷二○三《卢纶传》:"卢纶字允言,河中蒲人……坐与王缙善,久不调。浑瑊镇河中,辟元帅判官,累迁检校户部郎中。"⑤按,《卢纶诗集校注》卷三《卧疾寓居龙兴寺观枉冯十七著作书知罢摄洛阳赴猴氏因题十四韵寄冯生并赠乔尊师》,原注:"时予罢推官。"⑥疑卢纶初为河中推官,罢职,后又为判官。卢纶在河中创作极丰,卷三《秋幕中夜独坐迟明因陪陈翃郎中晨谒上公因书即事兼呈同院诸公》⑦,卷四《奉陪侍中登白楼》《九日奉陪浑侍中登白楼》《春日喜雨奉和侍中宴白楼》《奉陪

---

① 刘禹锡撰,陶敏、陶红雨校注《刘禹锡全集编年校注》卷九,第1051页。
② 彭定求等《全唐诗》卷五二三,第5982页。
③ 刘禹锡撰,陶敏、陶红雨校注《刘禹锡全集编年校注》卷一,第22页。
④ 刘昫等《旧唐书》卷一六三,第4268页。
⑤ 欧阳修、宋祁《新唐书》卷二○三,第5785页。
⑥ 卢纶著,刘初棠校注《卢纶诗集校注》,上海古籍出版社1989年版,第298页。
⑦ 卢纶著,刘初棠校注《卢纶诗集校注》,第329页。

侍中游石笋溪十二韵》《九日奉陪侍中宴白楼》《九日奉陪侍中宴后亭》
《九日奉陪令公登白楼同咏菊》《奉陪浑侍中上巳日泛渭河》《奉陪侍中
春日过武安君庙》①《河中府崇福寺看花》②等诗。试想，岑参在西域，如
无府主的欣赏，也写不了为后世推崇的一批边塞诗。

　　除府主外，还有相同趣味的幕中同僚的因素。浙江大历唱和就是
例证。李商隐《安平公诗》云："府中从事杜与李，麟角虎翅相过摩。清
词孤韵有歌响，击触钟磬鸣环珂……公时受诏镇东鲁，遣我草奏随车
牙。顾我下笔即千字，疑我读书倾五车。"③"草奏"一作"草诏"。李商
隐曾在崔戎华州刺史任所，并随至兖海观察使幕。诗中杜即杜胜，李即
李藩。李商隐又有《赠赵协律晳》诗，诗云："不堪岁暮相逢地，我欲西征
君又东。"④赵又入宣州幕。李商隐与李藩、杜胜曾同在令狐楚兴元幕。
李商隐《彭阳公薨后赠杜二十七胜李十七藩，二君并与愚同出故尚书安
平公门下》："梁山兖水约从公。"⑤梁山指令狐楚兴元幕，兖水指崔戎兖
海幕。可知同幕三人相知最深。李商隐《过故崔兖海宅与崔明秀才话
旧因寄旧僚杜赵李三掾》⑥，赵，赵晳。三人在幕当诗歌唱和，故有"清
词孤韵"语。

　　方镇幕府僚佐和地方文人交往密切，大历浙东唱和诗人中就有地
方文士。这里想说，幕府文士有时会成为贬谪文人的精神寄托。元稹
《送杜元颖》："江上五年同送客，与君长羡北归人。今朝又送君先去，千
里洛阳城里尘。"⑦《三月三十日程氏馆饯杜十四归京》："我正南冠絷，
君寻北路回，谋身诚太拙，从宦苦无媒。"⑧二诗为同时之作。杜元颖时
在荆南幕，《唐才子传校笺》卷四："元和初数年间，王建曾留寓荆州，结

①　以上参卢纶著，刘初棠校注《卢纶诗集校注》，第378—394页。
②　参卢纶著，刘初棠校注《卢纶诗集校注》，第448页。
③　李商隐撰，刘学锴、余恕诚集解《李商隐诗歌集解》，中华书局2004年版，第60—61页。
④　李商隐撰，刘学锴、余恕诚集解《李商隐诗歌集解》，第54页。
⑤　李商隐撰，刘学锴、余恕诚集解《李商隐诗歌集解》，第283页。
⑥　李商隐撰，刘学锴、余恕诚集解《李商隐诗歌集解》，第71页。
⑦　彭定求等《全唐诗》卷四一四，第4581页。
⑧　彭定求等《全唐诗》卷四二三，第4650页。

识杜元颖。其《上杜元颖相公》诗末二句云:'闲曹散吏无相识,犹记荆州拜谒初……建诗屡称杜书记,如《江楼对雨寄杜书记》《道中寄杜书记》,均指杜元颖。故知元和初元颖为荆南使府掌书记。"①《因话录》卷二:"族祖天水昭公,以旧相为吏部侍郎。考前进士杜元颖宏词登科,镇南又奏为从事。"②天水昭公,赵宗儒。杜元颖在荆南与元稹贬江陵掾,大致相终始,杜元颖离幕,元稹尚在,后不久,元稹当亦离去。在元稹送别杜元颖诗中,一是反映了贬谪文士和幕府文士的往返友情,二是反映了贬官和幕府文士的不同身份和心态。

二

当然,《唐方镇文职僚佐考》呈现了幕府文士时、地分布,为研究唐诗之路提供某个层面的研究基础。其实,事实后面仍隐含着大量的信息,以幕府为中心的文士活动及其诗歌创作意义尚待探究。比如大历年间《状江南》唱和,对江南文化研究有独特的价值。

《状江南》这组诗改写了对江南的叙述方式,具有重要的诗史意义和认识价值。在文化视野中考察唐诗,可以发现诗歌解读与文化建构的多元结构。安史之乱发生后,文化中心南移,江南一旦成为与长安的比照而进入唐诗时,就会出现色泽鲜明的别样图景。以《状江南》为例可以挖掘这组诗在唐诗之路中的重大意义。

第一,历时性考察。如从诗歌史角度看,南北朝民歌已经呈现出南北不同的风格,但其内容大致围着爱情转,风物只是陪衬。如南朝民歌《读曲歌》"柳树得春风,一低复一昂"③;《西洲曲》"采莲南塘秋,莲花过人头"④,

---

① 辛文房撰,傅璇琮主编《唐才子传校笺》卷四,中华书局1989年版,第二册,第157页。
② 赵璘《因话录》,中华书局1985年版,第8页。
③ 郭茂倩编《乐府诗集》卷四六,中华书局1979年版,第672页。
④ 郭茂倩编《乐府诗集》卷七二,第1027页。

写南方风物,全诗重点还是落在爱情上。

东晋南朝文学作品,对南方的表现是有局限的,和《状江南》写作地点相同的诗较多,如王籍《入若耶溪》:"舻艖何泛泛,空水共悠悠。阴霞生远岫,阳景逐回流。蝉噪林逾静,鸟鸣山更幽。此地动归念,长年悲倦游。"①若耶溪,在今浙江绍兴市南。名句"蝉噪林逾静,鸟鸣山更幽"动静之妙为人赞赏,而诗中景物的地域性特征不明显。以江南为背景形成的山水诗,表现南方山水的灵秀和俊美,谢灵运和谢朓的诗歌对后世影响较大,谢灵运《登池上楼》"池塘生春草,园柳变鸣禽"②;谢朓《晚登三山还望京邑》"喧鸟覆春洲,杂英满芳甸"③,前者应是初春,后者应是仲春或季春。

南朝有不少写江南山川之美的作品,如陶弘景《答谢中书书》:"山川之美,古来共谈。高峰入云,清流见底。两岸石壁,五色交辉。青林翠竹,四时俱备。晓雾将歇,猿鸟乱鸣。夕日欲颓,沉鳞竞跃。"④丘迟《与陈伯之书》:"暮春三月,江南草长,杂花生树,群莺乱飞。"⑤吴均《与朱元思书》:"自富阳至桐庐,一百许里,奇山异水,天下独绝。"⑥这些作品大致表现出江南同质的山水样貌。

如果从南北分论角度看,唐代可与以唐太宗为代表的帝京系列大制作相对应的是《春江花月夜》。张若虚写江南风物、婉丽情感,承六朝吴声西曲而来。"春江"即指长江,诗的格调和风物皆指南方。分从春、江、花、月、夜写南方景物及人物活动,与其说是宫体诗自赎,不如说以南方民歌底色,婉转声情,再现南方的美丽灵动,在以帝京为代表的北方文化之外,展现南方文化的魅力。王闿运评《春江花月夜》"用《西洲》格调,孤篇横绝"⑦,《西洲》格调,正是江南文化的体现。无论是东晋以

---

① 沈德潜选《古诗源》卷一三,中华书局 1963 年版,第 319—320 页。
② 沈德潜选《古诗源》卷一〇,第 236 页。
③ 沈德潜选《古诗源》卷一二,第 278 页。
④ 《全梁文》卷四六,见严可均《全上古三代秦汉三国六朝文》,中华书局 1958 年版,第 3215—3216 页。
⑤ 《全梁文》卷五六,见严可均《全上古三代秦汉三国六朝文》,第 3284 页。
⑥ 《全梁文》卷六〇,见严可均《全上古三代秦汉三国六朝文》,第 3305 页。
⑦ 王闿运撰,马积高主编《湘绮楼诗文集》,岳麓书社 1996 年版,第 2108 页。

来山水描写,还是大历以前的春江月夜,都是一种文化范型的存在和展示。真正突破,要等待《状江南》的到来。

前代诗人从来未像大历诗人那样深扎江南,触摸江南。大历诗人之前的描写,大致是江南山水和人文。大历《状江南》唱和改变了对江南的呈现方式,开拓了江南风物描写的新境。

第二,咏物诗考察。《状江南》之"状",是"比"义,而且"每句须一物形状"①。这一具体写作规则,已将对江南的表达和传统诗作区分开。如写江南春天:"江南孟春天,荇叶大如钱。白雪装梅树,青袍似葑田。"②"江南仲春天,细雨色如烟。丝为武昌柳,布作石门泉。"③"江南季春天,莼叶细如弦。池边草作径,湖上叶如船。"④显然,这里主要写江南风物之美,物产之丰,在此前诗歌中较少描写。如诗中出现细如弦的莼叶,据陆玑《毛诗草木鸟兽虫鱼疏》:"茆与荇菜相似,叶大如手……江东人谓之莼菜。"⑤张翰在北方做官,见秋风起,乃思莼羹鲈脍,刘长卿《早春赠别赵居士还江左时长卿下第归嵩阳旧居》:"归路随枫林,还乡念莼菜。"⑥以莼菜表达乡思。大历诗人唱和中对莼菜的描写,只是作为江南自然物象,而没有传统的人文内涵。"池边草作径"也没有谢灵运"池塘生春草"的情感注入。

此外,《状江南》唱和,应还有不见文字的规则,从诗作中可以归纳,如每首诗第二句都是第四字用"如"。他们在唱和时都会尽量遵守规则,只是由于每位诗人写作能力不同而不能完全做到。比如写夏天,贾弇《孟夏》:"江南孟夏天,慈竹笋如编。蜃气为楼阁,蛙声作管弦。"⑦樊珣《仲夏》:"江南仲夏天,时雨下如川。卢橘垂金弹,甘蕉

<hr>

① 蒲积中编,徐敏霞校点《古今岁时杂咏》卷四三,三秦出版社 2009 年版,第 503 页。
② 彭定求等《全唐诗》卷三〇七,第 3485 页。
③ 彭定求等《全唐诗》卷三〇七,第 3484 页。
④ 彭定求等《全唐诗》卷二六三,第 2925 页。
⑤ 陆玑撰,毛晋广要《毛诗草木鸟兽虫鱼疏广要》(二)卷上之上,中华书局 1985 年版,第 14 页。
⑥ 彭定求等《全唐诗》卷一五〇,第 1553 页。
⑦ 彭定求等《全唐诗》卷三〇七,第 3483 页。

吐白莲。"①范灯《季夏》："江南季夏天,身热汗如泉。蚊蚋成雷泽,袈裟作水田。"②首句交代时间,余下三句,都在以一物比喻一物形状。贾弇诗中每句一物分别为慈竹笋、蜃气、蛙声,而"一物形状"是通过比喻来完成的,慈竹笋老少相依如编排成一般;蜃气幻化为楼阁;蛙声如管弦奏乐。如严格审查,很难都合格。范灯诗"蚊蚋成雷泽,袈裟作水田",前句说一片蚊虫声如雷声轰鸣,而"袈裟作水田"则不易理解,据焦竑《焦氏笔乘》解释:"王少伯诗'手巾花氎净,香帔稻畦成',王右丞诗'乞食从香积,裁衣学水田',稻畦帔,水田衣,即袈裟也。内典:袈裟字作毠氁,盖西域以毛为之。一名逍遥服,又名无尘衣。"③因此,"袈裟"句是为了押韵而互换位置了,"水田作袈裟"则更符合要求。如此咏物改变了以往对江南描写侧重山川人文的模式,而且这些写作规定,使一诗咏三物,如加上比喻的喻体,差不多是一诗六物"形状"。

第三,时序诗考察。《状江南》还采用月令组诗方式和以往江南诗区分开来。《状江南》一题为《状江南十二咏》,十二咏即用比喻而择物咏唱十二月不同时令特点。一个季节分孟、仲、季三个月,如秋季则分为孟秋、仲秋和季秋。月令诗在初唐已有李峤的作品,但李峤诗比较宽泛,其表达手法是传统的。而《状江南》则不同,以咏物为主,这就意味着每首诗的后三句必须写当月的景物。

李峤写岁时景物是大手笔,概括某月时令物候,包括北方和南方,尽量写出当月的物候景致及人物活动,且在区分相邻月份特点和体物上下了功夫。像咏物诗、月令诗都以写物、物候为要,工整是第一位的,工整又能有生意更好。李峤这类诗中有些作品还是生意盎然的。其实,比照《开元大衍历》④的相关内容,敦煌《咏廿四气诗》⑤也是开元、天

---

① 彭定求等《全唐诗》卷三〇七,第 3490 页。
② 彭定求等《全唐诗》卷三〇七,第 3489 页。
③ 焦竑撰,李剑雄点校《焦氏笔乘》续集卷四,中华书局 2008 年版,第 361 页。
④ 惠栋撰,郑万耕点校《易汉学》卷二,中华书局 2007 年版,第 549—552 页。
⑤ 参见徐俊纂辑《敦煌诗集残卷辑考》卷上,中华书局 2000 年版,第 99—109 页。

宝间作品。以敦煌二十四节气歌中的惊蛰、春分、清明、谷雨、立夏为例,和《开元大衍历》相应内容对比,可发现敦煌《咏廿四气诗》与《魏书·律历志》①异,而与《开元大衍历》同。

《状江南》异于《十二月奉教作》②《咏廿四气诗》。《状江南》十二首是月令诗和咏物诗的综合体,是咏物的月令诗,也是月令的咏物诗。大历诗人《状江南》唱和似乎有意规避了此前文人如李峤诗、民间如《咏廿四气诗》的写作模式和写作侧重点。李峤《十二月奉教作》比较文人化、贵族化,敦煌《咏廿四气诗》比较民间化,而《状江南》则处于二者之间,兼文人化和民间化。无论是李峤《十二月奉教作》,还是敦煌《咏廿四气诗》,都直接写人物活动,而《状江南》十二首几乎没有写个体的行为,与之有了区别。《状江南》之前,咏物诗大致是一首咏一物。这和以前的十二月令诗有了区别。

结合《柏梁体状云门山物》序③,可概括《状江南》的写作规则:状,比也;每一句写出一物形状,构成比喻关系,有比体和喻体;第一句写时间,第二句用"如"字句。因是月令诗,故所写之物与月令相关。从大历诗人写江南的横向比较也可以看到,浙东唱和有对江南人文、山水描写,《经兰亭故池联句》《征镜湖故事》即是。在人文与山川的融会中写古越人物、故事、胜迹等,具体而详赡,但《状江南》与之迥然不同。

如《经兰亭故池联句》:"曲水邀欢处,遗芳尚宛然。名从右军出,山在古人前。芜没成尘迹,规模得大贤。湖心舟已并,村步骑仍连。赏是文辞会,欢同癸丑年。茂林无旧径,修竹起新烟。宛是崇山下,仍依古道边。院开新地胜,门占旧畲田。荒阪披兰筑,枯池带墨穿。序成应唱道,杯作每推先。空见云生岫,时闻鹤唳天。滑苔封石磴,密筱碍飞泉。事感人寰变,归惭府服牵。寓时仍睹叶,叹逝更临川。

① 参魏收《魏书》卷一〇七下,中华书局 1974 年版,第 2717—2718 页。
② 参彭定求等《全唐诗》卷五八,第 696—698 页。
③ 董诰等《全唐文》卷九四七,第 9838 页。

野兴攀藤坐,幽情枕石眠。玩奇聊倚策,寻异稍移船。草露犹霑服,松风尚入弦。山游称绝调,今古有多篇。"①和《兰亭集序》并读,可见这次联句只是演绎兰亭雅集的基本内容,其着眼点亦在此,自诩"赏是文辞会,欢同癸丑年",模仿前人"序成应唱道,杯作每推先",感慨"山游颇同调,今古有多篇",当然也有人事的悲叹:"事感人寰变""叹逝更临川"。可以说,如在这样的文化传统中唱和,重复古老的故事,就不可能有创新。

为什么大历诗人能表现以绍兴为代表的江南风物丰饶?也许答案为:他们生活于此。这看似确切的理由,其实并不是最重要的,因为大历以前生活在南方的文学家很多,东晋南朝的作家都生活在南方。

更为可喜的是,一些新的意象进入诗中,比如郑概诗:"江南孟秋天,稻花白如毡。素腕惭新藕,残妆妒晚莲。"②稻花入诗较晚,刘长卿《送李侍御贬鄱阳》诗有"暮天江色里,田鹤稻花中"③,因比喻的要求,郑诗更丰满形象。将一片一片稻花比喻成白色毛毡,稻花与白毡、新藕与素腕、晚莲与残妆,这样的组合意象是对江南创造性的表现。其后白居易《忆江南》"日出江花红胜火,春来江水绿如蓝"④"山寺月中寻桂子,郡亭枕上看潮头"⑤,尽管这些词句常为人们所引用,表达对江南山水的赞美,但都没有着眼于物产丰饶,从诗歌史角度看,则又回复到传统一路。

总之,《状江南》组诗对江南风物系统而直观的展示,在江南文化史的建构中具有特别重要的文化意义和不可替代的认识价值。唐地域文化与唐诗之路有很多课题可做,在研究中会发现许多问题,《状江南》价值的新发现即如此。

---

① 陈尚君《全唐诗补编》外编第三编《全唐诗续补遗》卷三,第 368 页。
② 彭定求等《全唐诗》卷三〇七,第 3487 页。
③ 彭定求等《全唐诗》卷一四八,第 1509 页。
④ 彭定求等《全唐诗》卷四五七,第 5196 页。
⑤ 彭定求等《全唐诗》卷四五七,第 5196 页。

三

这里想讨论《唐方镇文职僚佐考》的可变组合。《唐方镇文职僚佐考》体例是以方镇为单元,在此单元下将文职僚佐按时间排序,实际上以方镇在任时间为序。在《唐代使府与文学研究》中,可否依时间为单元,而把某段时间各方镇及其僚佐在此单元下排列?理论上是可以的,而且可以设想是另一种文化景观的呈现。当时黄仁宇《万历十五年》①体例和结构颇为人欣赏,而且也受到汤因比《历史研究》②以单元论文化的影响,试图寻找文化单元和历史截面呈现文学状态。事实上因方镇任期不一,无法做到,而幕府僚佐在方镇任职时间也大致依方镇任职时间来确定的,也就是绝大多数幕府僚佐入幕与出幕时间无法明确。当然可以采取模糊方式作时间单元的排列,想象在时间横截面上唐代士人的活动状况,那一定是丰富多彩的。

对《唐方镇文职僚佐考》部分重新组合后,就会清楚地发现元和初方镇文士的生存空间及其活动。如果结合所有方镇元和初的文职僚佐,进行分析,可以作《元和初方镇文士分布研究》。组合方式决定研究角度,虽不能说像魔方一样,但每一次义项单元的重新编排一定有不同的认识和欣喜。比如按职掌编排,如按"掌书记"一职编成《唐方镇掌书记考》,对综合研究掌书记一职大有助益。这里必然涉及地域文化。这一思路在《唐代使府与文学研究》中没有体现。其后作《地域文化与唐代诗歌》,也想写入这一思路的研究,但因课题不能重复唐代幕府的相关内容,只能另起炉灶了。

当时虽以实证研究为主要手段,多数地方仍然是宏观描述。实际上在宏观描述中可以不断深化细部的研究,这样对宏观描述和理论探

---

① 黄仁宇《万历十五年》,生活・读书・新知三联书店 2008 年版。
② 汤因比(Toynbee, A. J.)《历史研究》,上海人民出版社 1986 年版。

讨才有推进的作用。如在地域文化中去思考陈子昂在唐代的影响和接受的问题。从材料出发,也许可以得出一个结论,即在以李商隐、杜牧、许浑、温庭筠等为代表的晚唐诗人基本没有提及陈子昂,这一结论大致正确。但如有更好的论证思路,使结论坐实而不空泛飘浮,从文学地理学角度去思考,应是最佳选择。

李商隐大中九年前曾任东川节度判官①,节度使治所在梓州,梓州是初唐诗人陈子昂的家乡。李商隐在梓州留下不少诗作,如《夜雨寄北》:"君问归期未有期,巴山夜雨涨秋池。何当共剪西窗烛,却话巴山夜雨时。"②有在诗题中出现"梓州"的作品,如《梓州罢吟寄同舍》:"不拣花朝与雪朝,五年从事霍嫖姚。君缘接座交珠履,我为分行近翠翘。楚雨含情皆有托,漳滨卧病竟无憀。长吟远下燕台去,惟有衣香染未销。"③李商隐并非短暂停留,而是在东川幕做幕僚的。在这一特定的地理空间,李商隐理应有悼念陈子昂的诗,或与陈子昂相关的诗作。可是没有发现。当然,不排除李商隐有相关诗作,可能亡佚,这一设想虽然比较智慧和缜密,但文学史研究通常面对的是既存文献,否则无法展开研究。

正好盛唐时诗人杜甫也在梓州生活过一段时间,可以作比较。有共同生活空间的比较更具价值,结论更为可靠。

杜甫曾至东川梓州,作诗多首,其有《九日登梓州城》,《杜诗详注》注:"鹤注:宝应元年及广德元年,公皆在梓州。"④他在绵州时,送李某赴任梓州刺史时自然想到陈子昂。其《送梓州李使君之任》诗题原注云:"故陈拾遗,射洪人也。"⑤《杜诗详注》注云:"鹤注:李梓州赴任,在宝应元年之夏,故诗云:'火云挥汗日,山驿醒心泉。'尔时公在绵州也。广德元年,有《陪李梓州泛江》《陪李梓州使君登惠义寺》诗,乃次年事。

① 参戴伟华《唐方镇文职僚佐考》,第 393 页。
② 李商隐撰,刘学锴、余恕诚集解《李商隐诗歌集解》,第 1355 页。
③ 李商隐撰,刘学锴、余恕诚集解《李商隐诗歌集解》,第 1461—1462 页。
④ 杜甫著,仇兆鳌注《杜诗详注》卷一一,中华书局 1979 年版,第 933 页。
⑤ 杜甫著,仇兆鳌注《杜诗详注》卷一一,第 916 页。

《唐书》:梓州梓潼郡,属剑南道。乾元后,蜀分东、西川,梓州恒为东川节度使治所。按:梓州,今四川潼川州是也,地在绵州之南。"①诗云:"遇害陈公殒,于今蜀道怜。君行射洪县,为我一潸然。"②表达了对陈子昂景仰和哀悼之情。而到了梓州后,他瞻仰了陈子昂宅,作有《陈拾遗故宅》诗,《杜诗详注》注云:"杨德周曰:陈拾遗故宅,在射洪县东武山下,去县北里许。本集云:子昂四世祖陈方庆,好道,隐于此。有唐朝道观址,而真谛寺在其左。《碑目》云:陈拾遗故宅,有赵彦昭、郭元振题壁。"③诗云:"拾遗平昔居,大屋尚修椽。悠扬荒山日,惨澹故园烟。位下曷足伤,所贵者圣贤。有才继骚雅,哲匠不比肩。公生扬马后,名与日月悬。同游英俊人,多秉辅佐权。彦昭超玉价,郭震起通泉。到今素壁滑,洒翰银钩连。盛事会一时,此堂岂千年。终古立忠义,感遇有遗篇。"④表达出对陈子昂人格、诗作的赞美。

梓州有陈子昂读书处,杜甫参观其遗迹,作《冬到金华山观因得故拾遗陈公学堂遗迹》诗,《杜诗详注》注云:"鹤曰:宝应元年(762)秋,公自梓归成都迎家,再至梓州。十一月,往射洪,乃是时作。广德元年,虽亦在梓,而冬已往阆州矣。《舆地纪胜》:陈拾遗书堂,在射洪县北金华山。大历中,东川节度使李叔明,为立旌德碑于金华山读书堂,今在玉京观之后。地志:金华山,上拂云霄,下瞰涪江。有玉京观在本山上。东晋陈勋学道山中,白日仙去。梁天监中建观。《唐书》:陈子昂,字伯玉,梓州射洪人,常读书于金华山。"⑤诗云:"陈公读书堂,石柱仄青苔。悲风为我起,激烈伤雄才。"⑥称扬陈子昂为"雄才",并作深深哀悼。

如果提出晚唐人不关心陈子昂,这是一般的文学概念;如果以李商

---

① 杜甫著,仇兆鳌注《杜诗详注》卷一一,第917页。
② 杜甫著,仇兆鳌注《杜诗详注》卷一一,第918页。
③ 杜甫著,仇兆鳌注《杜诗详注》卷一一,第947页。
④ 杜甫著,仇兆鳌注《杜诗详注》卷一一,第948—949页。
⑤ 杜甫著,仇兆鳌注《杜诗详注》卷一一,第946页。
⑥ 杜甫著,仇兆鳌注《杜诗详注》卷一一,第947页。

隐为例分析,就成了文学地理学的问题。也可以说,因为有了文学地理学的观念,也才能发现别人没有注意到的这一问题。

　　[作者简介]戴伟华,广州大学人文学院教授。

唐诗之路本体论:时空关系与权力结构 *

吴夏平

摘　要:唐诗之路与唐代诗路是两个既有联系又有区别的概念。概括地讲,唐代诗路是历史存在,诗路创作属于历史现象,而唐诗之路则是后人对此现象理解和认识的结果,是对由诗、路、人三大要素形成的综合体这一新事物思考的表述。从作为方法的角度看,借助唐诗之路不仅可重研唐诗,而且还可以西方理论反观自照,因而使其具有融合古今、会通中外的学科品格。时空关系与权力结构是唐诗之路本体的基本要素,因而也是揭示唐诗之路本质的两个关键。时空关系是理解唐诗之路三大要素内在关联的重要切入点。从地理批评角度看,时间的空间性是时空凝定的内在机制,由此形成的场域具有流动性。唐人地理和地方知识结构既是诗路文学活动的前文本,同时也是解开诗路历史与现实时空关系的密码。从7—9世纪世界格局和国际秩序,以及唐代官僚体系运作机制看,诗路形成的本质是权力的时空流动,这为理解诗路创作同一性与差异性提供了根本性基础。

关键词:唐诗之路　唐代诗路　本体论　时空关系　权力结构

近年来,唐诗之路日益为学界关注,唐诗之路研究渐成学术热点,相关成果大量涌现,使其成为当代学术进程中的重要现象。但也毋庸

---

* 基金项目:本文是国家社会科学基金重点项目"中古书籍制度文献整理及其与文学之关系研究"(21AZW006)阶段成果。

置疑,研究过程中出现各种问题,不少研究者困扰于学术焦虑。这种焦虑和困惑,主要来自于对研究对象本质把握的不确定性。例如,如何在研究中联结历史与现实,如何超越细节和表象,如何发掘学术价值和研究意义,如何提升学术品质等等。怎样消除研究者的学术焦虑,破解当下研究困境,已然成为当下亟须解决的重要问题,也是进一步深化唐诗之路研究的关键问题。要解决这些问题,必须从辨析唐诗之路概念和内涵入手,深刻认识唐诗之路本体,确切把握唐诗之路各要素及内在关联,深入理解唐人活动的本质等。以下试从唐诗之路概念辨析入手,从时空关系和权力结构等方面对这些问题进行分析。

一、作为方法的唐诗之路

唐诗之路与唐代诗路是两个不同概念。正如鲁迅先生所言,天下本无路,走的人多了,便也有了路。也可以说,唐代本无诗路,走的人多了,写的诗歌多了,便也形成了诗路。由此可知,唐代诗路的三大核心要素是诗、路、人,其中最根本的是人。思考唐代诗路的本质问题,必须围绕人这个最根本性要素。名山大川本是自然存在,通过道路连接,就打上了人的活动烙印。诗歌只不过是对人类活动的记录。从空间和时间来划分不同诗路,是后人对此问题理解和认识的一种方式,或者说是对唐代诗路现象的描述。从交通道路、文化区域、自然地理、个体与群体等不同层面,可以划分不同类型的诗路。这种划分当然是很有意义的,但从学术角度看,不仅要知道有哪些类型的诗路,还要追问唐代文人为什么会有这些活动?他们为什么形形色色、忙忙碌碌地活动在不同诗路之上?这些活动在当时具有怎样的价值和意义?

与唐代诗路作为已然存在的事实不同,唐诗之路是当代学人提出的一个研究唐代文学和文化的新概念,具体来讲,是研究由诗、路、人三个核心要素共同形成的新综合体概念。作为一个概念,唐诗之路正式提出始于 1988 年，浙东唐诗之路始于 1993 年。可以说，唐代诗路是一种历史现象，因而也是唐诗之路研究的具体对象，唐诗之路则是当代学人用以研究唐代诗路的方法。因此唐诗之路不仅具有很重要的当代文化建设的现实意义，而且从学术角度讲，此概念还具有作为学术方法的、重勘重释重构唐代文学文化的方法论价值。从方法论意义上看，唐诗之路蕴含着重新考察唐诗的视野、角度以及可具体操作的技术等。循此进一步分析，唐诗之路概念的提出，还具有学科建设意义，在一定程度上提供了研究唐诗学的新方法。文学地理与历史地理等学科交叉综合，特别是西方有关地理批评的方法，为研究唐诗学提供了新思路。唐诗之路本质上属于唐诗的历史时空还原研究，也就是把唐诗置于历史时空坐标轴中重加考察，据此可发现新知识和新问题。因此，从作为研究方法的唐诗之路来看，其理论渊源可以从中西学术思想传统中去追溯。

早在先秦时期，人们已经认识到地理环境与诗歌风格的关系。这与不同地域的语言特点、音乐性质以及诗歌表演具体场景有关。十五国风以及风、雅、颂分类，反映了人们对此问题的深度认识，具有理论总结的深刻意味。屈原作楚辞，宋人黄伯思总结为"皆书楚语，作楚声，纪楚地，名楚物"①，代表了后人的理论概括。那么，屈原本人对地域文化有无自觉认识？答案当然是肯定的。因为道理很简单，屈原自觉模仿楚地民歌进行创作，因而也是有意识地突出楚文化特点的行为。自司马迁撰《史记·河渠书》、班固作《汉书·地理志》以降，人们对地域文化的自觉认识更加深入。魏晋以来，特别是东晋南北朝长期处于分裂和对立状态，加深了人们对自然地理和地域文化的感知，南北概念也由此得以加强。刘勰在《文心雕龙》中提出地域文化与文学创作的关系问题，并以"江山之助"加以概括。对于这个概念，可从三方面理解。其一，刘勰明确提出了"物色之动，心亦摇焉"的观点，认为自然环境的变

---

① 黄伯思《宋本东观余论》，中华书局 1988 年版，第 344 页。

化会引发人们情感的波动,进而影响文学创作。他指出,不同地域的自然风光和人文环境会对当地文学产生影响,形成具有地域特色的文学风格。其二,刘勰详细论述了南北朝时期不同地域的文学风格。他指出,南方文学以清新脱俗、婉约柔美为特点,北方文学则以豪放粗犷、雄浑豪迈为特点。这些差异不仅反映了南北两地不同的自然环境和人文传统,也体现了不同地域对于文学的理解和追求。其三,刘勰还强调了文学作品的地理背景和地域特色对于理解和欣赏文学作品的重要性。他认为,读者在欣赏文学作品时,应该充分考虑到作品所反映的地域文化和风土人情,以便更准确地理解作品的主题、情感和艺术特色。初唐魏徵等对此现象进一步思考,特别强调:"江左宫商发越,贵于清绮,河朔词义贞刚,重乎气质。气质则理胜其词,清绮则文过其意,理深者便于时用,文华者宜于咏歌,此其南北词人得失之大较也。"他们并据此提出南北融合的构想:"若能掇彼清音,简兹累句,各去所短,合其两长,则文质斌斌,尽善尽美矣。"①这种文艺理想的理论前提,暗含了南北对立的历史事实。隋唐虽在政治上实现了南北统一,但由于山川地理的自然阻隔以及长期以来的风俗差异,形成不同地域文化。

显然,上述唐前对于自然地理与文学创作关系的认识,是唐人诗路写作的一种潜在结构。这种结构往往内化为一种新知识,成为唐人对诗路创作理论自觉体认的参照。也就是说,唐人进行创作时,可能会自觉运用这些理论来指导创作行为,会自发地将个体及作品融入与诗路相关的历史和现实当中。这种自觉的联结行为,并不一定在诗歌中直接表现出来,但诗歌是揭开作者与历史和现实联系的重要媒介。因此,以诗路创作为路径,可以揭示唐人在思想和实践等方面是如何与古代赓续、与当下共振的。假如把历史不同时期某一条诗路或某一区域诗作加以整体考察,可以展示古人有关诗路与诗作关系理论的流动脉络。同样,假如能够把握唐人对诗路理论的系统思考,则可以从规律性方面

---

① 魏徵等《隋书》卷七六,中华书局 1973 年版,第 1730 页。

找到打开唐代诗路思想密码的钥匙。

作为方法的唐诗之路还可以在西方文艺思想和学术方法中得到借鉴。这是因为,以往唐诗研究比较关注诗人、作品、写作背景及三者关系,但法国埃斯卡尔皮等人的文学社会学理论还注重对读者研究,他们认为阅读是文学创作的继续,完成作品并不等于创作结束,读者与作家的对话也是创作重要组成部分。他们认为,读者的理解相对于作者本意来说,可能是一种"创造性的背离"①,也就是可能与作者原意背离。近年来,西方学者提出"写作是一种社交行为",并以此为基础提出写作共同体、诗学话语体系等理论。② 以这些理论为借鉴,可以激发对唐诗之路的新思考:是否可以从诗歌共同体角度重新理解唐诗之路中的写作行为? 假如这个概念能成立,那么,哪些诗人和诗作可纳入共同体范畴。再从诗歌话语体系来看,唐诗之路上的诗歌写作,是否参与了唐诗话语体系的建构,如果这个看法成立,那么,唐诗之路上的诗歌写作对唐代诗歌话语体系到底产生了哪些重要作用? 从这些理论出发,无疑可以在既有唐诗研究基础上,开拓新的学术空间,推进唐诗研究向更深层发展。

从上述可知,作为方法的唐诗之路,首先在于唐诗之路是重新理解和认识唐诗的重要方法。它可以改变以往单层研究,建立起诗、路、人三位一体的新的历史时空。这样可以改变观察唐诗的角度,观察所得的结果自然也与往不同。其次,唐诗之路作为方法,是联结历史与现实的重要路径。这种历史与现实,既包含了过往的历史与现实,也包含了现代学者联结唐诗与当下现实的思考。最后,唐诗之路作为一种学术方法,决定了唐诗之路研究方法论本体必须是基于多学科深度融合的。这种深度融合与以往所说学科交叉还不完全相同,交叉是指方法上交汇,有叠加、复合之意,融合则意味着新方法的诞生。以往研究唐诗,

---

① 罗贝尔·埃斯卡尔皮《文学社会学》,符锦勇译,上海译文出版社 1988 年版,第 136 页。
② Cooper, Marilyn M., and Michael Holzman. *Writing as Social Action*. Boynton:Cook, 1989.

诗、路、人也有交叉，但三者又在不同学科中各自独立，与诗对应的有传统诗歌研究理论，而路往往是人文地理和自然地理的研究对象，人则更为复杂，往往存在于制度史、思想史等领域。而诗、路、人三者结合的新视域，其研究方法势必是融合了古今中外、人文与科技等内容而产生的新方法，因而更能展示唐诗研究的现代性。

二、从历史与现实时空关系理解诗路创作

时间与空间的关系，是揭示唐诗之路本质的关键。对于这个问题的理解，可以借助西方有关"地理批评"的观点。法国利摩日大学教授波特兰·维斯法尔（也译作"波特兰·韦斯特法尔"）基于福柯《他者空间》《权力的地理学》，以及德勒兹《千高原》等著作中的理论，提出"地理批评"概念。在其《走向一种文本的地理学批评》《地理批评：真实与虚构空间》中，提出空间的时间性问题。他认为空间概念的产生和使用，不是静态的，而是流动的。不同人在不同场合的使用，开放的空间（espace）转换成封闭的场域（lieu）。也就是说，不同的人在认识和使用某一空间概念时，这一空间概念原具的多样性涵义转换成某一特定的涵义。而这特定的涵义是与认识和使用时的特殊场景有关的。由于认识和使用的历时性，空间概念也是流动的。此为空间的时间性。另一方面，空间还存在想象与虚构的现象。想象与虚构的空间，不是外在的空间，而是内心的空间。① 对于这个理论的理解，可以刘禹锡有关桃花源的创作为例。从时空关系来看，作为文学地理的桃源形象在后世不断变异，与历史地理的武陵相互结合，以诗歌的文本形式和绘画的图像形式呈现出来。无论是诗歌文本还是绘画图像，当桃源进入作者视域时，

---

① 参看波特兰·韦斯特法尔《地理批评宣言：走向文本的地理批评》，陈静弦、乔溪、颜红菲校译，《南京工程学院学报》（社会科学版）2018 年第 2 期。骆燕灵整理翻译《关于"地理批评"——朱立元与波特兰·维斯法尔的对话》，《江淮论坛》2017 年第 3 期。

已从空间转换成场域,由此在不同作者心中和笔下生成不同的桃源。而且,即便是同一个人,由于场景的不同,对桃源的认识也存在差异。刘禹锡在未谪朗州之前所作《桃源行》,虚构和想象了一个神仙世界的桃源。但当他走进真实的武陵后,在所作《游桃源一百韵》中,对瞿童成仙故事则产生怀疑。不过,在现实的迁谪过程中,刘禹锡的内心肯定还有一个他向往的桃源世界。①

唐代诗路中的诗、路、人三者内在关联,其本质主要表现为时间与空间的关系。这里所讲的时空关系,就其不同主体而言,包括多重涵义:其一,从诗人创作当下看,其行为联结了历史时空与现实时空;其二,从后人对诗路作品的体认看,诗人作品及其创作行为参与建构了诗路未来时空;其三,从唐诗之路研究主体看,时空关系主要体现为以历史时空坐标轴为考察切入点。这主要就诗路形成及研究总体原则来说,事实上,每个时代都其诗歌之路。就唐代诗路而言,第一点可以理解为唐前诗路与唐代诗路关系,第二点是唐代诗路作品历史流传及影响问题,第三点即当下唐诗之路研究视域和方法问题。前两点可简括为唐代诗路形成史,后一点可视为重新发现唐代诗路的过程。这样看来,任何一条诗路都由多个历史时空节点连接而成,而每一个节点又由历史时空相续叠加而凝定。因此,循此理路和脉络,可以解开诗路节点凝成的文化密码。这些文化密码隐藏于诗路创作与唐人地理知识结构及地方文化知识之中。这是因为,对历史时空关系的理解和把握,最终结果表述为对唐人地理知识和地方文化知识的认识和理解,以及对唐人诗路创作心理的整体把握。唐人地理知识不仅是他们行走于诗路必备的基本条件,而且也是他们进行诗歌创作所需的重要知识来源。从创作整体过程来看,相关地理知识可以说是诗路创作的前文本,是整个创作的重要基础。唐人对于诗路本身的理解和认识也很重要,因为这关涉到诗人对于诗路历史渊源及其作品未来影响的自觉认知。因此,

---

① 吴夏平《神人之间:晋唐"桃源"形塑与流变》,《南京师大学报》(社会科学版)2022 年第 1 期。

唐人对于诗路本身的认识,是诗人联结古今及未来的内在机制。诗人的创作不仅记录了当下的活动情形,而且其中也包含了对诗路以往历史文化、历史地理的联想和想象。诗人创作完成后,其作品又成为后来创作的前文本。如此循环往复,构成一个点、一条路、乃至一个区域的诗路发展史。

古人地理知识主要来源于亲身体验的直接经验,以及通过阅读或听闻获得的间接知识。把握唐人地理知识结构,当从目录学著作切入。在唐前目录学史中,应特别注意王俭《七志》,"七曰《图谱志》,纪地域及图书"①。可见,发展到齐梁时期,地理书籍数量剧增,应单独成类。《隋书·经籍志》史部地理类小序,追溯上古以来地理类书籍发展流变史,据此可知唐前地理知识生产、地理书籍传存主脉:周朝设官分职,夏官、地官、春官等不同系统各司其职,收集各地信息、编制舆图,最后汇集于太史,由此形成国家地理知识体系。汉代是地理知识重要发展阶段,主要有司马迁《史记·河渠书》和班固《汉书·地理志》,此外还整理了相传为夏禹所撰《山海经》。魏晋时期,地理学著作开始增多,挚虞曾据此作《畿服经》170卷。齐梁时期,地理总汇之作有陆澄合160家之说而成的《地理书》。任昉在陆书基础上增加了84家而成《地记》,共244家。其后,顾野王又撮抄众书合成《舆地志》。杨隋重订制度,更新地理知识,编成《诸郡物产土俗记》《区宇图志》《诸州图经集》三大地理书。②

《隋志》所载历代地理书籍,显然是唐人地理知识结构形成的重要来源。唐人在此基础上,又制作了大量图经类地理书籍。这与唐代选官制度重要变化有关。简单讲,唐代选官有两个重要特点,一是各地官员由中央统一任命,二是异地任职。因此,官员赴任需要了解所任之地的地理形势和风俗人情,必须阅读相关地理书籍。这样一来,图经需求大量增加,图经编撰也应运而生。③ 唐代官方对地理书籍的生产制作

① 魏徵等《隋书》卷三二,中华书局1973年版,第907页。
② 魏徵等《隋书》卷三三,第987—988页。
③ 吴夏平《史学转向与唐代"文之将史"现象》,《文学评论》2019年第3期。

有专门管理制度。具体来讲：一是专人职掌。《唐六典》载兵部职方郎中、员外郎："掌天下之地图及城隍、镇戍、烽候之数，辨其邦国、都鄙之远迩及四夷之归化者。凡地图委州府三年一造，与板籍偕上省。其外夷每有番官到京，委鸿胪讯其人本国山川、风土，为图以奏焉，副上于省。"①二是采摭详明。《唐会要》详载诸司应送史馆事例，其中有关州县者主要有：州县废置及孝义旌表，由户部申报史馆；各地自然灾害，每年由户部申报；各地硕学异能、高人逸士、义夫节妇，亦由户部申报。在这样的管理制度之下，图经内容自然也非常丰富，"古今事迹，地里山川，地土所宜，风俗所尚，皆须备载不得漏略"②。三是定期编纂。为掌握各地动态，官方规定："凡图经，非州县增废，五年乃修，岁与版籍偕上。"③图经定期更新，形成活态的地理知识和地方知识系统。

亲身经历体验和听闻也是重要知识来源。唐人编撰了不少记录任职地和路途见闻的书籍，即为此为明证。《新唐书·艺文志》史部地理类，从薛泰《舆驾东幸记》至徐云虔《南诏录》，著录了相关著作多种，其中大部分是作者任职期间依据调查和听闻，对当地山川地理和人物风情的记录。如《西域国志》六十卷，原注："高宗遣使分往康国、吐火罗、访其风俗物产、画图以闻。诏史官撰次，许敬宗领之，显庆三年上。"④张周封《华阳风俗录》一卷，原注："字子望，西川节度使李德裕从事，试协律郎。"⑤卢求《成都记》五卷，原注："西川节度使白敏中从事。"⑥顾愔《新罗国记》一卷，原注："大历中，归崇敬使新罗，愔为从事。"⑦樊绰《蛮书》十卷，原注："咸通岭南西道节度使蔡袭从事。"⑧这些地理类著作是唐人地方知识生产的重要方式，当然也是后来者获取地方知识的重要

---

① 李林甫等《唐六典》，陈仲夫点校，中华书局 1992 年版，第 162 页。
② 董诰等《全唐文》卷一一一，中华书局 1983 年版，第 1136 页。
③ 欧阳修、宋祁等《新唐书》，中华书局 1975 年版，第 1198 页。
④ 欧阳修、宋祁等《新唐书》卷五八，第 1506 页。
⑤ 欧阳修、宋祁等《新唐书》卷五八，第 1507 页。
⑥ 欧阳修、宋祁等《新唐书》卷五八，第 1507 页。
⑦ 欧阳修、宋祁等《新唐书》卷五八，第 1508 页。
⑧ 欧阳修、宋祁等《新唐书》卷五八，第 1508 页。

来源。

上述三大类地理书籍及其与诗路创作的时空关系比较复杂,可以从以下几方面来认识:一是唐前地理书籍是唐代地理书籍编纂的重要基础,构成唐人时空认知的纵向维度。二是唐代地理书籍编纂作为一种活态知识生产,构成唐人时空认知横向维度。三是纵横两个维度构成勾连历史与现实的完整知识体系,并注入诗路创作实践。关于这一点,可以举两个具体例证。如张籍《送郑尚书赴广州》:"海北蛮夷来舞蹈,岭南封管送图经。"①再如韩愈《将至韶州先寄张端公使君借图经》:"曲江山水闻来久,恐不知名访倍难。愿借图经将入界,每逢佳处便开看。"②张、韩二人的诗歌本身属于诗路作品,其中提到岭南送给郑尚书图经、韩愈向张端公借阅图经等事实,反映了地理书籍参与地方知识构建、进入诗歌创作的具体过程。

地理或地方知识进入诗歌创作,并不止于上述图经制作和图经阅读等行为。上述现象还只是地方知识进入诗歌的外在表现,其内在深层次联结,关涉诗路创作当下的心理机制问题。地理知识或者说地方知识,固然可以为诗人行走诗路提供实际帮助,如出行时交通路线和交通工具的选择等。但当诗人进入创作过程,在受到一般性的诗歌理论影响之外,诗人考虑最多的恐怕还是如何联结历史与现实。他们头脑中产生的联想,是与其行走之地的历史人文、自然地理有关的各种图景。最终呈现出来的作品,可以实现多种对话,包括诗人与历史人物、与自然山水、与读者、与自己对话。在这几种对话中,诗人与读者及其本人的对话,属于诗歌创作的一般现象。而诗人与历史人物和自然山水的对话,则与创作的前文本密切相关。如前所述,前文本既可指具体文字文本,也包含山水、风物、人情等可能进入诗歌文本的物质的或非物质的各种事物。以李白为例,《秋登宣城谢朓北楼》中"两水夹明镜,双桥落彩虹。人烟寒橘柚,秋色老梧桐",是对宣城自然风景

---

① 彭定求等《全唐诗》卷三八五,中华书局1960年版,第4340页。
② 彭定求等《全唐诗》卷三四四,第3860页。

的描绘,而"谁念北楼上,临风怀谢公",则将历史、现实及未来关联起来。李白在金陵作《金陵城西楼月下吟》"月下沉吟久不归,古来相接眼中稀。解道澄江净如练,令人长忆谢玄晖",其中"古来相接"直接道出了创作时的心理活动。李白追慕谢朓,跟随其足迹行走,在他的这些诗歌中,很自然地都与六朝著名诗人谢朓发生对话。据此可知,唐人行走于诗路时,对该诗路之上曾经的历史名人遗踪和相关创作产生联想。唐人对六朝遗韵的追摹,是六朝诗路对唐代诗路产生影响的重要原因。

据上所述,从时空关系理解唐人诗路创作,在知识结构上主要表现为由三类地理书籍构成的地理知识和地方知识。在具体创作中,唐人对唐前诗歌作品的阅读和理解,也是一条地方知识形成的重要路径。这些知识多从唐前文学总集和文人别集中得来。总体上说,地理书和文集的交叉互织是地方知识形成的主要来源。这些地理知识和地方知识,与唐人所处的当下时空组合,建构了诗路历史与现实相连的真实图景。显然,这对于深入理解诗路创作具有重要意义。也就是说,诗路作品不仅是唐人诗路文学活动的记载,而且也承载了唐人的历史文化记忆,循此进入,可以解开唐人与唐前乃至后世错综复杂的关联。

三、从权力结构认识诗路活动本质

从空间和时间来划分不同诗路,是后人对唐诗之路理解和认识的一种方式,或者说是对唐代诗路现象的描述。从学术角度看,不仅要知道有哪些类型的诗路,还要追问唐人为什么会有这些活动,这些活动的本质到底是什么。对这些问题,当从 7—9 世纪的世界格局和国际秩序,以及李唐王朝权力运行机制和制度呈现等层面加以理解。这是因为,作为诗路重要主体之一的诗人,称其为诗人主要是从创作及其作品来看的,但事实上,行走于诗路上的诗人,大多数有其承担的具体官职,在官僚体系中分任不同角色,可以说诗人与官员两种身份合而为一。因此,可以从权力结构的角度,深入理解和认识诗路活动的本质。

(一) 国际秩序

7—9世纪,唐王朝无疑是世界中心,在当时国际政治、经济发展、文化建设等事务中扮演重要角色。在这层意义上,从整体性和系统性看,诗路与丝路有极其相似的一面。或者可以说,诗路是建立在丝路之上的。整体上看,唐王朝北边有三条重要的丝绸之路:一条是纵贯南北的,以长安和洛阳为起点,经由河西走廊至西域的丝路;一条是横贯东西的草原丝路;还有一条是从东北进入唐朝的丝路。据考证,唐朝前期,西域胡商要从西亚进入中国,大多先越葱岭,进入天山南北,到河西走廊后,在武威分成南北两路:一路直接从河西走廊去往长安和中原,一路则从武威向北,沿草原丝绸之路中东部,可以直达唐东北军事重镇营州。唐代中后期,处于草原丝绸之路东端的营州和渤海国等地的多元文化交流也空前繁荣起来。这些文化交流和融合,甚至还通过草原丝绸之路东端的营州和渤海国,与东方海上丝绸之路相连,到达朝鲜半岛和日本列岛。[①] 东南的海上丝绸之路,多以沿海城市为起点,如广州、明州、台州、登州、泉州等,经由海路而与东南亚等国家和地区产生关联。丝绸之路将唐朝与欧亚联系起来,而发生在这些丝路上的各种文化活动,推动唐朝在建构和维护国际秩序、建设欧亚文明中发挥重要作用。

发生在这些丝路上的各种经济文化活动,其主体是往来于丝路上的唐王朝以及周边国家和地区的使者、官员、商人。例如,唐朝与新罗

---

① 杜晓勤《唐代文学的文化视野》,中华书局2021年版,第680—689页。

文化交流的双方往来人员,在唐朝主要是赴新罗使者和入新罗唐僧,在新罗一方则主要是遣唐使、宿卫(质子)、留唐学生和僧人、商人等。①唐王朝与日本交往的双方人员,其情形与新罗相类。但这里要特别注意的是,从文化移植和书籍之路角度看,唐朝与日本的交流互动,在直接的唐日交往之外,还存在一条经由朝鲜半岛的间接道路。也就是说,日本曾从新罗搜集唐朝的书籍和其他文物。由于当时新罗文化总体上要高于日本,日本曾向新罗派出使者、留学生和留学僧,他们在新罗搜求、购买、抄写汉籍的行为,与其在唐朝的行为相似。②

　　唐与新罗、日本的海上交通,既是政治和商业等活动发生的载体,同时也是诗歌活动场所,由此形成海上唐诗之路。例如,日本留学生阿倍仲麻吕来唐后,改名晁衡,与李白、王维、储光羲、包佶等人结为诗友,汉诗写作达到很高水平。其《衔命还国作》收录于《文苑英华》,成为集中唯一一首外国人作品。新罗留学生崔致远在唐参加科举考试,曾任职于溧水、扬州等地,回国后被誉为"东国儒宗""东国文学之祖"。所著《桂苑笔耕集》二十卷,记录了他在唐期间的文学生活情状。东亚文人与唐朝诗人结下深厚诗缘,回国后继续互致书信。正如贯休《送新罗人及第归》所言:"到乡必遇来王使,与作唐书寄一篇。"③诗中"唐书",指的是以汉语所作书信或诗文。日僧最澄于贞元二十一年(805)返回日本,台州文武官员饯行,包括台州刺史陆淳、司马吴顗、录事参军孟光、临海县令毛涣、乡贡进士崔暮、广文馆进士全济时、天台沙门行满、天台归真弟子许兰、天台僧幻梦、前国子监明经林晕等人。后九人均有送行诗留存。题为《台州刺史陆淳送最澄阇梨还日本》虽尚未确定是否为陆淳所作,但也能反映当时情形:"海东国主尊台教,遣僧来听妙法华。归来香风满衣袯,讲堂日出映朝霞。"此次送行活动详情,见载于台州司马吴顗所撰《送最澄上人还日本国叙》。从吴叙来看,饯行组诗应合编为

---

① 吴夏平《唐与新罗书籍活动考论》,《中国典籍与文化》2015 年第 2 期。
② 吴夏平《唐代书籍活动与文学秩序》,上海古籍出版社 2021 年版,第 334—335 页。
③ 彭定求等《全唐诗》卷八三六,第 9418 页。

集。这次诗会反映出天台确实是唐代诗人与东亚文人的重要结缘地，不仅有密切的交往过程，而且还有盛大的诗歌创作活动。因天台佛教文化，唐诗对以嵯峨天皇为代表的日本知识阶层产生巨大影响。嵯峨天皇、仲雄王、巨势识人等均作有不少奉和最澄的汉语诗歌。① 从最澄求法天台，到陆淳等人作诗送别，再到日本上层奉和之作，勾勒了一条非常清晰的东亚唐诗之路的轨迹。据此，考察东亚唐诗之路，应注意以下几方面问题：一是东亚诗路何以发生和形成，二是唐诗东传的载体和路径，三是东亚诗路与唐朝诗路的连接问题。这是因为，通过第一点，可深入认识唐诗之路对于东亚国际秩序的价值和意义。借助第二点，可还原东亚诗路的具体形态。从第三点，可把握东亚唐诗之路的整体性。②

由上述可知，唐代诗路在建构和维护国际秩序与欧亚文明中发挥了重要作用。7—9 世纪，横穿东西的草原丝路与纵贯南北的天山—河西走廊诗路，将长安、洛阳与中亚、欧洲联系起来，东南沿海各地则与朝鲜半岛、日本列岛通过海上诗路联系。因此，可以从诗路中的文化回环、书籍传播等角度，进一步揭示诗路在欧亚、东南亚文明进程中的价值和意义。

（二）制度张力

制度是驱动唐代文人空间流动的根本性力量。行走在诗路上的文人虽各怀目的、心态各异，但支配他们空间流动的力量，不外乎举士和选官制度，具体讲，包括科举、铨选、入幕、贬谪等制度。

在唐代官僚体系运作机制之下，唐代文人进入仕途的第一步，必须参加科举考试。从全国各地来京城长安应试的举子，他们路途所观所感，往往形之于诗。来年放榜后，落第者开始为回乡作准备。《全唐诗》

---

① 胡可先《天台山：浙东唐诗之路与海上丝绸之路的交汇》，《浙江社会科学》2019 年第 12 期。
② 吴夏平《东亚唐诗之路摭论》，《中国诗歌研究动态》2023 年第 1 期。

中保存的大量送落第举子返乡的诗歌,即为此明证。笔者曾对唐代进士科考试录取率问题有所考察,发现唐代进士科录取率约为 3‰—5‰。① 可见绝大多数考生属于落第者。有幸及第的举子,在获得官职之前,大多选择返乡觐亲。这样一来,举子们连绵不断地往返于京城长安与家乡之间,期间发生的诗歌活动,显然是诗路创作的重要内容。

唐代科举考试及第者获得官职,以及六品以下非常参官员迁任新职,还要参加吏部主持的铨选。唐高宗时裴行俭开创铨注之法,到开元十八年(730)裴光庭制定"循资格",守选作为选官制度正式确立。守选制主要为了解决员缺少而参选者多的矛盾问题。也就是说,对六品以下非常参官员和新科明经、进士等,规定相应的守选年限。王勋成先生认为,唐代及第进士一般守选三年,明经一般守选七年。陈铁民先生对此问题有所补充,认为初盛唐并不存在新及第进士必须守选三年才能授官的定制,但也同意安史之乱以后至唐末,进士守选三年的制度一直实施。及第明经的守选时间问题,与及第进士的情形差不多。② 由于守选制度的存在,迫使文人为摆脱守选而作各种努力,或参加制科,或干谒等等。唐代选官制度与唐诗之路的关系问题,可以从以下几方面来思考。

其一,铨选制度促使文人在任职地与京城之间不断往返。六品以下非常参官任职秩满后,必须到京城参加铨选,这样客观上为他们空间移动准备了动力。

其二,守选制在一定程度上给文人漫游提供了时间。主要有两种情况:一是文人登第后,未能立即授官,而守选或待选一段时间,于是闲暇时间较充足;二是文人入仕后,在两个职务和任期之间,需守选或待选数年,而不能连续为官,在这一守选或待选期间,他们也有较充足的漫游时间。唐代文人的这种生活方式显然是选官制度的产物,动静出处背后的支配力量主要是守选制。

---

① 吴夏平等《孟浩然"无官受黜"故事形成与演变的史源性考察》,《学术研究》2020 年第 8 期。
② 陈铁民《守选制与唐代文人的诗歌创作研究》,中国社会科学出版社 2021 年版,第 20—78 页。

其三,还可以从制度张力这个角度来思考。制度作为建构及维护秩序的手段和工具,对相应群体的行为具有重要制约作用。但人又总是以符合个体利益的最大化作为基本原则来规划和设计行为,面对制度束缚和限制,总会在相应范围内寻求规避或超越制度的各种方法。所以,有某种制度在,就一定有反制度的行为在,这就形成了制度张力。守选制的制度张力,是指在守选制之下,文人一方面顺应制度,遵守规定,另一方面,他们也希望快速摆脱守选,从而选择各种方式与制度进行抗衡。唐人摆脱守选、"出选门"主要有两种情况:一种是成为五品以上职事官,另一种是成为六品以下常参官。唐人常用的方法主要是科目选、制举、荐举、入使府。无论走哪一条路径,最终目标都是希望能够成为六品以下常参官。因为根据制度规定,只有获得起居郎、起居舍人、通事舍人、诸司员外郎、侍御史(以上六品),左右补阙、殿中侍御史、太常博士(以上七品),左右拾遗、监察御史(以上八品)等六品以下常参官,才能摆脱守选并快速升迁。因此,无论采取哪种方式摆脱守选,其核心目标都只有一个,那就是成为六品以下常参官。

从摆脱守选角度来看唐代文人入幕行为,可以获得新认识。大多数入幕文人致力追求的是府主为其奏请的朝衔和宪衔。府主替幕僚奏请的朝衔多为校书郎、正字、协律郎、卫率府兵曹参军、大理评事、员外郎、郎中等,宪衔则为监察御史、殿中侍御史、侍御史。朝衔和宪衔虽然都是虚衔,但与入幕者在使府中的工作也有一定关系:一是作为享受俸禄的依据,二是带宪衔者具有参与地方案件审理的权限。[①] 不过,入幕者所追求的,更多的是使府去职后朝衔或宪衔在铨选中所发挥的作用。《旧唐书·德宗纪》载贞元九年(793)十二月,制:"今后使府判官、副使、行军已下,使罢后,如是检校、试五品以上官,不合集于吏部选,任准罢使郎官、御史例,冬季奏闻。"[②]据此可知,幕职所带朝衔或宪衔虽为虚职,但在罢使后的吏部铨选过程中则能发挥实际作用。假如入幕时获

---

① 吴夏平《王维〈使至塞上〉新赏》,《古典文学知识》2019 年第 1 期。
② 刘昫等《旧唐书》卷十三,第 2 册,第 378 页。

得五品以上朝衔或监察御史等宪衔,罢使后不用守选,可直接参选。即便不能获得上述美衔,仅止六品以下的试官,如试校书郎、试正字之类,虽尚未达到免除守选的条件,但也可按真校书郎、真正字参选,进而获得美职。通过入幕获得监察御史之类的常参官宪衔,或者获得校、正之类的朝衔,是唐人竞相入幕的真实原因。① 在守选制度之下重新考察唐代文人入幕现象,发现其与诗路创作关联密切,可以从三个层面来理解:一是守选制度和选择入幕促使文人在空间流动,并由此产生第二点,亦即入幕过程中的诗路作品具有制度品格,三是文人入幕后的地理空间意识,如前述《新唐书·艺文志》所载唐人任职期间的行记类著作,其中不少为入幕文人的作品。

贬谪本质上属于选官制度的一种,是对官员考核结果的处置行为,体现了以法律和"王言"为典型特征的国家权力意志。贬谪作为一种处罚结果,与诗路创作的关联也可以从不同层面来理解:第一,从文人的空间位置看,贬谪客观上促使文人从中心文化区域向偏远区域流动。第二,从文化流动角度看,贬谪推进强弱势文化区互动。第三,从创作行为看,贬谪路途及贬所创作,特殊心理激发诗人对异域文化的特殊感受,亦即由文化逆差到心理逆反,影响诗歌创作情感基调的设定。

如果进一步探讨,还应将宗教、名山大川等管理制度纳入考察范围。宗教管理制度外现为对寺院、道观的等级划分。换句话说,与权力核心距离远近决定了各寺院、道观的不同地位,名寺、名观以及与此相应的宗教名人、名山,是唐人游览、隐居等选择性行为发生的重要内在支配力量。据《唐六典》卷四所载,祠部郎中于立春、立夏、立秋、立冬之时,分祭东南西北之岳、镇、海、渎。卷五载:"驾部郎中、员外郎掌邦国之舆辇、车乘,及天下之传、驿、厩、牧官私马·牛·维畜之簿籍,辨其出入阑逸之政令,司其名数。凡三十里一驿,天下凡一千六百三十有九

---

① 吴夏平《陈铁民:〈守选制与唐代文人的生活风尚和诗歌创作〉》,《唐宋历史评论》第十一辑。

所。"原注:"二百六十所水驿,一千二百九十七所陆驿,八十六所水陆相兼。若地势险阻及须依水草,不必三十里。每驿皆置驿长一人,量驿之闲要以定其马数。"①卷六载:"司门郎中、员外郎掌天下诸门及关出入往来之籍赋,而审其政。凡关二十有六,而为上、中、下之差。京城四面关有驿道者为上关,余关有驿道及四面关无驿道者为中关,他皆为下关焉。"②卷七载:"虞部郎中、员外郎掌天下虞衡、山泽之事,而辨其时禁……凡五岳及名山能蕴灵产异,兴云致雨,有利于人者,皆禁其樵采,时祷祭焉。"③依据这些记载,可知唐代对驿传、关隘、山林、川泽等都有明确的管理制度。这些制度显然也是理解和认识唐人诗路创作的重要内容。

从人的适应性来看,对于制度的约束和引导,文人主要有三种行为方式:顺应、对抗和逃避。逃避其实也是对抗的一种形式,只不过其性质是消极的。与此相应,文学也呈现出三种基本形态:一种是顺从的,表现出"义尚光大""辞藻竞骛"的特征;一种是对抗的,表现为批判、复古的特征;一种是逃避的,表现为隐逸的、萧散的特征。这三种基本形态,既可能是某一群体的,也可能是某个个体的。④ 从顺应与规避形成的制度张力来看,唐诗之路创作群体可分为三大类型,亦即顺应者、对抗者、逃避者。当然,三种类型创作者对应三种创作心态,既是就总体情况来分的,同时也是相对而言的,其相对性表现为群体或个体所处时地的特殊性。

从 7—9 世纪唐王朝与周边国家和地区的关系,以及官僚体系运作机制等方面来看,唐代文人在诗路上的流动及其创作,其本质是权力在时间和空间上的流动。换言之,唐王朝国家意志既是诗路形成的根本性内在支配力量,而国家意志在不同领域的表现,又使诗路创

---

① 李林甫等《唐六典》卷五,第 162—163 页。
② 李林甫等《唐六典》卷六,第 195—196 页。
③ 李林甫等《唐六典》卷七,第 225—226 页。
④ 吴夏平《"制度与文学"研究的成就、困境及出路》,《北京大学学报》(哲学社会科学版)2017 年第 5 期。

作行为产生各种变化。这应是各条诗路创作同质化与差异性产生的总体根源。

[作者简介]吴夏平,上海师范大学人文学院教授、博士生导师。

唐代文学的南行北归题材 *

李德辉

摘　要：南行北归文学是唐代行旅文学的重要品种，有特定的含义和范围，指自京洛南行和自南方北归，沿途所作的各体文学作品，主要集中在唐中后期。这时候，由于疆域的变化，南北交通变成全国文人的主要流向，由此产生了以南行北归事件为题的大量作品。南行北归不仅是交通上的大事，还是文学生产的机制。唐朝政府通过迁谪、量移、科举、铨选、赴任、出使、佐幕等制度，将文人纳入制度范围，规定了行程的路线、程期，让他们频繁地在南北周旋往返。随着相关政策的执行，文人一轮又一轮出入中外，大量纪行作品从中而出。交通体系与政治制度相结合，构成一个相对完整的文学生产场域，具有强大的文学生产效能，并有一定的路线分布规律。

关键词：唐代　南行北归　文学生产　机制

一、"南行北归"的概念内涵及产生的基础

南行北归概念产生于唐代，复合了唐代交通与文学的多重意蕴，包含"南行"和"北归"两件事。"南"指剑南、淮南、江南、荆南、湖南、黔南、

---

* 基金项目：本文是国家社会科学基金重点项目"中国历代文馆文献汇编"（21AZD134）阶段成果。

岭南等南方诸道,"北"指京洛、中原。"归"相对于不同籍贯的人群而言,也有不同的指向。相对于北方人而言,指回归原地,归京、归家;相对于南方举子、选人而言,指返回京城,参加科举考试和吏部铨选。相对于安家京城的官员而言,归京即归家,没有籍贯南北之分。南行北归指唐人因求名和仕宦,而在京洛和上述"南"地之间的旅行。

这一研究,是以京城长安洛阳为基准提出的,是从京城出发看地方,从北方出发看南方。有明确的研究对象,不涉及与之相对存在的北行南归、西行东归,这些纯属交通问题,与文化无涉,内容也散乱。不像南行北归,有一个明确的中心,关系到唐代文学的全局,涉及中央与地方的关系、北与南的关系。

本文之所以提出这一概念,是基于以下理由:

首先是唐代文学流动的基本趋向。唐文人空间移动的主要趋向是自北向南和自南返北,而这又是由于都城远在西北内陆,战略腹地却在东南西南。这样一来,唐人空间移动的总体趋向就是西北对东南、华南、中南、西南。反映在交通上,就是国家通过各种政治手段,将外地文人聚合到关陇,然后以各种名义派遣出去,赴任、出使、迁谪、量移、应举、下第、参选、入幕、徵召,文士游历、求仙、访道、避难、避仇、寻亲、访友、经商,都是表现形式。其中有相当是前往南方,南行北归在唐中后期交通中占据主体地位。

唐文人虽然来自不同地方,但其入仕求名的基本指向都在关陇。哪怕是一个关陇以外的远方士子,对关陇都会自然地产生一种向往感和归宿感,并移家关陇、河南,在这一带安居。很多外地人,由于名利的驱使,都化身为关陇、中原人。尽管是南方人,但由于移民和迁徙,变身为北方人,对他们来说,同样存在南行北归问题,无论我们将"归"的含义界定为归京还是归家,对他们来说,都是归。所以,不仅北人存在北归,南人也存在北归,这在唐人诗文、小说中可以找到大量实证支撑,表明南行北归问题在唐代带有很大的普遍性,因此也就不必细究文人籍贯,籍贯问题在本文的讨论中无关紧要,可以忽略。

　　我们当然不否认唐代交通的全方位、多样性。仅以唐诗而论,所载的交通就有多种,除却南行北归,尚有西行东归、北行南归等。南行北归诗的作者,也涵盖多类人群,有举子应举下第干谒,刺史赴任回朝,郎官御史奉使回京,左降官流人的迁谪流放、贬死归葬、量移召回,官员的弃官隐居,学子的入京游学,文士僧道的访道求仙采药。但相比之下,唯有南行北归才占主导地位。

　　其次是唐代文献的相关记载。唐人诗文中,常可看到南行、南向、南去、南来、南迁、南游、北返、北还、北向、北来、北去、北游等词,北指关陇及中原,南指南方远地。唐人诗文还常将客游南方的北方人称为“北客”。张籍《江南行》:“江南人家多橘树,吴姬舟上织白苎……娟楼两岸临水栅,夜唱竹枝留北客。”①以北客统称北方人。尽管作者来自关陇,但并未做区域划分,只是从文化区域整体着眼,称为北客,而不是西客。欧阳詹《出蜀门》:“北客今朝出蜀门,翛然领得入时魂。”②欧阳詹乃闽中人,但客游蜀中北返京城,即自称北客,说明南北的地域划分在唐代带有根本性。关中虽在西部,但唐人诗文却称为北。韦述《广陵送别宋员外佐越郑舍人还京》:“文章南渡越,书奏北归朝。树入江云尽,城衔海月遥。”③孙逖《送越州裴参军充使入京》:“客愁西向尽,乡梦北归难。”④二诗中的文人,出使、仕宦地都在江南,其归京按地理方位,本来也可称西归,但却作北归,表明他们并不把长安视为西部城市,那时也没有西部这个概念,一般都是以南北分,因而南行北归就成了一个出自唐人的有特殊含义的文化概念,南行北归文学则是唐人行旅文学的主要表现形式,唐代的一种文学生产方式。如果我们把南行北归视为唐人诗文经常书写的事件,将题材理解为作者在文学素材的基础上加工而成的作品内容⑤,那么南行北归是适合于全体唐文人和唐文学的重

① 彭定求等《全唐诗》卷三八二,中华书局 1960 年版,第 4288—4289 页。
② 彭定求等《全唐诗》卷三四九,第 3909 页。
③ 彭定求等《全唐诗》卷一〇八,第 1119 页。
④ 彭定求等《全唐诗》卷一一八,第 1190 页。
⑤ 吴中杰《文艺学导论》,江苏文艺出版社 1988 年版,第 180 页。

大题材,产生的作品以唐诗为主但又不限于诗,而广泛分布于散文、骈文、笔记、小说、文人词等诸多文体,作者从唐初到唐末乃至五代,带有全局性。

二、南行北归:唐代文学的重要问题

其实,天宝以前,东西交通还是主体,南北交通仅仅是其中的一种形态。从武德初到天宝末,前往山东、河东、河北、河西、陇右的文士极多,且多为名人,卢照邻、骆宾王、李峤、乔知之、陈子昂、崔融、王维、岑参、高适、王昌龄等数十位名家,都到过河西、陇右或幽州、营州。至于河东、河南、河北道,政治经济军事地位都要高于南方,所以前往的人士也更多,表明至少在唐肃宗以前,是一种全方位交通,且东西交通要比南北交通重要,是安史之乱改变了这种态势。至德初,为了尽快打败安史叛军,将安西、北庭、河西、陇右、朔方五大方镇的边防军主力内调,导致边防空虚,吐蕃乘虚而入,侵占河西、陇右万里江山,边境大幅度内移。向西,边境收缩到秦、陇、泾、原一线,距京最近处不到五百里,吐蕃、回纥骑兵一昼夜可至京西;向北,关内道最北的丰州、天德军距京仅千八百里;向东,河北道多数州县及河东、河南道少数州县,很长时间内亦为藩镇所掌,不奉朝命。唯有西南、中南、华南,终唐之世都在管内。这时,南北交通就占据了主导地位,这是唐中后期的交通大势。

从根本上说,是都城位置决定了交通形势。唐都长安本在西北一隅,战略腹地却在东南、西南,建都于此,意味着要以北统南,以西制东。唐中后期西北边境内移,以北制南的态势更突出,南行北归代替了东行西归,成为主要交通方式。谭其骧先生主编的《中国历史地图集》隋唐五代卷绘制的三幅《唐时期全图》,准确反映了唐代不同时期的疆域变化。第一、二、三幅《唐时期全图》,分别反映总章二年(889)、开元二十九年(741)、元和十五年(920)的疆域和政区。从《唐时期全图(三)》看，丰州、天德军、振武以北，灵、原、秦、凤、成、武、文、汉州以西，均属吐蕃、回纥，不为唐有。大陆本部东、中、西三级阶梯，唐朝只控制了一、二级阶梯。唐朝虽幅员辽阔，但中后期二百年，版图是一种南北狭长、东西窄小的纵向分布；而唐诗、唐文、唐小说步入高涨，也是在中晚唐，疆域的内移与创作的高涨基本上同步。这样，唐人的运动趋势就变成了南北，而非东西。但东西问题仅仅是个地理方位问题，南北则还是个文化问题，南行北归问题的重要性，由此凸显出来。

由于都城长安在关中，属西部，故而唐人诗文也有说西归的。元稹元和十年从江陵贬所被召回京，其纪行组诗即题为《西归绝句十二首》，窦巩的送别诗亦题为《送元稹西归》。《全唐诗》卷七三四引《吟窗杂录》载唐末五代连州诗人黄损残句："忽遇南迁客，若为西入心。"① 以南对西，很有特点。杜甫《壮游》："快意八九年，西归到咸阳。"② 皎然《送僧之京师》："绵绵渺渺楚云繁，万里西归望国门。"③ 刘长卿《送蒋侍御入秦》："晚光临仗奏，春色共西归。"④ 邵说《让吏部侍郎表》："及朝义奔走，臣得西归，伏死于阙庭。"⑤ 吕让《楚州刺史厅记》：大和"八年夏，予罢郡西归，道出于此。"⑥ 都作西归，表明也是一种比较普遍的用法，但较之称北归者，仍属少数。在唐代，以"北"为中心的词多达数十个，种类之多，内涵之丰，不是西归可比的。

唐人凡言西归东归者，是从地理方位着眼，意思直接明白；言南北则除了地理方位等因素外，还有文化上的考虑，而不易觉察。这说明，唐人心目中的南北，不仅是个交通地理问题，还是个文化分野问题，论述这一问题，除了行程方向等地理因素，还有更重要的文化因素。

---

① 彭定求等《全唐诗》卷七三四，第 8390 页。
② 彭定求等《全唐诗》卷二二二，第 2358 页。
③ 彭定求等《全唐诗》卷八五，第 9179 页。
④ 彭定求等《全唐诗》卷一四七，第 1501 页。
⑤ 董诰等《全唐文》卷四五二，中华书局 1983 年版，第 4617 页。
⑥ 董诰等《全唐文》卷七一六，第 7365 页。

唐代的文学和地理,向来是以南北而不是以东西分。唐贞观十道、开元十五道,都是先从全国版图分南北,再在南北分东西。由此,就有剑南、山南、黔南、江南、淮南、岭南等"六南"。而剑南、山南、江南、岭南,因辖境过大,又被分为东西两道,北方则分河南、河东、河北、陇右等道。表明在唐代,南北的划分才是根本性的,东西的划分是区域性的。官员铨选方面,鉴于南方的特殊性,也要将黔中、岭南等地单设为"南选"区域。其他像科举、迁谪、量移,都有这种考虑。为了在文化上区分南北,唐人还发明了"南中""南荒"等词,用以指称长江以南的黔中、湘中、江西、福建、岭南。尽管交通路线多是西北—东南走向的,但唐人却称南北,背后原因,正是文化上的区域分野。关陇、中原、岭南三大区域,自西北向东南,纵向布列,构成唐代文学版图上的三个空间层级[①];而东西横向布列的巴蜀、荆湘、江南,区域差异较小,不是文学上的独立区域。

　　另外,本文所说南行北归,是指跨区域的长途旅行、全国交通,不是指区域交通、短程近程。曰南曰北,是取其大势,主要从行旅的出发点和目的地两端看,不是只从路线走向看。部分跨区域行旅,从路段看是东行西归、西行东归;但站在全国看,则是南来北往。比如唐人自长安赴任黔中、江西、湖南、岭南,多从汴州到扬州,取长江西上,从路线看是东西向,从全国看则是南北向。韦庄乾宁四年(897)使蜀,因为秦陇战乱,改从长安、汴州乘船到扬州,经三峡入蜀。唐代刺史、左降官、流人在南方任所身殁,其灵柩北归,也是取水路北进。沈佺期《哭苏眉州崔司业二公》:"铭旌西蜀路,骑吹北邙田。陇树应秋矣,江帆固杳然。"[②]诗中苏味道灵柩北运,就是从眉州出三峡,走长江经扬州再北上京洛,对于这种交通,都不能仅从交通路线看,而应从文化上看。巴蜀、黔中、荆湘、岭南官员入京铨选、方镇、刺史罢任回朝,同样如此。李白两次入京,杜甫流落西南,皮日休、罗隐、韦庄下第干谒,单从交通

---

① 李德辉《唐人南行北归诗空间三层位论》,《中国文学研究》2023 年第 3 期。
② 彭定求等《全唐诗》卷九七,第 1053 页。

路线看,不是南行北归可概括,但大方向则是。如果将交通之外的文化因素也纳入,则不能称东西,只能称南北。从周秦汉起,历代的政治军事态势,向来都是以北制南,而不是以西制东,唐代亦然。长安虽在西部,但一般视为北方城市。情形如此,唐人自然只会称南行北归,而不是东行西归。

从唐代交通的实际看,南行北归也占据主体,影响更大。迁谪、量移、科举、铨选、下第、赴任、出使、佐幕,主要的趋向都是南北向。从实例看,留下来较多、较重要作品的,也是南行和北归,且多为名士。王勃、沈佺期、李白、韦庄的漫游,褚遂良、杜审言、宋之问、沈佺期、苏味道、张说、张九龄、刘长卿、李嘉祐、李吉甫、陆贽、韩愈、柳宗元、白居易、刘禹锡、元稹、李绅、李涉、李德裕、牛僧孺、韩偓、吴融的流贬,卢照邻、苏颋、张说、王维、刘长卿、戴叔伦、权德舆、元稹、许浑、韦庄、韩偓、翁承赞的出使,张说、张九龄、韦应物、李幼卿、窦群、刘禹锡、沈传师、白居易、韦词、段文昌、王播、李翱、牛僧孺、杜牧的刺郡,韦迢、权皋、戎昱、戴叔伦、刘禹锡、刘三复、邢群、陈谏、窦常、崔玄亮、李公佐、李翱、韦词、冯宿、凌准、沈亚之、李频、李远、李商隐、杜牧、许浑、徐云虔的入幕[1],大历贞元诗人的出使江南巴蜀,搜访图书,主要的趋向都是南行和北归,表明唐文人的主要运动趋向是南北。

唐代举子尽管来源不一,但下第南游也是主要趋向,吴、蜀、荆、湘、江西、闽中、岭南,都是去处,北方地区或沦入外族之手,或为叛乱藩镇所掌控,方镇刺史多为武人,对文士不友好,缺乏吸引力,前去的文人反而不多。唐代文献中写到举子南游的小说就有数十篇,另有送别饯行序数十篇,送别留别诗数百篇,时代都在玄宗朝以后。《太平广记》卷四四引《宣室志》:"清河公房建,居于含山郡……积二十年,后南游衡山。"[2]卷四一六引《宣室志》:"有董观者尝为僧,居于

---

① 这里对唐代刺史、幕僚名单的罗列,有一部分参考了郁贤皓《唐刺史考全编(增订本)》,凤凰出版社2022年版。戴伟华《唐方镇文职僚佐考》,天津古籍出版社1994年版。
② 李昉等《太平广记》卷四四,中华书局1961年版,第276页。

太原佛寺。大和七年夏,与其表弟王生南游荆楚。后将入长安,道至商於。"①卷四五九引《玉堂闲话》:"清泰末,有徐坦应进士举,下第,南游渚宫。"②卷四七〇引《广异记》:"唐开元时,东京士人以迁历不给,南游江淮,求丐知己。"③以上所举仅及一端,但也可见交通趋向。

其实不必等到安史之乱,早在高宗、武后时,衣冠南向就已初成趋势。至德以后,更是无可改变的大势。出于多种原因,文士都必须到南方去。从天宝中到五代末,无数文人自京南行,然后又在某个时候北归。梁肃《吴县令厅壁记》:"国家当上元之际,中夏多难,衣冠南避,寓于兹土,参编户之一。"④穆员《鲍防碑》:"自中原多故,贤士大夫以三江五湖为家,登会稽者如鳞介之集渊薮。"⑤《太平广记》卷四〇四引《杜阳编》:"天宝末,禄山作乱,中原鼎沸,衣冠南走。"⑥文中写的虽然只是避乱,但也可印证南向北行的大趋势。

三、南行北归:唐代的文学生产机制

在唐代,南行北归的交通行为占据很大的比重,对多数文人的文学创作发生过持久而深刻的影响,其所经行的驿路空间、交通路网、城镇山川,实际上已构成一个制作各体文学作品的空间场域。也正因此,从事这类唐代文学作品的研究,一定要注意作品产生的场合与作者当时的身份,撇开了场合和身份,很多作品都无解或会产生误解。南行北归文学就是根据场合和身份提出的,理解这些作品,作者身份和写作场合的考察就相当重要。其之所以值得提出,不仅是因为它有独特的思想

---

① 李昉等《太平广记》卷四一六,第3388页。
② 李昉等《太平广记》卷四五九,第3758页。
③ 李昉等《太平广记》卷四七〇,第3870页。
④ 董诰等《全唐文》卷五一九,第5273页。
⑤ 董诰等《全唐文》卷七八三,第8190页。
⑥ 李昉等《太平广记》卷四〇四,第3254页。

内涵和审美特征,在唐代文学中占有较大分量;更因为它在唐五代,是作为文学生产机制存在的。唐文学中,凡产生作品较多、较重要的交通行为,多数不是自发的个人行为,而是国家的制度安排。即使像李白那样的漫游,背后也有干谒求进的社会风尚做引导。至于迁谪、量移、科举、铨选、下第、赴任、出使、佐幕……更是国家选人用人的政治制度,规定了路线方向。像出使和流贬,甚至还有每天行程的规定。看似道路纷纷,并无规律,其实背后有多项制度在左右着文人流向。这些制度,管制对象都是谋求入仕的文士及各级文官,而且不是一时一地的存在,而是事关全局的规约,能够体现国家意志,具有长期性、稳定性、强制性。这样一来,文人的去向就不会是毫无规律的。国家的政治军事重心在西北,经济文化的重心却在东南,这就决定了文人主要的移动方向必然是西北→东南。至于东西向的,反而居于次要地位。鉴于这种长期性、稳定性、全局性,因而整体上看,南行北归更像是文人在交通网中一种有规律的运动,在南北双向运动中构思作品,传播诗文,两京和任所是空间移动的两端,沿途都市是其交往歇止的场所。别的不说,至少与交通有关的作品,是在这一模式下产生的。基于以上理由,我们完全可以将唐人在南北交通路线上的空间移动及文学创作,视为一个综合了多种因素的"艺术整体",视为制度对规导下产生的"艺术生产力",这才是问题的本质。

古代没有专业作家,只有文人依赖的官制体系。如果把唐人的诗文创作视为一种文学生产行为,则其生产方式就是国家借助官制的推力,引导文人的流向,并对作品的内涵、体式、风格、发表、传播方式,产生某种规范或引导作用。就这个意义上看,以交通体系为基础,以制度为牵引,让文人在国家水陆交通的主要干线上循环往复,就是具有唐代特色的一种"文学生产方式",是"同物质生产有着共同规律的一种特殊的生产活动和过程"①;基于这一理解,则政治生活的展开,相关制度的

---

① 陈雪军《试论文学生产方式的内涵及现代意义》,《社会科学家》2007 年第 6 期。

运作,也就是文学生产赖以展开、文学赖以发展的一种"体制"。随着交通生活的全面铺开,一批又一批的文人,在制度的牵引下,投入唐代交通体系,一轮又一轮地出入京师,一批批诗文作品亦随之而出,刺史诗、县尉诗、迁客流人诗、郎官御史诗、举子进士选人诗、幕僚诗、僧人道士诗,目不暇接。只要唐朝政府还存在,这种创作就不会止歇。唐代的交通系统,实际上是一个空间辽阔、能量强大的、能够不断产出和传播作品的创作场域,唐文人则是创作的主体,他们制作的诗文则是产出的精神产品,广大读者是这些作品的传播者和消费者。唐五代三百多年,很多作品都是借助这种生产方式产出和传播的。

唐文人虽然经常南行,但其根却在北方。不仅多数唐文人的祖籍、籍贯、祖宗、坟墓在北方,登第在北方,就是入仕后的家产、家眷也在北方;由于都城在西北,所以其前程和出路也在北方。出于个人前途考虑,在结束了南方的仕历或游历以后,还会进入京城,谋求出路。所以,北归就是随之而来的文学书写的另一侧面,与南行相对照,相呼应。作品同样很多,写作于不同时期不同路段,差异性大于同一性。反之,尽管作品来自不同作者,但经过一些关键地段,总能引起相似的共鸣。对于这类异中见同的创作,应根据作者身份及所写事项,区别对待。

第一类,刺史、县令、郡佐、县佐、幕僚,数量极大,加上唐代文官的职位迁改也很频繁,南北往返的次数也就更多。穆员《鲍防碑》:"公从三十六载,致政二年,历官二十五。"①《太平广记》卷一五〇引《前定录》:"明年,康明经及第,授秘书省正字……迁监察御史盩厔令比部员外郎,连典大郡,历官二十二考。"②两个故事的主人都是平均不到两年就有一任,可见职位迁改之频繁,但这却是唐代官员调动的常态,基本规律就是在京城和地方,内外迁徙,南北往返。其迁改情形,如同天授中获嘉县主簿刘知几上疏所说:"今之牧伯,有异于是,

---

① 董诰等《全唐文》卷七八三,第 8189 页。
② 李昉等《太平广记》卷一五〇,第 1080—1081 页。

倏来忽往,蓬转萍流,近则日月仍迁,远则踰年必徙。待厅事为逆旅,以下车为传舍。"①任免十分随意,导致地方官在任很不安心,总是千方百计谋求调入京城,担任京朝官。这种情形,与唐代制度规定的刺史、县令、郡佐三年任满方许改职不符,表明在实际执行上有很大的人为因素,这也加大了调动的密度,构成南行北归文学的一种驱动力。

唐代用人重内轻外,官员任命以在京近京为贵。刺史、县令除了边疆及黔中、岭南等南选区域不经朝廷选授,委任当地酋长外,其余皆由尚书省任命。鉴于唐人都不愿意出为外官,故而朝廷将出任刺史县令,作为擢入朝中升迁职位的前提。《太平广记》卷四八五陈鸿《东城老父传》:"开元十二年,诏三省侍郎有缺,先求曾任刺史者。郎官缺,先求曾任县令者。"②《册府元龟》卷六九:"肃宗至德二年十二月诏:简择郎官,有堪任太守、县令者,委京清资五品已上及郎官、御史荐闻。"③这些政策就是基于这一考虑制定的,其实导致不少文人远地为官,去向如《通典》卷一七引张九龄上书所云,是江淮、陇蜀、三河诸处,稍非其才,即用为牧守,以为斥逐之地。

第二类,出使办事的郎官、御史、判官。这些人身负王命,威权在手,行色匆匆。每次出使都需要辗转诸道,入住馆驿,经行多地,所以南行北归的诗文也多。卢照邻《至陈仓晓晴望京邑》:"拂曙驱飞传,初晴带晓凉。"④苏颋《晓发方骞驿》:"方知向蜀者,偏识子规啼。"⑤张说《再使蜀道》:"如何别亲爱,坐去文章国。"⑥李峤《安辑岭表事平罢归》:"云端想京县,帝乡如可见。"⑦张九龄《奉使自蓝田玉山南行》:"征骖入云壑,始忆步金门。"⑧韦述《晚渡伊水》:"回瞻洛阳苑,遽有长山隔。"⑨唐

① 王钦若等《册府元龟》卷五三二,中华书局 1960 年版,第 6358 页。
② 李昉等《太平广记》卷四八五,第 3994—3995 页。
③ 王钦若等《册府元龟》卷六九,第 778 页。
④ 彭定求等《全唐诗》卷四二,第 526 页。
⑤ 彭定求等《全唐诗》卷七三,第 803 页。
⑥ 彭定求等《全唐诗》卷八六,第 930 页。
⑦ 彭定求等《全唐诗》卷五七,第 688 页。
⑧ 彭定求等《全唐诗》卷四九,第 600 页。
⑨ 彭定求等《全唐诗》卷一〇八,第 1118 页。

扶《使南海道长沙题道林岳麓寺》："迟回虽得上白舫，羁泄不敢言绿尊。"①这些诗尽管作于不同时期，但都是写郎官、御史、判官奉使江南、巴蜀、黔中、山南、淮南、荆湘办事，可归入南行北归题材的大框架之下对待。

第三类，左降官和流人，主要的方向也是南向，西边贬往剑南、黔中，中部贬往荆湘、江西、岭南，东部贬往浙东及闽中偏远州县。这东、中、西三道，都被唐人目为迁客南征之路，宋人则称为入瘴乡之路，不仅常沿此三道南下北上，还在沿途驿馆、州县行刑赐死，杀人极多。更有很多官员，经不起流贬的摧残和打击，死于沿途馆驿、旅店、客舍，唐宋文献中称为"道卒"，所以这些地方的冤魂也多。南迁之后，也存在北返问题，很多官员还多次被贬，多次北返，多次经行同一路线。宋之问、张说、王昌龄、韩愈、刘禹锡、柳宗元、元稹、李涉、李绅、李德裕等数十人就有两次迁谪，苏味道、李邕等多人有三次。由于长安至荆南、湘中、岭南驿路在大陆中部，直通荆湘、岭南、黔中，为"十道之要路"，故而沿此道南迁北返的最多。在唐代是一条令人魂飞胆落的迁谪之路，常年都有迁客南征北返，政局变动之际，流移人更是络绎于道，而唐人在此道上写出的纪行诗文也格外哀痛。元稹《思归乐》："应缘此山路，自古离人征。"②白居易《和思归乐》："皆疑此山路，迁客多南征。忧愤气不散，结化为精灵。"③二诗所说，即是唐代士人对于此道的普遍印象。与此同时，从长安至洛阳、汴州这条两京驿路南迁两浙、闽中、江西、岭南的也有很多。西边则从陈仓、散关驿路南下巴蜀、黔中，各个时期都有一些，唐前期尤为多见。部分人北返是遇赦免罪，直接回京，部分是向北量移近京处，部分是诏征回京，都有相关政策，经常使用，牵涉面广。

第四类，应举和下第的举子、参选和落选的选人，二数相加，多达数万。唐代各色应举者，每年都有千余，晚唐甚至扩大到每岁两三千，但

---

① 彭定求等《全唐诗》卷四八八，第5543页。
② 彭定求等《全唐诗》卷三九六，第4449页。
③ 彭定求等《全唐诗》卷四二五，第4680页。

录取的进士不过三四十人。明经等科名额稍多，但录取也不太容易，但唐朝政府却始终不肯放宽标准，扩大名额，严酷的科举取士政策，导致每年都有数千文士投入求名干谒的循环，队伍如此庞大，却是出入京师的常客。《玉海》卷一一六《太平兴国八科》："自隋大业中，始设进士科。至唐尤盛，每岁不过三十人。咸亨、上元中，增旧额为七八十人，寻亦复故。开成中，连数岁放四十人，旋复旧制。进士外，以经术登科者，亦不及百人。"①表明每岁取士三四十人乃是常制。《北梦琐言》卷七《卢诗三遇》："唐卢延让业诗，二十五举，方登一第。"②卷九《冯藻慕名》："唐冯藻……文采不高，酷爱名第……遂三十举方就仕。"③《唐摭言》卷八《忧中有喜》：河北举子"公乘亿……垂三十举"④犹未及第。

　　同样辛苦而数量更大的是入京铨选的吏部兵部选人。《太平广记》卷一八五引《朝野金载》："乾封以前，选人每年不越数千。垂拱以后，每岁常至五万。"⑤五万选人出自武后时期的特殊政治，并非常态，千余人则是常年的保有量。《唐会要》卷七四："吏部兵部，选人渐多，及其铨量，十放六七。""况今诸色入流，岁有千计……选集之始，雾积云屯。擢叙于终，十不收一。"⑥数量如此庞大，还要多次落选，多次出入京师，故而也是南行北归诗文的重要作者，只是多写于成名之前，加以保存不善，存世无多，因此不为人知。

四、唐人诗文的"北归"书写

　　唐文人所言南行，主要事项无非刺史、郡佐、县令赴任，左降官、流

① 王应麟《玉海》卷一一六，中华书局 1987 年版，第 2143—2144 页。
② 孙光宪撰，贾二强点校《北梦琐言》卷七，中华书局 2002 年版，第 154 页。
③ 孙光宪《北梦琐言》卷九，第 197 页。
④ 王定保《唐摭言》卷八，中华书局 1959 年版，第 88 页。
⑤ 李昉等《太平广记》卷一八五，第 1387 页。
⑥ 王溥《唐会要》卷七四，中华书局 1955 年版，第 1335—1336 页。

人赴流贬之所,幕僚前往使府,郎官、御史自京出使,举子下第客游干谒,进士及第归觐父母等,事情明白,无需词费;再则学界论述已多,不必重复。相比之下,北归所叙之事、所抒之情更为丰富、复杂,需要分别就作品内容,做具体的说明。

首先是方镇、刺史任满,罢郡归京。岑参《巴南舟中陆浑别业》:"泸水南舟远,巴山北客稀……梦魂知忆处,无夜不先归。"①写他嘉州刺史任满罢职,乘舟至巴南,谋求北归陆浑别业。张蠙《逢漳州崔使君北归》:"长安有归宅,归见锁青苔。"②诗中的漳州刺史崔使君在长安就有宅,对他来说,北归即归京。贾岛《送南卓归京》:"残春别镜陵,罢郡未霜髭。"③诗中的南卓罢郡后也是直接回朝。唐代规定,"刺史及五品以上常参官,在外应受替去任,非有征诏,不得到京"④,南卓此次罢任归京并未得到政府许可,是擅自归京的不合法行为。《唐会要》卷六八刺史上云,刺史往往在"约是三载,命代之后,遽即到京,人数既多,员缺常少,稍经时月,则诉饥寒"⑤,增大政府的财政压力,故而重申"旧章",不许擅自归京,当然,这反过来也表明刺史罢郡自动归京的人数之多。许浑《送从兄别驾归蜀州序》:"从兄彦昭与桂阳令韦伯达,贞元中,俱为千牛。伯达官至王府长史。长庆中,非罪受谴。前年,会赦,复故秩,诏未及而已身殁。"诗云:"闻与湘南令,童年侍玉墀。家留秦塞曲,官谪瘴溪湄。道直奸臣屏,冤深圣主知。逝川东去疾,霈泽北来迟。"⑥知其从兄在秦塞安家,其会赦复故秩只能在归京以后进行。司空曙《贼平后送人北归》:"世乱同南去,时清独北还。"⑦诗中的这位被送者在安史之乱平定,时局稍微安稳之后,即动身回到北方老家。方干《送陈秀才将游雪上便议北归》:"淮边欲暝军鼙急,洛下先寒苑树空。诗句因余更孤峭,

---

① 彭定求等《全唐诗》卷二〇〇,第 2091 页。
② 彭定求等《全唐诗》卷七〇二,第 8070 页。
③ 彭定求等《全唐诗》卷五七三,第 6663 页。
④ 王溥《唐会要》卷六八,第 1206 页。
⑤ 王溥《唐会要》卷六八,第 1206 页。
⑥ 彭定求等《全唐诗》卷五三七,第 6130 页。
⑦ 彭定求等《全唐诗》卷二九二,第 3315 页。

书题不合忘江东。"①诗题中的这位陈秀才家在洛阳,人在浙东,出游雪上之后,即拟取运河水路北归。刘长卿《北归入至德州界偶逢洛阳邻家李光宰》:"华发相逢俱若是,故园秋草复如何。"②二人的家均在洛阳,又是邻居,巧遇于此,故而赋诗感怀。

由于唐人多在京洛安家,故而归京洛即归家。刘长卿《湖上遇郑田》:"旧业今已无,还乡返为客。"③诗中的郑田为了仕进,多年脱离农村,故里已无产业,京城又未安家。周贺《广陵道逢方干》:"野客行无定,全家在渭东……旧里千山隔,归舟百计同。"④方干本是睦州桐庐县人,老家不在关中,但他为了求名,竟然将家安在渭水之东。姚合《客游旅怀》:"旧业嵩阳下,三年不得还。"⑤知其庄宅在嵩山下。卢纶《晚次鄂州》:"三湘愁鬓逢秋色,万里归心对月明。旧业已随征战尽,更堪江上鼓鼙声。"⑥知其旧业在关中,毁于战乱。沈佺期《答魑魅代书寄家人》:"上京无薄产,故里绝穷庄。"⑦叹息因为贬谪,原来置于上京的薄产已被朝廷没收,而故里也早就没有庄宅,自己北归以后,几乎无处安身。像这样及第以后将家安在大城市的例子极多。学界将这种类型的家庭称为城市型,是一种因科举而入仕的新贵族家庭。厦门大学郭锋博士将唐代士族区分为城市型、农村→城市双家型、城市→农村双家型、农村型。认为四种类型"分别反映了一个士族家族的形成时间和作为士族家族停留在政治社会中的久远程度,以及士族兴衰的过程和社会流动方向"⑧。就本文而言,则反映出唐代士族与京城及地方的亲疏程度。该书还指出,隋唐士族最突出的特征之

① 彭定求等《全唐诗》卷六五一,第 7475 页。
② 彭定求等《全唐诗》卷一五一,第 1567 页。
③ 彭定求等《全唐诗》卷一四九,第 1544 页。
④ 彭定求等《全唐诗》卷五〇三,第 5720 页。
⑤ 彭定求等《全唐诗》卷四九八,第 5663 页。
⑥ 彭定求等《全唐诗》卷二七九,第 3177 页。
⑦ 彭定求等《全唐诗》卷九七,第 1052 页。
⑧ 郭锋《唐代士族个案研究——以吴郡、清河、范阳、敦煌张氏为中心》,厦门大学出版社 1999 年版,第 121 页。

一,是城市化:"已逐渐脱离地方社会,把生活场所搬到城市中来,社会上形成一个城市型的以仕宦为业的家族阶层,地方社会不再为主要的关心对象,统治政权成为唯一的关心目标。"①论社会身份,是"日益官僚化的士族地主",是隋唐一统,全国一盘棋世局的必然结果,这一分析是相当精准和深刻的。但就本文论述的南行北归者来说,其实并不都是士族出身,更多的是出身寒微的庶族,甚至就是全无门第等资源可凭借的普通读书人。但他们同样具有这一特征,入仕以后不久,也逐渐转变为城市型,农村的老家已不再重要,只有在初仕阶段故里还有产业,此即沈氏"上京无薄产,故里绝穷庄"之意,表明城市生活对唐文人的重要性。

其次是方镇幕僚罢职归京,郡佐县佐任满归京,准备另外谋取职位,这方面的事例同样很多。许浑《南海府罢归京口经大庾岭赠张明府》:"楼船旌旆极天涯,一剑从军两鬓华。回日眼明河畔草,去时肠断岭头花。"②写他自岭南节度使府罢职归京。杜荀鹤《送韦书记归京》:"韦杜相逢眼自明,事连恩地倍牵情。闻归帝里愁攀送,知到师门话姓名。"③写韦书记在东南幕府罢职归京。《太平广记》卷四二九引《河东记》:"申屠澄者,贞元九年,自布衣调补濮州什邡尉……澄罢官,即罄室归秦。"④写县佐任满,罢秩归京,等候机会参加铨选。考虑到这三类人群的数量之庞大,应该也是南迁北返诗文的重要作者,留下的诗文也有一些,只是因为所写的事情过于普通,为迁谪诗、刺史诗、举子进士诗所掩盖,而不大为人所知。

第三是左降官、流人进京,或是自南方流贬之所向北量移"近地"。张说《赦归在道中作》:"陈焦心息尽,死意不期生。何幸光华旦,流人归上京。愁将网共解,服与代俱明。"⑤写其武后时自岭南端州贬所遇赦,

① 郭锋《唐代士族个案研究——以吴郡、清河、范阳、敦煌张氏为中心》,第5页。
② 彭定求等《全唐诗》卷五三四,第6096页。
③ 彭定求等《全唐诗》卷六九二,第7960页。
④ 李昉等《太平广记》卷四二九,第3486—3488页。
⑤ 彭定求等《全唐诗》卷八八,第976页。

北归进京。白居易《十年三月三十日别微之于沣上……》："万丈赤幢潭底日,一条白练峡中天。君还秦地辞炎徼,我向忠州入瘴烟。"①写元稹自通州贬所量移虢州长史。贾岛《黄子陂上韩吏部》:"石楼云一别,二十二三春……涕流闻度瘴,病起喜还秦。"②写韩愈北归秦京。李涉《硖石遇赦》:"天网初开释楚囚,残骸已废自知休。荷蓑不是人间事,归去沧江有钓舟。"③写他在峡州硖石驿遇赦归京。刘长卿《初闻贬谪续喜量移登干越亭赠郑校书》:"青青草色满江洲,万里伤心水自流……何事还邀迁客醉,春风日夜待归舟。"④《北归入至德州界偶逢洛阳邻家李光宰》:"生涯心事已蹉跎,旧路依然此重过。近北始知黄叶落,向南空见白云多。"⑤写他在贬所遇赦量移,北归洛阳。白居易《送韦侍御量移金州司马》:"春欢雨露同沾泽,冬叹风霜独满衣。留滞多时如我少,迁移好处似君稀。"⑥写韦某自忠州量移金州司马,均为直接进京,这是最理想的一种。韩愈《从潮州量移袁州张韶州端公以诗相贺因酬之》:"明时远逐事何如?遇赦移官罪未除。"⑦则是通过向北量移近京之处的方式,步步北移到近京之地,过程要复杂得多,所以也更令人失望。

第四是举子下第漫游,事毕归京,以图再举。郑谷《兴州江馆》:"向蜀还秦计未成,寒蛩一夜绕床鸣。"⑧写他先是向蜀中应举,然后又谋求还秦,但阻于人事而未成。孙樵《出蜀赋》:"辛酉之直年兮,引败车而还养。济潼梓之重江,出大剑之复关……夫何疏贡之缺条兮,忽有司之吾斥。曾不得而上通兮,居悒悒而不适。阙庭蔼其多士兮,皆云夫贤索不自分其能否兮,瞰朱门之投迹,蔑一人之我先。"⑨写他武宗会昌元年(841)辛酉岁,受阻于科场,被迫下第游蜀,然后自蜀归

---

① 彭定求等《全唐诗》卷四四〇,第 4914 页。
② 彭定求等《全唐诗》卷五七二,第 6635 页。
③ 彭定求等《全唐诗》卷四七七,第 5432 页。
④ 彭定求等《全唐诗》卷一五一,第 1567 页。
⑤ 彭定求等《全唐诗》卷一五一,第 1567 页。
⑥ 彭定求等《全唐诗》卷四四〇,第 4910 页。
⑦ 彭定求等《全唐诗》卷三四四,第 3861 页。
⑧ 彭定求等《全唐诗》卷六七五,第 7732 页。
⑨ 孙樵《孙可之文集》卷一,上海古籍出版社 1994 年版,第 13—16 页。

京。《海录碎事》卷九下《逆旅门·月递梦》："薛莹《海上》：花留身住越，月递梦还秦。"①写他身留在越，梦中还秦。吕群《题寺壁二首》其二："社后辞巢燕，霜前别蒂蓬。愿为蝴蝶梦，飞去觅关中。"②出自《太平广记》卷一四四引《河东记》，载唐进士吕群，元和十一年下第游蜀，思归关中。四首诗文所写，均唐代举子落第，客游巴蜀、江南，然后归京。产生的作品除了诗文外，还有不少轶事小说，部分内容涉及鬼神怪异，文本形态上是一则则的述异闻的短故事，即今人所谓志怪体小说。

第五是奉使者事毕回朝缴命。张说《蜀路二首》其二："昏晓思魏阙，梦寐还秦京。秦京开朱第，魏阙垂紫缨。"③写他武后时使蜀，事毕归京。元稹《送东川马逢侍御使回十韵》："风水荆门阔，文章蜀地豪……莫叹巴三峡，休惊鬓二毛。"④载马逢使蜀，自三峡出蜀，经荆州北上归京。刘长卿《安州道中经浐水有怀》："征途逢浐水，忽似到秦川。借问朝天处，犹看落日边。"⑤写他奉使事毕，从鄂州北归，途经安州，见到山川形势与关中相似，就觉得很像京城，由此产生归宿感。《贾侍御自会稽使回篇什盈卷兼蒙见寄一首与余有挂冠之期因书数事率成十韵》："江上逢星使，南来自会稽。惊年一叶落，按俗五花嘶。"⑥写贾侍御自浙东使回归京，沿途受托带上不少当地官员交付给他的诗篇。杜甫《涪江泛舟送韦班归京》《泛舟送魏十八仓曹还京因寄岑中允参范郎中季明》二诗，写韦班和魏某出使剑南、黔中，经三峡出蜀回京。张万顷《登天目山下作》："去岁离秦望，今冬使楚关。泪添天目水，发变海头山。别母乌南逝，辞兄雁北还。宦游偏不乐，长为忆慈颜。"⑦写作者奉使楚地，事毕北还。因母、兄均在北，自己因公

① 叶廷珪撰，李之亮校《海录碎事》卷九下，中华书局 2002 年版，第 440 页。
② 彭定求等《全唐诗》卷五〇五，第 5740 页。
③ 彭定求等《全唐诗》卷八六，第 930 页。
④ 彭定求等《全唐诗》卷四〇六，第 4527—4528 页。
⑤ 彭定求等《全唐诗》卷一四七，第 1492 页。
⑥ 彭定求等《全唐诗》卷一四九，第 1541 页。
⑦ 彭定求等《全唐诗》卷二〇二，第 2112 页。

南行,故而以飞鸟、大雁自喻。许浑《泊松江渡》:"杨柳北归路,蒹葭南渡舟。去乡今已远,更上望京楼。"①写他自京南行,途经松江渡,见到江边的那条北归路而有感。许浑乃润州丹阳人,故里不在长安,诗中的北归路显然是指回京路,因为他此次南行是自京出使,事毕必须回朝缴命。

第六是方镇、刺史病殁南方,走水路归葬京洛。杜甫《承闻故房相公灵榇自阆州启殡归葬东都有作二首》:"远闻房太尉,归葬陆浑山。""丹旐飞飞日,初传发阆州。"②写房琯病殁阆州,归葬陆浑。刘禹锡《湖南观察使故相国袁公挽歌三首》其一:"天归京兆日,叶下洞庭时。湘水秋风至,凄凉吹素旗。"③写湖南观察使袁滋身殁长沙,灵柩自潭州府城起运,由湘江下洞庭,经长江,归葬长安。据《旧唐书·宪宗纪下》,袁滋以元和十三年六月乙丑卒于镇,知诗作于六月。《伤循州浑尚书》三首其一:"贵人沦落路人哀,碧海连天丹旐回。遥想长安此时节,朱门深巷百花开。"写循州刺史浑镐灵柩,自循州贬所起运,归葬京中④。《为鄂州李大夫祭柳员外文》:"天丧斯文,而君永逝。翩翩丹旐,来自遐裔。闻君旅榇,既及岳阳。寝门一恸,贯裂衷肠。"写元和十五年,柳宗元灵柩自柳州起运,归葬京兆府万年县。时刘禹锡受鄂岳观察使李程之托,撰写祭文,寄托哀思。其元和十五年正月所撰《祭柳员外文》《重祭柳员外文》,文情同样哀痛之至⑤。其《乐天见示伤微之敦诗晦叔三君子皆有深分因成是诗以寄》云:"世上空惊故人少,集中惟觉祭文多。"⑥阅读刘氏诗文,正有此感。其文集中,祭文、挽歌多达数十篇,莫不情怀伤痛,令人不能无感。宋人编纂的《刘宾客文集》卷三〇"哀挽悲伤三十八首",外集卷一〇有祭文九篇。王建《荆门行》:"向前问个长沙路,旧是

① 彭定求等《全唐诗》卷五三〇,第6055页。
② 彭定求等《全唐诗》卷二二九,第2492页。
③ 刘禹锡撰,陶敏、陶红雨校注《刘禹锡全集编年校注》卷四,岳麓书社2003年版,第250页。
④ 刘禹锡撰,陶敏、陶红雨校注《刘禹锡全集编年校注》卷四,第250—251页。
⑤ 刘禹锡撰,陶敏、陶红雨校注《刘禹锡全集编年校注》卷一五,第1054页。
⑥ 刘禹锡撰,陶敏、陶红雨校注《刘禹锡全集编年校注》卷九,第581页。

屈原沉溺处。谁家丹旐已南来,逢着流人从此去。"①写唐代官员得罪南迁,竟然与贬死者在荆州路上生死相值。白居易《祭乌江十五兄文》:"及兄辞满淮南,薄游江东。居易亦以行迈,忽逆旅而逢……况旧业东洛,先茔北邙。三千里外,身殁陵阳。有妹出嫁,无男主丧。悠悠孤旐,未辨还乡。宣城之西,荒草道傍。旅殡于此,行路悲凉。秋风萧萧,白日无光。"②写其兄身殁陵阳,贞元十五年(799),得以归葬洛阳。许浑《伤故湖州李郎中》:"政成身没共兴哀,乡路兵戈旅榇回。城上暮云凝鼓角,海边春草闭池台。经年未葬家人散,昨夜因斋故吏来。南北相逢皆掩泣,白苹洲暖百花开。"③写湖州刺史李郎中身殁湖州,于战乱之际归葬京洛,是唐代著名的哀挽诗,《文苑英华》选入卷三〇七"悲悼",题为《过湖州李郎中旧宅》,五代何光远《鉴诫录》卷八《作者同》条选取此诗,题为《过台州李郎中旧居》(作台州或为唐末五代诗集传抄之误,李郎中亦未详何人),并与卢延让《哭李郓端公》相比,以见同一题材之水平高下,认为卢诗青出于蓝,高过李诗,并说:二诗"至今吟者无不怆然"④。表明送人归葬的诗文,在晚唐五代已经达到了极高水平。

唐人南行北归诗文所述之事,当然不止上述数端,还有很多其他方面的,但主要事项已论述如上。

五、唐人对南行北归题材的深度开掘

由于路网是固定的,制度对人流的引导也是固定的,因而就出现同一诗人因为不同事由,沿着同一路线多次往返,及多位诗人沿着同一路线往返的现象,例子极多。张说武后末为张易之所诬,配流钦州,开元

---

① 彭定求等《全唐诗》卷二九八,第 3386 页。
② 董诰等《全唐文》卷六八一,第 6962—6963 页。
③ 彭定求等《全唐诗》卷五三四,第 6095 页。
④ 何光远《鉴诫录》卷八,中华书局 1985 年版,第 57 页。

初岳州刺史任满回京,都经商於驿路。张九龄自韶州入京应举进士,及第后辞官归养、诏授左补阙自韶州赴任洛阳、奉使广州祭祀南海,贬谪荆州,其往返均经商於驿路①。元稹出使巴蜀及事毕还京,迁谪荆州、通州,自贬所回朝,有八次经过褒斜道,两次经过商於驿路。白居易贬官浔阳、自忠州召还,出刺杭州,三次经过商於驿路。杨凭出任湖南观察使,责授贺州临贺县尉,都经商山驿路。而其早年避难入吴,"吴会家移徧"(杨凝《送别》),自三吴入京举进士,佐使府,为监察御史出使地方,则均经运河水路南下北上。刘长卿贬谪潘州、睦州,奉使江南,韦应物出任江、滁、苏州刺史,中晚唐文官自京出任江南地方官,都需要经运河水路南下北上。刘禹锡早年避难入吴,晚年自和州回京,自京赴任苏州刺史,都经运河……大体而言,凡自长安贬江西、荆湘、岭南、黔中者,多经蓝田—武关驿路。王昌龄"再历遐荒",杨嗣复、李珏两窜岭表,都走这条路。许浑《题四皓庙》:"山下驿尘南窜路,不知冠盖几人回"②,正谓此。四皓庙在商州上洛县商洛驿道上,见《太平寰宇记》卷一四一,唐人元稹有诗,柳宗元撰碑,为著名古迹。然仅谓"南窜路"不能尽括其角色担当。在唐代,其更重要、更著名的一个说法是"名利路",即进士进京应举、下第客游之路。王贞白《商山》:"商山名利路,夜亦有人行。"③褚载《晓发》:"贪路贪名须早发,枕前无计暂装回。才闻鸡唱呼童起,已有铃声过驿来。"④这意味着同一交通体系、同一驿路对唐文学能起到不同作用。受此影响,唐南行北归文学的主题也是多侧面的。久而久之,就形成同一路线题材和风格的类似。不仅如此,经唐人三百年的开掘,还产生一种累积效应。概括来说,抒写的有如下情感:

对"近地"的向往。元稹《西归绝句十二首》其一:"双堠频频减去程,渐知身得近京城。春来爱有归乡梦,一半犹疑梦里行。"⑤表达了即

① 参见顾建国《张九龄年谱》,中国社会科学出版社 2005 年版,第 70—91 页。
② 彭定求等《全唐诗》卷五三四,第 6096 页。
③ 彭定求等《全唐诗》卷七〇一,第 8061 页。
④ 彭定求等《全唐诗》卷六九四,第 7990 页。
⑤ 彭定求等《全唐诗》卷四一四,第 4583 页。

将进京的欣喜。白居易《郢州赠别王八使君》:"鬓发三分白,交亲一半无。郢城君莫厌,犹校近京都。"①作于赴任杭州刺史的路上,是写给在郢州任职的诗人王建的,表达了对近京之地的向往。《唐会要》卷九二:"河东等道,或兴王旧邦,或陪京近地,州县之职,人合乐为……近地好官,依前比远。"②所谓近地指关内、河东、河南、江南道北部等距京较近之处,这些地方经济发达,地位较高,是文人向往之地,唐代文献称为善地,与边荒不毛之地相对。因此,唐朝政府也将量移近地,出任近地、善地的地方官作为奖励擢拔文人的重要条件。如同张九龄所说,在唐代,只有放臣才不宜居善地,多徙五溪不毛之乡。《文苑英华》卷四二八《太和三年十一月十八日赦文》:"流人未到所在,及已到者,并放还,唯降死。徒流者并与移近地,如已收叙者,量才录用。"③王仲舒《湖南观察使谢上表》:"臣某言,臣以某月日到本部上讫,荣如梦中,不敢自信……独臣领常州一年,超居近地,陛下之私臣也。"④谈到自己领常州刺史一事,以为类似这种"超居近地"乃是出自天子私恩,一般情况下是不可能有的,这就反证了近地、善地在唐代的可贵,朝廷不肯轻易授人。常州在江南道北部,较为接近中原,跟苏、杭、湖州等一样,属于东南经济文化发达区,乃"大郡""善地",刺史任命有多种讲究。而南方地区则没有得到开发,发展缓慢,经济水平低,风俗习惯、文化观念、言语、服饰处处跟中原异样,又特别排斥陌生人,难以沟通,外地人一般不去,除非通过政治强力,制度安排,采取命官、迁贬等方式,才会前往。

偏远地区文人对于京城生活的畏惧。欧阳詹《上郑相公书》:"某代居闽越,自闽至于吴,则绝同乡之人矣;自吴至于楚,则绝同方之人矣。过宋由郑,蹦周到秦,朝无一命之亲,路无回眸之旧,犹孤根寄不食之田也。人人耕耨所不及,家家溉灌所不沾。"⑤表达了他作为一个闽中人

---

① 彭定求等《全唐诗》卷四四三,第4951页。
② 王溥《唐会要》卷九二,第1668页。
③ 李昉等《文苑英华》卷四二八,中华书局1966年版,第2167页。
④ 董诰等《全唐文》卷五四五,第5525页。
⑤ 董诰等《全唐文》卷五九六,第6026页。

士入京求名、孤立无援的困苦。文中所述的闽中文士对于不熟悉的京城生活及自己未来的担忧心态，在唐代南方举子中普遍存在，因而也构成一类情感抒写。

迁客北归的喜悦、落寞与惆怅。贬处南方的人得以生还北归，主要的心情当然是喜悦。柳宗元《诏追赴都二月至灞亭上》："十一年前南渡客，四千里外北归人。诏书许逐阳和至，驿路开花处处新。"①就通过强烈的时空对比，生动写出了诏征北归的欣喜心情，这是他长期以来政治上受压所致，十一年了一直不许赦免归京，直到今日方得以诏征回朝，不能不为之欣喜不已。元稹《西归绝句十二首》其二："五年江上损容颜，今日春风到武关。两纸京书临水读，小桃花树满商山。"②写他被召自江陵贬所北还的欣喜愉快，这样的诗还有很多，是迁客北归诗抒情的基本风貌，表明喜悦是迁客北归诗常见的情感基调。但也有一些例外。例如刘长卿《北归次秋浦界清溪馆》："万里猿啼断，孤村客暂依。雁过彭蠡暮，人向宛陵稀。旧路青山在，余生白首归。渐知行近北，不见鹧鸪飞。"③欣喜之外，还有淡淡的悲伤，这或许与其遇赦北归的年龄、心情、个性有关，还牵涉到背后复杂的人事关系，这些因素，增强了作品的思想内涵，而作品也抒情真挚，写景过人，因此成为名篇，收入《才调集》《文苑英华》《众妙集》《唐诗品汇》等多部著名的唐诗选集。方回《瀛奎律髓》卷四三选入此诗，并评曰："末句最新。此公诗淡而有味，但时不偶，或有一苦句。"④表明多有苦句是其迁谪诗的一般情态，唯独此诗，将感伤、落寞、欣喜三种感情糅合于一体，表达了不幸中的大幸，略显异样，因而入选。刘禹锡《元和甲午岁诏书尽征江湘逐客余自武陵赴京宿于都亭有怀续来诸君子》："雷雨江山起卧龙，武陵樵客蹑仙踪。十年楚水枫林下，今夜初闻长乐钟。"⑤写他十年迁谪，不得北归，至此方能"初

① 彭定求等《全唐诗》卷三五一，第3933页。
② 彭定求等《全唐诗》卷四一四，第4583页。
③ 彭定求等《全唐诗》卷一四七，第1494页。
④ 方回《瀛奎律髓》卷四三，上海古籍出版社1993年版，第475页。
⑤ 彭定求等《全唐诗》卷三六五，第4116页。

闻长乐钟"声,怎不叫人感慨万端。柳宗元《北还登汉阳北原题临川驿》:"驱车方向阙,回首一临川。多垒非余耻,无谋终自怜。乱松知野寺,余雪记山田。惆怅樵渔事,今还又落然。"①表达了驱车向阙之际对进退、出处的思考,真实表露出自己想要弃官隐居,但又欲罢不能、身不由己的复杂心态。可见迁客北归诗的思想内涵不是喜悦可以概括的,还有落寞、惆怅等复杂情绪。

旅寓南方者北望思归。杜甫《暮秋将归秦留别湖南幕府亲友》:"水阔苍梧晚,天高白帝秋。途穷那免哭,身老不禁愁。"②白居易《江楼望归时避难在越中》:"旅愁春入越,乡梦夜归秦。"③写流落江湖、避难江左的文士对北归的渴望。宋之问《发端州初入西江》:"人意长怀北,江行日向西。破颜看鹊喜,拭泪听猿啼。"④王泠然《论荐书》:"相公昔在南中,自为《岳阳集》,有送别诗云:'谁念三千里,江潭一老翁'……公当此时,思欲生入京华,老归田里,脱身瘴疠,其可得乎?今则不然,忘往日之栖迟,贪暮年之富贵。"⑤写南迁客对北归的期盼。温庭筠《渚宫晚春寄咸秦地友人》:"风华已眇然,独立思江天。凫雁野塘水,牛羊春草烟。秦原晚重叠,灞浪夜潺湲。今日思归客,愁容满镜前。"⑥顾况《早春思归有唱竹枝歌者坐中下泪》:"渺渺春生楚水波,楚人齐唱竹枝歌。与君皆是思归客,拭泪看花奈老何。"⑦写流落南方的北人思归。皇甫冉《登润州万岁楼》:"江客不堪频北望,塞鸿何事又南飞。"⑧韩愈《从潮州量移袁州张韶州端公以诗相贺因酬之》:"北望诇令随塞雁,南迁才免葬江鱼。"⑨写量移途中北望思归之心情。蒋防《藩臣恋魏阙》:"剖竹随皇命,分忧镇大藩。恩波怀魏阙,献纳望天阍,政奉南风顺,心依北极

① 彭定求等《全唐诗》卷三五一,第3933页。
② 彭定求等《全唐诗》卷二三三,第2572页。
③ 彭定求等《全唐诗》卷四三六,第4837页。
④ 彭定求等《全唐诗》卷五三,第654页。
⑤ 董诰等《全唐文》卷二九四,第2982页
⑥ 彭定求等《全唐诗》卷五八一,第6740页。
⑦ 彭定求等《全唐诗》卷二六七,第2971页。
⑧ 彭定求等《全唐诗》卷一五一,第1574页。
⑨ 彭定求等《全唐诗》卷三四四,第3861页。

尊。梦魂通玉陛,动息寄朱轩。直以蒸黎念,思陈政化源。如何子牟
意,今古道斯存。"①写对京阙的思念。蒋防长庆四年(824)二月,遭李
逢吉陷害,自翰林学士、司封员外郎、知制诰出为汀州刺史,诗当作于汀
州。《文苑英华》卷五八五李吉甫《郴州刺史谢上表》:"臣某言:伏奉诏
书,授任柳(郴)州刺史,以今月二十五日,至所部上讫……臣闻潢污易
竭,徒有朝宗之愿;犬马无识,犹知恋主之诚。揣分则然,惟天所鉴。况
臣昔因左官,一纪于外,子牟驰心于魏阙,汲黯积思于汉庭。"②文当作
于贞元末郴州刺史任上③。《文苑英华》卷八〇九欧阳詹《泉州北楼
记》:"邦牧安定席公,贞元七年下车……曰:斯郡国之南极也,元后帝
乡,实在于北。《诗》不云乎:'心乎爱矣,遐不谓矣。'欲固恋主,向方瞻
瞩。惟此有楼,半倾半摧,日夜阙登……长江之蹙,洪涛气势,鯀是而雄
焉。公每子牟情来,庄舄思生,俯仰于斯,徘徊于斯。夫完城壮邑,有邦
之本也;恋阙爱君,为臣之节也。"④写泉州刺史席相,在州数年,不得北
归,恋阙之情无已,因建此楼,登临北望,寄托思乡恋阙之情。席相贞元
间曾刺泉州,擢拔欧阳詹等八人,事载《福建通志》卷二三、三〇,欧阳詹
此文当是应席氏之约而作。

　　以上四人,都是因被贬而久滞留南方的方镇、刺史,不乐外任,思
归心切,故假望阙之名。这种行为,就是以恋阙为托辞,谋求私利。
对于这种现象,白居易长庆中为中书舍人时所草拟的多份制诰都有
提及,指出了问题的本质。从更普遍的层面来说,乃是一种出自刺史
之口的政治语言,为身份所系,而故作此语,然而并非真实心迹的袒
露。这也表明,并非全部的唐代方镇、刺史都怀有这种情绪,主要还
是那些久留远郡的方镇、刺史,才会自陈恋阙,不愿出守,希望内徙。

---

① 彭定求等《全唐诗》卷五〇七,第 5762 页。
② 李昉等《文苑英华》卷五八五,第 3029—3030 页。
③ 按:此文《柳柳州集》外集收作柳宗元文,实为宋人误收。文题及正文中的郴州,原文均作柳州,
　 亦为误文,文章真正的作者乃李吉甫,写作地点在郴州,非柳州,详尹占华、韩文奇《柳宗元集校
　 注》卷三八,中华书局 2013 年版,第 2457—2458 页。
④ 李昉等《文苑英华》卷八〇九,第 4278 页。

如果作者是在政治斗争中失势的一方被挤出朝,那么这种情绪会分外强烈,前述李吉甫、蒋防诗文,就属于这种情况。当然,也有官员在外久宦,自然思亲念家而形于言表的例子,这就如同戍卒久戍,游子久客,乃人情之常。柳宗元《为桂州崔中丞上中书门下乞朝觐状》形容这位桂州刺史崔泳"幸遇文明,叨承委寄,理戎典郡,十有四年,瞻恋阙庭,神魂飞越"①,文中的崔泳出为桂管观察使长达十四年,一直未能北归,故而格外恋阙思归,此文所说,就属于这种情况;而刘禹锡文集中多次出现的恋阙思归,则与他长期的远贬有关。他在长庆元年冬,结束连州刺史之任,徙知夔州。二年正月,到达夔州任所,撰《夔州谢上表》,向穆宗皇帝自陈:"贬在遐藩。先朝追还,方念淹滞;又遭谗嫉,出牧远州……硖水千里,巴山万重。空怀向日之心,未有朝天之路。无任感恩恋阙之至。"②就是这种失落心情的真实写照。加之唐代用人重内轻外,使得他们更加盼望重入京华,再掌权要。在这种情绪驱使下,诗文中会使用匏瓜、井渫等形象自喻,情调也会变得哀苦。其久居外任之心情,如同宋人田锡《望京楼赋》所述:"归去来兮,陋风土之卑湿;日云暮兮,为印绶之縻留。危楼乃登,京师是望。天遥而阊阖来风,海阔而蓬莱架浪。云成宫阙,似瞻丹禁之间;吾岂匏瓜,久恋沧江之上……登高必赋,羡海水之朝宗;徒歌曰谣,望长安兮见日。始余来兮,蒹葭苍苍;今余言兮,白露为霜。安得乘彼白云,归乎帝乡。"③田锡虽是一个宋人,表达的却是唐宋刺史共有的外任心态,在这方面,唐宋倒是惊人的一致。窦参《迁谪江表久未归》:"一自经放逐,裴回无所从。便为出山云,不随飞去龙。名岂不欲保,归岂不欲早。苟无三月资,难适千里道。离心与羁思,终日常草草。人生年几齐,忧苦即先老。谁能假羽翼,使我畅怀抱。"④准确

---

① 董诰等《全唐文》卷五七二,第5784页。
② 刘禹锡撰,陶敏、陶红雨校注《刘禹锡全集编年校注》卷一六,第1063页。
③ 田锡撰,罗国威校《咸平集》卷六,巴蜀书社2008年版,第62页。
④ 彭定求等《全唐诗》卷三一四,第3534页。

概括出唐代迁客的心理,很有代表性。希望早成名,保名节,掌权要。一旦出事,又日夜望赦盼归。这种思想和人格虽然不好,但却是南行北归文学创作的一种内在的驱动力。

[作者简介]李德辉,湖南科技大学人文学院教授。

唐代文人漫游佛寺风尚探究*

李谟润

摘　要:佛寺之游,为唐代文人漫游生活中的重要组成部分。唐人无论进士考试释褐入仕之前或者科举落第之后,还是终身未仕或者辞官罢职闲居之时,只要身有余闲,就会四处漫游,常游佛寺。文人游寺,有的独自前行,也有结伴同游,乃至有更多人数的群体游寺。两京及其周边地区以及江淮、江浙一带,为唐代文人漫游佛寺的两个中心。此外,非常偏远的岭南地区佛寺,也有文人涉足。这充分说明唐代文人漫游佛寺之风确实很盛且有其特点。漫游佛寺中心的形成以及边远地区佛寺也有文人涉足,有其复杂的原因。揭示唐人漫游佛寺的生动面貌,分析其特点与形成原因,是唐诗之路的研究值得注意的学术问题。

关键词:唐代文人　漫游佛寺　进士登第　群体游寺　地域

"游",为唐诗之路值得研究而未引起足够关注的学术问题。诗路之游,概括起来有仕宦之身的宦游、布衣之身的漫游以及隐逸之游、避乱流寓之游几类。唐代文人游寓佛寺,学界已有一些研究成果①寺与

---

* 基金项目:本文是国家社科基金一般项目"唐代文人佛寺体验与唐诗及文献考证、系年整理综合研究"(18BZW088)阶段成果。

① 如严耕望探讨了唐代文人习业山林寺院的风尚(严耕望《严耕望史学论文集》下册,上海古籍出版社 2009 年版,第886～931页);李芳民分别从佛寺对文人的吸收力阐释了唐代文人何以频繁游寺的问题,以及从佛寺文化的角度探讨了唐代佛寺文化与唐诗创作的问题(《佛宫南院独游频—唐代诗人游居寺院习尚探颐》,《文学遗产》2002 年第 3 期;《唐代佛教寺院文化与诗歌创作》,《文史哲》2005 年第 5 期);王栋梁博士探讨了寺院的停客功能对。但把佛 (转下页注)

漫游结合起来考察各种方式的诗路之游与佛寺之游,则尚无相关成果。本文着力考察唐代诗人漫游佛寺的复杂情况和生动面貌并探讨其特点,为进一步探讨佛寺与文学间的关系做一点基础的研究工作。

一

佛寺之游,是唐代文人漫游生活中的重要组成部分。唐人进士考试释褐入仕之前,往往会漫游,漫游则常常游寺。

钱起为其中一例。据钱起诗,其曾游苏州香山精舍、杭州胜果寺、越州云门寺。据傅璇琮《唐代诗人丛考》,钱起于天宝九载(750)登进士第,此后授秘书省校书郎;安史乱军攻占长安时,钱起不知身在何处;至德二载(757)肃宗自凤翔还长安时,钱起已在新收复的长安;至宝应二年(763)春,钱起尚在蓝田尉任上,其后基本在朝任官。换言之,钱起进士及第释褐之后,基本上身处京师一带。傅璇琮又考钱起于开元二十六、七年(738—739)有荆州之游,谓此后十多年行迹不可考见。① 竺岳兵《唐诗之路唐代诗人行迹考》则以为钱起荆州之游后十多年间正漫游浙东,其说可从。② 钱起游苏、杭、越等地佛寺的诗篇,均写得从容悠闲,没有历乱匆促的痕迹,应非作于安史之乱期间。钱起家湖州,进士登第之前,应曾北上苏州,南下杭州,再游浙东。此即布衣之身的漫游,而游寺则是其漫游过程中的重要内容。岑参亦是其中一例。岑参游寺甚多。长安在朝为官,赴安西途中,在虢州、梁州、成都、嘉州等地,均曾

(接上页注)文人的吸引力(《唐代文人寄居寺院习尚补说》,《北京大学学报》2009 年 2 期),等等。此外,李谟润分别探讨了佛寺与唐代浙东诗路,韦应物、李商隐等个体诗人游寺与其诗歌创作间的关系(《佛寺与浙东唐诗之路》,《南开学报》2022 年第 1 期;《佛寺生活体验与韦应物诗歌创作》,《唐代文学研究》第 15 辑,广西师范大学出版社 2014 年版,第 512—532 页;李谟润、王捷翔《"堕蝉"与"栖鸟":李商隐禅意的人生书写》,《文艺评论》2022 年第 4 期)。

① 傅璇琮《唐代诗人丛考》,中华书局 2003 年版,第 445—468 页。
② 竺岳兵《唐诗之路唐代诗人行迹考》,中国文史出版社 2004 年版,第 143—144 页。

游寺。天宝三载(744)出仕前,岑参往来于两京之间,曾夜宿长安仙游寺南凉堂,游终南云际精舍,题云际南峰眼上人读经堂,与韩樽同诣偃师东景云寺晖上人,赴盘豆寺①礼郑和尚。杜甫亦是如此。在其早年壮游生涯中,除吴越之行外,还有齐、赵、梁、宋之游。在此期间,杜甫曾游龙门奉先寺,《游龙门奉先寺》(《全唐诗》卷二一六)成为其早年的重要作品。

中唐时期,可举孟郊、张籍、李绅与元稹为例。据华忱之、喻学才《孟郊诗集校注》及附"孟郊年谱"②,贞元七年(791)秋,孟郊由湖州举乡贡进士往长安应进士试。据其诗,孟郊在长安应试期间曾登华严寺楼,游终南山龙池寺;应试长安之前即建中元年至兴元元年(780—784)间,曾旅居河南,贞元五年或六年侨居苏州,曾游苏州昆山惠聚寺。据徐礼节、余恕诚《张籍集系年校注》及附"张籍谱略"③,张籍贞元十四年登进士第。据其诗,知其早年居苏州时曾登虎丘寺,登进士第之前,于贞元二年与王建由河北南下洛阳,曾游洛阳广德寺,登咸阳北寺;贞元十二年离开蓟北,经扬州、润州句容,夏秋间抵苏州,随即游湖州、杭州、剡溪,后北归和州,在此期间曾游宣州稽亭山寺,湖州清彻上人院,宿杭州天竺寺。李绅游寺多在四处宦游之时,但据其诗,少年未仕时曾游无锡惠山寺、苏州开元寺、越州龙宫寺。元稹游寺主要在入仕之后,但自贞元九年入京师应试登明经科至贞元十五年初仕于河中府(蒲州)之前,一直居住在长安,在此期间曾与杨巨源、李顾言入永寿寺欣赏牡丹。

晚唐此种情形仍旧不少。赵嘏于会昌四年(844)登进士,此前的大和年间曾在越州陪元稹宴龟山寺,游云门寺、石城寺,于宣州游开元寺;应试未第寓居长安时,曾宿楚国寺,华严寺,游慈恩寺,题崇圣寺。赵嘏

① 《全唐诗》卷二○○岑参《晚过盘石寺礼郑和尚》,诗中"盘石寺",疑误。"石"与"豆",草书形似易讹。据《读史方舆纪要》卷四八,唐虢州阌乡县有盘豆城,寺或以城命名。

② 孟郊著,华忱之、喻学才校注《孟郊诗集校注》,人民文学出版社1995年版,第520—593页。

③ 张籍撰,徐礼节、余恕诚校注《张籍集系年校注》,中华书局2011年版,第1051—1104页。

未见有苏、歙等地仕宦经历而有游苏州虎丘寺、灵岩寺及歙州兴唐寺诗,当属其漫游时游寺所作。李群玉漫游各地时,常游寓佛寺。其《雨夜呈长官》诗中云:"远客坐长夜,雨声孤寺秋。"①细寻诗意,当是寓居佛寺时作。据其诗,群玉还曾游湖南长沙开元寺与元门寺,湘西龙安寺、湘西寺,广州南海县法性寺、蒲涧寺,还有广陵楞伽寺、润州金山寺、苏州长洲灵鹫寺。《增订注释全唐诗》卷五六三据《四库全书·湖广通志》卷八四录入李群玉《登西陵寺塔》,并注"西陵寺,在今河北易县西。"②群玉漫游游寺,部分应在弃官南归之后。但据《唐才子传》本传,群玉为校书郎弃官南归湘中,"岁余而卒"③。弃官一年余的时间,远游如此众多地方尤其远在唐河北道易州的易县,几无可能。《全唐诗》卷五六九载李群玉有《九日陪崔大夫宴清河亭》,诗中崔大夫,据《全唐诗人名汇考》为宣歙观察使崔郸④。崔郸,据《唐刺史考》,其于开成二年至开成四年(837—839)出为宣州刺史⑤。群玉此诗,当在大中八年(854)其赴京授校书郎之前即开成初东游吴越西归时经宣州所作。群玉漫游游寺,当主要在入仕之前。还有刘沧。刘沧曾游洛阳龙门寺、敬善寺、天宫寺、龙门废寺,应在为龙门令时;其游京师慈恩寺等寺,应在赴京师应试时。此外,其还曾游安徽宣城敬亭山寺、润州金山寺,登庐山西林寺及不知具体属地的南门寺与古寺。此类游寺,均应在刘沧登进士第前漫游各地时。刘沧大中八年(854)进士第,郑薰曾感叹说刘沧:"故人别来三十载不相知闻,谁谓今白头纷纷矣。"⑥刘沧后调华原尉,迁龙门令,应没有漫游各地的兴致与机会。

　　一些文人落第之后寓居京师而漫游京师佛寺,或离京四处漫游而四处游寺。

① 彭定求等《全唐诗》(增订本)卷五六八,中华书局 2018 年版,第 6627 页。
② 陈贻焮《增订注释全唐诗》(第四册),文化艺术出版社 2001 年版,第 117 页。
③ 辛文房撰,傅璇琮主编《唐才子传校笺》(第三册)卷七,中华书局 2000 年版,第 395 页。
④ 陶敏《全唐诗人名汇考》,辽海出版社 2006 年版,第 1096 页。
⑤ 郁贤皓《唐刺史考》,江苏古籍出版社 1987 年版,第 1492 页。
⑥ 辛文房撰,傅璇琮主编《唐才子传校笺》(第三册)卷八,第 412 页。

綦毋潜为其中一例。綦毋潜于开元九年(721)落第后还乡,漫游江淮,曾游润州鹤林寺、招隐寺,金陵栖霞寺,杭州灵隐寺、天竺寺。其落第还乡一路留下的,几乎都是游寺诗。

还可举刘长卿、卢纶与章孝标为例。刘长卿于天宝初至天宝末间应进士举屡试不第,频频往来于洛阳、长安间。天宝初,刘长卿东游途经颍川,曾在陈留惠福寺与陈留诸官茶会,东游东海郡城时曾登龙兴寺高顶望海;天宝末年南游至金陵,游北山寺、栖霞寺。

卢纶曾游长安多处佛寺,如翠微寺、慈恩寺、兴善寺、悟真寺、云际寺、开元寺、仙游寺,长安周边新丰石瓮寺、终南山丰德寺、富平定陵寺。《全唐诗》卷二七九载卢纶有诗《春日陪李庶子遵善寺东院晓望》。诗中的遵善寺,据《长安志》卷七,即朱雀街南靖善坊大兴善寺①;李庶子,据《全唐文》卷三八九独孤及《琅琊溪述并序》,或为李幼卿,其于大历五年(770)前为右庶子,大历六年已出为滁州刺史②。据《新唐书》本传,卢纶避天宝乱而客鄱阳,"大历初,数举进士,不入第"③。卢纶后为元载所荐,授陕州阌乡尉,据考约在大历六年(771)前后④。故知卢纶《春日陪李庶子遵善寺东院晓望》诗写作及游大兴善寺,应在京师累试不第之时。由此推知,卢纶在长安所游佛寺及所撰游佛寺诗,至少有一部分在举进士不第或未入仕之前所为。

章孝标自元和九年(814)入京应试,直至元和十四年始擢第。在此期间,多次往返于其家乡钱塘与京师之间。据其诗,其途经江宁时而曾游方山寺,在长安曾游云际寺,居家杭州时曾游西山广福院即西湖孤山寺与紫微山寺。

许浑为晚唐典型之例。许浑有游天台中岩寺、杭州孤山寺、苏州楞伽寺与虎丘寺,无锡慧山寺、常州长庆寺等地佛寺诗,而未见其有台、

---

① 宋敏求《长安志》(影印本),成文出版社 1970 年版,第 163 页。
② 董诰等《全唐文》,中华书局 1983 年版,第 3961—3962 页。
③ 欧阳修、宋祁《新唐书》卷二〇三,中华书局 2016 年版,第 5785 页。
④ 辛文房撰,傅璇琮主编《唐才子传校笺》(第二册)卷四,第 5 页。

杭、苏、常等州的仕历。许浑曾官润州司马、睦州刺史,有可能在仕于润州、睦州之际而周游邻郡佛寺,但更有可能在其早年家润州丹阳漫游周边之时。《唐才子传》曾称其"早尝游天台"①。自润州家乡出发,经常、苏、杭而至台等州,正顺线路,而诗中的描写也正是居家漫游时的语气。从现有材料来看,许浑屡试未第,还曾漫游各地,游、寓佛寺,如曾游岳州巴陵开元寺、江州庐山东林寺;应试赴京途经洛阳、潼关时,曾游潼关兰若与洛阳白马寺;科举下第后寓居长安崇圣寺并成为其相当一段时间内的主要生活场所,有数首诗提及此。

有刘得仁、陈陶、许棠等人。刘得仁,《唐才子传》谓其"出入举场二十年,竟无所成"②。从其诗中可知,刘得仁游寺主要在长安,如青龙寺、慈恩寺、普济寺、兴善寺,当为落第居长安时所游。《全唐诗》卷五四五载刘得仁有《云门寺》《题景玄禅师院》诗,云门寺在越州,景玄禅师院,据刘禹锡《送景玄师东归》中云:"东林寺里一沙弥,心爱当时才子诗。山下偶随流水出,秋来却赴白云期"③及《舆地纪胜》卷三〇《江州·仙释》"景玄师"条,在江州东林寺内④。由此可见,刘得仁落第之后亦曾四处漫游游寺,只因留存诗作甚少,无法窥其全貌。陈陶,文宗大和初南游,足迹遍及江南、岭南等地。宣宗大中时,游学长安,举进士不第。其游寺主要在洪州,如开元寺、宝历寺、西山香城寺,亦曾至他处漫游游寺,如曾宿杭州天竺寺。许棠,久困举场,历二十余年未第,至咸通十二年(871)方中进士,时年已五十,其居京师和为江宁丞之外,曾有游温州灵山兰若与登天台赤城寺诗。许棠未见有在台、温两州仕宦经历,应为入仕之前漫游游寺。

还有曹松、罗邺、杜荀鹤、崔涂等人。曹松久困名场,光化四年(901)登进士,年已七十余,授校书郎,未几卒。其在长安曾游慈恩寺与

---

① 辛文房撰,傅璇琮主编《唐才子传校笺》(第三册)卷七,第241页。
② 辛文房撰,傅璇琮主编《唐才子传校笺》(第三册)卷六,第184—185页。
③ 彭定求等《全唐诗》(增订本)卷三五九,第4055—4056页。
④ 王象之《舆地纪胜》,中华书局2003年版,第1332页。

青龙寺诗,当在其应试之时;还曾游洪州西山翠岩寺、信州闻通寺、润州甘露寺、潭州岳麓寺及昭州(今广西平乐)无名山寺,当属困于举场而漫游各地时所游。罗邺,屡举不第,羁旅四方,也曾四处漫游游寺。据诗,其曾游池州九华山化城寺,宿越州会稽云门寺,宿濠州灵岩寺宗公院与题江州东林寺远公北阁①。

杜荀鹤,早年曾隐居池州,屡试不第后漫游浙、闽、赣、湘诸地。曾游台州天台寺、温州战岛僧居、庐山栖贤寺、东林寺,润州金陵瓦棺寺,潭州岳麓寺、道林寺。又曾舟行晚泊江上寺,题护国大师塔,题江南兜率寺闲上人院,游宣州溧阳唐兴寺。上述游寺,均应在屡试不第而漫游各地之时。乾符末,黄巢进军河南,杜荀鹤又自长安归隐九华。曾于乱后游宣州南陵废寺、宣城开元寺门阁,池州贵池石壁禅师水阁、广德灵山寺等,皆应发生在归隐九华之后周边漫游之时。

崔涂,中和元年(881)入蜀参加进士试未第,羁旅各地,光启四年(888)中进士,但未见其入仕,后不知所终。曾游成都净众寺,宿彭州天彭僧舍、巴江僧寺、润州鹤林寺,游庐山东林愿禅师院,还曾游长安兴善寺、翠微寺。

二

有些可能终身未仕的文人在其隐居地周边漫游游寺,或漫游全国而游寓佛寺。

盛唐孟浩然与李白是其中的典型。孟浩然,曾于张九龄为荆州长

---

① 《全唐诗》卷六五四载罗邺有《夏日宿灵岩寺宗公院》与《夏日题远公北阁》。前诗,《会稽掇英总集》卷六收录题为《宿云门寺(二首)》(其一),《文苑英华》卷二三九、《方舆胜览》卷四七(招信军)灵岩寺条载为《夏日宿灵岩寺宗公院》;另,《(成化)中都志》卷八载题为《灵岩寺》。宋招信军地,明中都凤阳府,即唐濠州境。故知诗中所涉灵岩寺,当在唐淮南道濠州境,疑《会稽掇英总集》载误。后诗中"远公阁",据其另诗《钟陵崔大夫罢镇攀随再经匡庐寺宿》中提及的"匡庐"即庐山,应在江州东林寺内。

史时署为从事,但随即辞隐家乡襄阳鹿门山,基本属于布衣终身。浩然对其家乡周边的佛寺,如明禅师西山兰若、凤林寺、景空寺、耆阇寺、龙兴寺、业师山房等,常所游历。又曾漫游至越州,游剡县石城寺、龙泉寺、云门寺、融公兰若、大禹寺及剡县北之石门山寺;在长安,曾游总持寺、终南翠微寺。

李白虽曾短暂待诏翰林,其实也属一生未仕。李白漫游全国各地时,遍游各地佛寺。以安旗主编《李白全集编年笺注》①为线索,可勾稽出其遍游各地佛寺情形:李白开元十三年(725)初游金陵瓦官寺(又名瓦棺寺)阁,次年登扬州西灵寺(又名栖灵寺)塔;开元十八年首入长安,登岭游翠微寺,随后至洛阳游龙门寺,二十四年自太原返至洛阳,宿龙门香山寺,于奉国寺莹禅师房观山海图;二十七年游楚、扬、杭等地,与刺史从侄良游杭州天竺寺;天宝九载(750)游江州庐山东林寺,归至东鲁曾游崇明寺;十载秋往汝州,与元丹丘于方城寺谈玄;十二载至宣城,与仲濬公在灵源寺高谈;天宝十四载,往来于宣州辖下青阳、泾县、当涂、南陵、秋浦等地,游泾县水西寺、泾川陵岩寺、当涂化城寺、南陵五松山寺;至德三载(758)五月在鄂州江夏,游修静寺、兴德寺;乾元二年(759)流夜郎遇赦由夔州奉节返江陵,秋至岳州,游巴陵龙兴寺、登开元寺,乾元三年曾于佛寺禅房怀友人岑伦。《全唐诗补编·续补遗》卷三还补录李白有《乌牙寺》《普照寺》《栖贤寺》等诗②,诗中乌牙寺在蕲州黄梅县,普照寺在杭州富阳,栖贤寺在江州庐山③。《全唐诗补编·续拾》卷一四又收李白有《宿无相寺》《咏方广诗》诗④。无相寺,在池州青阳九华山头陀岭下。《咏方广诗》一诗,《全唐诗补编》据宋人陈田夫《南岳总胜集》卷中录入,则方广寺在衡州衡山县南岳衡山。上述诗,说明

---

① 安旗《李白全集编年笺注》,中华书局 2015 年版。
② 陈尚君《全唐诗补编》,中华书局 1992 年版,第 359—362 页。
③ 《乌牙寺》中佛寺属地考,参李谟润《〈全唐诗补编〉佛寺小考》(《河南师范大学学报》2011 年第 6 期);诗中普照寺,据《咸淳临安志》卷八四,知在杭州富阳;《栖贤寺》一诗,《全唐诗补编》据《正德南康府志》卷十《诗类》收录。《正德南康府志》收录此诗前后亦录庐山诗文,另《庐山志》卷四亦收录此诗。栖贤寺,当在江州庐山。
④ 陈尚君《全唐诗补编》,第 866 页。

李白还应漫游至蕲、江、池、衡等州并漫游当地佛寺。李白本求仙学道之人,却甚爱游寺,几乎每至一处,则游当地佛寺。

中晚唐刘言史、徐凝、张祜、方干、张乔等诗人亦属此类。刘言史。据其诗,曾游潞府(治所在今山西长治),冀州、赵墟、润州、茅山、襄阳、江陵、峡中(今万州)、虔州、潇湘、广州越秀山、桂江(即漓江),诗题中带旅泊、羁客、客舍等字眼,显示出其一生在四处漂泊漫游,因存诗较少,今仅见其曾游润州甘露寺、广州王园寺、桂江香山寺。

徐凝亦终身布衣漫游游寺。曾游杭州开元寺。白居易刺杭时,徐凝曾前往拜谒,其游杭州之寺应在此时。又曾游江州庐山香炉峰寺。徐凝至杭州谒见白居易,献《庐山瀑布》一诗,可见其游庐山香炉峰寺在此之前。元稹任浙东观察使时,徐凝还曾游越州会稽云门寺与妙喜寺。

张祜屡试不第,浪迹江湖,干谒方镇,漫游各地佛寺。据尹占华《张祜诗集校注》附"张祜系年考"①,张祜漫游足迹遍及全国。张祜一生漫游,也一路游寺。寓居苏州时,曾游题苏州虎丘西寺、虎丘东寺、灵岩寺、楞伽寺、思益寺、丘山寺、重玄寺、昆山慧聚寺②;在常州,游义兴善权寺、无锡慧山寺与东山寺;在润州,游金山寺、永泰寺、甘露寺、招隐寺、慈和寺、鹤林寺;在杭州,游孤山寺、灵隐寺、(华严寺)道光上人山院、天竺寺、开元寺、龙兴寺;在越州,游剡县石头城寺,余姚龙泉寺;此外,还游长安青龙寺、随州涢川寺、荆州江陵开圣寺、蕲州峰顶寺、江州东林寺、濠州钟离寺、宣州南陵隐静寺、扬州法云寺、徐州流沟寺,以及属地不详的重居寺、普贤寺、题僧壁、仲仪上人院、万道人禅房、秀师影堂、僧影堂、灵彻上人旧房等等。

晚唐方干大中中举进士不第,遂隐居会稽,以布衣终老。据其诗,

---

① 张祜著,尹占华校注《张祜诗集校注》,巴蜀书社 2007 年版,第 612—649 页。
② 《全唐诗》卷五一〇载张祜有《禅智寺》,诗中禅智寺,《增订注释全唐诗》卷四九九(第 1103 页)注当为慧聚寺之讹并云王安石《慧聚寺次张祜韵》即次此诗,此说是。另,《(绍定)吴郡志》卷三五"昆山慧聚寺"条、《中吴纪闻》卷二、《吴都文粹》卷九、宋周必大《文忠集》卷一八三、《方舆胜览》卷二"昆山寺"条下、《(正德)姑苏志》卷三〇与《(同治)苏州府志》卷四三"惠聚教寺"条下收录张祜此诗。慧聚寺,在唐苏州昆山县。

方干于大中中赴长安应试时曾游蓝田清源寺,又曾于寒食日宿长安先天寺无可上人房;隐居会稽之后,主要漫游越州及邻州佛寺:在越州,曾游会稽称心寺与云门寺、山阴宝林山禅院(应天寺,又名龟山寺)①与法华寺、余姚龙泉寺;在明州,游奉化岳林寺与雪窦寺;以及睦州乌龙山禅居,杭州灵隐寺与宁国寺。稍远,游苏州报恩寺、江州竹林寺。

张乔也属一生未仕而隐。《唐才子传》本传称大顺中(当为咸通中)李频以其为首荐,欲表于朝,然"以他不果"②,可见张乔并未进士及第。张乔一生主要隐于池州九华山。但据其诗,张乔曾漫游长安、华山、洛阳、鄂州、浔阳、洪州、宜春、岳阳、吴江、越中、巴中、巫山,往北还曾游汾阳、河中。从存诗看,张乔游寺主要在隐居地池州周边,如曾游宣州开元寺与敬亭清越上人山房,歙州兴唐寺,润州金山寺与甘露寺等。

还有一些辞官归隐或罢官免职的文人,闲居或客居之时常有佛寺之游。

王勃为其中一例。王勃未冠应举及第,授朝散郎,沛王召其入府中为修撰,又因戏檄英王鸡文而遭斥黜。王勃落职后入蜀,一路漫游,一路游寺。在梓州,应曾游慧义寺、玄武县福会寺、飞乌县白鹤寺、通泉县惠普寺、郪县兜率寺与灵瑞寺;在彭州,应曾游九陇县龙怀寺;在益州,应游绵竹县武都山净惠寺、德阳县善寂寺。上述佛寺,王勃均撰有寺碑文字,应为漫游至此所撰。据其诗文,王勃还曾游汉州金堂县三学寺③,往交趾省途经广州时,还曾游广州宝庄严寺。

---

① 《全唐诗》卷六五一、六五二、六五三分别载方干有《题龟山穆上人院》《题宝林山禅院》《题应天寺上方兼呈谦上人》《题宝林寺禅者壁》等诗,诗中龟山寺、宝林寺、应天寺,属一寺异名。详参李谟润《浙东唐诗之路涉越州佛寺略考》(邱高兴主编《唐诗之路研究》第 1 辑,中华书局,2020年版,第 737—759 页)。

② 辛文房撰,傅璇琮主编《唐才子传校笺》(第四册)卷一〇,第 305—307 页。

③ 《全唐诗》卷五六王勃有《游梵宇三觉寺》,诗题中"三觉寺",《文苑英华》卷二三三录此作"三学寺",《蜀中广记》卷八、《全蜀艺文志》卷一四、《(雍正)四川通志》卷三九录王勃此诗均作"三学寺"。《全唐诗》当误。《全唐诗》卷五六另载王勃有《观佛迹寺》,佛迹寺,据《法苑珠林》四八:"唐蜀川汉州三学山寺,至隋开皇十二年,寺东壁有佛迹现,长尺八寸,阔七寸",亦即三学寺,两者属一寺异称。

中唐此类情况较多。李嘉祐,据其诗,曾游润州上元县蒋山开善寺、丹徒县鹤林寺与招隐寺,江苏吴县重玄寺。李嘉祐于宝应元年(762)罢台州刺史任后,曾漫游吴越,大历六、七年间(771—772)罢袁州刺史后曾闲居苏州。上述游寺,当为其罢任闲居漫游吴越时所为。

韩翃亦是此种情况。从诗作看,韩翃曾游长安龙兴寺、慈恩寺、青龙寺、荐福寺。韩翃居长安有两个不同时期:一为天宝十三载(754)登进士第后不详是否授予官职,安史乱起时身在长安的韩翃是否进入哥舒翰幕亦未可知;二为宝应元年(762),韩翃入淄青节度使侯希逸幕为从事、检校金部员外郎,永泰元年(765)侯希逸为部将所逐,其亦随之返京。天宝十三载至永泰元年韩翃的行踪,此即为《本事诗》所称韩翃的"闲居将十年"。傅璇琮《唐代诗人丛考》曾考韩翃在此十年间所历的频繁战乱与复杂情况,但未考其有何官职①。韩翃游京师佛寺,应发生在闲居长安的十年间。

刘长卿。刘长卿屡试不第时游寺,辞官罢职后亦游寺。据杨世明《刘长卿集编年校注》末附"刘长卿年谱"②,刘长卿大历五年(770)失官而居常州别业,至秋方入淮南幕。刘长卿在失官约一年间内,有杭、越之游,曾游杭州宣峰寺山房即宜丰寺,越州会稽云门寺与僧隐空和尚故居③。刘禹锡一生多在宦游中游寺,罢和州刺史任后,亦曾漫游至扬州,曾游扬州栖灵寺塔与法云寺。

章孝标亦是一例。《全唐诗》卷五〇六章孝标有《题东林寺寄江州李员外》,李员外即李渤,其于长庆二年至三年(822—823)间为江州刺史。章孝标于元和十四年(819)登进士第,未几授秘书省正字,长庆三年秩满,旋归杭州。孝标此诗,当为秩满归杭途中漫游,经江州而游东林寺时所作。

---

① 傅璇琮《唐代诗人丛考》,第469—490页。
② 刘长卿著,杨世明校注《刘长卿集编年校注》,人民文学出版社1999年版,第626—641页。
③ 僧隐空和尚故居,在越州会稽悬溜寺内。详参谟润《浙东唐诗之路涉越州佛寺略考》之"会稽县悬溜寺"条。

要之,唐人漫游游寺之风,自初唐至晚唐一直盛而不衰,士人无论应试之前还是落第之后,亦不论终身未仕还是辞官或罢职闲居,只要身有余闲就会漫游,就会漫游各地佛寺。漫游之风,游寺之风,确实是诗路研究需要注意的一个问题。

三

结伴游寺乃至人数更多的群体游寺,是唐人漫游过程中值得关注的一种现象。

一些文人曾在其隐居地周边或者漫游至异地并陪同当地官员一起游寺。此类游寺诗,诗题中常有一"陪"字。如《全唐诗》卷一六〇载孟浩然有《陪李侍御访聪上人禅居》《陪姚使君题惠上人房》诗。聪上人即南朝高僧法聪,其禅居之所在襄阳白马寺内;姚使君当为姚姓襄州刺史,惠上人房亦当在襄州襄阳佛寺内。此为孟浩然于隐居地周边陪同官员游寺。《全唐诗》卷一七九载李白有《陪族叔当涂宰游化城寺升公清风亭》《流夜郎至江夏,陪长史叔及薛明府宴兴德寺南阁》诗。李白陪当涂宰族叔游当涂县化城寺升公清风亭,时在天宝十四载(755)李白漫游宣州途中;其陪长史叔及薛明府宴兴德寺南阁,时在至德三载(758)李白流夜郎行至江夏之际。据诗,钱起于开元二十六、七年(738—739)荆州之游之后漫游至越州,陪同为使君的叔叔晚宿越州会稽云门寺;李嘉祐闲居苏州时,曾陪润州韦刺史游丹徒鹤林寺;卢纶累试不第客居长安时,曾于春日陪李庶子游大兴善寺;赵嘏登进士第之前,曾漫游至越州陪同身为越州刺史的元稹游云门寺、宴龟山寺。

唐人漫游佛寺,更多的是"同"而非"陪"。一同游寺的同伴,有官员。据诗,孟浩然曾与张折冲同游耆阇寺,张折冲即折冲都尉张希古,耆阇寺当在襄阳不远。李白曾与其从侄杭州刺史李良同游天竺寺,又曾同身为评事之职的族侄李黯游昌禅师山池,评事为大理寺属官,族侄任职何处与昌禅师山池在何处不详;曾与曾为中书舍人但时为岳州司马的贾至同游岳州巴陵龙兴寺。陈陶隐于洪州,曾与江西李助副使同登开元寺;赵嘏应试未第寓居长安时,曾与李侍御两次同宿华严寺;刘得仁出入举场二十年而无所成,曾于冬夜与蔡校书宿无可上人院。《云溪友议》卷中"钱塘论"一则材料,还记载白居易、徐凝、张祜于杭州开元寺赏牡丹,徐凝、张祜以题寺诗争乡荐名额事[①]。时白居易为杭州刺史,徐凝、张祜皆为白身。上述诗人,均为漫游文人与官员同游佛寺事例。

文人结伴而游佛寺,更多是一般朋友。孟浩然漫游越州于云门寺西六七里闻符公兰若最幽,便与薛八同往;又曾宿业师山房而期丁大不至,可见两人曾有预约拟结伴同游,只不过丁大不至而已。李白曾与元丹丘游方城寺并于寺中谈玄,又曾与谢良辅同游泾川陵岩寺。岑参曾于偃师东与韩樽同诣景云寺晖上人。钱起漫游吴越时,曾于明月初上之时同李五游苏州西南的香山精舍访宪上人。李嘉祐曾同皇甫冉登苏州吴县重玄寺阁,时间或为李嘉祐于宝应元年(762)罢台州刺史任后漫游吴越时,或为大历六、七年间(771—772)罢袁州刺史后闲居苏州期间,两人均属未仕或罢职闲居。刘得仁落第寓居长安时曾于秋晚与友人游青龙寺。此皆为一般朋友结伴游寺。

人数更多的群体游寺,往往为布衣士人与仕宦士人之间的组合。如玄宗天宝三载(744)春末夏初,王昌龄在长安与王维、王缙、裴迪集青龙寺并赋诗唱和。时王缙在侍御史任,王维在长安为左补阙,王昌龄在江宁丞任上因公至长安;关中人裴迪,曾入张九龄荆州幕,开元末归长安,曾与王维、崔兴宗俱居终南,其时可能未入仕闲居。天宝初年刘长卿东游经颍川途中,经汴州陈留县与县中诸官同游惠福寺并进行茶会与赋诗,《全唐诗》卷一四九载刘长卿有《惠福寺与陈留诸官茶会(得西字)》,时刘长卿为白衣身份。

---

① 范摅《云溪友议》,陶敏《全唐五代笔记》(第二册)本,三秦出版社2008年版,第1483—1485页。

如天宝十一载（752）秋，高适、杜甫、岑参、储光羲、薛据五人同登慈恩寺塔并赋诗。除薛据外，余四人诗今存。时高适已辞封丘尉，与杜甫一般客游长安。岑参上年自安西归京，其安西节度判官职事已销，右威卫录事参军之官并未秩满而罢去，在京并无实职，属家居闲散。储光羲时为监察御史，薛据时任大理司直。数人中，储光羲、薛据身居官职，而高适、杜甫、岑参均无宦职，属漫游或客游。

释灵澈于贞元十一年（795）前后游京师并驻锡荐福寺，与刘禹锡、权德舆、柳宗元、吕温等交游。其中，刘禹锡为贞元九年进士登第，十一年二月登吏部试，授太子校书，至永贞元年（805）一直在京任职；权德舆，自贞元八年由大理评事摄监察御史充江西观察李兼判官召入京为太常博士，迁左补阙；柳宗元为贞元九年进士，同年五月因丁父忧而闲居长安，至贞元十二年方登博学宏词科；吕温，贞元十四年始登进士第，授集贤殿校书郎。故知释灵澈此时在京与众人的交游，刘禹锡为初入仕，而权德舆早已为宦，柳宗元属入第而未仕，吕温尚未登第入仕；四人与灵澈交游，当常同聚荐福寺，属缁衣、白衣与仕宦文人的交游游寺。

又如《全唐诗》卷三七五载孟郊有《与二三友秋宵会话清上人院》，知孟郊曾与二三友人同聚清上人院。清上人院，据《全唐诗》卷三二七所载权德舆《和李中丞慈恩寺清上人院牡丹花歌》，知应在长安慈恩寺内。孟郊客居长安，有两个时间段，一是贞元十二年（796）年五十入长安应进士试时；一为元和元年（806）辞溧阳尉后客居长安，曾与韩愈、张籍等唱和联句。孟郊此诗或作于元和元年客居长安之时，诗题中的"二三友"或即是韩愈、张籍等人，或还应包括在此期间曾一同联句的李正封、张彻、侯喜、刘师服等人。《全唐诗》卷七九一载有孟、韩、张、李、侯、刘等人有《纳凉联句》《秋雨联句》《雨中寄孟刑部几道联句》《晚秋郾城夜会联句》联句。《纳凉联句》中孟郊有"微微近秋朔"[①]诗句，《雨中寄孟刑部几道联句》中韩愈有"秋潦淹辙迹"[②]诗句。众人的联句赋诗的

---

① 彭定求等《全唐诗》（增订本）卷七九一，第 8997 页。
② 彭定求等《全唐诗》（增订本）卷七九一，第 9000 页。

时间正在秋季,而与孟郊本诗诗题"秋宵会话"时令相合。孟郊与友人秋宵佛寺会话,很有可能就在元和元年秋。时韩愈已于元和元年六月自荆州江陵召还为国子博士,张籍于贞元二十一年(805)十月从东平李师道幕入长安参加吏部铨选,元和元年已调补为太常寺太祝。孟郊辞溧阳尉后一直客居长安,直至本年冬方入河南尹、水陆转运使郑馀庆幕为从事。另外几人情况如下:李正封,元和二年进士;张彻,为韩愈侄女婿,元和四年始登第;侯喜,其时虽已登第,但似未仕;刘师服,为韩愈弟子。是知元和元年秋宵孟郊会话慈恩寺清上人院时,韩愈早有宦职,张籍刚入仕,李正封、刘师服、张彻三人均未登第,而侯喜虽及第而尚未入仕。孟郊此次秋宵佛寺会话,实为数位无仕职之士人与有仕职士人的佛寺之游。

人数规模最大的集体游寺,当属宝应元年至大历五年(762—770)薛兼训镇越期间、以鲍防为核心的浙东联唱诗人群体在越州一地的佛寺联唱活动。其含佛寺游赏、联唱在内的联唱文学活动,后编成《大历年浙东唱和集》,部分亦收录在《会稽掇英总集》中。从《全唐诗续拾》卷一七据《会稽掇英总集》补录的《寻法华寺西溪联句》《登法华寺最高顶忆院中诸公(从一字至九字)》《云门寺小溪茶宴怀院中诸公》《云门寺济公上方偈序》《花岩寺松潭》等联句诗题,可知鲍防等人曾在越州法华寺、云门寺、花岩寺(疑为华严寺)等寺院游赏、联唱。据贾晋华《唐代集会总集与诗人群研究》考证,大历年浙东联唱群作者原有 57 人,姓名可考者 38 人。[①] 其中,核心人物鲍防实为浙东幕之主事。其他人物,如丘丹、贾弇、沈仲昌、周颂、谢良弼数人,或曾为县令、校书郎、参军,均属入仕文人参加浙东联唱。谢良辅、李清、刘蕃早登进士第,后不知是否仕。李聿,历官谯县尉、清漳令,迁尚书郎;贾弇,曾为校书郎。李、贾二人参加联唱,不知是入仕前还是入仕后。章八元、吕渭二人的进士及第与入仕,均在联唱之后。吴筠为隐士,严维参加联唱时亦隐居于桐

---

① 贾晋华《唐代集会总集与诗人群研究》,北京大学出版社 2001 年版,第 279 页。

庐，二人均属布衣。其余二十余人，生平均无考。据唐代幕府制度，有宦职身份的幕僚人数不可能太多。大历浙东联唱五十余人，不可能均为薛兼训浙东幕的幕僚，其中大多数文人应当为白身漫游士人，临时入于幕府，参加寺院聚会联句。浙东联唱寺院聚会赋诗，有一部分是仕宦文人，更多的应该是白身漫游士人。

布衣士人间的群体漫游佛寺似亦有不少。

如高适与李白、杜甫等数位文人进入仕途之前，曾一同漫游佛寺。《全唐诗》卷二一二、卷二一四载高适分别有《同群公宿开善寺赠陈十六所居》《同群公题中山寺》《同群公登濮阳圣佛寺阁》等诗。从诗题可知，高适曾与"群公"同宿洛阳县开善寺、同登濮州濮阳县圣佛寺、同题属地在汴—梁—洛—齐—鲁线上的中山寺。"群公"，指李白、杜甫等人；陈十六，似应寓居在开善寺内。据周勋初《高适年谱》与孙钦善《高适集校注》（修订本）所附"高适年谱"①，天宝三载至五载（743—745）间，高适与李白、杜甫数位友人漫游汴、梁、洛、齐、鲁一带，并多次一同游寺。此为白衣文人的群体游寺。

元稹、杨巨源、李顾言入仕之前，曾一同游京城永寿寺。《全唐诗》卷四〇〇载元稹有《与杨十二李三早入永寿寺看牡丹》。从诗题可知，元稹与杨十二、李三早入永寿寺看牡丹。杨十二指杨巨源，李三指李顾言。元稹于贞元九年（793）以明经擢第，贞元十五年方初仕于河中府（蒲州）。元稹于贞元十二年寓西京开元观，识杨巨源、李顾言约在此时，与二人同游永寿寺当亦在此时，时元稹虽登第，但与杨、李二人一般均未入仕。

韩愈、李翱、孟郊、柳宗元、石洪等人在入仕之前，亦曾同游慈恩寺并题名。《韩昌黎集》载有遗文《长安慈恩寺塔题名》："韩愈退之、李翱习之、孟郊东野、柳宗元子厚、石洪浚川同登。"②《登科记考》载

---

① 周勋初《高适年谱》，上海古籍出版社 1980 年版；孙钦善《高适集校注》（修订本），上海古籍出版社 2018 年，第 377—423 页。
② 韩愈著，马其昶校注《韩昌黎文集校注》，上海古籍出版社 1993 年版，第 731—732 页。

"孟郊"条末云:"柳珹摹雁塔题名残拓本有贞元九年正月五日进士孟郊题。"①知众人同游慈恩寺并题名为德宗贞元九年(793)正月。数人中,韩愈已于贞元八年擢进士第,九年春韩愈三上宰相书求仕不果,贞元十二年韩愈始受宣武军节度使董晋辟为节度推官,赴汴州。孟郊,是年应试再落第,自长安出有楚湘之游。李翱于贞元九年举乡贡进士至长安,九月曾携文谒梁肃。柳宗元于贞元八年入京应举,九年二月进士。石洪,据韩愈《集贤院校理石君墓志铭》,为河南府人,隐居东都洛上十余年,后应河阳节度使乌重胤聘为幕僚,元和六年征拜京兆昭应尉,集贤院校理,元和七年(812)六月病卒,年四十二。乌重胤于元和五年四月始任河阳节度使,其辟石洪在元和五年六月。《全唐诗》卷三三九载韩愈有《送石洪处士赴河阳幕得起字》,诗中称石洪为"处士",可知石洪同登慈恩寺时尚为白衣。是知数人中,韩愈已第而未仕,孟郊应试再落第,李翱应举未试,柳宗元入京应举而未登第,石洪时为处士。据此,则贞元九年与韩愈等同登长安慈恩寺塔并题时,数人均未入仕,均属布衣。

文人群体游寺,不仅发生在漫游文人间,也同样存在宦游文人当中。武后、中宗时期君臣群游佛寺并应制赋诗,以及部分仕宦文人留下来的为已故帝王后妃忌日佛寺行香而作的诗篇,可充分说明此点。稍作比较,不难发现两者有很大不同。群体宦游佛寺所赋诗篇,尤其是游寺应制,满篇均是颂圣奉迎之词。群体漫游佛寺则不同。虽然一同游寺的文人有官员身份,但在布衣士人面前,均以朋友身份出现,"同"游多而"陪"游少。唐代文人入仕之前,一些士人四处漫游,可能会各处干谒,不免会有"陪"游佛寺,进而取悦地方官员之意。但从现存陪游佛寺诗看,仍多自然真情实感的抒写,极少令人难堪的奉迎之词。此种情形,或者说明漫游佛寺文人带有更多的自主,没有佛寺陪游并应制时那种对帝王的依附情绪。从中,或可窥见唐代文人社会生活面貌的一个

① 徐松著,赵守俨点校《登科记考》卷一四,中华书局1984年版,第503页。

小侧面。

从唐代文人群体漫游佛寺的发展进程来看,王勃的游寺似为个人之游,群体游寺在初唐似未兴起;盛唐时期,漫游诗人群体游寺开始多起来;至中唐,则蔚然成为大观。至晚唐,此风似已衰减。比如许浑、张祜等人漫游各地,均为个人独游,未见结伴而游,更没有群体而游。究其原因,可能因为晚唐这些士人,屡试未第,早已失去了盛唐人那种浪漫昂扬的气度,也不像中唐人尚存革新之心。政风、士风的衰落,没有那份心气,只好个人独自游寺。

就是说,群体漫游佛寺也有各种情况,分析这各种情况,对于诗路研究,也是必要的。

四

本节讨论唐人漫游佛寺的地域特点。

两京及周边为唐代文人漫游佛寺的一个中心。唐代许多士人都曾漫游两京及周边,漫游那一带的佛寺。前面举例的,岑参游长安仙游寺、终南山云际寺。杜甫游龙门奉先寺。孟郊游终南山龙池寺,登华严寺楼。张籍游咸阳北寺即感化寺。元稹与杨巨源、李顾言同游长安永寿寺。卢纶累试不第,在长安所游佛寺,有一些应在登第入仕之前。章孝标游长安云际寺。许浑游洛阳白马寺、潼关兰若,在长安寓居崇圣寺。刘得仁遍游长安寺青龙寺、慈恩寺、普济寺等。许棠游长安兴善寺、慈恩寺。孟浩然游总持寺、终南翠微寺。李白游终南山翠微寺,洛阳龙门寺。韩翃在长安闲居将十年,遍游长安龙兴寺、慈恩寺、青龙寺、荐福寺。

群体游寺,更多在长安或洛阳。王昌龄与王维、王缙、裴迪同游青龙寺,高适、杜甫、岑参、储光羲、薛据五人同登慈恩寺塔,李端与耿湋、司空文明、吉中孚等游慈恩寺。灵澈西游京师驻锡荐福寺,与刘禹锡、权德舆、柳宗元、吕温等交游。孟郊与二三友同聚长安清上人院。高适同李白、杜甫等人宿洛阳开善寺，韩愈、李翱、孟郊、柳宗元、石洪同登长安慈恩寺塔。

江淮江浙一带，为唐人漫游佛寺的又一个中心。试举一些例子。盛唐孟浩然游越州石城寺、石门山寺、龙泉寺、云门寺、融公兰若、大禹寺。李白游金陵瓦官（棺）寺、扬州西（栖）灵寺、杭州天竺寺、临安普照寺、宣州灵源寺、当涂化城寺、泾县水西寺、陵岩寺。綦毋潜落第还家乡虔州，一路游润州鹤林寺、招隐寺、栖霞寺，杭州灵隐寺、天竺寺，一路所游佛寺，其地均在江、浙。

中唐刘长卿游金陵北山禅寺、栖霞寺，杭州宜丰寺、越州云门寺。钱起游杭州胜果寺、苏州香山寺、会稽云门寺。陈羽游湖州妙喜寺、金陵南涧寺。李嘉祐游润州开善寺、鹤林寺、招隐寺与吴县重玄寺阁。孟郊游昆山惠聚寺。张籍游宣州稽亭山寺、湖州清彻上人院、杭州宿天竺寺。李绅除无锡家乡慧山寺外，还游苏州开元寺、越州龙宫寺。刘禹锡游扬州栖灵寺、法云寺。

晚唐更多，赵嘏、李群玉、章孝标、许浑、刘得仁、陈陶、许棠、曹松、罗邺、杜荀鹤、徐凝、张祜、方干、张乔，都是例子。扬州、金陵、润州、常州、苏州、宣州、歙州、湖州、杭州、越州、明州、台州、温州、睦州，甘露寺、金山寺、鹤林寺、灵隐寺、宁国寺、宝林寺、云门寺、称心寺、开元寺、石头城寺、天台寺、龙泉寺等等。

群体漫游佛寺多在京城，京城之外，江浙一带也有一些。《云溪友议》所载白居易刺杭时，徐凝、张祜以题寺诗相争，其发生地就在杭州开元寺。中唐大历时期浙东诗人在法华寺、云门寺联唱，也在浙东。唐代士人到这一带漫游佛寺，热情不亚于京师。

还有一点值得注意，一些非常边远的地方也有诗人漫游佛寺的足迹。

从一些材料看，唐代士人不但宦游足迹遍布全国，而士人漫游范围也非常广。如张籍、张祜，遍游全国，远至岭南。有些诗人还在边远之地的佛寺漫游。比如刘希夷曾度岭南,游韶州灵鹫寺与广果寺,刘言史曾游广州王园寺与桂江香山寺,李群玉曾游广州蒲涧寺、海光寺和湘西龙安寺,曹松曾在昭州游山寺。

两京及周边之所以能成为唐代文人漫游佛寺的一个中心,是因为唐代士人入仕,一般都需到京师参加科举考试,尔后候选任职。落第之后,有的仍徜徉甚至寓居京师,等待机会。士人任职期满,候任新职,往往也在京师闲居。东京洛阳,为唐代另一个政治中心。一些士人虽终身未仕,也曾漫游两京。唐代文人科举应试,求官入仕,均要从全国各地前来京师。从某种意义上说,两京为国内各条诗路的终点。登第入仕,接受朝廷任职,或落第返乡,都要从两京出发再到全国各地,从这个意义而言,两京又是全国各条诗路的起点。两京古刹名寺众多,佛寺文化是吸引士人的一个重要因素。

江淮江浙一带,本就气候温润,山水秀丽,宜居宜游。自东吴特别是东晋以来,经数百年经营开发,经济上已颇为富庶。南渡士人与土著士人融合,风雅兴起,名士氛围浓烈,堪与齐鲁比肩,文化上也大为发展。自东晋以来,其地佛寺及其文化亦益见发达。据张弓《汉唐佛寺文化史》统计,见于方志汇计的东晋佛寺 204 所,其中辖地含今江苏、浙江、安徽一大片区域的扬州就有佛寺 107 所;南朝佛寺 855 所,其中吴会及其边缘地区佛寺多达 434 所,占南朝佛寺总数之半;据《续高僧传》与《宋高僧传》载见于唐五代僧行止的佛寺,今江淮江浙一带所在的江南东道有 240 所,淮南道扬州 40 所,江南西道宣州 84 所,总计达 364 所,而其他地方,最多的关内道也才 121 所,河南道 86 所,比较少的山南西道只有 8 所,陇右道 5 所[①]。江淮江浙一带交通极为便利,自洛阳经运河渡淮,经扬州到金陵,往润州、无锡、苏州、湖州、杭州,水路一直可达越州。沿途所见,一路山青水秀,经济富庶,文化发达,名士如林,

---

① 东晋扬州地区、南朝吴会及其边缘地区佛寺数据,及两《僧传》中初见唐五代僧行止的佛寺数据,参张弓《汉唐佛寺文化史》,中国社会科学出版社 1997 年版,第 31 页,第 63 页,第 110—129 页。

佛寺众多。怪不得宋之问被贬越州,非但无凄怨之感,反生留恋之情;元稹、白居易分刺越、杭,互夸两郡之美。士人们为此地人文风光所引,悠悠而来,漫游此地名山秀水,也曾漫游此地名刹古寺的。

至于唐代士人为何要赴岭南、桂州如此边远之地去漫游,去游其地佛寺,首先是因为其地早有佛寺。据张弓《汉唐佛寺文化史》统计,远在东晋时期广州就建有佛寺,唐代岭南道佛寺计有 109 所,其中包括广州 29 所,韶州 18 所,桂州 8 所,昭州 1 所①。唐代佛教佛寺的发展,实不仅限于中原与江浙地区。唐人有一种浪漫情怀,漫游精神。唐朝国力疆域大,士人们想到处都走走看看。李白漫游,就是要南穷苍梧。唐代诗人被贬岭南,满眼所见都是瘴疠炎烟,心中充满怨愁。但文人漫游至此处的心情与感受则不同。从其诗中对岭南佛地描写看,气氛、感受与中原内地无异。李群玉游广州蒲涧寺所作《登蒲涧寺后二岩三首》:"遐想鱼鹏化,开襟九万风"②,很有些庄子式的浪漫遐想。

唐人漫游佛寺的足迹,遍布全国各条诗路,巴蜀、荆湘、岭南、齐鲁、三晋等地均有,但中心在两京和江淮江浙,即浙东、浙西和宣歙诗路。此为诗路研究需注意之处。

[作者简介]李谟润,广西民族大学文学院副教授。

---

① 东晋广州佛寺及唐代岭南道佛寺数据,参张弓《汉唐佛寺文化史》,第 33 页,第 146 页。
② 中华书局编辑部《全唐诗》(增订本)卷五六九,第 6643 页。

各地诗路研究

孟浩然浙东之游研究

卢盛江

摘 要：孟浩然浙东之游先后有两次，第一次在开元十三、四年（725—726），第二次在开元十六年（729）后不久。第一次游历目的地是天台，第二次"自洛之越"目的地为永嘉。详考孟浩然浙东之游的时间、路线及目的地，其学术价值主要有三方面：一是纠正以往孟浩然研究中的一些偏失；二是加深对浙东唐诗之路中路、诗、人三者复杂关系的理解和认识；三是考证孟浩然浙东之游具体过程，为研究唐诗之路诗人生活和创作等情况提供借鉴。

关键词：孟浩然 浙东之游 游历路线 游历目的 浙东唐诗之路

唐诗之路研究的一个重要内容，是诗人在诗路活动的研究。"诗""路""人"三者，诗人的活动是核心。弄清诗人在诗路的活动，包括生活和创作的情况，才有可能弄清诗路面貌，本文拟就孟浩然浙东之游作些分析，来探讨这一问题。

浙东诗路自东晋形成以来，经南北朝，初唐有一个初步发展，到盛唐，浙东诗路达于一个繁盛时间。盛唐游浙东，孟浩然是第一个重要的诗人，可以说，孟浩然比较早开启了盛唐的浙东之游。在诗路史上，盛唐比较多的诗人漫游各地，包括漫游浙东，而孟浩然一生基本上未有官职，他游浙东，属漫游，是比较早开始漫游的人物。孟浩然曾漫游全国各地,一生生活,除襄阳之外,除为求仕而辗转京洛之外,在浙东漫游的时间最久。因此,研究孟浩然的浙东之游,不论对浙东诗路发展的研究,还是对唐代漫游之风的研究,抑或对孟浩然本人思想和诗歌创作的研究,都有重要意义。

但是,孟浩然浙东之游情况非常复杂。据王辉斌《孟浩然研究》统计有四种说法①,王辉斌自己又提出不同看法②。此外,刘文刚《孟浩然年谱》实际也提出一种看法③。

关于孟浩然生平及浙东之游,除新旧《唐书》和《唐才子传》卷二载《孟浩然传》,唐王士源《孟浩然集序》之外,孟浩然的诗歌本身是可依据的重要材料。这些材料,有些是明确记述时地的,有些则并不明确。本文拟从明确记述时地的材料出发,综合其他材料,对孟浩然浙东之游作出分析。

一

孟浩然曾自洛之越,是肯定的。他的《自洛之越》④诗是明证。孟浩然有《适越留别谯县张主簿申屠少府》,诗云:"朝乘汴河流,夕次谯县界。"顺汴河而下,经谯县即今安徽亳州,正合于自洛之越的路线。诗又

---

① 关于孟浩然浙东之游,王辉斌指出有四种看法:"(一)陈贻焮《唐诗论丛·孟浩然事迹考辨》首倡一次说。即其认为,孟浩然一生只到越剡一次,时间在开元十八年,始程地为洛阳,于开元二十一年乃返襄。此次东下,就是孟集中所记载的'自洛之越'。(二)谭优学《唐诗人行年考·孟浩然行止考实》亦主一次说。但其认为,孟浩然'此行以开元十三年自洛阳首途,以开元十五年冬回到荆襄'而宣告结束。谭说较之陈说而言,实际上是将孟浩然'自洛之越'的时间向前进行了推移。(三)《李嘉言古典文学论文集·孟浩然年谱略稿》首倡两次说。《略稿》认为,孟浩然在开元元年'由襄阳至乐城'一次,于开元三年尚在越中滞留,返襄阳在是年底或翌年初;孟浩然于开元十五年'在长安举进士不第'后,'复自洛之越',于是年冬'重遇张子容于乐城',翌年始还。《略稿》还认为,开元二十五年三月,孟浩然曾自襄阳游广陵,李白以诗送之。(四)徐鹏《孟浩然集校注·作品系年》认为,孟浩然一生只到过一次越剡。其认为孟浩然在开元十七年'自洛之越',至开元二十一年乃还襄阳。《系年》虽亦主一次说,但在时向上却与陈说、谭说又异。"(见《孟浩然研究》,甘肃人民出版社 2002 年版,第 32—33 页)
② 王辉斌《孟浩然研究》,第 33 页。指出,"上述四种说法,均为错误,正确者乃为孟浩然一生三次游越剡,其始程时间分别为开元十三年春,开元二十一年秋,开元二十三年春。"
③ 刘文刚《孟浩然年谱》,人民文学出版社 1995 年,第 46—61 页。
④ 孟浩然撰,李景白校注《孟浩然诗集校注》卷三,中华书局 2018 年,第 323 页。

云：“幸值西风吹，得与故人会。”①知这次自洛赴越，应该是在秋天。《自洛之越》说：“遑遑三十载，书剑两无成。山水寻吴越，风尘厌洛京。”②他应举落第，失意而离京之越。他有《经七里滩》《宿桐庐江寄广陵旧游》《宿建德江》，知他赴越，经七里滩，宿桐庐江、建德江③。三诗虽未点明是秋天，但《宿桐庐江寄广陵旧游》写“风鸣两岸叶”，正是秋景。这是当年谢灵运赴永嘉的路线。孟浩然游永嘉，找他的好友张子容。诗有《除夜乐城逢张少府作》《岁除夜会乐城张少府宅》④，秋而之越，经桐庐江、建德江，除夜而在永嘉见张子容，时令、路线均相合。自洛之越这一次，应该是秋天出发，经汴河，到杭州后，经桐庐江、建德江而往永嘉。这一次，岁暮时在永嘉。

孟浩然曾有一次春天游越。游云门山和镜湖时，写《游云门山寄越府包户曹徐起居》《云门寺西六七里闻符公兰若最幽与薛八同往》诗，已是“春水镜湖宽”，“喜得惠风洒”⑤，《与崔二十一游镜湖寄包贺二公》写与崔国辅同游镜湖，则是“春逢谷雨晴”⑥。孟浩然有《越中逢天台太一子》，知他在越中遇见天台太一子⑦。《寻天台山》说：“吾友太一子，餐霞卧赤城。欲寻华顶去，不惮恶溪名。歇马凭云宿，扬帆截海行。高高翠微里，遥见石梁横。”⑧。孟浩然又有《寄天台道士》：“海上求仙客，三山望几时。焚香宿华顶，裛露采灵芝。屡蹑莓苔滑，将寻汗漫期。倘因松子去，长与世人辞。”⑨。这个“天台道士”很可能就是前诗提到的好友太一子，若然，则此行之前，如诗中所说，他就与好友太一子有约定，要“因松子去，长与世人辞”。孟浩然又有《舟中晚望》，写道：“问我今何去，天台访石桥。”⑩

---

① 孟浩然撰，李景白校注《孟浩然诗集校注》卷一，第80页。
② 孟浩然撰，李景白校注《孟浩然诗集校注》卷三，第323页。
③ 孟浩然撰，李景白校注《孟浩然诗集校注》卷一，第73页；卷三，第312页；卷四，第422页。
④ 孟浩然撰，李景白校注《孟浩然诗集校注》卷三，第261页，第321页。
⑤ 孟浩然撰，李景白校注《孟浩然诗集校注》卷一，第55页，第4页。
⑥ 孟浩然撰，李景白校注《孟浩然诗集校注》卷二，第174页。
⑦ 孟浩然撰，李景白校注《孟浩然诗集校注》卷一，第64页。
⑧ 孟浩然撰，李景白校注《孟浩然诗集校注》卷三，第270页。
⑨ 孟浩然撰，李景白校注《孟浩然诗集校注》卷三，第318页。
⑩ 孟浩然撰，李景白校注《孟浩然诗集校注》卷三，第263页。

或者,他此次赴越的目的,是"天台访石桥",是访好友太一子。可能太一子在越中,因此先到越中,在越中遇见太一子,然后赴天台山。

孟浩然又有《将适天台留别临安李主簿》,诗中写道:"故林日已远,群木坐成翳。"①故林,应该就指孟浩然的故乡襄阳。将赴越,适天台而曰"故林日已远",他此行的出发地,应该是故林,即襄阳。

自洛之越一次,是"风尘厌洛京"②。《宿桐庐江寄广陵旧游》写他是"还将两行泪,遥寄海西头"③,《宿建德江》写他是"日暮客愁新"④,《永嘉上浦馆逢张八子容》写他是"失路一相悲"⑤,《初年乐城馆中卧疾怀归》是"留滞客情多"⑥。而春游越州一次,《题云门山寄越府包户曹徐起居》:"我行适诸越,梦寐怀所欢。久负独往愿,今来恣游盘。"⑦是向往。《耶溪泛舟》:"落景余清辉,轻桡弄溪渚。泓澄爱水物,临泛何容与。白首垂钓翁,新妆浣沙女。看看似相识,脉脉不得语。"⑧是情意绵绵。《大禹寺义公禅》:"义公习禅处,结构依空林。户外一峰秀,阶前群壑深。夕阳照雨足,空翠落庭阴。看取莲花净,应知不染心。"⑨《与崔二十一游镜湖寄包贺二公》:"试览镜湖物,中流见底清。不知鲈鱼味,但识鸥鸟情。"⑩是超然宁静的心境。心境情绪全然不同。秋天自洛之越,往永嘉见张子容,和春天自故林即襄阳赴越适天台,遇太一子,应该是不同的两次。

自洛之越的一次,应该是四十岁左右赴京应试落第之后。《自洛之越》:"遑遑三十载,书剑两无成。"⑪《礼记·曲礼上》"人生十年曰幼,学。"⑫

---

① 孟浩然撰,李景白校注《孟浩然诗集校注》卷一,第78页。
② 孟浩然撰,李景白校注《孟浩然诗集校注》卷三,第323页。
③ 孟浩然撰,李景白校注《孟浩然诗集校注》卷三,第312页。
④ 孟浩然撰,李景白校注《孟浩然诗集校注》卷四,第422页。
⑤ 孟浩然撰,李景白校注《孟浩然诗集校注》卷三,第340页。
⑥ 孟浩然撰,李景白校注《孟浩然诗集校注》卷二,第219页。
⑦ 孟浩然撰,李景白校注《孟浩然诗集校注》卷一,第55页。
⑧ 孟浩然撰,李景白校注《孟浩然诗集校注》卷一,第18页。
⑨ 孟浩然撰,李景白校注《孟浩然诗集校注》卷三,第257页。
⑩ 孟浩然撰,李景白校注《孟浩然诗集校注》卷二,第174页。
⑪ 孟浩然撰,李景白校注《孟浩然诗集校注》卷三,第323页。
⑫ 《礼记正义·曲礼上》,(清)阮元校刻《十三经注疏》,中华书局1980年,第1232页。

学书剑两无成历 30 年,是为 40 岁。他又有《秦中苦雨思归赠袁左丞贺侍郎》,也写:"苦学三十载,闭门江汉阴。用蓻遭圣日,羁旅属秋霖。"①《旧唐书·玄宗纪》上,开元十六年"九月丙午,以久雨,降死罪从流,徒以下原之",②正与秦中苦雨、秋霖相合。开元十六年(729)。孟浩然正 40 岁。应举落第,孟浩然仍滞留在京。《题长安主人壁》:"久废南山田,叨陪东阁贤。欲随平子去,犹未献甘泉。"③他应该还想献赋求用,所以到第二年才离开京洛。他曾从京洛回襄阳,返回洛阳,也可能直接自洛之越,回襄阳可能另一次。

此行自洛之越的目的地是永嘉,有两个旁证。一是与张子容在永嘉的交往。孟浩然有诗《永嘉上浦馆逢张八子容》④,知孟浩然在永嘉上浦馆逢张子容。孟浩然又有《除夜乐城逢张少府作》《岁除夜会乐城张少府宅》⑤,知他又于除夜乐城见张少府,岁除夜会乐城张少府宅。张子容时为乐城尉,是为张少府。张子容也有《除夜乐城逢孟浩然》《乐城岁日赠孟浩然》⑥。张子容贬永嘉时间即孟浩然游永嘉时间。张子容何时贬永嘉,由张子容《永嘉即事寄赣县袁少府瓘》⑦可以推知。张子容此诗所写袁瓘,佟培基《孟浩然诗集笺注》有分析,据《唐诗纪事》卷二〇:"瓘,明皇时人。"《元和姓纂》卷四云袁术败后,子孙分散,因居襄阳,有"左拾遗袁瓘"⑧。孟浩然有诗《送袁太祝尉豫章》⑨,袁太祝当即袁瓘,豫章,洪州,此指赣县。尉豫章,即为赣县尉。袁瓘在京城,可能为左拾遗,也可能为太祝。从袁瓘《惠文太子挽歌》来看,他的职责应该是太祝。从张子容和孟浩然诗看,他后来被贬赣县尉。袁瓘《惠文太子挽歌》诗下原注:"睿宗之子岐王范也,开元十

---

① 孟浩然撰,李景白校注《孟浩然诗集校注》卷二,第 180 页。
② (后晋)刘昫等《旧唐书》卷八,中华书局 1975 年,第 192 页。
③ 孟浩然撰,李景白校注《孟浩然诗集校注》卷一,第 135 页。
④ 孟浩然撰,李景白校注《孟浩然诗集校注》卷三,第 340 页。
⑤ 孟浩然撰,李景白校注《孟浩然诗集校注》卷三,第 261 页,第 321 页。
⑥ 彭定求等《全唐诗》卷一一六,中华书局 1960 年,第 1175 页,第 1176 页。
⑦ 彭定求等《全唐诗》卷一一六,第 1176 页。
⑧ 孟浩然撰,佟培基笺注《孟浩然诗集笺注》卷上,上海古籍出版社 2013 年,第 177—178 页。
⑨ 孟浩然撰,李景白校注《孟浩然诗集校注》卷四,第 369 页。

四年卒，赠太子。"①知袁瓘开元十四年(726)尚在京城。贬赣县尉当在此后。由张子容《永嘉即事寄赣县袁少府瓘》，知袁瓘贬赣县尉之时，张子容正贬永嘉尉。袁瓘贬赣县尉在开元十四年(726)四月之后，这时张子容正被贬在永嘉，这是不言而喻的。这也正是孟浩然游永嘉的时间。这与孟浩然苦学三十载之后的 40 岁，即开元十六年(729)自洛之越的时间相合。正在张子容贬永嘉尉与袁瓘贬赣县尉的开元十四年(726)四月之后，开元十六年(729)，孟浩然自洛之越，游永嘉，与永嘉尉张子容交游。这应该是一个旁证。

再一个旁证，孟浩然有诗《宿永嘉江寄山阴崔国辅少府》②。由此诗，知孟浩然游永嘉之时，崔国辅已是山阴县尉。崔国辅为山阴县尉，应该是进士及第之后。顾况《监察御史储公集序》："开元十四年，严黄门知考功，以鲁国储公进士高第，与崔国辅员外、綦毋潜著作同时。"③知崔国辅进士及第在开元十四年(726)。进士及第之后，再经吏部考试，再授山阴县尉，要经几年时间，这也正与孟浩然开元十六年(729)自洛之越游永嘉的时间相合。

二

至于春游越中一次，应该在这之前，具体说，在入京之前。孟浩然有《题终南翠微寺空上人房》，是长安所作。诗写道："缅怀赤城标，更忆临海峤。"④知道入京之前，孟浩然已有浙东之行，而且这次浙东之行，从诗的叙述看，正是到赤城，到临海。说的正是春游越中，然后到天台那一次。那次春游越中，游天台，留美好而深刻印象，因此入京之时，要

---

① 彭定求等《全唐诗》卷一二〇，第 1208 页。
② 孟浩然撰，李景白校注《孟浩然诗集校注》卷三，第 303 页。
③ (清)董诰等编《全唐文》卷五二八，上海古籍出版社 1990 年，第 2377 页。
④ 孟浩然撰，李景白校注《孟浩然诗集校注》卷一，第 11 页。

缅怀,要更忆。春游越中的那些诗,并无应举失意之情,也说明这一点,就是说,应该作于京师落第之前。

四十岁左右赴京应试之前。开元六年(718),30 岁时,孟浩然作《田园作》,在这首诗里,虽然说过"粤余任推迁,三十犹未遇。书剑时将晚,丘园日已暮"①的话。开元八年(720),32 岁时,作《晚春卧病寄张八子容》,曾感慨"贾谊才空逸,安仁鬓欲丝","常恐填沟壑,无由振羽仪"②。他有《望洞庭湖赠张丞相》,如果这里的张丞相指张说,诗写于开元四年 716 年左右任岳州刺史,时孟浩然 29 岁,诗写"欲济无舟楫,端居耻圣明。坐观垂钓者,空有羡鱼情"③,则这时已有企求汲引之意。但总体来说,四十岁左右入京师应举落第之前,孟浩然的心境宁静超然的时候居多。他有《听郑五愔弹琴》,愔卒于景云元年(710),时孟浩然 22 岁,诗作于此前,诗写:"阮籍推名饮,清风坐竹林。半酣下衫袖,拂拭龙唇琴。一杯弹一曲,不觉夕阳沉。余意在山水,闻之谐凤心。"④可以反映此时的心境。孟浩然有好友张子容者,先天元年(712)擢进士第,时孟浩然 24 岁。孟有《送张子容进士赴举》,当作于此前。诗写:"夕曛山照灭,送客出柴门。惆怅野中别,殷勤醉后言。茂林余偃息,乔木尔飞翻。无使《谷风》诮,须令友道存。"⑤也可窥见此时之情思。他的《夜归鹿门山歌》和《登鹿门山怀古》,如果可证为早年所作,则也可以知道孟浩然早年的心境是平和的、超逸的。他愿意安居于庞公栖隐之处,在岩扉松径与幽人来往,于山明翠微间,金涧饵芝术,石床卧苔藓,慕前贤之高风,如白云般自由自在。这与春游越中天台的心境是一致的。

从孟浩然诗歌自述行迹看,除襄阳、京洛、浙东外,孟浩然还去过其他很多地方。他曾泛五湖,经三湘,入洞庭,武陵泛舟,夜渡湘水。他曾

---

① 孟浩然撰,李景白校注《孟浩然诗集校注》卷一,第 120 页。
② 孟浩然撰,李景白校注《孟浩然诗集校注》卷一,第 48 页。
③ 孟浩然撰,李景白校注《孟浩然诗集校注》卷一,第 233 页。
④ 孟浩然撰,李景白校注《孟浩然诗集校注》卷一,第 30 页。
⑤ 孟浩然撰,李景白校注《孟浩然诗集校注》卷三,第 342 页。

到浔阳,彭蠡湖中望庐山,还曾到赣水上游赣州的赣石、龙沙。扬子津更是常常经过,孟浩然至少有三首诗,诗题就写到扬子津。扬子津一带,他曾游润州、宣城、京口,曾夜泊牛渚,还有广陵即扬州。李白送别孟浩然诗,就写他烟花三月下扬州。开元二十五年(737),张九龄为荆州长史,署浩然为从事。因此,孟浩然游荆门及周边之地,应该在张九龄幕府。他的《彭蠡湖中望庐山》写"我来限于役",可能在荆州幕因公役使扬州,目的地在"淮海"即扬州,经彭蠡湖望庐山,行程已半,因此说"淮海途将半"①。洛阳到越州所经一线,有可能是京师下第以后自洛之越所经。其他的,很多应该是因其他目的漫游所经。

　　一些漫游诗,没有失意之痛、羁旅客愁,对所游之地景色满是赞美羡恋,这些诗,应该是早年即入京应举之前孟浩然漫游过各地所作。早年即入京应举之前孟浩然曾到各地漫游,应该是可以肯定的。他有《南还舟中寄袁太祝》,袁太祝即袁瓘,前面我们说到,开元十四年(726)四月之后袁瓘贬赣县尉,而之前,官为太祝。孟此诗写"岭北回征帆,巴东问故人"②,可见他曾游巴东、岭北,所谓"南还",应该是自南方的岭北还。而这正是开元十四年(726)之前,也就是入京应举之前。这应该是一个明证。他对越中,是那样的向往。《渡浙江问舟中人》:"时时引领望天末,何处青山是越中。"③《送谢录事之越》:"想到耶溪日,应探禹穴奇。"④《游云门山寄越府包户曹徐起居》:"我行适诸越,梦寐怀所欢。久负独往愿,今来恣游盘。"⑤可以体会他的向慕之情。而他所向慕的是越中,而不是永嘉。怀着这样一种向慕之情,早年那样好漫游,在入京应举失意之前,自洛之越之前,专程来越中漫游,是完全有可能的。

　　这次专程自故林即襄阳至越中之游,具体在赴京应举之前什么时

---

① 孟浩然撰,李景白校注《孟浩然诗集校注》卷一,第19页。
② 孟浩然撰,李景白校注《孟浩然诗集校注》卷三,第313页。
③ 孟浩然撰,李景白校注《孟浩然诗集校注》卷四,第444页。
④ 孟浩然撰,李景白校注《孟浩然诗集校注》卷四,第365页。
⑤ 孟浩然撰,李景白校注《孟浩然诗集校注》卷一,第55页。

候,殊难料断。从这次游越的交往看,时间不会太早。孟浩然诗有《游云门山寄越府包户曹徐起居》①《将适天台留别临安李主簿》②《与崔二十一游镜湖寄包贺二公》③。可知他所交往的有临安李主簿、包贺二公、崔二十一、包户曹和徐起居等。包贺二公,当指包融和贺朝。包户曹疑指包融,徐起居,名未详。据《旧唐书·职官志》,起居郎,从六品上。崔二十一,当指崔国辅。临安李主簿,名未详。这些人物,官位虽不高,毕竟有一定官位,而且包融、贺朝于中宗神龙(706—707)中便与贺知章、张若虚、邢巨俱以文词俊秀,吴越之士,名扬京师。包融与贺知章、张旭、张若虚齐名,号"吴中四士"。与这样一些人物平等的交往,年纪太轻,恐怕不行。《寻天台山》说:"吾友太一子,餐霞卧赤城。"④太一子,不详。当是天台道士。与远离家乡襄阳的天台道士交上好友,也当有一定人生资历。孟浩然又有《云门寺西六七里闻符公兰若最幽与薛八同往》⑤,知他在越州所交往还有"薛八"。这个薛八,孟浩然另有《广陵别薛八》和《夜泊牛渚趁薛八船不及》写到。从诗题可知孟浩然游广陵和夜泊牛渚时,跟这个薛八。前诗又写道:"广陵相遇罢,彭蠡泛舟还。"⑥后诗写道:"浦溆常同宿。"⑦可知孟浩然与这个薛八还曾一同彭蠡泛舟,浦溆同宿。这样的交往,说明他已有一定的人生经历。

友人张子容开元元年(712)进士及第,前一年,孟浩然23岁,写《送张子容进士赴举》⑧,时在襄阳。开元四年(716),张说任岳州刺史。孟浩然有《望洞庭湖赠张丞相》,诗写:"欲济无舟楫,端居耻圣明。坐观垂钓者,徒有羡鱼情。"⑨显然有望汲引之意。张丞相如果是张说,则当作

---

① 孟浩然撰,李景白校注《孟浩然诗集校注》卷一,第55页。
② 孟浩然撰,李景白校注《孟浩然诗集校注》卷一,第78页。
③ 孟浩然撰,李景白校注《孟浩然诗集校注》卷二,第174页。
④ 孟浩然撰,李景白校注《孟浩然诗集校注》卷三,第270页。
⑤ 孟浩然撰,李景白校注《孟浩然诗集校注》卷一,第4页。
⑥ 孟浩然撰,李景白校注《孟浩然诗集校注》卷四,第378页。
⑦ 孟浩然撰,李景白校注《孟浩然诗集校注》卷三,第329页。
⑧ 孟浩然撰,李景白校注《孟浩然诗集校注》卷三,第342页。
⑨ 孟浩然撰,李景白校注《孟浩然诗集校注》卷三,第233页。

于张说出守岳州之时,开元四年(716)或次年。时孟浩然28岁或29岁,在岳州,当游三湘。孟浩然又有《田园作》,写"三十犹未遇"①,又有《书怀贻京邑同好》,亦写"三十既成立"②,知开元六年(718)孟浩然30岁时,亦在襄阳。孟浩然又有《晚春卧病寄张八子容》③,据诗中"安仁鬓欲丝"句,知是年孟浩然32岁,时在开元八年(720),孟浩然亦在襄阳。这些年,孟浩然都不可能游越。

孟浩然有一首诗,或者可以提供一些推测。这首诗是《与崔二十一游镜湖寄包贺二公》,诗写游镜湖,又写"春逢谷雨晴"④,当作于春游越中这一次。这里的包贺二公分指包融、贺朝,崔二十一则指崔国辅。诗写崔国辅,让人有各种想像。孟浩然在永嘉时,有诗《宿永嘉江寄山阴崔国辅少府》,称为"山阴崔国辅少府"⑤,可见此时崔国辅已是山阴县尉。而春游越中这一次所写《与崔二十一游镜湖寄包贺二公》,只称"崔二十一",未称"崔少府",这是为什么?这就让人联想到的是崔国辅的仕历。前引顾况《监察御史储公集序》:"开元十四年,严黄门知考功,以鲁国储公进士高第,与崔国辅员外、綦毋潜著作同时。"知崔国辅进士及第在开元十四年(726)。唐制,进士科及第后,还须经吏部考试,合格后才能授予官职,称释褐。而且唐代文士有一种习尚,即及第以后,往往不是就留在京师应吏部试,而是先归故乡,拜见父母,以示庆贺,或去有关州府节镇,进行一些活动⑥。

崔国辅进士及第后,如果也是先归故乡,拜见父母,再到京师应吏部试,如前所述,他授山阴尉,应该进士及第(开元十四年,即726年)数年后的事情。这正与孟浩然开元十六年(729)自洛之越游永嘉的时间相合。这可以解释孟浩然在永嘉写诗,称崔国辅为"山阴崔国辅少府"。

---

① 孟浩然撰,李景白校注《孟浩然诗集校注》卷一,第120页。
② 孟浩然撰,李景白校注《孟浩然诗集校注》卷一,第52页。
③ 孟浩然撰,李景白校注《孟浩然诗集校注》卷一,第48页。
④ 孟浩然撰,李景白校注《孟浩然诗集校注》卷二,第174页。
⑤ 孟浩然撰,李景白校注《孟浩然诗集校注》卷三,第303页。
⑥ 参傅璇琮《唐代科举与文学》,中华书局2023年,第142页、第403页。

春游越中这一次,孟浩然与崔国辅同游镜湖,只称"崔二十一",未称"崔少府",或者此时崔国辅还不是山阴尉。接着的联想就是,如果崔国辅此时还不是山阴尉,何以在山阴?这就联想到《唐才子传》卷二的另一段记载:"国辅,山阴人。"①或以为这是因崔国辅曾任山阴尉而误,认为崔国辅是吴郡(今苏州)人。但是,《全唐诗》卷一一九录存崔国辅诗 37 首,有好几首写到越中。《宿法华寺》:"松雨时复滴,寺门清且凉。此心竟谁证,回憩支公床。壁画感灵迹,龛经传异香。独游寄象外,忽忽归南昌。"②法华寺,即天衣寺,在越州山阴县南秦望山。从"忽忽归南昌"句看,崔国辅似有失意之感,是不是进士及第之前也有过一段失意的经历呢?崔国辅又有《宿范浦》③。诗写范浦、西陵、定山,范浦在杭州东南二里,西陵在萧山,定山在杭州东南。都是越中附近物象。有没有可能《唐才子传》并未误记?有没有可能崔国辅真是山阴人呢?再进一步推想,孟浩然春游越中,有没有可能崔国辅进士及第,未在京师应吏部试,而是先归故乡,拜见父母呢,因此正好与孟浩然相遇,同游镜湖呢?

孟浩然《与崔二十一游镜湖寄包贺二公》写得轻松愉快:"试览镜湖物,中流见底清。不知鲈鱼味,但识鸥鸟情。帆得樵风送,春逢谷雨晴。"④樵风,即樵风泾。樵风泾在会稽东南二十五里。传郑弘少时采薪得一遗箭,顷之,有人觅箭,问弘何欲,弘谓,常患若耶溪载薪为难,愿朝南风,暮北风。后果然,世号樵风泾。"帆得樵风送,春逢谷雨晴",顺风顺水,正与崔国辅进士及第,春风得意的心境相合。唐代进士放榜,通常在二月,进士放榜后,要参拜座主和参谒宰相,还有宴集,曲江游宴,杏园宴,慈恩雁塔题名。崔国辅进士及第,参与一系列礼节与仪式后,春日便可返回山阴。孟浩然这次游越,正是春日。孟浩然与崔国辅

①　傅璇琮主编《唐才子传校笺》,中华书局 1987 年,第一册,第 228 页。
②　彭定求等《全唐诗》卷一一九,第 1199—1200 页。
③　彭定求等《全唐诗》卷一一九,第 1201 页。
④　孟浩然撰,李景白校注《孟浩然诗集校注》卷二,第 174 页。

同游镜湖,正是"春逢谷雨晴"之时。有没有可能孟浩然这次春日游越,正是崔国辅进士及第之年,即开元十四年(726)呢?

不管怎样,孟浩然自洛之越,有一次游越,时间在入京应举落第之后,时间在开元十七年(729)或开元十八年(730),孟浩然41岁或42岁。自洛出发的时间是秋天,目的地在永嘉。孟浩然在长安所作《题终南翠微寺空上人房》说:"缅怀赤城标,更忆临海峤。"①知道入京应举之前,孟浩然有另一次浙东之行。这次的目的地是山阴和天台。《将适天台留别临安李主簿》说:"故林日已远,群木坐成翳。"②可知出发地是故林襄阳。到越时间是春天,时间在入京应举之前,有可能是崔国辅进士及第还乡的开元十四年(726),时孟浩然38岁。

三

如果以上推论可取,或者说可信,那么,学界现有关于孟浩然游越的一些看法就值得商榷。

陈贻焮《孟浩然事迹考辨》③认为孟浩然入京赴举在开元十六年(728),然后有"自洛之越"之行,这是对的。但是,这次浙东之行的目的地不是天台,而是永嘉。唐人游天台,路线是自萧山到会稽、上虞,入曹娥江,溯剡溪而上,经剡县、石桥溪。杜甫"归帆拂天姥"走的是这条线,李白也是走的这条线。至于经七里滩、桐庐江、建德江,溯流而上,不是到天台,而是到永嘉的路线。谢灵运当年赴永嘉,走的就是这条路线。孟浩然自洛出发,经建德江时都是秋天,到永嘉是岁暮,时令也正相合。这次游永嘉,是否也曾游会稽剡和天台,不得而知。但现存孟浩然游会稽和天台的诗,都写于另一次游越,而不是这自洛之越游永嘉之时。刘

---

① 孟浩然撰,李景白校注《孟浩然诗集校注》卷一,第11页。
② 孟浩然撰,李景白校注《孟浩然诗集校注》卷一,第78页。
③ 陈贻焮《唐诗论丛》,湖南人民出版社1980年,第12页。

文刚《孟浩然年谱》①，徐鹏《孟浩然集校注》②附"作品系年"认为孟浩然诗中所写的游天台、赤城，游镜湖耶溪，探禹穴，都作于这一次，这是不确的。当然，刘文刚认为孟浩然游天台、赤城和镜湖耶溪之后，回到杭州，八月又往越州，冬，浮海往乐城，次年春往游永嘉，与张子容相遇，然后告别永嘉，浮海北归，归至郢中，这一系列，多出于臆测，并无实据。

李嘉言《孟浩然年谱略稿》根据张子容《乐城岁日赠孟浩然》句"土地穷瓯越，风光肇建寅"，以为明年即开元三年(715)甲寅，"是本年冬浩然已在乐城"③。王辉斌《孟浩然研究》第一章"孟浩然的行止"之第五节"越剡之旅"指出，张子容诗中的"建寅"，并非是指开元三年为甲寅年，而是"农历正月"的代名词。这从《国语》韦昭注"土蛰发"有"谓孟春建寅之月"云云，可以获得证实④。王辉斌的这一看法是对的。

但王辉斌《孟浩然研究》关于孟浩然越剡之旅的其他有些看法，却值得商榷。孟浩然《久滞越中赠谢南池会稽贺少府》说："两见夏云起，再闻春鸟啼。"⑤确实证明孟浩然在越中已滞留了两个夏天两个春天，但这既无法证明孟浩然这次久滞越中在入京应举之前，也无法论断久滞越中的三个年头就是开元十三年、十四年、十五年。孟浩然《永嘉上浦馆逢张八子容》《岁除夜会乐城张少府宅》《初年乐城馆中卧疾怀归作》《永嘉别张子容》等诗本身，无法证明孟浩然在开元十三年春曾自襄阳始程游越剡一次。

张子容与孟浩然是世交，景云二年(711)孟浩然23岁，确实写诗送张子容进士赴举。孟浩然《除夜乐城逢张少府》确实说他们"一别十余春"⑥(王辉斌误引以为《岁除夜会乐城张少府宅》)，这"十余年"未必就一定下数至开元十四年，下数至开元十七年(729)或者开元十八年

---

① 刘文刚《孟浩然年谱》，人民文学出版社1995年。
② 参孟浩然撰，徐鹏校注《孟浩然集校注》，人民文学出版社1998年。
③ 李嘉言《孟浩然年谱略稿》，转据王辉斌《孟浩然研究》(甘肃人民出版社2002年)，第242页。
④ 王辉斌《孟浩然研究》，第36页。
⑤ 孟浩然撰，李景白校注《孟浩然诗集校注》卷二，第207页。
⑥ 孟浩然撰，李景白校注《孟浩然诗集校注》卷三，第261页。

(730)，也仍然是"十余年"。而且，张子容进士赴举之后，未能断言孟、张就没有见过面。

李白《游溧阳北湖亭望瓦屋山怀古赠同旅》，王琦确注"一作赠孟浩然"，詹锳《李白诗文系年》确实系此诗于开元十四年①，但是，安旗主编《李白全集编年笺注》却系此诗于开元二十七年②。就算此诗作于开元十四年，题作《赠孟浩然》，也只能证明李白与孟浩然相识，无法证明孟浩然此时游越。因为李白诗并无一字说到孟浩然行踪之事。王辉斌进一步概括性的大描述，都缺少细致论证。无法证明孟浩然开元十四年秋于溧阳别李白后，随即南下杭州、会稽一带漫游，孟浩然确实于某年岁末至永嘉属县乐城与张子容相晤，并度岁于斯。又卧病于张子容处，但无法证明这一切是在孟浩然游会稽之后。孟浩然确曾卧病于张子容处，但没有根据说，此事在开元十五年春。

孟浩然有诗《送新安张少府归秦中》③，此诗《会稽掇英总集》卷一〇题作《越中送新安张少府归秦中》④。此诗多有可疑。孟浩然好友中，张姓县尉确实只有张子容，但是，只知道张子容曾为乐城县尉，未闻曾为新安县尉。新安在河南，何以在越中送河南的新安县尉？而且，此诗没有一字写到此县尉任满之事。王辉斌以此诗证明张子容任满自乐城还京，途经会稽，与孟浩然再会，同样缺乏进一步的根据。至于说此后未久，孟浩然即离越还襄，同样未见根据。

用孟浩然《奉先张明府休沐还乡海亭宴集》⑤来证明孟浩然于开元十九年在襄阳与张子容"海亭宴集"，王辉斌此说可疑处颇多。这里的"张明府"不一定非就是张子容，也可能是张愿，佟培基《孟浩然诗集笺注》和傅璇琮主编《隋唐五代文学编年史》即认为是襄阳人张愿⑥。即

---

① 詹锳《李白诗文系年》，《詹锳全集》卷五，河北教育出版社 2016 年，第 12 页。
② 安旗主编《李白全集编年笺注》，中华书局 2020 年，第 275 页。
③ 彭定求等《全唐诗》卷一六〇，第 1668 页。
④ 孔延之编，邹志方点校《〈会稽掇英总集〉点校》卷一〇，人民出版社 2006 年，第 149 页。
⑤ 孟浩然撰，李景白校注《孟浩然诗集校注》卷二，第 191 页。
⑥ 孟浩然撰，佟培基笺注《孟浩然诗集笺注》，第 373 页。

使如王辉斌所说,这个休沐还乡和孟浩然一起在海亭宴集的奉先张明府是张子容,既然这个张子容如王辉斌所说曾任奉先令,而且这个张子容是开元十五年由乐城入京,也没有根据证明"旋授职奉先令"。张子容完全有可能先授其他职,然后再授奉先令。何况这个"奉先张明府"很可能不是张子容,也可能是张愿。当然,进一步说,这里是张子容在奉先令历四考任满而还乡"休沐",时间在开元十九年,则更是没有可靠前提的臆测。由此断言孟浩然不可能于开元十七年或十八年游越中,当然这种断言更难令人信服。人们仍然有理由相信,孟浩然有可能于开元十七年或十八年游越中。

关于孟浩然《秦中苦雨思归赠袁左丞贺侍郎》①的理解,可商榷处颇多。《旧唐书·玄宗纪》开元二十一年确实记载"是岁,关中久雨害稼"②,王辉斌仅凭这一条史料,就认定孟浩然《秦中苦雨思归赠袁左丞贺侍郎》一定作于开元二十一年,进而认为孟浩然"自洛之越"在开元二十一年"极明",这一结论也是不能让人信服的。因为同是《旧唐书·玄宗纪》,于开元十六年(728)也记载:"九月丙午,以久雨,降死罪从流,徒以下原之。"③何以秦中苦雨不可以指开元十六年那一次,而非得是指开元二十一年那一次呢?更主要的是,孟浩然《自洛之越》诗明确说"遑遑三十载,书剑两无成。山水寻吴越,风尘厌洛京"④,前已分析,这清楚表明,诗作于诗人40岁,"书剑两无成",确实说孟浩然应举落第,此后,则"之越","山水寻吴越"。开元十六年(728)秦中苦雨,孟浩然正好40岁,书剑两无成而自洛之越,这是再明白不过的事,何以非得是指开元二十一年呢?当然,据此认为孟浩然《与崔二十一游镜湖寄包贺二公》诗所写的与崔国辅同游镜湖在开元二十二年春天,又认为孟浩然于开元二十三年四游越剡,是取道汉水至江夏后再顺江东下,待至江夏时,适逢李白亦

---

① 孟浩然撰,李景白校注《孟浩然诗集校注》卷二,第180页。
② 《旧唐书》卷八,第200页。
③ 《旧唐书》卷八,第192页。
④ 孟浩然撰,李景白校注《孟浩然诗集校注》卷三,第323页。

在江夏,二人同游黄鹤楼,李白写《黄鹤楼送孟浩然之广陵》一诗以送孟浩然,等等这些延伸的推断,也就失去了立论的前提和根据。

徐鹏《孟浩然集校注》附"作品系年"以为孟浩然开元十八年(730)夏至杭州,秋沿浙江西上,经富春、桐庐至建德,又溯东阳江经兰溪、金华、东阳去天台,再顺流由剡溪、上虞江去会稽,开元十九年(731)一年在会稽度过,耶溪泛舟,游云门、镜湖、大禹寺等。开元二十年(732)冬自会稽经永嘉去乐城访张子容,开元二十一年(733),年初自乐城经永嘉、会稽、广陵、浔阳并入湘吊屈后回乡。徐鹏这一系年也颇多疑问。

孟浩然沿浙江西上,经富春、桐庐至建德,这是不错的,但进一步说孟浩然又溯东阳江经兰溪、金华、东阳去天台,则全然没有材料根据。孟浩然诗没有一首写到东阳江、兰溪、金华、东阳。唐人去天台,一般是自上虞、剡县溯剡溪而上,经石桥溪到石梁,不会溯浙江西上,经富春、桐庐至建德,再经兰溪、金华、东阳去天台,路线不对,也没有根据。至于说开元十九年(731)一年孟浩然都在会稽度过,耶溪泛舟,游云门、镜湖、大禹寺等,然后自会稽经永嘉去乐城访张子容,又自乐城经永嘉、会稽、广陵、浔阳并入湘吊屈后回乡,不但缺少根据,而且基本的分析和推论也没有。

四

现在讨论一下,孟浩然游越的目的是什么?

第一次游越,即春日始程游越那一次,有游山水的目的,《游云门山寄越府包户曹徐起居》:"我行适诸越,梦寐怀所欢。久负独往愿,今来恣游盘。"[1]《与崔二十一游镜湖寄包贺二公》:"试览镜湖物,中流到底清。不知鲈鱼味,但识鸥鸟情。"[2]都是一片向往之情。

求佛访道,隐逸超世,应该也是重要目的。《游云门山寄越府包户曹

---

[1]　孟浩然撰,李景白校注《孟浩然诗集校注》卷一,第55页。
[2]　孟浩然撰,李景白校注《孟浩然诗集校注》卷二,第174页。

徐起居》说："迟尔同携手,何时方挂冠。"①《云门寺西六七里闻符公兰若最幽与薛八同往》说："依止托山门,谁能效丘也。"②《腊月八日于剡县石城寺礼拜》说："愿承功德水,从此濯尘机。"③《寻香山湛上人》说："愿言投此山,身世两相弃。"④恐怕不是说说而已,孟浩然可能是动了心的。他游天台,与天台太一子的交往更能看出他的心思。《将适天台留别临安李主簿》留别临安李主簿时,就明确说,他"将适天台",说"羽人在丹丘,吾亦从此逝"⑤。未来之前,就寄书天台道士,说:"倘因松子去,长与世人辞"⑥。可能这位太一子时在越中,因此,他在越中遇见这位天台太一子。他的《越中逢天台太一子》说:"永愿从之游,何当济所届。"⑦后来他去天台山,有《寻天台山》,诗开头便说:"吾友太一子,餐霞卧赤城。欲寻华顶去,不惮恶溪名。"⑧寻天台山,实际是寻太一子。他曾宿于天台桐柏观。这可能不是寄宿一天两天,可能住得比较长久,《宿天台桐柏观》说:"纷吾远游意,乐彼长生道。"⑨他宿天台桐柏观,可能是从太一子学长生之道。这就不是一天两天可以见效的。他是春日始程游越的,剡县石城寺礼拜,应该是自天台"顺流下吴会"⑩途经,这时已是腊月八日⑪。自春日到腊月八日,要经过整一个夏天,一个秋天,然后还有冬天几个月。这半年多的时间,他怎么度过的?他没有描写,是不是都宿于天台桐柏观?从太一子学长生之道?并非没有这个可能。或者,第一次春日始程游越,主要目的就是求佛访道,特别是到天台山寻太一子学长生之道。

　　自洛之越,永嘉之行,简单地说,是找出路。这是入京应举落第之后

① 孟浩然撰,李景白校注《孟浩然诗集校注》卷一,第55页。
② 孟浩然撰,李景白校注《孟浩然诗集校注》卷一,第4页。
③ 孟浩然撰,李景白校注《孟浩然诗集校注》卷二,第164页。
④ 孟浩然撰,李景白校注《孟浩然诗集校注》卷一,第1页。
⑤ 孟浩然撰,李景白校注《孟浩然诗集校注》卷一,第78页。
⑥ 《寄天台道士》,孟浩然撰,李景白校注《孟浩然诗集校注》卷三,第318页。
⑦ 孟浩然撰,李景白校注《孟浩然诗集校注》卷一,第64页。
⑧ 孟浩然撰,李景白校注《孟浩然诗集校注》卷三,第270页。
⑨ 孟浩然撰,李景白校注《孟浩然诗集校注》卷一,第7页。
⑩ 《越中逢天台太一子》),孟浩然撰,李景白校注《孟浩然诗集校注》卷一,第64页。
⑪ 《腊月八日于剡县石城寺礼佛》可证,孟浩然撰,李景白校注《孟浩然诗集校注》卷二,第164页。

的事。应举失败,他留在京师,作了各种努力,才离开京洛。一直以来,他的心情就是矛盾的。如他在《田园作》所说的,一方面,"冲天羡鸿鹄",一方面,"争食羞鸡鹜"①。应举落第,如他《题长安主人壁》所说,一方面,"欲随平子去",另一方面,又不甘心,因为"犹未献甘泉"②。《田园作》说:"谁能为扬雄,一荐甘泉赋。"③他本来就不太想走正常的应举之路,而希望凭借自己的文才,献赋得到赏识荐举。但是,如他《送丁大凤进士举》所说:"惜无金张援,十上空归来。"④王士源《孟浩然集序》说,张九龄、王维、裴朏、裴总、郑倩之、独孤策,都与孟浩然是"忘形之交"⑤,奇怪的是,这些人都不起作用。孟浩然《京还赠张维》说:"欲徇五斗禄,其如七不堪。"⑥不愿向人低眉折腰,可能是重要原因。《京还赠张淮》又说:"拂衣何处去,高枕南山南。"这确实是他的想法。应举落第,他应该回过襄阳。《旧唐书·孟浩然传》就说孟浩然"年四十来游京师,应进士不第,还襄阳"⑦。孟浩然有几首自京洛还襄阳的诗,也可以证明。

但是,襄阳他是否有足够的家产,是很可怀疑的。《涧南即事贻皎上人》说他"素产惟田园"⑧。除了几亩田园,别无其他产业,而这田园,一来孟浩然未必善于经营,二来,他未必有这份心思,三来,入京求仕,也可能耽误了农时。《仲夏归汉南园寄京邑旧游》就说:"中年废丘壑,上国旅风尘。""归来当炎夏,耕稼不及春。"⑨这是说出了实话。这就如他在《题长安主人壁》所说的:"久废南山田。"⑩他的《秦中感秋寄远上人》说:"一丘常欲卧,三径苦无资。"⑪看来也是大实话。还有,《秦中苦

---

① 孟浩然撰,李景白校注《孟浩然诗集校注》卷一,第 120 页。
① 孟浩然撰,李景白校注《孟浩然诗集校注》卷一,第 120 页。
② 孟浩然撰,李景白校注《孟浩然诗集校注》卷一,第 135 页。
③ 孟浩然撰,李景白校注《孟浩然诗集校注》卷一,第 120 页。
④ 孟浩然撰,李景白校注《孟浩然诗集校注》卷一,第 115 页。
⑤ 转据孟浩然撰,李景白校注《孟浩然诗集校注》第 475 页。
⑥ 孟浩然撰,李景白校注《孟浩然诗集校注》卷三,第 289 页。
⑦ 刘昫等《旧唐书》卷一九〇下,第 5050 页。
⑧ 孟浩然撰,李景白校注《孟浩然诗集校注》卷一,第 131 页。
⑨ 孟浩然撰,李景白校注《孟浩然诗集校注》卷一,第 102 页。
⑩ 孟浩然撰,李景白校注《孟浩然诗集校注》卷一,第 135 页。
⑪ 孟浩然撰,李景白校注《孟浩然诗集校注》卷三,第 300 页。

雨思归赠袁左丞贺侍郎》说:"百镒罄黄金。"①《题长安主人壁》又说:"授衣当九月,无褐竟谁怜。"②看来,他在京师已陷入很大困境。不仅于此。《南归阻雪》说:"十上耻还家,徘回守归路。"③战国时苏秦说秦王书十上而说不行,黑貂之裘弊,黄金百斤尽,资用乏绝,去秦而归。嬴縢履蹻,负书担橐,形容枯槁,面目犁黑,状有归色。归至家,妻不下纴,嫂不为炊,父母不与言。这是孟浩然万万不可接受的。还有。《田园作》说:"乡曲无知己,朝端乏亲故。"④说"朝端乏亲故",可能有些夸张。他作《京还留别新年诸官》⑤,又作《仲夏归汉南园寄京邑旧游》⑥说明他有京师还是有一些耆旧朋友,前面说到他的"忘形之交"张九龄、王维、裴朏、裴总、郑倩之、独孤策等,有的也在京师,甚至在朝廷。所谓"朝端乏亲故",不过是说这些人都没帮上忙,或者帮上不忙,无力荐举,或无心荐举。世态炎凉未必不会落到孟浩然眼前。至于另一句,"乡曲无知己",是让人很惊讶的。孟浩然久居襄阳,身边居然没有一个知己。细想一下也有可能。孟浩然看似闲适超逸,其实自有追求。他不愿经营产业,一段时间又不屑于走正常应举入仕之路,不愿为徇五斗禄而行七不堪。这样的人,在襄阳这地方,找不到知己,是有可能的。

于是他想"之越"。《自洛之越》说:"扁舟泛湖海,长揖谢公卿。且乐杯中物,谁论世上名。"⑦不论世上名是假,得不到是真。他以为越地是自由自在的地方,古时如范蠡不就是一叶扁舟,泛游湖海吗?顺汴河而下,夕次谯县,他写《适越留别谯县张主簿申屠少府》又说:"君学梅福隐,余从伯鸾迈。"⑧后汉梁鸿字伯鸾,不就是家贫而尚耿介,博览无不能,不

① 孟浩然撰,李景白校注《孟浩然诗集校注》卷二,第 180 页。
② 孟浩然撰,李景白校注《孟浩然诗集校注》卷一,第 135 页。
③ 孟浩然撰,李景白校注《孟浩然诗集校注》卷一,第 76 页。
④ 孟浩然撰,李景白校注《孟浩然诗集校注》卷一,第 120 页。
⑤ 孟浩然撰,李景白校注《孟浩然诗集校注》卷四,第 377 页。
⑥ 孟浩然撰,李景白校注《孟浩然诗集校注》卷一,第 102 页。
⑦ 孟浩然撰,李景白校注《孟浩然诗集校注》卷三,第 323 页。
⑧ 孟浩然撰,李景白校注《孟浩然诗集校注》卷一,第 80 页。

为章句,因而适吴吗?但他走着走着,止不住的乡愁涌上心头。《宿桐庐江寄广陵旧游》说:"还将两行泪,遥寄海西头。"①《宿建德江》又说:"日暮客愁新。"②以前我读不懂这二首诗。既没有官职羁绊,襄阳鹿门山又那么美好,想家就回家,何必在外漂泊! 现在读懂了。他是三径苦无资,十上耻还家,又乡曲无知己,不得不漂泊在外,寻找出路。

孟浩然这样的隐逸名士,居然也会有羁旅客愁!

此行之越,孟浩然联系了几个人。一个是崔国辅。孟浩然有《与崔二十一游镜湖寄包贺二公》③。前面分析过,那可能是崔国辅进士及第还乡,孟浩然在越州,与之同游镜湖。时间在几年前的开元十四年(726)。孟浩然又有《江上寄山阴崔国辅少府》④,崔国辅已为山阴尉。孟浩然可能想找崔国辅。但是,孟浩然《宿永嘉江寄山阴崔国辅少府》说:"我行穷水国,君使入京华。"⑤崔国辅要入京,当是别有新任。或者因此,孟浩然与崔国辅在越地擦肩而过。联系的另一个人,是白云先生王迥,孟浩然有诗《登江中孤屿赠白云先生王迥》⑥。在襄阳鹿门山时,这位白云先生曾经来访,孟浩然有《白云先生王迥见访》⑦,这位白云先生是一位隐士,对孟浩然不起作用。

孟浩然有《久滞越中赠谢南池会稽贺少府》⑧,谢南池,一作谢甫池,孟浩然另有《东陂遇雨率尔贻谢南池》⑨,从诗中描写看,应该是山野之人。"贺少府",当指贺朝。《旧唐书》卷一九〇《贺知章》附传谓贺朝为山阴尉,但据孟浩然此诗,贺朝当为会稽尉。如果"久滞越中"是第二次游越,孟浩然还曾"访旧若耶溪"⑩,还与这二人有联系。谢南池是

---

① 孟浩然撰,李景白校注《孟浩然诗集校注》卷三,第 312 页。
② 孟浩然撰,李景白校注《孟浩然诗集校注》卷四,第 422 页。
③ 孟浩然撰,李景白校注《孟浩然诗集校注》卷二,第 174 页。
④ 孟浩然撰,李景白校注《孟浩然诗集校注》卷三,第 308 页。
⑤ 孟浩然撰,李景白校注《孟浩然诗集校注》卷三,第 303 页。
⑥ 孟浩然撰,李景白校注《孟浩然诗集校注》卷一,第 46 页。
⑦ 孟浩然撰,李景白校注《孟浩然诗集校注》卷一,第 132 页。
⑧ 孟浩然撰,李景白校注《孟浩然诗集校注》卷二,第 207 页。
⑨ 孟浩然撰,李景白校注《孟浩然诗集校注》卷三,第 315 页。
⑩ 孟浩然撰,李景白校注《孟浩然诗集校注》卷二,第 207 页。

山野之人，不起作用。贺朝看来也没有起到作用。

此行之越，交往最多的是张子容。他有《永嘉上浦馆逢张八子容》《除夜乐城逢张少府作》《岁除夜会乐城张少府宅》《永嘉别张子容》①四首诗写到张子容，都在永嘉或乐城。从这些诗，可以知道，张子容已是乐城县尉。孟浩然在永嘉上浦馆遇见张子容，又在除夜乐城再见张少府即身为县尉的张子容，岁除夜再会于乐城张宅，最后在永嘉与张子容告别。

孟浩然《岁除夜会乐城张少府宅》："畴昔通家好，相知无间然。"②，孟浩然与张子容世代交谊至深；因此《唐才子传》卷一云，张子容"初与孟浩然同隐鹿门山，为生死交"③。张子容712年擢进士第，此前孟浩然有诗《送张子容进士赴举》④。后又有《寻白鹤岩张子容隐居》⑤，白鹤岩在襄阳白马山。有《晚春卧病寄张八子容》⑥。在永嘉乐城，张子容也有《除夜乐城逢孟浩然》《乐城岁日赠孟浩然》⑦多首诗写到孟浩然。

张子容有《永嘉作》，说："拙宦从江左，投荒更海边。""未应悲晚发，炎瘴苦华年。"又有《贬乐城尉日作》，说："窜谪边穷海，川原近恶溪。""故乡可忆处，遥指斗牛西。"⑧孟浩然《除夜乐城逢张少府》说："平生复能几，一别十余春。"知两人分别已十多年了。又说："余是乘槎客，君为失路人。"⑨《永嘉上浦馆逢张八子容》说："乡园万余里，失路一相悲。"⑩看来，两人是同病相怜。

入京应举落第，欲献求荐，即"惜无金张援"，又"争食羞鸡鹜"，在京师已"百镒罄黄金"，回襄阳，即"三径苦无资"，又"十上耻还家"，"乡曲

① 孟浩然撰，李景白校注《孟浩然诗集校注》卷三，第 340 页，第 261 页，第 321 页，第 368 页。
② 孟浩然撰，李景白校注《孟浩然诗集校注》卷三，第 321 页。
③ 辛文房撰，傅璇琮主编《唐才子传校笺》(第一册)卷一，第 159 页。
④ 孟浩然撰，李景白校注《孟浩然诗集校注》卷三，第 342 页。
⑤ 孟浩然撰，李景白校注《孟浩然诗集校注》卷三，第 259 页。
⑥ 孟浩然撰，李景白校注《孟浩然诗集校注》卷一，第 48 页。
⑦ 彭定求等《全唐诗》卷一一六，第 1175 页，第 1176 页。
⑧ 彭定求等《全唐诗》卷一一六，第 1176 页，第 1177 页。
⑨ 孟浩然撰，李景白校注《孟浩然诗集校注》卷三，第 261 页。
⑩ 孟浩然撰，李景白校注《孟浩然诗集校注》卷三，第 340 页。

无知己",所以他要千里迢迢到永嘉乐城来找知己。这知己,就是他的通家之好,生死之交的张子容。

两人后来分别了。孟浩然《永嘉别张子容》说:"旧国余归楚,新年子北征。"[1]"余归楚",是说孟浩然要回襄阳。"子北征",是说张子容要北征。北征,应该是赴京,可能是现职任满,赴朝廷另有新任。应该是张子容要北征,唯一的知己也离别而去,孟浩然无处可去,只有"归楚"。诗还说:"何时一杯酒,重与季鹰倾。""季鹰"当为"李膺"。李膺是东汉名士,据《后汉书·党锢列传》,李膺独持风裁,以声名自高,士有被其容接者,名为登龙门[2]。孟浩然的意见很明显,是希望张子容到朝廷能举荐自己。孟浩然也算得一代名士了,居然希望靠一个小小的县尉来举荐,实在有些可怜。

张子容也有《送孟八浩然归襄阳二首》,其一说:"东越相逢地,西亭送别津。"可见送别在东越,永嘉就属东越。其二说:"杜门不欲出,久与世情疏。以此为长策,劝君归旧庐。醉歌田舍酒,笑读古人书。好是一生事,无劳献子虚。"[3]"杜门不欲出,久与世情疏",正是孟浩然在襄阳几十年的生活,张子容认为这是"长策"。孟浩然不是不满足于这样的生活,而是经入京应举落第的打击之后,难以回复原来的生活,因此不远万里来永嘉找知己。张子容已经要北征赴京,不能在永嘉再陪着他,看来孟浩然还是不愿回乡。因此张子容诗说:"劝君归旧庐。"你还是回去吧。在家里喝喝酒,读读古人之书,应该就可以了,"无劳献子虚",不要再想什么献赋求仕的事情了。

这就可以来看看孟浩然《久滞越中赠谢南池会稽贺少府》这首诗了。诗应该符合第二次游越的心绪和情形。诗说:"陈平无产业。"这与前述他"久废南山田""三径苦无资"的情形相合。又说:"尼父倦东西。"孟浩然自襄阳到京洛,又从洛阳到永嘉,现在又到会稽,真是四

① 孟浩然撰,李景白校注《孟浩然诗集校注》卷四,第 368 页。
② 范晔《后汉书》,中华书局 1974 年版,第 2195 页。
③ 彭定求等《全唐诗》卷一一六,第 1176—1177 页。

处颠沛。诗说:"负郭昔云翳,问津今亦迷。"经历过颠沛流离之后,他仍然非常迷惑,看不清路津何在,诗又说:"未能忘魏阙,空此滞秦稽。"①久滞越中,又想起之前在京洛也久滞,都一事无成,因此说"空此滞秦稽"。诗题的"贺少府",当指贺朝。《旧唐书》卷一九〇《贺知章》附传谓贺朝为山阴尉,但据孟浩然此诗,贺朝当为会稽尉。"未能忘魏阙",可见孟浩然仍未忘仕进。可能暗含希望贺朝荐举之意。孟浩然与张子容关系密切,可以直接说出希望荐举之意,对贺朝,要说得委婉一些。前面我们分析过,这时他的另一好友山阴尉崔国辅已经入京华而去,现在越中认识的可以施以援手的,只有这个会稽尉贺朝。诗说:"怀仙梅福市,访旧若耶溪。"看来孟浩然还想学汉代梅福,隐居学仙于会稽。孟浩然前次游越曾游若耶,这次再游,因此是"访旧"。诗说:"圣主贤为宝,君何隐遁栖。"②当就谢南池而言,孟浩然另有《东陂遇雨率尔贻谢南池》③,从诗中描写看,应该是山野之人,孟浩然问他何以在此隐遁,其实也是自问,当此"圣主贤为宝"之时,孟浩然自己也不甘于隐居。这其实是再次委婉地表示希望贺朝荐举之意。

最后要说到诗中所说的"两见夏云起,再闻春鸟啼"。从诗意看,从诗歌表现的情绪和心境看,应该说的是第二次游越,如前面分析的,孟浩然第一次始程游越在春天,第二次自洛之越在秋天,始程都不是"夏",何以要说"两见夏云起,再闻春鸟啼"? 孟浩然只是说,久滞越中经历了两个夏天,两个春天,也就是三个年头。孟浩然是张子容任乐城尉的时候来永嘉的,而离开时,张子容已北征,应该是乐城尉任期已满。时间上,与孟浩然滞越三个年头是可以相合的。

从张子容《送孟八浩然归襄阳二首》④看,孟浩然很不情愿归襄阳,

---

① 孟浩然撰,李景白校注《孟浩然诗集校注》卷二,第 207 页。
② 孟浩然撰,李景白校注《孟浩然诗集校注》卷二,第 207 页。
③ 孟浩然撰,李景白校注《孟浩然诗集校注》卷三,第 315 页。
④ 彭定求等《全唐诗》卷一一六,第 1176 页。

因此张子容诗中说"劝君归旧庐"。孟浩然《永嘉别张子容》诗说:"日夕故园意,汀洲春草生。"①可见他与张子容离别时是春天。这次自洛之越赴永嘉,孟浩然是秋天始程,第二年经历一个春天,一个夏天,再第三年,又经历一个春天,就是张子容北征孟浩然与之离别时的春天,从孟浩然《久滞越中贻谢甫池会稽贺少府》来看,孟浩然果然没有马上返归襄阳,而是到了会稽,找会稽尉贺朝。或者是抱荐举求仕的再一线希望。这时应该就是夏天了。正合于"两见夏云起,再闻春鸟啼",只不过是先经过两个春天,再经过两个夏天。

可以顺便讨论一下孟浩然游越期间生活费用来源的问题。孟浩然自家应该带了一些费用。自洛之越之前,孟浩然自京洛应该回过一次襄阳,之所以要回襄阳,可能就是要从家里取一些资用。路途官员朋友可能会有一些照顾接济,时当开元盛世,如杜甫《忆昔二首》所说:"忆昔开元全盛日,小邑犹藏万家室。稻米流脂粟米白,公私仓廪俱丰实。九州道路无豺虎,远行不劳吉日出。"②沿途馆驿不知道是否会有接待。第一次春日始程游越,游天台,他应该是求佛问道。从他与太一子的交往看,求长生,学道术,住道观(比如宿天台桐柏观),吃住都应该是不需要费用的。至于自洛之越,到了永嘉、乐城,生死之交的好友张子容,身为县尉,随便为他在县府谋个小差事,解决吃住应该是没有问题的。

但是,张子容北征,孟浩然失去了生活依靠。他不甘心,到会稽,向会稽尉贺朝倾诉。他与贺朝,远比不上与张子容的关系。短时间接济是可以的,但不可能维持太长时间。在这种情况下,也就是第二年夏天以后,估计孟浩然没办法在越州待下去,就只有回襄阳了。

这是我对孟浩然游越的基本看法。孟浩然游越,对他的诗歌创作当然有影响。扩大了视野,丰富了诗歌题材内容,笔下出现了很多以前未写过的诗歌意象,主要是浙东一带的地理意象。写出了一些名篇,比

---

① 孟浩然撰,李景白校注《孟浩然诗集笺注》卷四,第368页。
② 彭定求等《全唐诗》卷二二〇,第2325页。

如《宿桐庐江寄广陵旧游》和《宿建德江》。诗歌艺术,特别山水诗艺术,也因此有新的探索和发展。这些,都需要另用专篇来研究。

[作者简介]卢盛江,南开大学文学院教授,博士生导师。

唐代诗人与婺州*

胡可先

摘　要：唐代婺州是唐诗之路的重要区域，人文荟萃，文学发展源远流长。首先，婺州唐诗有着深厚的渊源，而南朝沈约的影响最大；其次，唐代婺州是山水形胜之地，吸引了各类诗人，代表诗人就有李白、杜甫、刘长卿、戴叔伦、韦庄等；再者，婺州本土诗人取得了巨大的成就，富有代表性的诗人是唐诗风气开创者之一"初唐四杰"骆宾王和唐末诗僧贯休。

关键词：唐代婺州　诗歌渊源　本土诗人　流寓诗人　骆宾王 贯休

唐代是诗的国度，诗的朝代，在中国文学史上达到了巅峰。唐代诗人，或漫游，或出塞，或寻仙，或修道，或归隐，或宦游，足迹遍于全国各地，留下了很多脍炙人口的诗篇，也形成了特色鲜明的唐诗之路。全国最为重要的唐诗之路，我们可以数出很多条，而浙东唐诗之路就是最具特色的诗路。浙东唐诗之路，其主要区域有七个州，即越州、婺州、台州、衢州、明州、处州、温州。婺州的主要区域就是现在的金华。

唐代婺州的地域区划，唐李吉甫《元和郡县图志》记载得很清楚，该书卷二六"江南道"二"婺州"云：

---

* 基金项目：本文是浙江省文化研究工程重大项目"浙东唐诗之路诗人诗作研究"（19WH40047ZD）阶段成果。

婺州,东阳。上。开元户九万九千四百九。乡一百八十九。元和户四万八千三十六。乡二百。《禹贡》扬州之域。春秋时为越之西界。秦属会稽郡。今之州界,分得会稽郡之乌伤、太末二县之地,本会稽西部,常置都尉。孙皓始分会稽置东阳郡。陈武帝置缙州。隋开皇九年平陈置婺州,盖取其地于天文为婺女之分野。隋氏丧乱,陷于寇境,武德四年讨平李子通,置婺州。六年,辅公祏叛,州又陷没。七年平定公祏,仍置婺州。州境:东西三百三里。南北四百五十六里。八到:西北至上都三千九百九十五里。西北至东都三千三十五里。正北微西至睦州一百六十里,水路一百八十里。正北微东至越州三百九十里。西至衢州一百九十里。东南至处州二百六十里⋯⋯管县七:金华,义乌,永康,东阳,兰溪,武义,浦阳。[1]

记载婺州地域区划的重要文献还有宋乐史《太平寰宇记》,新、旧《唐书·地理志》,历代方志等等。

从上述文献记载来看,婺州属于古扬州之地。春秋时属于越地,当时越之会稽郡很大,婺州属于越之西部。到了三国时期,属于东吴的疆域,于此设置东阳郡,然后历西晋、东晋以及宋、齐、梁、陈的南朝时期,一直沿袭,只是陈时置缙州。隋文帝平陈之后,设置婺州,"取其地于天文为婺女之分野"为州名。唐代仍以婺州为名,下设金华、义乌、永康、东阳、兰溪、武义、浦阳七县。现在金华市,管辖的区域与唐时大致保持一致。

唐代婺州人文荟萃,文学发展源远流长,唐诗也较为繁盛,既有骆宾王、张志和等本土诗人,又有李白、刘长卿、戴叔伦、韦庄等流寓诗人,他们创作了大量的诗歌作品,留下了婺州的印迹,为唐诗的发展做出了重要贡献。

---

[1]　李吉甫《元和郡县图志》卷二六,中华书局 1983 年版,第 620—621 页。

一、婺州唐诗的渊源

婺州唐诗具有深远的渊源,婺州在唐以前留下诗作的文人有沈约与谢灵运。沈约对于婺州诗歌的影响尤其深远。

沈约担任过东阳太守,即婺州刺史,修建了玄畅楼,是金华第一名胜之地。

"八咏楼"原名玄畅楼,位于金华市东南,坐北朝南,面临婺江,楼高数丈,为登览佳处。登楼远眺,可见南山连屏,双溪蜿蜒。八咏楼始建于南朝齐隆昌元年(494),东阳郡太守沈约建造。沈约为著名文学家,斯楼建成之后,沈约多次登楼赋诗,脍炙人口之作甚多,即如《登玄畅楼》云:"危峰带北阜,高顶出南岑。中有陵风谢,回望川之阴。岸险每增减,湍平互浅深。水流本三派,台高乃四临。上有离群客,客有慕归心。落晖映长浦,焕景烛中浔。云生岭乍黑,日下溪半阴。信美非吾土,何事不抽簪。"[1]后在此基础上增写了八首,称为《八咏》诗,每一首诗题都是五个字,即:登台望秋月,会圃临春风。岁暮悯衰草,霜来悲落桐。夕行闻夜鹤,晨征听晓鸿。解佩去朝市,被褐守山东。这样合起来也是一首诗。也因为这首诗,后来将楼名改为"八咏楼"。这组诗别开生面,因此《金华志》有这样的评价:"八咏诗,南齐隆昌元年,太守沈约所作,题于玄畅楼,时号绝唱,后人因更玄畅楼为八咏楼云。"[2]

据《梁书·沈约传》记载,南朝齐隆昌元年,沈约由吏部郎出为东阳太守。由新安江东下,经渔浦转入浦阳江到达婺州。沿途写了一些著名的山水诗,如《早发定山》:"夙龄爱远壑,晚莅见奇山。标峰彩虹外,置岭白云间。倾壁忽斜竖,绝顶复孤圆。归海流漫漫,出浦水

---

① 逯钦立《先秦汉魏晋南北朝诗·梁诗》卷六,中华书局 1983 年版,第 1634 页。
② 逯钦立《先秦汉魏晋南北朝诗·梁诗》卷六,第 1663 页。

溅溅。野棠开未落,山樱发欲然。忘归属兰杜,怀禄寄芳荃。眷言采三秀,徘徊望九仙。"①开头两句总写定山之"奇",第二联描写定山之高,第三联描写定山之险,以上三联是写山上。接着开始写山下,第四联描写水流之激,第五联描写山景之丽,第六联由描写自己置身于美景之中而流连忘返,第七联以抒写情怀作结,希望采到三秀,服用灵芝,随九仙而去。九仙是道家所指的仙人,《云笈七签》卷三:"其九仙者,第一上仙,二高仙,三太仙,四玄仙,五天仙,六真仙,七神仙,八灵仙,九至仙。"②

《登台望秋月》一首为例:

> 望秋月,秋月光如练。照曜三爵台,徘徊九华殿。九华瑂瑂梁,华樤与璧珰。以兹雕丽色,持照明月光。凝华入黼帐,清辉悬洞房。先过飞燕户,却照班姬床。桂宫袅袅落桂枝,露寒凄凄凝白露。上林晚叶飒飒鸣,雁门早鸿离度。湛秀质兮似规,委清光兮如素。照愁轩之蓬影,映金阶之轻步。居人临此笑以歌,别客对之伤且慕。经衰圃,映寒丛。凝清夜,带秋风。随庭雪以偕素,与池荷而共红。临玉墀之皎皎,含霜霭之濛濛。辗天衢而徙度,轹长汉而飞空。隐岩崖而半出,隔帷幌而才通。散朱庭之奕奕,入青琐而玲珑。闲阶悲寡鹊,沙洲怨别鸿。文姬泣胡殿,昭君思汉宫。余亦何为者,淹留此山东。③

《八咏诗》影响了婺州一代又一代文学家。在唐代,直接受到沈约影响而吟咏八咏楼者,莫过于崔融与崔颢。

崔融作《登东阳沈隐侯八咏楼》诗云:"旦登西北楼,楼峻石埔厚。宛生长定□,俯压三江口。排阶衔鸟衡,交疏过牛斗。左右会稽镇,

---

① 逯钦立《先秦汉魏晋南北朝诗·梁诗》卷六,第 1636 页。
② 张君房《云笈七签》卷一三,中华书局 2003 年版,第 36 页。
③ 逯钦立《先秦汉魏晋南北朝诗·梁诗》卷七,第 1663—1664 页。

出入具区薮。越岩森其前,浙江漫其后。此地实东阳,由来山水乡。隐侯有遗咏,落简尚余芳。具物昔未改,斯人今已亡。粤余忝藩左,束发事文场。怅不见夫子,神期遥相望。"①这是崔融山水登览诗的代表作品。诗题"东阳"即婺州,即今金华,"沈隐侯"为沈约。崔融这首诗就是登上八咏楼之后的即景感怀之作。诗的前十二句写景,突出楼之形势。"旦登西北楼"点明地理位置在东阳之西北隅;"楼峻石墉厚"突出楼之高峻;"宛生长定□,俯压三江口",突出楼之气势,是视野向下的描写;"排阶衔鸟衡,交疏过牛斗",是视野向上的描写;"左右会稽镇,出处具区薮",就政区地理而言;"越岩森其前,浙江漫其后",就山川地理而言;"此地实东阳,由来山水乡",则是对八咏楼为代表的东阳风光的总体描绘。诗的后八句写人,突出怀古伤今之情。"隐侯有遗咏,落简尚余芳",紧扣八咏楼,点明主人遗爱之芬芳;"具物昔未改,斯人今已亡",抒写物是人非之感;"粤余忝藩左,束发事文场",点明自己的身份,崔融于圣历三年(700)由凤阁舍人因忤张昌宗,被贬为绵州魏城县令,次年即长安元年(701)迁为婺州长史,四月即入朝为春官郎中,故诗为长安元年春天所作,诗人情怀已由被贬的失落转为迁转的期待;"怅不见夫子,神期遥相望",表现对于沈约的景仰,沈约为东阳太守,又是著名文学家,至崔融时还留有余芳,而自己莅职东阳又"束发事文场",与沈约的境遇大致相同,故而神望沈约而不能见,顿生怅然之情。

崔颢《题沈隐侯八咏楼》诗云:"梁日东阳守,为楼望越中。绿窗明月在,青史古人空。江静闻山狖,川长数塞鸿。登临白云晚,流恨此遗风。"②这是一首五律诗,首联点题,引出建楼之人,进而写出八咏楼的形势,登上八咏楼可以尽览越中胜景。颔联抒情,由明月引出,抒发了明月独存而斯人已去的感慨,山川的永恒与人事的怅惘寓于字里行间。颈联写景,平静的江面之上只听见山猿的哀嚎,绵延的长川之中能数到

---

① 彭定求等《全唐诗》卷六八,中华书局 1960 年版,第 765 页。
② 彭定求等《全唐诗》卷一三〇,第 1328 页。

塞鸿的飞翔。这是一联写景名句，尤其是"川长数塞鸿"，被方回《瀛奎律髓》称为"第六句'数'字是诗眼好处"①。尾联述感，诗人登楼，时值白云向晚，漂泊无依，情怀不能自抑，故而黯然伤神。全诗登高望远，怀古思人，见风景如画，叹晚云漂泊，高古苍茫，情景浑融，与作者的千古名篇《黄鹤楼》有异曲同工之妙。唐人选唐诗中，殷璠的《河岳英灵集》、芮挺章的《国秀集》都选入，前者还同时选入《黄鹤楼》诗，说明此诗当时就得到了盛唐诗家的赞誉。

两位崔氏之外，严维《送人入金华》诗也是佳作："明月双溪水，清风八咏楼。昔年为客处，今日送君游。"②诗歌点出了金华最具代表性的自然风景是双溪水，人文景观是八咏楼。后两句则又把自己与友人聚焦于同一个目标，就是金华，表现出自己对于金华的怀念。许浑《送客归兰溪》诗："花下送归客，路长应过秋。暮随江鸟宿，寒共岭猿愁。众水喧严濑，群峰抱沈楼。因君几南望，曾向此中游。"③这里的"群峰抱沈楼"就是咏的八咏楼。友人家在金华，许浑也曾客游金华，故而送友人归乡时南望八咏楼等故地，勾起了很多美好的记忆。宋代女词人李清照《题八咏楼》诗："千古风流八咏楼，江山留与后人愁。水通南国三千里，气压江城十四州。"④词人登上八咏楼，极目远眺，情致高远，金华一片美丽风光尽收眼底。登览斯楼，可以放下对于国事的忧愁，享受着大好的风景：这里的水路一直通往南方，绵延到三千里以外的遥远之地；这样气势恢宏的高楼，镇住了江南的十四州之地。

沈约在婺州，写了不少山水诗，我们可以说，浙江山水诗的渊源是来自于谢灵运的，而婺州的山水诗则直接源于沈约。沈约的山水诗也是受了谢灵运影响的，沈约撰写《宋书》时写了长篇的谢灵运传论，对于谢灵运的山水诗倍加称颂，可以证明这一点。沈约著名的山水诗作有

---

① 方回撰，李庆甲集校《瀛奎律髓汇评》卷三五，上海古籍出版社 2005 年版，第 1414 页。
② 彭定求等《全唐诗》卷二六三，第 2915 页。
③ 彭定求等《全唐诗》卷五三一，第 6070 页。
④ 李清照撰，徐培均笺注《李清照集笺注》卷四，上海古籍出版社 2002 年版，第 241 页。

《游金华山》《泛永康江》诗。后者较短,我们举例分析一下:"长枝萌紫叶,清源泛绿苔。山光浮水至,春色犯寒来。临睨信永矣,望美暖悠哉。寄言幽闺妾,罗袖勿空裁。"①永康江是金华最大的支流,沈约为东阳太守,泛舟永康江上,即兴而作此诗。前半写景,江岸春树,枝条刚萌发出嫩叶,清澈的江水漂浮着绿苔。山光倒映在水中,随风飘荡;春色冲破了寒意,扑面而来。后半抒情,眺望江流,觉得江山永在;欣赏美景,生出幽邈闲适的意绪。寄语幽闺当中美貌的女子,这样的山水可剪裁出美丽的衣裳。

二、唐代婺州本土诗人

唐代婺州产生了一批本土诗人,据陈尚君《唐代诗人占籍考》,金华有张志和、张松龄、舒道纪、释处默;义乌有骆宾王;东阳有楼颖、滕珦、滕迈、滕倪、舒元舆、冯宿、冯衮、冯涓;兰溪有释贯休;永康有彭晓;婺州有刘昭禹、方龟精。

除了上述诸人之外,还可以补充者,比如厉玄,他有《寄婺州温郎中》诗云:"婺女家空在,星郎手未攜。故山新寺额,掩泣荷重题。"②可证是婺州人。

这一批诗人当中,骆宾王、贯休要专门讲,这里选择其他几位讲述。

(一)张志和

张志和(732—774),婺州金华人。字子同,初名龟龄,号玄真子。其事迹,据《全唐文》卷三四〇颜真卿所撰《浪迹先生玄真子张志和碑铭》,年十六游太学,以明经擢第。献策肃宗,深蒙赏重,令翰林待诏,授

---

① 逯钦立《先秦汉魏晋南北朝诗·梁诗》卷七,第1648页。
② 彭定求等《全唐诗》卷五一六,第5897页。

左金吾卫录事参军。仍改名志和,字子同。寻复贬南浦尉,经量移,不愿之任,得还本贯。既而亲丧,无复宦情,遂扁舟垂纶,浮三江,泛五湖,自谓烟波钓徒。大历九年秋八月,讯真卿于湖州。皎然作《奉应颜尚书真卿观玄真子置酒张乐舞破阵画洞庭三山歌》,可见张志和在湖州,与颜真卿及其幕中宾客常相往来,张志和在湖州也具有极大的影响。同年十月东游平望驿时,落水而卒。著作有《玄真子》十二卷,《大易》十五卷,有《渔父词》五首、诗七首传世。

张志和词,今存《渔父词》五首。第一首最受后人称道:"西塞山前白鹭飞,桃花流水鳜鱼肥。青箬笠,绿蓑衣,斜风细雨不须归。"[1]这首词中的"渔父"就是张志和的化身,表现出与自然同化的人生境界与放情自然的潇洒格调。李德裕于长庆三年(823)访得张志和《渔父词》,其《玄真子渔歌记》说:"德裕顷在内庭,伏睹宪宗皇帝写真访求玄真子渔歌,叹不能致……见思如此,每梦想遗迹,今乃获之,如遇良宝。"[2]他的《渔父词》被晚唐五代人模仿,词调入了《花间集》,对于后世影响极大。花间诗人和凝、欧阳炯所作,成为词之一体。晚唐释德成作《渔父拨棹子》三十九首,其中三十六首的句式格律全部依照张志和《渔父》。八仙之一的吕洞宾亦有《渔父》词十八首,但这可能是后人伪托。《渔父词》问世不久就传到了日本,得到嵯峨天皇的赞赏,并在贺茂神社开宴赋诗,还列入日本的教科书。这也开启了日本填词的先河。到了宋代就成为词牌《渔歌子》。唐张彦远《历代名画记》卷一〇载:"张志和字子同,会稽人。性高迈,不拘检,自称烟波钓徒。著《玄真子》十卷。书迹狂逸。自为《渔歌》,便画之,甚有逸思。"[3]是当时张志和还作了渔父绘画。《渔父》这一词调受到了后人仿作,如和凝《渔父歌》:"白芷汀寒立鹭鸶,蘋风轻剪浪花时。烟幂幂,日迟迟。香引芙蓉惹钓丝。"[4]就完全

---

① 彭定求等《全唐诗》卷三〇八,第3491页。
② 董诰等《全唐文》卷七〇八,中华书局1983年版,第7266—7267页。
③ 张彦远撰,许逸民校笺《历代名画记校笺》卷一〇,中华书局2021年版,第786页。
④ 彭定求等《全唐诗》卷七三五,第8399页。

是两种格调,张志和词同化自然,崇真入道,和凝词走入花间,精秀绝伦。

(二)冯宿

冯宿(676—836),字拱之,新、旧《唐书》本传都称婺州东阳人,王起所撰神道碑以为冀州长乐人,盖举其郡望。由《全唐文》卷六四三王起《冯宿神道碑》可知,冯年年廿六举进士,知贡举为兵部侍郎陆贽。又应宏词科,试《百步穿杨叶赋》,虽为势夺,而其文至今讽之,后生以为楷式。按,贞元八年进士科由陆贽知贡举,试《明水赋》《御沟新柳》诗。梁肃、王础、崔元翰等极力推荐人才,及第者二十三人,汇聚了韩愈、李观、欧阳詹、李绛、崔群、王涯、冯宿、庾承宣等众多杰出人士,被誉为"龙虎榜"。是知冯宿在这一榜进士中具有特殊地位。

冯宿与当时诗人颇有往还,尤其是担任河南尹时,与刘禹锡、白居易颇有唱酬。《唐诗纪事》卷四三"冯宿"条:"宿,字拱之,婺州人。为裴度彰义判官,徐州张建封掌书记,历工、刑二侍郎。宿尹河南,乐天、梦得以诗送之,宿酬云:'共称洛邑难其选,何幸天书用不才。遥约和风新草木,且令新雪静尘埃。临歧有愧倾三省,别酌无辞醉百杯。明岁杏园花下集,须知春色自东来。'每春尝接诸公杏园宴会。"①白居易《送河南尹冯学士赴任》云:"石渠金谷中间路,轩骑翩翩十日程。清洛饮冰添苦节,碧嵩看雪助高情。谩夸河北操旄钺,莫羡江西拥旆旌。何似府寮京令外,别教三十六峰迎。"②刘禹锡《同乐天送河南冯尹学士》云:"可怜五马风流地,暂辍金貂侍从才。阁上掩书刘向去,门前修刺孔融来。崤陵路静寒无雨,洛水桥长昼起雷。共羡府中棠棣好,先于城外百花开。"③

---

① 计有功《唐诗纪事》卷四三,上海古籍出版社1987年版,第661页。
② 彭定求等《全唐诗》卷四四九,第5057—5058页。
③ 彭定求等《全唐诗》卷三六〇,第4063页。

冯宿开成元年(836)年七十而卒,王起为撰神道碑,柳公权书丹,成为一时盛事。柳公权所书碑刻,现存西安碑林博物馆,为古今名碑,千年楷书典则。冯宿所存诗二首,即《御沟新柳》《酬白乐天刘梦得》。

(三)舒元舆

舒元舆(791—835),字升远,婺州东阳人。唐元和八年(813)进士。据《新唐书》本传记载,元舆地寒,不与士齿。始学,即警悟。俄擢高第,调鄠尉,有能名。裴度表掌兴元书记,文檄豪健,一时推许。裴度镇兴元,表奏为掌书记。拜监察御史,再迁刑部员外郎。元舆自负其才过人,故锐意进取。大和五年(831),献书阙下,文宗得书后,对于他激昂的言词颇为嘉赏,出示宰相,李宗闵则以为浮躁庭肆不可用,改为著作郎,分司东都。舒元舆后来官至刑部、兵部侍郎,位至宰相。但大和九年(835)甘露之变发生,被宦官杀害。

舒元舆的名作是《牡丹赋》,唐苏鹗《杜阳杂编》卷中说:“上于内殿前看牡丹,翘足凭栏,忽吟舒元舆《牡丹赋》云:‘俯者如愁,仰者如语,合者如咽。’吟罢方省元舆词,不觉叹息良久,泣下沾臆。”[1]这段记载也为《新唐书·舒元舆传》所采录。可知甘露之变后,文宗是颇为怀念舒元舆的。而宫廷的牡丹与舒元舆的这篇《牡丹赋》就成了与甘露之变相关的重要文献。《牡丹赋》是舒元舆精心结撰之作,起首即钟草木之精华于牡丹,融天地之精气于一炉:“圆玄瑞精,有星而景,有云而卿。其光下垂,遇物流形。草木得之,发为红英。英之甚红,钟乎牡丹。拔类迈伦,国香欺兰。我研物情,次第而观。”赋之最动人处在于描摹牡丹之形状:“赤者如日,白者如月。淡者如赭,殷者如血。向者如迎,背者如诀。坼者如语,含者如咽。俯者如愁,仰者如悦。裛者如舞,侧者如跌。亚者如醉,曲者如折。密者如织,疏者如缺。鲜者如濯,惨者如别。初胧

---

① 苏鹗《杜阳杂编》卷中,中华书局1985年版,第18页。

胧而下上,次鳞鳞而重叠。锦衾相覆,绣帐连接。晴笼昼薰,宿露宵裹。或灼灼腾秀,或亭亭露奇。或飖然如招,或俨然如思。或带风如吟,或泣露如悲。或垂然如绳,或烂然如披。或迎日拥砌,或照影临池。或山鸡已驯,或威凤将飞。其态万万,胡可立辨!"①开始连用了十八个比喻,以状牡丹极富极妍之态,接着描述其花盛开时各种各样的形状,再对牡丹花王的地位作正面的赞颂与侧面的烘托,可谓淋漓尽致。舒赋以极尽铺张扬厉之能事,虽寓人生之感慨,而仍以积极向上之精神为主。

舒元舆诗今存八首,即《坊州按狱苏氏庄记室二贤自鄜州走马留连数日发后独坐寂寞因成诗寄之》《坊州按狱》《坊州按狱苏氏庄记室二贤自鄜州走马相访》《桥山怀古》《八月五日中部官舍读唐历天宝已来追怆故事》《题李阳冰玉箸篆词》《赠李翱》《履春冰》。我们举《履春冰》为例:"投迹清冰上,凝光动早春。兢兢愁陷履,步步怯移身。鸟照微生水,狐听或过人。细迁形外影,轻蹑镜中轮。咫尺忧偏远,危疑惧已频。愿坚容足分,莫使独惊神。"②这首诗应当是他应试时所作,是一篇五言排律。全诗对于履春冰时的心理状态,刻画得细致逼真。首联投迹于春冰之上,其时正当早春,冰还未化,故而光凝冰上。第二联即写行于春冰之上战战兢兢的胆怯心态,第三联写飞鸟与狐狸履于春冰上的形态,第四联写身体影于冰上,如同行于镜中,第五联回过来再写心中的担忧,履近而忧远,疑惧不断发生,最后一联为反跌之笔,谓希望坚定容足之地,不使自己胆战心惊。

三、唐代诗人的婺州诗作

婺州是山水形胜之地,吸引了各类诗人,唐代诗歌较为繁盛。这些

① 董诰等《全唐文》卷七二七,第7486页。
② 彭定求等《全唐诗》卷四八九,第3548页。

诗人或为漫游,或为隐逸,或为贬谪,或为出家。代表诗人就有李白、杜甫、刘长卿、戴叔伦、韦庄等。

(一) 李白

李白《送王屋山人魏万还王屋》回忆在婺州之游云:"落帆金华岸,赤松若可招。沈约八咏楼,城西孤岧峣。岧峣四荒外,旷望群川会。云卷天地开,波连浙西大。"①这几句诗描写泊舟金华岸的所见所感,而最能撼动作者情怀的是沈约的八咏楼,故而诗句将八咏楼写得波澜壮阔,迥拔于浙东浙西的大地之上。李白一生曾经四次漫游浙东,而其到金华漫游在哪一次,需要进一步考证。

李白有《见京兆韦参军量移东阳二首》诗云:"潮水还归海,流人却到吴。相逢问愁苦,泪尽日南珠。""闻说金华渡,东连五百滩。全胜若耶好,莫道此行难。猿啸千溪合,松风五月寒。他年一携手,摇艇入新安。"②郁贤皓《李太白全集校注》卷七注:"宋本题下有'吴中'二字夹注,乃宋人编集时所加,以为作诗之地。据《旧唐书·玄宗纪》,开元年间左降官量移有两次,一在开元二十年(732),一在开元二十七年(739)。按开元二十年李白正是初入长安时期,疑此诗作于开元二十七年。李白在东阳附近遇韦参军从海南量移至此,作此二诗赠之。"③清沈寅《李诗直解》云:"此太白在吴中见韦参军,而极言其情也。言潮水起于海,而还归于海,复其源也。今参军量移东阳,是流人而却到吴矣。相逢而问及愁苦之事,不觉言之伤心,而日南之珠,俱为泪尽矣,我何以为情耶!"④李白对于韦参军的被贬遭遇深表同情,同情之心与婺州之景又融于简短的诗句之中。

---

① 彭定求等《全唐诗》卷一七五,第1788—1789页。
② 彭定求等《全唐诗》卷一六八,第1733页。
③ 李白撰,郁贤皓校注《李太白全集校注》卷七,凤凰出版社2015年版,第1069页。
④ 詹锳《李白全集校注汇释集评》卷八,百花文艺出版社1996年版,第1298页。

（二）刘长卿

中唐诗人刘长卿，与婺州也有深厚的渊源。唐肃宗上元二年（761）正月，韦之晋除婺州刺史，刘长卿作诗相送。刘长卿有《余干夜宴奉饯前苏州韦使君新除婺州作》诗云："复拜东阳郡，遥驰北阙心。行春五马急，向夜一猿深。山过康郎近，星看婺女临。幸容栖托分，犹恋旧棠阴。"①韦使君为韦之晋。《全唐文》卷三四六刘长卿《首夏于越亭奉饯韦卿使君公赴婺州序》："今年春王正月，皇帝居紫宸正殿，择东南诸侯，以我公为少光禄。自姑苏行春于东阳，爱人也。顷公之在吴，值榱枪构戾，南犯北斗，波动沧海，尘飞金陵，公夷险一心，忠勇增气，四面皆敌，姑苏独静……竟使浙西士庶，不见烟尘，公之力也。朝廷闻而多之，以为姑苏之人已理，东阳之人未化，是拜也宜哉。"②

大历十三年（778），赵涓自给事中出守衢州，春，经婺州，有诗赠李纾；刘长卿时在睦州，亦和之。刘长卿《奉和赵给事使君留赠李婺州舍人兼谢舍人别驾之什》云："便道访情亲，东方千骑尘。禁深分直夜，地远独行春。"③赵给事为赵涓，其时以给事中、太常少卿出为衢州刺史。李婺州为李纾，其时以中书舍人出为婺州刺史。谢舍人为谢良弼，其时为婺州别驾。梁肃《送谢舍人赴朝廷序》，即送谢良弼之作，是其曾为舍人。谢良弼在浙东时间甚长，鲍防在越州时，他曾经是唱和群体的代表人物，有联句传世。越州的《状江南》《忆长安》十二月组诗，都有谢良弼兄弟参与。赵涓在中唐时颇有影响，常衮有《授赵涓给事中制》，颇多称扬，卢纶还有《和赵给事白蝇拂歌》。刘长卿还有《奉寄婺州李使君舍人》诗云："建隼罢鸣珂，初传来暮歌。渔樵识太古，草树得阳和。东道诸生从，南依远客过。天清婺女出，土厚绛人多。永日空相望，流年复几何。崖开当夕照，叶去

---

① 彭定求等《全唐诗》卷一四七，第 1498 页。
② 董诰等《全唐文》卷三四六，第 3514 页。
③ 彭定求等《全唐诗》卷一四八，第 1526 页。

逐寒波。眼暗经难受,身闲剑懒磨。似鸮占贾谊,上马试廉颇。穷分安藜藿,衰容胜薜萝。只应随越鸟,南翥托高柯。"①婺州李舍人也是李纾。

建中元年(780),刘长卿有《奉和赵给事使君留赠李婺州舍人兼谢舍人别驾之什》:"便道访情亲,东方千骑尘。禁深分直夜,地远独行春。绛阙辞明主,沧洲识近臣。云山随候吏,鸡犬逐归人。庭顾婆娑老,邦传蔽芾新。玄晖翻佐理,闻到郡斋频。"②李婺州舍人亦为李纾,此为唐德宗建中元年事。

(三)戴叔伦

中唐诗人戴叔伦与婺州渊源最深,在婺州也留下了令人追思的文学印痕。建中元年五月,戴叔伦为婺州东阳令,与前任顾明府交接,并作诗酬陆山人。

陆长源《唐东阳令戴叔伦去思颂》:"建中元祀,皇上新景命,将致天下于仁寿之域。以兵革盗□,间阎□□,前□之□犹轸,□□□延度求俾乂。夏五月壬辰,诏书以监察御史里行戴叔伦为东阳令,□□□也。"③戴叔伦为东阳令具有一定的政治背景,蒋寅《戴叔伦作品考述》以为戴叔伦之任东阳是因为刘晏获罪而致遭。《旧唐书·刘晏传》载杨炎入相,追怒前事,罢晏盐铁转运等使,贬为忠州刺史。刘晏既贬,亲故多坐累,令狐峘、卢征、崔造、潘炎等均遭谪斥。叔伦由河南转运留后调东阳令,亦有贬谪意味。

戴叔伦为东阳令,有《送东阳顾明府罢归》诗:"祖帐临鲛室,黎人拥鹢舟。坐蓝高士去,继组鄙夫留。白日落寒水,青枫绕曲洲。相看作离别,一倍不禁愁。"④诗的颔联明确说明顾明府是戴叔伦的前任,自己是

---

① 彭定求等《全唐诗》卷一四九,第1540页。
② 彭定求等《全唐诗》卷一四八,第1526页。
③ 董诰等《全唐文》卷五一〇,第5185页。
④ 彭定求等《全唐诗》卷二七四,第3113页。

继任者。是时为建中元年,戴叔伦已至东阳,而顾明府尚未离东阳,顾与戴交接后,戴为顾饯行,席上而作此诗。诗言"寒水""青枫",则在秋季。叔伦还有《戏留顾十一明府》诗:"江明雨初歇,山暗云犹湿。未可动归桡,前程风浪急。"①《临流送顾东阳》诗:"海上独归惭不及,邑中遗爱定无双。兰桡起唱逐流去,却恨山溪通外江。"②均为送别前任顾明府之作。戴叔伦《敬酬陆山人二首》诗:"党议连诛不可闻,直臣高士去纷纷。当时漏夺无人问,出宰东阳笑杀君。""由来海畔逐樵渔,奉诏因乘使者车。却掌山中子男印,自看犹是旧潜夫。"③则是在东阳令任上与陆山人酬唱之诗。

建中四年(783)春,戴叔伦离东阳县令任,作诗多首。《婺州路别录事》诗:"会日起离恨,新年别旧僚。春云犹伴雪,寒渚未通潮。"④《将赴湖南留别东阳旧僚兼示吏人》诗:"智力苦不足,黎甿殊未安。忽从新命去,复隔旧僚欢。晓路整车马,离亭会衣冠。冰坚细流咽,烧尽乱峰残。"⑤据二诗离东阳在年初。

戴叔伦任东阳县令,颇著政绩,做了很多有益于人民之事。故东阳人民为其立有《唐东阳令戴公去思颂》碑颂德。戴叔伦在东阳令任上,还作有《对酒示申屠学士》诗:"三重江水万重山,山里春风度日闲。且向白云求一醉,莫教愁梦到乡关。"⑥所谓"三重江水"即指东阳江、兰溪、浙江三江之水。又作《永康孙明府颐秩满将归枉路访别》诗:"门前水流咽,城下乱山多。非是还家路,宁知枉骑过。风烟复欲隔,悲笑屡相和。不学陶公醉,无因奈别何。"⑦婺州风景绮丽,山重水复,春风白云,芬芳醉人,友朋聚散离别,情真意切。

---

① 彭定求等《全唐诗》卷二七四,第3101页。
② 彭定求等《全唐诗》卷二七四,第3106页。
③ 彭定求等《全唐诗》卷二七四,第3105—3106页。
④ 彭定求等《全唐诗》卷二七三,第3088页。
⑤ 彭定求等《全唐诗》卷二七四,第3114页。
⑥ 彭定求等《全唐诗》卷二七四,第3108页。
⑦ 彭定求等《全唐诗》卷二七四,第3114页。

（四）韦庄

　　韦庄是唐末五代的重要诗人兼词家,他与婺州也有着重要的联系。唐昭宗文德元年(888)以后,韦庄移居婺州,作诗多首。《南游富阳江中作》诗云:"南去又南去,此行非自期。一帆云作伴,千里月相随。浪迹花应笑,衰容镜每知。乡园不可问,禾黍正离离。"[①]《李氏小池亭十二韵》,题注:"时在婺州寄居作。"诗云:"积石乱巉巉,庭莎绿不芟。小桥低跨水,危槛半依岩。花落鱼争唼,樱红鸟竞鹐。引泉疏地脉,扫絮积山嵌。古柳红绡织,新篁紫绮缄。养猿秋啸月,放鹤夜栖杉。枕簟溪云腻,池塘海雨咸。语窗鸡逞辨,舐鼎犬偏馋。踏藓青粘屐,攀萝绿映衫。访僧舟北渡,贳酒日西衔。迟客登高阁,题诗绕翠岩。家藏何所宝,清韵满琅函。"[②]《东阳酒家赠别二绝句》,其一云:"送君同上酒家楼,酩酊翻成一笑休。正是落花饶怅望,醉乡前路莫回头。"其二云:"天涯方叹异乡身,又向天涯别故人。明日五更孤店月,醉醒何处泪沾巾。"[③]《婺州水馆重阳日作》诗云:"异国逢佳节,凭高独苦吟。一杯今日醉,万里故园心。水馆红兰合,山城紫菊深。白衣虽不至,鸥鸟自相寻。"[④]

　　昭宗大顺元年(890)夏秋间,韦庄移居兰溪。《将卜兰芷村居留别郡中在仕》诗云:"兰芷江头寄断蓬,移家空载一帆风。伯伦嗜酒还因乱,平子归田不为穷。避世漂零人境外,结茅依约画屏中。从今隐去应难觅,深入芦花作钓翁。"[⑤]《方舆胜览》卷七《浙江东路·婺州》"山川":"兰溪,在(兰溪)县南七里,一名瀫水。出于衢,会于婺,二水类罗纹,岸多兰芷,故名。"[⑥]是知此诗在兰溪作。《婺州和陆谏议将赴阙怀阳羡山

---

①　彭定求等《全唐诗》卷六九八,第 8034 页。
②　彭定求等《全唐诗》卷六九七,第 8024 页。
③　彭定求等《全唐诗》卷六九七,第 8026 页。
④　彭定求等《全唐诗》卷六九八,第 8036 页。
⑤　彭定求等《全唐诗》卷六九七,第 8025 页。
⑥　祝穆《方舆胜览》卷七,中华书局 2003 年版,第 130 页。

居》诗云："望阙路仍远,子牟魂欲飞。道开烧药鼎,僧寄卧云衣。故国饶芳草,他山挂夕晖。东阳虽胜地,王粲奈思归。"①《和陆谏议避地寄东阳进退未决见寄》诗云："未归天路紫云深,暂驻东阳岁月侵。入洛声华当世重,闵周章句满朝吟。开炉夜看黄芽鼎,卧瓮闲欹白玉簪。读易草玄人不会,忧君心是致君心。"②

昭宗景福元年(892)春,韦庄辞越泛湘至夏口,寄诗于婺州诸弟。《夏口行寄婺州诸弟》诗云："回头烟树各天涯,婺女星边远寄家。尽眼楚波连梦泽,满衣春雪落江花。双双得伴争如雁,一一归巢却羡鸦。谁道我随张博望,悠悠空外泛仙槎。"③

四、义乌诗人骆宾王

骆宾王是"初唐四杰"之一,他是中国文学史上的关键人物,他与王勃、杨炯、卢照邻在荡涤六朝颓风、革除初唐绮靡方面作出了巨大贡献,开启了唐代文学发展的新局面,成为名副其实的唐诗始音。

骆宾王(622?—687?),婺州义乌人。少善属文,七岁能赋诗,尤妙于五言。初为道王府属,历武功主簿,裴行俭为洮州总管,表掌书奏,不应。调长安主簿。武后时,数上书言事。下除临海丞。徐敬业于扬州作乱,署宾王为府属。宾王为敬业传檄天下,斥武后之罪。敬业败,或言伏诛,或言亡命不之所之。新、旧《唐书》有传。骆宾王尝作《帝京篇》,当时以为绝唱。

骆宾王《咏鹅》诗云："鹅鹅鹅,曲项向天歌。白毛浮绿水,红掌拨清波。"题注:"七岁时作。"④郗云卿《骆宾王文集原序》:"年七岁,能属文。"⑤

---

① 彭定求等《全唐诗》卷六九七,第 8024 页。
② 彭定求等《全唐诗》卷六九七,第 8025 页。
③ 彭定求等《全唐诗》卷六九八,第 8038 页。
④ 彭定求等《全唐诗》卷七九,第 864 页。
⑤ 骆宾王撰,陈熙晋笺注《骆临海集笺注》附录,上海古籍出版社 1985 年版,第 377 页。

《新唐书·骆宾王传》："七岁能赋诗。"①胡应麟《补唐书骆侍御传》："宾王生七岁,能诗。尝嬉戏池上,客指鹅群令赋焉,应声曰:'白毛浮绿水,红掌拨清波。'客叹诧,呼神童。"②

永徽六年(655),骆宾王应举落第,南归义乌,将至故乡时,作《望乡夕泛》诗:"归怀剩不安,促榜犯风澜。落宿含楼近,浮月带江寒。喜逐行前至,忧从望里宽。今夜南枝鹊,应无绕树难。"③骆宾王在义乌,又作《赋得白云抱幽石》诗,末云:"锦色连花静,苔光带叶薰。讵知吴会影,长抱穀城文。"④《赋得春云处处生》末云:"盖阴笼迥树,阵影抱危城。非将吴会远,飘荡帝乡情。"⑤不久,骆宾王离义乌北返瑕丘,过诸暨,有《早发诸暨》诗:"征夫怀远路,凤驾上危峦。薄烟横绝巇,轻冻涩回湍。野雾连空暗,山风入曙寒。帝城临灞涘,禹穴枕江干。橘性行应化,蓬心去不安。独掩穷途泪,长歌行路难。"⑥诸暨在义乌之北,故而本诗即作于离义乌而北返瑕丘之时。诗有"薄烟横绝巇,轻冻涩回湍",盖作于深秋时节。诗有"帝城临灞涘,禹穴枕江干"语,是由南北上之语。这首诗描摹诸暨山水,融景入画。一二句描写早发缘由,三至六句描写眼前所见诸暨山水之景,七至十句描写想象中的帝城之景,最后两句表现穷途之感。

麟德二年(665),骆宾王为奉礼郎,李峤作诗相送。《送骆奉礼从军》:"玉塞边烽举,金坛庙略申。羽书资锐笔,戎幕引英宾。剑动三军气,衣飘万里尘。琴尊留别赏,风景惜离晨。笛梅含晚吹,营柳带馀春。希君勒石返,歌舞入城闉。"⑦这一次骆宾王从军是从军北边。从军北边还有诗《于易水送人》《远使海曲春夜多怀》《蓬莱镇》《边夜有怀》《海

---

① 欧阳修、宋祁等《新唐书》卷二〇一,中华书局1975年版,第5742页。
② 骆宾王撰,陈熙晋笺注《骆临海集笺注》附录,第382页。
③ 彭定求等《全唐诗》卷七八,第841页。
④ 彭定求等《全唐诗》卷七八,第848页。
⑤ 彭定求等《全唐诗》卷七八,第848页。
⑥ 彭定求等《全唐诗》卷七九,第855页。
⑦ 彭定求等《全唐诗》卷六一,第726页。

曲书情》等。骆宾王与李峤交往密切,交往诗还有《别李峤得胜字》,李峤有《饯骆四二首》,可见李峤与骆宾王关系甚为密切。《别李峤得胜字》:"芳尊徒自满,别恨转难胜。客似游江岸,人疑上灞陵。寒更承夜永,凉景向秋澄。离心何以赠,自有玉壶冰。"①

咸亨三年(672),骆宾王南下从军,作品有《兵部奏姚州道破逆贼诺没弄杨虔柳露布》《兵部奏姚州破贼设蒙俭等露布》。骆宾王一生三次从军,分别为骆宾王一生从军三次,一是从军北边,一是从军南方,一是从军西域。其南下从军时,留下作品有《兵部奏姚州道破逆贼诺没弄杨虔柳露布》《兵部奏姚州破贼设蒙俭等露布》等。据《旧唐书·高宗纪》:"(咸亨三年)春正月辛丑,发梁、益等一十八州兵募五千三百人,遣右卫副率梁积寿往姚州击叛蛮。"②又有《为李总管祭赵郎将文》云:"姚州道大总管李义祭赵郎将之灵。"③即在从军姚州时作。

调露元年(679),骆宾王随裴行俭西征突厥。郭平梁《骆宾王西域之行与阿斯塔那64TAM35:19(a)文书》认为:"仪凤四年,他作为波斯军的掌书记,随裴行俭至西域平阿史那都支之乱,先到西州,然后假托训猎,东出柳中、蒲昌,北越天山,经蒲类至庭州,复转道天山南麓西进,至温宿城,越拔达岭,至碎叶城;裴行俭东返后,他仍在西域逗留了一段时间。"④按,骆宾王的西域经历一直是学术界争论的问题,综合前贤的观点,以调露元年随裴行俭西征突厥最有说服力。

调露二年(680),骆宾王为御史时下狱。骆宾王在狱中还有著名诗篇《在狱咏蝉》,诗有"露重飞难进,风多响易沉"语,是作于秋天。在狱中又作《狱中书情通简知己》等诗。出狱后,为临海丞。

永淳元年(682)六月,骆宾王在临海丞任上,作《久客临海言怀》诗:

① 彭定求等《全唐诗》卷七八,第844页。
② 刘昫等《旧唐书》卷五,第96页。
③ 骆宾王撰,陈熙晋笺注《骆临海集笺注》卷十,第365页。
④ 郭平梁《骆宾王西域之行与阿斯塔那64TAM35:19(a)文书》,《西北民族研究》1989年第1期,第61页。

"天涯非日观,地屺望星楼。练光摇乱马,剑气上连牛。草湿姑苏夕,叶下洞庭秋。欲知凄断意,江上涉安流。"①七月,骆宾王弃官,离临海北上。九月,骆宾王从徐敬业起兵讨武则天,并为其作讨武曌檄文。《资治通鉴》卷二〇三:光宅元年九月,徐敬业起兵扬州,"宾王为记室,旬日间得胜兵十余万,移檄州县……太后见檄,问曰:'谁所为?'或对曰:'骆宾王。'太后曰:'宰相之过也。人有如此才,而使流落不偶乎!'"②永淳元年十一月,徐敬业兵败,骆宾王亦被杀。《旧唐书·骆宾王传》:"敬业败,伏诛,文多散失。则天素重其文,遣使求之。有兖州人郗云卿集成十卷,盛传于世。"③《资治通鉴》卷二〇三:"(光宅元年十一月)乙丑,敬业至海陵界,阻风,其将王那相斩敬业、敬猷及骆宾王首来降。"④而《直斋书录解题》卷一六:"《骆宾王集》十卷。唐临海丞义乌骆宾王撰。宾王后为徐敬业传檄天下,罪状武后,所谓'一抔之土未干,六尺之孤安在'者也。其首卷有鲁国郗云卿序,言宾王光宅中广陵乱伏诛,莫有收拾其文者,后有敕搜访,云卿撰焉。又有蜀本,卷数亦同,而次序先后皆异。序文视前本加详,而云广陵起义不捷,因致遁逃,文集散失,中宗朝诏令搜访。案,本传言宾王既败亡命,不知所之,与蜀本序合。"⑤是骆宾王有兵败被杀与兵败逃遁二说,今从《旧传》与《通鉴》。

五、兰溪诗僧贯休

贯休是唐朝末年向五代十国转变时期的著名诗僧,他不仅在中国文学史上久负盛名,而且在书法上也有着极高的成就。

贯休(832—912),俗姓姜,字德隐,婺州兰溪人。大中七年到和

---

① 彭定求等《全唐诗》卷七八,第 841 页。
② 司马光《资治通鉴》卷二〇三,中华书局 1956 年版,第 6423—6424 页。
③ 刘昫等《旧唐书》卷一九〇,第 5007 页。
④ 司马光《资治通鉴》卷二〇三,第 6431 页。
⑤ 陈振孙《直斋书录解题》卷一六,上海古籍出版社 1990 年版,第 467 页。

安寺出家。唐天复间入蜀,被前蜀主王建封为"禅月大师",赐以紫衣。贯休是著名诗僧,吴融《禅月集序》云:"沙门贯休,本江南人,幼得苦空理,落发于东阳金华山。机神颖秀,雅善歌诗。晚岁,止于荆门龙兴寺。余谪官南行,因造其室。每谈论,未尝不了于理性。自是而往,日入忘归。邈然浩然,使我不知放逐之感。此外,商榷二雅,酬唱循还……上人之作,多以理胜,复能创新意。其语往往得景物于混茫之际。然其旨归,必合于道。太白、乐天既殁,可嗣其美者,非上人而谁。"①诗歌之外,贯休于书法各体皆擅,最精于草书,以书写《千字文》著名。诗有《怀素上人草书歌》,可以看出其草书的渊源、修养和功力,是诗歌与书法融为一体的杰作。书法之外,亦擅长绘画,尤其精于摹画罗汉。

贯休诗歌与婺州关联者甚多,涉及婺州的人物、地域和时事。咸通元年(860),贯休在婺州,宿赤松山,与婺州刺史杨发唱和。贯休《和杨使君游赤松山》诗云:"为郡三星无一事,龚黄意外扳乔松。日边扬历不争路,云外苔藓须留踪。溪月未落漏滴滴,隼旟已入山重重。扪萝盖输山屐伴,驻斾不见朝霞浓。乳猿剧黠挂险树,露木翠脆生诸峰。初平谢公道非远,黯然物外心相逢。石羊依稀龁瑶草,桃花仿佛开仙宫。终当归补吾君衮,好山好水那相容。"②贯休与赤松山道士舒道纪往还并诗歌唱和。《宿赤松山观题道人水阁兼寄郡守》诗云:"珠殿香軿倚翠棱,寒栖吾道寄孙登。岂应肘后终无分,见说仙中亦有僧。云敛石泉飞险窦,月明山鼠下枯藤。还如华顶清谈夜,因有新诗寄郑弘。"③诗中"郡守"应为杨发,"道人"应为舒道纪。《金华赤松山志》"人物类"云:"舒先生:先生名道纪,唐代人也。生长于婺,为赤松黄冠师……自号华阴子,常与禅月大师贯休为莫逆交。日夕瞻仰二皇君之祠……曾有诗曰:'松老赤松源,松间庙宛然。人皆有兄

---

① 贯休撰,陆永峰校注《禅月集校注》,巴蜀书社 2012 年版,第 3—4 页。
② 彭定求等《全唐诗》卷八二八,第 9328 页。
③ 彭定求等《全唐诗》卷八三七,第 9433 页。

弟,谁共得神仙。双鹤冲天去,群羊化石眠。至今丹井水,香满此山田。'其后亦却食,不知而化。"①是知贯休作为佛教大师,与道教高人亦颇有往还,又与当时的郡守不断有所来往,因而从这首诗中可以窥见晚唐僧、道与地方官员的关系。

乾符二年(875),贯休在婺州兰溪,避寇上山。《避寇山中作》诗云:"山翠碧嵯峨,攀牵去者多。浅深俱得地,好恶未知他。有草皆为户,无人不荷戈。相逢空怅望,更有好时么。"②《避寇上唐台山》诗云:"苍黄缘鸟道,峰夐见楼台。桂桂香皆滴,烟霞湿不开。僧高眉半白,山老石多摧。莫问尘中事,如今正可哀。"③《避寇白沙驿作》诗云:"避乱无深浅,苍黄古驿东。草枯牛尚龁,霞湿烧微红。□□时时□,人愁处处同。犹逢好时否,孤坐雪濛濛。"④《避寇入银山》诗云:"草草穿银峡,崎岖路未谙。傍山为店戍,永日绕溪潭。烧地生苞蕨,人家煮伪蚕。翻如归旧隐,步步入烟岚。"⑤《避寇游成福山院》诗云:"成福僧留不拟归,猕猴菌嫩豆苗肌。那堪蚕月偏多雨,况复衢城未解围。翠拥槿篱泉乱入,云开花岛雉双飞。堪嗟大似悠悠者,祇向诗中话息机。"⑥

广明元年(880),贯休在婺州兰溪,作《阳春曲》等诗。《阳春曲》诗云:"为口莫学阮嗣宗,不言是非非至公。为手须似朱云辈,折槛英风至今在。男儿结发事君亲,须斅前贤多慷慨。历数雍熙房与杜,魏公姚公宋开府。尽向天上仙宫闲处坐,何不却辞上帝下下土?忍见苍生苦苦苦。"⑦《避地毗陵上王慥使君》诗云:"大寇山难隔,孤城数合烧。烽烟终日起,汤沐用心燋。勇义排千阵,诛锄拟一朝。誓盟违日月,旌斾过寒潮。古驿江云入,荒宫海雨飘。仙松添瘦碧,天骥减丰

① 倪守约《金华赤松山志》,《道藏》第 11 册,第 74 页。
② 彭定求等《全唐诗》卷八三〇,第 9353 页。
③ 彭定求等《全唐诗》卷八三〇,第 9353 页。
④ 彭定求等《全唐诗》卷八三一,第 9372 页。
⑤ 彭定求等《全唐诗》卷八三二,第 9385 页。
⑥ 彭定求等《全唐诗》卷八三五,第 9414—9415 页。
⑦ 彭定求等《全唐诗》卷八二六,第 9302—9303 页。

臁。似在陈兼卫,终为宋与姚。已观云似鹿,即报首皆枭。尽愿回清镜,重希在此条。应怜千万户,祷祝向唐尧。"题注:"时黄贼陷东阳,公避地于浙右。"①

中和元年(881),贯休自杭州返兰溪,道中作诗。《春末兰溪道中作》诗云:"山花零落红与绯,汀烟蒙茸江水肥。人担犁锄细雨歇,路入桑柘斜阳微。深喜东州云寇去,不知西狩几时归? 清平时节何时是,转觉人心与道违。"②

景福二年(893),贯休归婺州兰溪,经弟妹坟作诗。《经弟妹坟》诗云:"泪不曾垂此日垂,山前弟妹塚离离。年长于吾未得力,家贫抛尔去多时。鸿冲□□霜中断,蕙杂黄蒿冢上衰。恩爱苦情抛未得,不堪回首步迟迟。"③贯休之弟妹是在咸通元年(860)裘甫起义中丧生的。

结　语

唐代婺州为浙东巨邑,文化发达,文学繁盛。诗歌渊源深厚,尤其是山水诗沿沈约、谢灵运一脉,源远流长。唐代婺州的本土诗人有张志和、冯宿、舒元舆,流寓诗人有李白、刘长卿、戴叔伦、韦庄。在婺州唐代诗人当中,义乌诗人骆宾王、兰溪诗僧贯休最有代表性,而且代表了诗歌发展的不同取向:一位是初唐时期开了时代风气的关键人物,一位是晚唐五代时期的著名诗僧;前者是唐代婺州诗歌的开创者,后者是唐代婺州诗歌的结束者;前者热衷于政治活动,后者呈现出隐居情怀。婺州是浙东唐诗之路上的关键区域,但因为几十年来对于浙东唐诗之路线路走向认定的惯性,把婺州放在了主线之外,因而学术研究界重视不

---

① 彭定求等《全唐诗》卷八三二,第 9385 页。
② 彭定求等《全唐诗》卷八三六,第 9420 页。
③ 彭定求等《全唐诗》卷八三五,第 9409 页。

够,因此我们现在必须大加开拓,奋力推进。婺州诗歌的发展,到了宋代以后更加繁荣,形成了很多文学群体,而且与"婺学"紧密联系在一起,形成了独特的婺文化,因此,婺州文学的研究大有可为。

[作者简介]胡可先,浙江大学文学院教授、博士生导师。

唐诗之路上的"黄河"写意

杨晓霭

摘　要：黄河滚滚滔滔,绵延千里万里,开辟了天地,孕育了文明,以其博大的胸怀养育玉成了生活在大河南北、游历于大河西东的唐代诗人。李白、杜甫、高适、岑参等著名诗人均将亲临黄河的观感写入诗篇,在中国诗歌长河中留下了如"黄河之水天上来""万里写入胸怀间""黄河北岸海西军,椎鼓鸣钟天下闻""湍上急流声若箭""河水浸城墙"的金句佳篇,谱写了唐代诗歌最为宏大的"黄河文学景观",绘制出"流淌着的"唐诗之路奇观。

关键词：唐诗　唐诗之路　黄河　地理感知　文化写意

当代研究者经实地勘察与科学分析,确定黄河正源在位于青海省中部偏南的巴颜喀拉山北麓卡日曲。巴颜喀拉山,是庞大的昆仑山脉南支的一部分,依照中华先祖"龙脉之祖""万山之祖"的神话想象,《山海经·西山经》《尔雅·释水》《水经注·河水》均以昆仑为黄河发源之地,文人歌赋更是以"经"为据,歌唱"览百川之宏壮,莫尚美于黄河;潜昆仑之峻极,出积石之嵯峨。"[1]唐代诗人的黄河歌吟,借助北京大学《全唐诗》分析系统,以"黄河"为关键词进行检索,除去无效结果,可以检索到内容中有"黄河"的诗歌 200 多首,多沿前代典籍的记载和文学书写传统,"源出昆仑中,长波接汉空。"[2]"忆昨沙漠寒风涨,昆仑长河

---

[1]　《全上古三代秦汉三国六朝文》第二册《全晋文》卷五十九,中华书局 1958 年版,第 1795 页上。
[2]　彭定求等《全唐诗》卷五九,中华书局 1960 年版,第 703 页。

冰始壮。"①"黄河西来决昆仑，咆吼万里触龙门。"②歌唱的莫不是源出昆仑墟、长波接天的磅礴气势，以及孕育着的不屈不挠的精神。如今的黄河，从巴颜喀拉山北麓卡日曲算起，全长 5464 公里。在这 10928 万里的长河上，尽管有"三年两决口，百年一改道"的谚语，有"善淤、善决、善徙"的共识，但科学家们也明确指出：古往今来，黄河河道在下游历史上的洪泛区孟津以上，被夹束于山谷之间，几无大的变化。因此，唐诗中的黄河歌咏与历史文献中有关黄河中、上游的史料相互参证，同样具有考察唐诗之路文化价值的重要意义。

一、黄河之水天上来

"君不见黄河之水天上来，奔流到海不复回"是李白《将进酒》的诗眼，更是家喻户晓的歌吟黄河之金句。这一歌咏，往往会理解为豪放诗人李白的浪漫想象，可是难免有疑问：李白写一首饮酒的诗，唱一支请喝酒的歌，为什么要从黄河写起？要以"黄河之水天上来"开篇呢？当然，最简单的回答，即诗骚比兴传统的发扬。但当联系此诗创作的时间地点，便会明显看到，李白的书写并不仅仅是浪漫艺术手法的表现，也不是纯粹虚拟的飘逸。

《将进酒》的创作时间，安旗《李白全集编年注释》（后文简称《编年》）系于开元二十四年(736)，在《酬岑勋见寻就元丹丘对酒相待以诗见招》一诗题下注："本年秋，自晋地返洛阳，旋至元丹丘颍阳山居，与友人置酒高会，作此。"③《将进酒》诗题下注："此与上篇同时同地作。"④郁贤浩《李太白全集校注》（后文简称《校注》）《将进酒》题解曰："此诗约作

① 彭定求等《全唐诗》卷九四，第 1011 页。
② 李白撰，安旗注《李白全集编年注释》卷中，巴蜀书社 1990 年版，第 999 页。
③ 李白撰，安旗注《李白全集编年注释》卷上，第 294 页。
④ 李白撰，安旗注《李白全集编年注释》卷上，第 296 页。

于开元二十三年(735)前后。岑勋因仰慕李白,寻访到嵩山元丹丘处,请丹丘再邀李白到嵩山。三人置酒高会,李白在席间写成此诗。"①黄河通常被分为上、中、下游三段。当代研究者以为,上游从源头到内蒙古托克托河口,3463 千米,约占干流长度的 2/3;中游从托克托河口到郑州桃花峪,长 1234 千米,桃花峪为中国三大阶梯地势第二级、第三级交接点,是山地与平原衔接处,也是黄河中游与下游交界地,当下此处河水落差约 890 米,平均比降 7.4%。黄河总体呈"几"字,九曲十八弯,在前套平原,受吕梁山脉阻挡,流向由西东改为北南,角度约为 90 度,形状是一个弧形。由晋地返洛阳,所观黄河正是当今所谓晋陕峡谷段,走势由北而南悬挂,有如自天而降。《水经注》卷一《河水》记载:

> 昆仑墟在西北,去嵩高五万里,地之中也。其高万一千里,河水出其东北陬,屈从其东南流,入渤海。②

"去嵩高五万里""其高万一千里"的高度,又何尝不是"天上来"的观感。李白喜好乐府诗,多写旧题乐府,"黄河之水天上来"的书写,应有前代文学遗产的启发,更是他亲历目睹之黄河由北垂直而南水貌的真实写照。

据不完全统计,李白一共游览过 60 多条江河和 20 多个湖潭,见惯了大江大河,而黄河是最能发挥李白之"气"的。借助北京大学《全唐诗》分析系统,以"黄河"为关键词进行检索,李白诗中有"黄河"者 20 多首,基本都是他身临其境或触物兴怀之作。综合安旗《李白全集编年注释》,郁贤皓《李太白全集校注》,吕华明、程安庸、李金平《李太白年谱补正》等研究成果加以考索,李白在黄河流域的生活,大概始于他从南阳到长安时,大约是李白 30 岁到 31 岁入长安时期,即公元 730 至 731 年。最早的一首是《赠裴十四》:"朝见裴叔则,朗如行玉山。黄河落天走东海,万里写入胸怀间。身骑白鼋不敢度,金高南山买君顾。裴回六

---

① 李白撰,郁贤皓校注《李太白全集校注》卷二,凤凰出版社 2015 年版,第 245 页。
② 陈桥驿《水经注校证》卷一,中华书局 2007 年版,第 1—13 页。

合无相知,飘若浮云且西去。"《编年》系于开元十八年(730)秋,注:"是年秋末,白有岐、邠之行。"①《校注》题解:"此诗疑为开元年间初入长安隐于终南山时所作。"②又《古风五十九首》其五十七,诗曰:"羽族禀万化,小大各有依。周周亦何辜,六翮掩不挥。愿衔众禽翼,一向黄河飞。飞者莫我顾,叹息将安归。"《校注》按:"从诗意看,似作于初入长安历抵卿相无成而归时所作。"③《编年》将李白《梁园吟》《登广武古战场怀古》《赠嵩山焦炼师》《嵩山采菖蒲者》《题元丹丘颍阳山居并序》《题元丹丘山居》《元丹丘歌》《冬夜醉宿龙门觉起言志》《梁甫吟》《古风五十九首》其十六、《行路难三首》其一、《拟古》其七、《寄远十二首》均系于开元十九年(731)。这一年,李白离长安,泛舟黄河东去,初游梁宋,访梁园胜迹,登广武古战场,上嵩山,游访元丹丘颍阳山居,居洛阳,宿龙门,泛舟黄河之上,盘桓于黄河南北。他在《梁园吟》中歌唱:"我浮黄河去京阙,挂席欲进波连山。天长水阔厌远涉,访古始及平台间。"《编年》系于开元十九年(731)注曰:"白离长安后,由黄河泛舟东去。"④《校注》题解云:"按此诗当是开元二十一年(733)离开长安,舟行抵达梁园时作。"⑤李白漫游的梁园,在今商丘市梁园区北部黄河故道一带。而他登临的广武古战场,也在黄河之滨。《登广武古战场怀古》诗云:"抚掌黄河曲,嗤嗤阮嗣宗。"《编年》将此诗系于开元十九年,注引《元和郡县志》郑州荥泽县:"东广武、西广武二城,各在一山头,相去二百余步,在县西二十里。"⑥《校注》题解:"广武古战场,故址在今河南荥阳市东北广武山上……今尚有残迹遗存。"据陈桥驿《水经注校证》卷七《济水》:

---

① 李白撰,安旗注《李白全集编年注释》卷上,第136页。
② 李白撰,郁贤皓校注《李太白全集校注》卷七,第1117页。
③ 李白撰,郁贤皓校注《李太白全集校注》卷一,第178页。郁贤皓《李太白全集校注》前言:"大约在开元十八或十九年(730或731),他怀着'西入秦海,以观国风……何王公大人之门,不可以弹长剑乎'(《上安州裴长史书》)的目的初入长安,隐居终南山,结识了玄宗宠婿卫尉卿张垍,请求援引,可是张垍没有帮助他。接着西游邠州(今陕西彬县)、坊州(今陕西黄陵)寻觅知己,可是位卑职小的朋友们更无法帮助他找到'一佐明主'的机会。李白终于悲愤地吟唱着'大道如青天,我独不得出'(《行路难》其二),颓丧而归。"
④ 李白撰,安旗注《李白全集编年注释》卷上,第191页。
⑤ 李白撰,郁贤皓校注《李太白全集校注》卷六,第835页。
⑥ 李白撰,安旗注《李白全集编年注释》卷上,第197页。

"济水出河东垣县东王屋山,为沇水。又东至温县西北为济水。又东过其县北,屈从县东南流,过隰城西,又南当巩县北,南入于河。与河合流,又东过成皋县北,又东过荥阳县北,又东至砾磝南,东出过荥泽北。又东过阳武县南,又东过封丘县北……"①如今的荥阳市,北濒九曲黄河,可见李白登临怀古,"抚掌黄河曲",亦不是虚夸。

开元十九(731)年,在嵩山、颍阳,诗作最多。中岳嵩山西起洛阳龙门东侧,北临黄河,伊河、洛河等均属黄河水系。颍水源出嵩山,流域范围北抵黄河南堤,西北邻黄河支流伊、洛河。颍阳泛指颍水以北地区,元丹丘颍阳山居当在今河南登封颍水以北嵩山之地,李白《题元丹丘颍阳山居并序》序曰:"丹丘家于颍阳,新卜别业。其地北倚马岭,连峰嵩丘,南瞻鹿台,极目汝海,云岩映郁,有佳致焉。白从之游,故有此作。"②《行路难三首》其一:"金樽清酒斗十千,玉盘珍羞直万钱。停杯投箸不能食,拔剑四顾心茫然。欲渡黄河冰塞川,将登太行雪满天。闲来垂钓碧溪上,忽复乘舟梦日边。行路难,行路难,多歧路,今安在?长风破浪会有时,直挂云帆济沧海。"《编年》注曰:"本篇作于本年冬。"李白本年作诗,于题中明确写出是冬季者有《冬夜醉宿龙门觉起作》,与之参照,《行路难三首》其一亦当作于洛阳龙门。或许自有了大禹治水的故事,有了鱼跃龙门的传说,洛阳龙门便成了黄河的标志。李白的《寄远十二首》其六,《编年》亦系于开元十九年,诗云:"阳台隔楚水,春草生黄河。相思无日夜,浩荡若流波。流波向海去,欲见终无因。遥将一点泪,远寄如花人。"③"阳台隔楚水,春草生黄河。"两句一作"阴云隔楚水,转蓬落渭河。"不论"黄河""渭河",均是黄河水系的创作。倘若从李白初入长安的开元十八年(730)春夏间算起,至天宝十五年(756)安史之乱爆发的次年南下宣城再不北上,可以想象,在这二十几年中,李白两入长安,漫游梁宋、齐鲁,再北上幽燕,"浮黄河"或许是他的生活常态。

① 陈桥驿《水经注校证》卷七,第187—199页。
② 李白撰,安旗注《李白全集编年注释》卷上,第206页。
③ 李白撰,安旗注《李白全集编年注释》卷上,第229页。

"黄河之水天上来"，是诗人的想象，也是黄河壮景的写实。大跨度的夸张，而又夸不失真，正是"李白式"夸张的艺术魅力。李白往往能巧妙地将历史典故与现实地理紧密结合，开创诗歌古今贯通的时空境界。从以上诗中所写黄河时地看，李白不只是在《将进酒》里，借"天上来"的黄河之水，比喻时光易逝、人生短促的惊心动魄，抒发壮志难酬、功业未就的悲愤焦虑。在他的笔下，黄河是丝绸般的飘带，是窈窕淑女的身影，是和春草一样的相思，是鱼跃龙门的寄托，是人的胸怀。"朝见裴叔则，朗如行玉山。黄河落天走东海，万里写入胸怀间。"如黄河一般博大的胸怀，这是李白对朋友的写照，是李白自己的写照，是黄河文化的写照，是民族精神的写照。正由于有如此博大的胸怀，大唐王朝才走向世界，创造了开拓进取、有容乃大的盛唐气象。我们常常说，李白是浪漫的诗人、是豪放的诗人。浪漫与豪放，固然与诗人的个性有关，才华是诗人自己的，但激情是要得江山之助。李白登上华山，有"西岳峥嵘何壮哉，黄河如丝天际来。黄河万里触山动，盘涡毂转秦地雷。"李白登上泰山，有"黄河从西来，窈窕入远山。"他写河边的春草："春草生黄河""相思无日夜"；他写鱼跃龙门："黄河二尺鲤""更欲凌昆墟"。登高山，望大河，观春草，看河鲤，有丝线、春草般的柔美，有触山、动地般的壮美。也许正是在诗人的笔下，在诗里，我们才能领略到母亲河的多姿多彩。

　　当然，黄河更是农耕文明与游牧文化的大交汇区，黄河中上游从来都是兵家必争之地，也有着一副血染的风采。天宝二年(743)，李白供奉翰林，有乐府诗《塞上曲》："大汉无中策，匈奴犯渭桥。五原秋草绿，胡马一何骄。命将征西极，横行阴山侧。燕支落汉家，妇女无花色。转战渡黄河，休兵乐事多。萧条清万里，瀚海寂无波。"①安史之乱中有《送外甥郑灌从军三首》，其三云："月蚀西方破敌时，及瓜归日未应迟。斩胡血变黄河水，枭首当悬白鹊旗。"②乾元二年(759)《经乱离后天恩流夜郎忆旧游书怀赠江夏韦太守良宰》从古写今，黄河两岸的太华山、

---

① 李白撰，安旗注《李白全集编年注释》卷上，第499页。
② 李白撰，安旗注《李白全集编年注释》卷上，第492页。

首阳山上旌旗密布,争战不息:"桀犬尚吠尧,匈奴笑千秋。中夜四五叹,常爲大国忧。旌旆夹两山,黄河当中流。连鸡不得进,饮马空夷犹。安得羿善射,一箭落旄头。"①上元二年(761)②有《闻李太尉大举秦兵百万出征东南懦夫请缨冀申一割之用半道病还留别金陵崔侍御十九韵》,时李白在金陵,诗曰:"秦出天下兵,蹴踏燕赵倾。黄河饮马竭,赤羽连天明。"③李太尉,指李光弼。《旧唐书·肃宗纪》记载,上元二年(761)五月,李光弼来朝,进位太尉、兼侍中,充河南副元帅,都统河南、淮南、山南东道五道行营节度,出镇临淮。秦兵指李光弼从长安带来的唐军。唐军的声势与黄河巨浪相映衬,饮马黄河,河水立竭,军威赫赫,胜利在即。杜甫"为吐蕃入寇而作"④的《黄河二首》其一云:"黄河北岸海西军,椎鼓鸣钟天下闻。铁马长鸣不知数,胡人高鼻动成群。"诗中写"黄河北岸海西军",仇兆鳌《杜诗详注》引朱鹤龄注曰:"河水经自于阗、疏勒而东,迳金城允吾县北。郦道元云:王莽之西海也,莽纳西零之献以为西海郡,治此城。阚駰曰:县西有卑禾羌海,世谓之青海,唐时其城陷于吐蕃,故此云海西军。"⑤黄河水经于阗之说,盖来自《史记·大宛列传》《汉书·西域传》的记载,二书均记"河"有两源,一出葱岭,一出于阗。其实葱岭、于阗均属于《水经注》中所记的"昆仑墟"。杜甫与李白一样,也是借助历史记忆,将诗笔延及黄河西来的广大地域,为整个北方西部的安危担忧。而第二诗云:"黄河南岸是吾蜀,欲须供给家无粟。愿驱众庶戴君王,混一车书弃金玉。"仇兆鳌注曰:"此叹蜀人迫于军饷,故愿太平以纾民困。指塞外之黄河,故云南岸是。唐运道之黄河在于中州。《杜诗博议》:'唐运道俱仰黄河,独蜀僻在西南,河漕不通,西山三城粮运屡绝,故有供给无粟之叹。此亦为吐蕃入寇而作。'"⑥诗中的"南岸"之"南","一作'北',一作'西'"。⑦何以有如此多的异文?或许

① 李白撰,安旗注《李白全集编年注释》卷中,第 1479 页。
② 李白撰,郁贤皓校注《李太白全集校注》卷十二,第 1875 页。
③ 李白撰,安旗注《李白全集编年注释》卷下,第 1643 页。
④ 杜甫撰,仇兆鳌注《杜诗详注》卷十三,中华书局 1979 年版,第 1138 页。
⑤ 杜甫撰,仇兆鳌注《杜诗详注》卷十三,第 1138 页。
⑥ 杜甫撰,仇兆鳌注《杜诗详注》卷十三,第 1139 页。
⑦ 杜甫撰,仇兆鳌注《杜诗详注》卷十三,第 1139 页。

可以作这样的理解。这两首《黄河》诗,清人将其写作的时间归于广德二年(764)。这一年的杜甫,行踪不定。春初自梓州往阆州,春晚又回到成都草堂。这年严武再镇蜀,六月杜甫被严武表为节度参谋、检校工部员外郎、赐绯鱼袋。辗转不定的杜甫,也许难以辨清黄河在"吾蜀"的哪一个方向,但黄河两岸几成战场,连不依靠河运的蜀地都深受战争之害,何况生活在黄河之滨的人民。保卫黄河,便是保卫家乡,这永远都是唐诗之路上黄河诗歌最大的写意。

在唐人视界里,"黄河之水天上来",这是地理,也是历史,更是亲历黄河之滨或曾往来渡河的人们的真切观感。唐玄宗李隆基有《登蒲州逍遥楼》诗:"黄河分地络,飞观接天津。"①王维曾在长安《送魏郡李太守赴任》:"苍茫秦川尽,日落桃林塞。独卧临关门,黄河向天外。"②杨巨源《同薛侍御登黎阳县楼眺黄河》:"倚槛恣流目,高城临大川。九回纡白浪,一半在青天。气肃晴空外,光翻晓日边。开襟值佳景,怀抱更悠然。"③胡曾的《黄河》,虽为咏史诗,但"黄河之水天上来",同样是历史中黄河的写照:"博望沉埋不复旋,黄河依旧水茫然。沿流欲共牛郎语,只得灵槎送上天。"④这还真应了当代历史学家的认识:"没有地理就没有历史,那就是因为两者之间的密切关系是从来没有分开过的。"将历史的时间纳入地理空间,从山川江河中,看到鲜活的人与流动的历史,这正是学术研究应有的思维深度与视野广度。唐玄宗所登逍遥楼在蒲州,即今山西南端黄河东岸;李白所望黄河处在云台,即今西岳华山云台峰;王维送魏郡李太守赴任在秦川,即唐都所在之今陕西西安关中地区。诗人们立足之地不同,所见黄河自然不在一处,但无论在蒲州,还是秦川,或是西岳,在诗人的视界里,黄河或是远上接天,或是远向天外,或是从天而落,或是天际而来。写黄河的人物在变,视角在变,

① 彭定求等《全唐诗》卷三,中华书局 1960 年版,第 28 页。
② 彭定求等《全唐诗》卷一二五,第 1241 页。
③ 彭定求等《全唐诗》卷三三三,第 3721 页。
④ 彭定求等《全唐诗》卷六七四,第 7425 页。

但总是"黄河远上白云间""黄河之水天上来"的镜像。这一认知,至元十七年(1280),元世祖派遣官员都实和其堂弟阔阔出赴河源考察,回京后由翰林学士潘昂霄据其描述著成的《河源志》,即根据河流走向等,认为"星宿海"就是黄河的源头。"星宿海"多么美丽的命名,"星宿海"不就是天上的水吗?

当李白、杜甫等著名诗人,立足中原大地、三秦平原书写黄河多姿多彩风貌之时,著名的边塞诗人高适、岑参则亲历"塞上",真实记录了陇右道上兰州金城的黄河。

二、湍上急流声若箭

在"诗的盛唐",人人都怀抱金光闪闪的诗情画意的人生愿望,都有大江南北、黄河上下的漫游求索。比李白仅年少四岁的高适,当李白陪侍御叔李华登宣州谢朓北楼,高歌"俱怀逸兴壮思飞,欲上青天揽明月"时,他已登陇越岭,到了河西节度使哥舒翰的幕府。李白漫游,浮洞庭,历襄汉,上庐山,东至金陵、扬州,复折回湖北,以安陆为中心,又先后北游洛阳、龙门、嵩山、太原,东游齐鲁,登泰山,南游安徽、江苏、浙江等地,游踪所及,几半中国。高适何尝不是?他生活、漫游、为官的"流动"生涯,王兆鹏教授主持的《唐宋文学编年地图》,据周勋初《高适年谱》(下文简称《周谱》)①、刘开扬《高适诗集编年笺注》②,由黄威录入整理,作了绘制展示:

1—32岁(704年—735年):韶关→西安→商丘→邢台→大名→北京;刘谱以为:32岁赴长安应试,之前从父生活在广东韶关,其间曾有"西游长安""客于梁宋""北上蓟门"等活动。长安应试后回宋州。《周谱》以为,长安应试后即北上蓟门,故32—35岁行迹:卢龙→朝阳→北

---

① 周勋初《高适年谱》,上海古籍出版社1980年版。
② 高适撰,刘开扬笺注《高适诗集编年笺注》,中华书局1981年版。

京→昌平→易县→正定→邯郸→涉县→商丘。36—40 岁在开封→西安→洛阳→商丘一带活动,40—45 岁到过汶上→安阳→滑县→商丘,45—46 岁:开封→商丘→单县→涟水→东平,46—51 岁:兖州→汶上→平阴→济南→潍坊→东平→曹县→商丘→西安→洛阳→封丘;51—55 岁:濮阳→河间→定州→昌平→冀州→封丘→西安→乐都;55—57 岁:贵德→乐都→西安→陇西→兰州→古浪→武威→新绛→潼关→西安;57—62 岁:凤县→成都→安陆→扬州→商丘→开封→洛阳→襄阳→西安→彭州→崇州;62—66 岁:成都→崇州→成都→名山→茂县→成都→西安→户县。

参照当代地域考察,高适严父位终韶关长史,设使以父亲任职广东韶关为高适走向人生的出发点,在短暂的 60 多年里,高适从最南的广东韶关到了最北的辽宁营州,从最东的山东潍坊到了最西的甘肃武威。仅从地名上看,不要重复计算,足迹所至有 50 多处。在"相见时难别亦难"的交通条件下,所经历的旅途劳顿,非常人可以想象。高适诗曰"二十解书剑,西游长安城。""寓居梁宋,耕钓为生。""长安"在黄河支流冲积而成的渭河平原,"梁宋"地处黄河冲积平原,以今河南省商丘市为中心地区。而立之年,高适北上蓟门,自此至天宝五载(746)归淇上别业,其间盘桓于营州、河北大名、正定、邯郸,往鲁郡、山东单县,差不多是围着黄河生活成长的,连让他"拜迎长官心欲碎,鞭挞黎庶令人悲"的小县尉也是在黄河边的封丘做的。

天宝元年(742)自淇涉黄河归至梁宋,有组诗《自淇涉黄河途中作十三首》纪行:

　　其一:川上常极目,世情今已闲。去帆带落日,征路随长山。亲友若云霄,可望不可攀,于兹任所惬,浩荡风波间。[1]

———————————
① 高适撰,刘开扬笺注《高适诗集编年笺注》,第184页。

淇水是黄河支流。离开淇水,行船黄河,川上极目。写出了渡河的行程,乘帆船从淇水转入黄河。淇水在今河南省北部,是太行山东麓向华北平原过渡地带。以"川"写黄河河面宽阔,写行船沿"长山"转折。行船的路线,如在眼前。

其二:清晨泛中流,羽族满汀渚。黄鹄何处来,昂藏寡俦侣。飞鸣无人见,饮啄岂得所?云汉尔固知,胡为不轻举?[1]

清晨,泛舟河中,觅食的水鸟,聚集在沙汀水渚。不知从何飞来的黄鹄,不与羽类相同,超群出众。

其三:朝景入平川,川长复垂柳,遥看魏公墓,突兀前山后。忆昔大业时,群雄角奔走,伊人何电迈,独立风尘首。传檄举敖仓,拥兵屯洛口,连营一百万,六合如可有。方项终比肩,乱隋将假手,力争固难恃,骄战曷能久?若使学萧曹,功名当不朽。[2]

弃船登岸,在黎阳山一带徜徉,遥望古迹,怀古咏史。李密首举义旗,动摇隋朝根基,功勋卓越,但缺乏智谋、未成王侯之业,不无惋惜。

其四:兹川方悠邈,云沙无前后,古堰对河壖,长林出淇口。独行非吾意,东向日已久,忧来谁得知,且酌尊中酒。[3]

"古堰对河壖"之"古堰",东汉建安中,曹操于淇口作堰,遏使东北流,注入白沟(今卫河),以通漕运,此后遂成为卫河支流。唐代黄河流经滑州,淇水流入黄河。《元和郡县志》卷第八河南道四滑州白马县:

---

[1] 高适撰,刘开扬笺注《高适诗集编年笺注》,第184页。
[2] 高适撰,刘开扬笺注《高适诗集编年笺注》,第185页。
[3] 高适撰,刘开扬笺注《高适诗集编年笺注》,第185页。

"本卫之曹邑,汉以为县,属东郡,因白马津为名……白马山,在县东北三十四里。《开山图》曰:'有白马群行山上,悲鸣则河决,驰走则山崩。'津与县盖取此山为名。黄河,去外城二十步。州城,即古滑台城……临河亦有台。"①"壖"是河边的空地。诗人泛舟黄河,眺望北岸,淇水入河口所见,河滨平旷,岸上长满了高大的树木。

其五:野人头尽白,与我忽相访,手持青竹竿,日暮淇水上。虽老美容色,虽贫亦闲放,钓鱼三十年,中心无所向。②

住在河边的渔夫与高适往来,谈论隐于河边的心意。

其六:南登滑台上,却望河淇间,行树夹流水,孤城对远山。念兹川路阔,羡尔沙鸥闲,长想别离处,犹无音信还。③

前四句写黄河、淇河两岸的秀美景色。满眼是翠竹大树,水流汩汩,孤城遥望远山。

其七:朝从北岸来,泊船南河浒,试共野人言,深觉农夫苦。去秋虽薄熟,今夏犹未雨,耕耘日勤劳,租税兼舄卤。园蔬空寥落,产业不足数,尚有献芹心,无因见明主。④

此诗分三部分:前四句是作者的自述,写行程路线及最突出感受。自北而南,满目均为"农夫苦"之情境;中六句以农夫口吻诉说苦况,日日劬劳、天旱、租税,灾难重重,园蔬空落,产业不足,难以生存;末二句

---

① 李吉甫《元和郡县图志》卷八,中华书局 1983 年版,第 198 页。
② 高适撰,刘开扬笺注《高适诗集编年笺注》,第 185 页。
③ 高适撰,刘开扬笺注《高适诗集编年笺注》,第 18 页。
④ 高适撰,刘开扬笺注《高适诗集编年笺注》,第 186 页。

自抒怀抱。虽有拯民良策,却无上达之路。

其八:东入黄河水,茫茫泛纡直,北望太行山,峨峨半天色。山河相映带,深浅未可测,自昔有贤才,相逢不相识。①

渡黄河时眺望彼岸山川大势。首二句写泛舟黄河。中四句写黄河北岸太行山耸入云天,与黄河相映成趣;山之高峻与水之深险形成对比。

其九:茫茫浊河注,怀古临河滨,禹功本豁达,汉迹方因循。坎德昔滂沱,冯夷胡不仁?渤潏陵堤防,东郡多悲辛。天子忽惊悼,从官皆负薪,畚筑岂无谋,祈祷如有神,宣房今安在?高岸空嶙峋。我行倦风湍,辍棹将问津,空传歌瓠子,感慨独愁人。②

高适泛舟黄河,经瓠子决口,凭吊汉帝治河功绩。以大禹比武帝,讴歌武帝督率军民斩竹塞口之功。

其十:孟夏桑叶肥,秾阴夹长津,蚕农有时节,田野无闲人。临水狎渔樵,望山怀隐沦,谁能去京洛,颠顿对风尘。③

初夏时节,滑台泊舟时所见:淇水至入河口一带,两岸桑树成行,蚕农们都在忙着采摘桑叶。行游水边,与渔夫、樵夫闲聊,引发了对隐居生活的怀念以及功业不就的惆怅。

其十一:秋日登滑台,台高秋已暮,独行既未惬,怀土怅无

---

① 高适撰,刘开扬笺注《高适诗集编年笺注》,第186页。
② 高适撰,刘开扬笺注《高适诗集编年笺注》,第186页。
③ 高适撰,刘开扬笺注《高适诗集编年笺注》,第186页。

趣。晋宋何萧条,羌胡散驰骛,当时无战略,此地即边戍。兵革徒自勤,山河孰云固?乘闲喜临眺,感物伤游寓,惆怅落日前,飘飘远帆处。北风吹万里,南雁不知数,归意方浩然,云沙更回互。①

旅途登滑台,既抒发离忧,又触景怀古,对东晋、刘宋国势不振,北方异族入侵表示感慨,实际上寄寓着作者对当时唐代边防的关切。

其十二:乱流自兹远,倚楫时一望,遥见楚汉城,崔嵬高山上。天道昔未测,人心无所向,屠钓称侯王,龙蛇争霸王。缅怀多杀戮,顾此生惨怆,圣代休甲兵,吾其得闲放。②

写逆黄河水流而上,在荥阳一带观看楚汉相争旧迹的感受,表现了诗人厌恶战乱、向往和平的思想感情。

其十三:皤皤河滨叟,相遇似有耻,辍榜聊问之,答言尽终始:一生虽贫贱,九十年未死,且喜对儿孙,弥惭远城市。结庐黄河曲,垂钓长河里,漫漫望云沙,萧条听风水。所思强饭食,永愿在乡里,万事吾不知,其心只如此。③

黄河边结识一位高龄渔者,对他自食其力、与世无争的情操表示钦羡。

这一组诗,诗人纪行抒怀,自淇涉河,川上极目,一路行走,一路观察,所见所闻,尽录笔底,真实反映了天宝年间黄河岸曲的自然生态与百姓生活。

---

① 高适撰,刘开扬笺注《高适诗集编年笺注》,第186—187页。
② 高适撰,刘开扬笺注《高适诗集编年笺注》,第187页,"龙蛇争霸王"之"王",刘开扬注:"霸王之王读去声"。
③ 高适撰,刘开扬笺注《高适诗集编年笺注》,第187页。

天宝十二年(753)①,高适赴河西节度使哥舒翰幕府任掌书记。这一年秋天,他从长安出发,途经兰州,渡塞上黄河,登上位于黄河北岸的城楼,创作了《金城北楼》:

> 北楼西望满晴空,积水连山胜画中。湍上急流声若箭,城头残月势如弓。垂竿已羡磻溪老,体道犹思塞上翁。为问边庭更何事,至今羌笛怨无穷。②

金城的黄河,与高适"涉淇过河"之大河太不相同。自然地理的变化,人文地理的特色,让诗人心灵最为震撼的便是"黄河"所带来的军事警觉。诗人登临金城北楼,望西去驿路,天宇高远,晴空万里,黄河水、皋兰山,山水相连,美如图画。兰州地势西部和南部高,东北低,黄河自西南流向东北,横穿全境,切穿山岭,形成峡谷与盆地相间的串珠形河谷。人们站立黄河北楼,自然会向"黄河远上白云间"的方向遥望,所看到的正是"积水连山"的情景。金城地处西控河湟、北扼朔方、东拱长安的军事要冲,群山重叠、黄河纵贯,又形成了天然屏障。高适清楚地记得:汉武帝时,骠骑将军霍去病与匈奴鏖战皋兰,着鞭戳地,五泉自涌的故事;高适也清楚地记得:唐代开国之初,自号"西秦霸王"的薛举,倚恃金城天险,一度举兵攻破陇山防线,直逼长安的危险情境。诗人设想,假如没有战争,金城不是边关,这里的百姓,就能像中原河边的渔夫,我也就能学姜太公渭滨垂钓,做一个不问祸福得失的塞上翁!可是,"为问边庭更何事,至今羌笛怨无穷。"边塞战争,连年不断。正如他的老朋友王昌龄《出塞》诗中所写:"秦时明月汉时关,万里长征人未还。但使龙城飞将在,不教胡马度阴山。"也正如他的好朋友王之涣《凉州词》所唱:"黄河远上白云间,一片孤城万仞山。羌笛何须怨杨柳,春风不度玉

---

① 周勋初《高适年谱》,第77—78页。
② 高适撰,刘开扬笺注《高适诗集编年笺注》,第249页。

门关。"戍守边塞,保卫边疆,是历史问题,也是现实问题。历史给了我们教训,现实容不得我们遐想。大河急奔,声如射箭;城头残月,势如弯弓。保卫边疆的形势依然严峻!虽然"我"高适已到了知天命的年龄,但只要边事未宁,国家难安,戍守边疆,义不容辞。读这首诗的时候,当代的兰州人可能也会联想:在白塔山下、中山桥上、金城关前,凝望白马浪,向西遥看的情景。

"金城"得名于西汉昭宣中兴之初,寓"固若金汤"之意①。汉昭帝始元元年(前 86)始置金城县,始元六年(前 81)又置金城郡。隋唐以来,陆续出现以兰州为名的军事或行政区划,黄河从谷地大小沙州之间穿越。《汉书》卷二十八下《地理志》第八下:"金城郡(昭帝始元六年置)……河关(积石山在西南羌中)。河水行塞外,东北入塞内,至章武入海,过郡十六,行九千四百里。"②《元和郡县图志》卷第三十九《陇右道上》:"兰州(金城,下。开元户四千。乡一十五。)……管县二,五泉、广武。五泉县(中下,郭下),本汉金城县地,属金城郡……黄河,流经县北,去县二十里。金城关在州城西。周武帝置金城津,隋开皇十八年改津为关。"③金城关始设于北周,名金城津。旧址在今兰州市中山桥西一公里处,隋代改置为关。此关的设立,不仅有效地防卫了吐谷浑与突厥的侵扰,而且成为兰州通往凉州、河州、鄯州等军事要地的重要通道。天宝十二年(753)秋,高适离开长安往河西陇右哥舒翰幕府所在地凉州,即今天的武威。依周勋初《高适年谱》,高适度陇赴河西时,已是 54岁逾知天命之年,诗人一路行走,一路赋诗记行。《登陇》诗曰:"陇头远行客,陇上分流水。流水无尽期,行人未云已。浅才通一命,孤剑适千里。岂不思故乡?从来感知己。"④因"感知己"登陇的高适,驻立陇头,

---

① 《汉书·地理志》第八下"金城郡",唐颜师古注:"应劭曰:'初筑城得金,故曰金城。'臣瓒曰:'称金,取其坚固也。故《墨子》曰"金城汤池"。'师古曰:'瓒说是也。'一云以郡在京师之西,故谓金城。金,西方之行。"(见班固《汉书》卷二八下,中华书局 1962 年版,第 1611 页。)《元和郡县图志·陇右道上》:"初筑时得金,故曰金城。"(见李吉甫《元和郡县图志》卷三九,中华书局 1983 年版,第 986 页。)
② 班固《汉书》卷二八,第 1611 页。
③ 李吉甫《元和郡县图志》卷三九,第 986—988 页。
④ 高适撰,刘开扬笺注《高适诗集编年笺注》,第 248 页。

听分水岭流水呜咽,"心肝断绝"的古歌回响心头,难免心中五味杂陈。离乡的惆怅、才华不能尽展、仕途不能如愿的孤独,均顺着呜咽的陇头水流淌。

高适到金城后的第二年,天宝十三年(754)秋天,岑参第二次赴西域,往北庭都护府封长清幕府。途经兰州,他在临河驿楼上,题写了《题金城临河驿楼》:

> 古戍依重险,高楼见五凉。山根盘驿道,河水浸城墙。庭树巢鹦鹉,园花隐麝香。忽如江浦上,忆作捕鱼郎。[①]

如果说初次翻越陇山到了金城的高适,登金城北楼,更多地感受到的是边事未宁、国家难安的战备气氛的话,已经两赴西域,见识过"平沙茫茫黄入天""一川碎石大如斗"的岑参,经历了"北风卷天白草折,胡天八月即飞雪"的岑参,更喜爱这个亲河湾里的宁静与秀美。

金城自古就是军事重镇,戍楼依着重重险阻的高山而建。临河驿楼地势最高,站在楼上,似乎可以远远地望到居于河西的"五凉"。通往河西的驿道,绕着山根盘旋而去;黄河之水,浸着城墙流淌。庭院中,树木茂密,鹦鹉做巢树上;花园里,时花盛开,小鹿悠游行走,时不时还会看到名贵的麝香。站在金城的临河驿楼上,岑参忽然觉得自己就像在家乡的长江边上,真的好想留在这里,做一个捕鱼的儿郎。全诗充满了对金城军事重镇、黄河风情、名贵物产的赞美。岑参两次往返西域,进入河西时,经历了"北风吹沙卷白草""黄沙西际海,白草北连天"的大漠戈壁。这一切,是大自然赋予人类的壮景,也是行进途中的危险、磨难,会让每一个人经受体力的考验、精神的磨砺。当他将目光投向远上"五凉"的漫长驿路时,金城黄河驿站上的庭院、花木、鹦鹉、麝香都成了他思乡念远的寄托,他与高适一样也自然地将金城"黄河"与家乡江水联

---

① 岑参撰,刘开扬笺注《岑参诗集编年笺注》,巴蜀书社 1995 年版,第 163 页。

系起来,但对亲历了"玉门关"外更加残酷的自然环境磨砺的岑参来说,金城黄河边的临河驿楼以及黄河风情、金城物产都是那么令人留恋,那么值得赞美。这何尝不是地域带给人的身份认同感、集体归宿感、时空确定感以及内心宁静感的体现呢?

"古戍依重险,高楼见五凉。"立足金城,身临黄河,将黄河与"五凉"凉州联系起来,是唐人书写的惯例,也是金城特殊的地理位置带给诗人广阔的地域美感与高远的空间美感。"黄河"是北方的象征,"凉州"是陇右、河西以至"西域"的最大军事要地。曾任河东道黜陟使的河南人孙逖《送赵都护赴安西》,把青海、西掖、黄河、北凉贯穿起来:"青海连西掖,黄河带北凉。关山瞻汉月,戈剑宿胡霜。"①杜甫《送蔡希鲁都尉还陇右因寄高三十五书记》则把黄河、凉州联系起来:"汉使黄河远,凉州白麦枯。"②"河远麦枯,边地秋寒。高适在此,故欲问其消息。"? 寻着黄河一直向西,再向西,远到天边,远到要出"国门"了的广大区域,都是"凉州"。这也许正是唐人《凉州词》歌唱的境界了,著名的山水田园诗人孟浩然《凉州词》也要唱:"异方之乐令人悲,羌笛胡笳不用吹。坐看今夜关山月,思杀边城游侠儿。"③"黄河""凉州"相连成为一种地理感应、心灵感应的时候,"黄河远上白云间"便成为最为接地气的理想表达,即使王之涣真把它写成"黄沙直上白云间"了,最终也会修改。正如加里·斯耐德《空间里的位置:伦理、美学与分水岭》一书中所说:"普通的好文章就像一座花园。在那里,经过锄草和精细的栽培,其生长的正是你所想要的。你收获的即是你种植的,所谓种瓜得瓜,种豆得豆。然而真正的好文章却不受花园篱笆的约束。它也许是一排豆角,但也可能是几株罂粟花、野豌豆、大百合、美洲茶,以及一些飞进来的小鸟儿和

---

① 彭定求等《全唐诗》卷一一八,第 1196 页。
② 杜甫撰,仇兆鳌注《杜诗详注》卷三,第 238—240 页。诗题下原注:"时哥舒入奏,勒蔡子先归。"仇注:"《唐志》:'凉州为武威郡'。梦弼曰:'《陇西记》:诸州深秋采白麦酿酒。'钱笺:'陈藏器《本草》:河谓以西,白麦面凉。以其春种,关二时之气也。'顾炎武曰:'杜氏《通典》:凉州贡白小麦十石。'"
③ 彭定求等《全唐诗》卷三,第 1168 页。

黄蜂。这儿更具多样性,更有趣味,更不可预测,也包含了更深广得多的智力活动。它与关于语言和想象的荒野的连接,给了它力量……好文章是种'野生'的语言。"①

"鹦鹉""麝香"在陇上多见,在诗人的笔下,是具有地域色彩的代表性物种。杜甫在秦州写《山寺》:"麝香眠石竹,鹦鹉啄金桃。"②元稹乐府《有鸟》:"君不见隋朝陇头姥,娇养双鹦嘱新妇。"③在军事重镇的大背景下,时花小鸟与高山大河相映衬,所构成的文学景观,更加成为"塞上"风景中生命感的写照。文学地理研究追求"现场还原",诗人们的黄河舟行、河滨漫行,处处都呈现"还原"的"潜质"。在独特的文化背景下探索不朽的"精神遗存",揭示流淌着的唐诗之路"黄河"写意,正是"现场还原"的意义。

余　论

当代美国女哲学家苏珊·朗格将艺术看成人类情感的符号形式,她认为艺术所表现的情感不应是个人瞬间的情绪,而应该是人的"生命形式"。有一位《黄河》纪录片的编创者说,我们喝着黄河的水出生,我们拍着黄河的浪长大,"黄河"是母亲河,是中华民族的生命形式,是黄河唐诗之路的生命形式。"黄河之水天上来""黄河远上白云间""黄河入海流""黄河一带长""心共黄河水""黄河泻出纵横才""匹马黄河岸,射雕清霜天。""千里万里春草色,黄河东流流不息。""浩浩黄河水,东流长不息。"这些凝练的诗句中所包含的是写不尽的黄河文化特质,是写不尽的黄河之意。《旧唐书》卷三十八志第十八地理一:"王者司牧黎元,方制天下。列井田而底职贡,分县道以控华夷。虽《皇坟》《帝典》之

---

① [美]加里·斯耐德《空间里的位置:伦理、美学与分水岭》,转引自鲁枢元主编《自然与人文:生态批评学术资源库》(下册),学林出版社 2006 年版,第 992 页。
② 杜甫撰,仇兆鳌注《杜诗详注》卷七,第 572 页。
③ 元稹撰,周相录校注《元稹集校注》,上海古籍出版社 2011 年版,第 750 页。

殊涂,《禹贡》《周官》之异制,其于建侯胙土,颁瑞剖符,外凑百蛮,内亲九牧,古之元首,咸有意焉。然子弟受封,周室竟贻于衰削;郡县为理,秦人不免于败亡。盖德业有浅深,制置无工拙。殷、周未为得,秦、汉未为非。摭实而言,在哲后守成而已。谨详前代隆平之时,校今日耗登之数,存诸户籍,以志休期……今举天宝十一载地理。唐土东至安东府,西至安西府,南至日南郡,北至单于府。"①那么,可以换言之,高适、岑参过金城时,全国的地理大势正如《旧唐书》所记,以长安、洛阳、太原为西京、东都、北都的大唐王朝,黄河流域显然是国之中心重心。感受的真切,正在于"亲临"的可贵。从作者的描写中可知,金城关附近除了临河驿,还有金城北楼及其城墙,这些设置成为金城关安全顺畅的保证。

沧海桑田,斗转星移。新世纪初,兰州人在昔日的金城关遗址上设计修建了金城关仿古建筑群,命名为"金城关文化风情园"。金城关文化风情园背靠悠悠白塔,俯瞰滔滔黄河。依山而建的建筑群与碑林、白塔山公园、中山桥等浑然一体。这里集聚有兰州彩陶博物馆、兰州非物质文化遗产陈列馆和中国秦腔博物馆等文化产业,园内能看到"白塔层峦""五泉飞瀑""河楼远眺""古刹晨钟"等古景浮雕展示。美国布朗大学地球、环境和行星科学教授劳伦斯·C.史密斯《河流是部文明史》,探讨自然如何决定文明兴衰与人类未来,指出河流是这个星球的主宰,也是人类赖以生存的根本,他说:"一代又一代人,不假思索地依傍河流而生。河流就在那里,是一道宜人的风景线,也能提供一些有限但必需的价值。河流带来了渔业,灌溉了水利王国,提供了探索大陆的航道,催化了工业进程,净化了污染,制造了电力,开垦了干涸的土地,冷却了发电厂,激发了环保和技术运动,创造了发展房地产的机遇,安抚了紧张焦虑的都市情绪。从任何一代人的角度来看,河流的价值都显而易见,且有实际效益,甚至有些平淡无奇。只有从长远来看,才能体会到河流对人类文明的基础性作用。"②

---

① 刘昫等《旧唐书》卷三八,中华书局 1975 年版,第 1393 页。
② 劳伦斯.C.史密斯《河流是部文明史》,周炜乐译,中信出版社集团 2022 年版,第 326 页。

的确,河流是一部文明史,河流所系起的诗歌之路源远流长,唐诗所连接起来的黄河歌唱绵延悠长。被誉为中国古代第一部文言纪实小说总集的《太平广记》录有唐代李玫《纂异记》中的一则故事:

> 陈季卿者,家于江南。辞家十年,举进士,志不能无成归,羁栖辇下,鬻书判给衣食。常访僧于青龙寺,遇僧他适,因息于暖阁中,以待僧还。有终南山翁,亦伺僧归,方拥炉而坐,揖季卿就炉……东壁有《寰瀛图》,季卿乃寻江南路,因长叹曰:"得自谓泛于河,游于洛,泳于淮,济于江,达于家,亦不悔无成而归。"翁笑曰:"此不难致。"乃命僧童折阶前一竹叶,作叶舟,置图中渭水之上,曰:"公但注目于此舟,则如公向来所愿耳。然至家,慎勿久留。"季卿熟视久之,稍觉渭水波浪,一叶渐大,席帆既张,恍然若登舟。始自渭及河,维舟于禅窟兰若,题诗于南楹,云:"霜钟鸣时夕风急,乱鸦又望寒林集。此时辍棹悲且吟,独向莲花一峰立。"明日,次潼关,登岸,题句于关门东普通院门,云:"度关悲失志,万绪乱心机。下坂马无力,扫门尘满衣。计谋多不就,心口自相违。已作羞归计,还胜羞不归。"自陕东,凡所经历,一如前愿。旬余至家,妻子兄弟,拜迎于门。夕有《江亭晚望》诗,题于书斋云:"立向江亭满目愁,十年前事信悠悠。田园已逐浮云散,乡里半随逝水流。川上莫逢诸钓叟,浦边难得旧沙鸥。不缘齿发未迟暮,今对远山堪白头。"此夕谓其妻曰:"吾试期近,不可久留"。即当进掉,乃吟一章别其妻云:"月斜寒露白,此夕去留心。酒至添愁饮,诗成和泪吟。离歌栖凤管,别鹤怨瑶琴。明夜相思处,秋风吹半衾。"将登舟,又留一章别诸兄弟云:"谋身非不早,其奈命来迟。旧友皆霄汉,此身犹路歧。北风微雪后,晚景有云时。惆怅清江上,区区趁试期。"一更后,复登叶舟,泛江而逝。兄弟妻属,恸哭于滨,谓其鬼物矣。一叶漾漾,遵旧途至于渭滨,乃赁乘,复游青龙寺,宛然见山翁拥褐而坐。季卿谢曰:"归则归矣,得非梦乎?"翁笑曰:"后六十日方自知。"而日将晚,僧

尚不至。翁去，季卿还主人。后二月，季卿之妻子，赍金帛，自江南来，谓季卿厌世矣，故来访之。妻曰："某月某日归，是夕作诗于西斋，并留别二章。"始知非梦。明年春，季卿下第东归，至禅窟及关门兰若，见所题两篇，翰墨尚新。后年季卿成名，遂绝粒，入终南山去。（出《慕异记》）[1]

"家于江南"的陈季卿作梦要西上黄河，写成一条诗歌之路，而当今的中国大地，交通发达，网络便利，舟行水运，航空地铁，东西连动，南北贯通，轻而易举就能实现陈季卿般的梦想，必将谱写出新时代的诗歌之路。

[作者简介]杨晓霭，兰州理工大学教授、原文学院院长兼国际教育学院院长。

---

[1] 李昉等编《太平广记》卷七四，中华书局1961年版，第462—463页，标点为笔者所加，《慕异记》当为《纂异记》。

唐代大庾岭诗路的文学渊源[*]

吴 强

摘 要：大庾岭道自古是中国南北交通中的重要通道。从唐代开始，受大庾岭交通方式、地理环境以及地域文化之影响，许多文人过往大庾岭时容易创作诗歌，使之成为唐代较有代表性的诗路，其诗歌创作现象十分值得探讨。唐前期相关作品表明，大庾岭诗歌创作现象并非突然出现，而是受到更早的文学作品影响。经考证，发现魏晋南北朝时期文学作品中，存在一批与大庾岭相关的作品，这些作品呈现出与主流文学高度一致的嬗变轨迹，同时又明显受到大庾岭地域特征的影响。通过深入文本，发现陆机、谢灵运、江总等名家作品的创作范式、审美空间、文学意象等皆对唐代大庾岭诗歌创作产生了较深刻的影响。

关键词：唐诗之路 大庾岭 文学渊源

大庾岭山脉位于江西赣州与广东韶州交界处，是中国古代"南方五岭"之一，自古被视为中原的南方边界，而位于其中的交通孔道，一直是沟通中原与岭南的要道，尤其自唐代张九龄开大庾岭驿道以对接海上丝绸之路，此处南北沟通作用日益凸显，逐渐成为古代南北交通最为重要的通道。明代丘浚《唐丞相张文献公开凿大庾岭碑阴记》说："兹路既开，然后五岭以南之人才出矣，财货通矣，中朝之声教日远矣，遐陬之风俗日

---

* 基金项目：本文是江西省高校人文社会科学基金项目"唐宋江西赣石流域诗词研究"（项目编号ZGW21105）阶段成果。

变矣。"①大庾岭的开通,不仅让大量商人借此路贩运商货,更让大量文人通过此路将中原声教与儒家文化传播至南方,于是大庾岭开始频繁出现在唐人的诗歌作品中。可以说,大庾岭是唐代较有代表性的一条诗路。然而至今为止,对于大庾岭诗路的文学渊源、发展与嬗变,文人活动与诗歌创作机制等问题,仍然是不清楚的,需要从头开始梳理。

一、大庾岭诗路概念及历史空间

首次正式提出大庾岭唐诗之路概念的,是卢盛江先生,其 2020 年 3 月 2 日在《光明日报》发表《大庾岭与唐诗之路》,指出大庾岭在唐代五岭交通中的特殊地位以及唐代文人至大庾岭便会作诗的特殊现象,认为大庾岭诗歌创作是值得研究的一种现象或重要问题。② 当然,关于大庾岭的诗歌创作现象,很早就被关注,也有一些成果,主要以基础文献整理和对诗歌的初步研究为主③,尚未涉及作品考证、诗歌源流、文人活动、创作机制等方面的深入探讨,总体而言,当前大庾岭诗路文学研究还较为薄弱。

既然要把大庾岭作为一条诗路来研究,首先就应对其空间范围及形成情况进行界定与讨论。否则无法判定相关作品归属,也无从谈诗路的形成。可以肯定,大庾岭诗路的空间不能等同于一座山岭,或者是张九龄重开的驿道,而应是一条路线,当唐人进入这一条路线,就自然

---

① 丘浚《唐丞相张文献公开凿大庾岭碑阴记》,朱逸辉等校注《琼台诗文会稿》卷十七,内蒙古人民出版社 2002 年版,第 989 页。
② 卢盛江《大庾岭与唐诗之路》,《光明日报》2020 年 3 月 2 日第 13 版。
③ 大庾岭诗歌整理主要有王朝安、王集门《梅岭诗选》(河南人民出版社 1988 年版),广东省南雄县文联《南雄诗词选》(广东高等教育出版社 1990 年版),黄林南《赣南历代诗文选》(江西人民出版社 2013 年版)等,所收大庾岭唐代诗歌皆 20 首左右。文学研究论文主要有吴强《大庾岭禅宗公案的文字演变及其意义》(《宁夏社会科学》2019 年第 4 期),《大庾岭地域文化研究中的相关问题》(《韶关学院学报》2019 年第 1 期),胡泰斌《历代文人题大庾岭诗题材特征管窥》(《广西社会科学》2017 年第 3 期),林瑞生《〈开凿大庾岭路序〉作者问题析疑》(《南昌大学学报》(人文社会科学版)1990 年第 3 期)等。

而然的感知或联想到大庾岭文化,并进行相应的创作。是以大庾岭诗路空间应属于感觉文化区概念范畴①,要界定其空间,就应返回到唐人的视角,看当时人是如何看待这一区域的。经考察,大庾岭唐诗之路空间范围当以万安赣石至始兴浈江流域为宜,交通路线则包括该区域内所有可跨越南北的道路,如大庾岭驿道、信丰乌迳道、小庾岭道及其他孔道。② 通过考察相关作品,会发现从唐代开始,进入该区域的文人往往容易进行诗歌创作,随着大庾岭过往文人逐渐增多,相关纪行或唱和作品亦越多,逐渐形成一条诗路。若进一步深入文本分析,亦能发现这一特殊现象主要受两大因素的影响。

第一,地理山川因素。唐代前往岭南的文人,交通上一般先由长江或玉山陆路进入赣江水系,然后一路溯江而上可直达大庾岭脚下,此时需要换成车马或徒步翻越大庾岭,到达浈昌后,又换乘舟楫至岭南各地。正如余靖《韶州真水馆记》所云:"泝大江度梅岭,下真水至南海之东、西江者,唯岭道九十里为马上之役,余皆篙工楫人之劳。"③这一路线交通有两个地点极易被文人关注,一是从万安至虔州的险滩,因水道多巨石,唐代称之为"赣石"。这片水域是唐代著名的险滩,《唐国史补》记载:"蜀之三峡、河之三门、南越之恶溪、南康之赣石,皆险绝之所"④,正是由于赣石过于危险,一路畅行的文人历经此处险滩时,往往会赋诗纪行,如孟浩然《下赣石》云:"赣石三百里,沿洄千嶂间。"⑤又有杜甫《龙门阁》诗云:"饱闻经瞿塘,足见度大庾。"⑥杜甫此诗即是《唐国史补》唐人险地观念的体现,同时也是唐人把赣石空间认同为大庾岭空间的典型体现。第二个容易被文人关注的地点就是大庾岭,一方面,文人

---

① 感觉文化区指以人们对文化特质的共同体认为判定依据的一种意识区域。可参看张伟然《中古文学的地理意象》,中华书局 2014 年版,第 4—5 页。
② 关于大庾岭唐诗之路空间范围的界定,所涉内容较多,将另撰文论证。
③ 余靖《武溪集》卷五,《北京图书馆古籍珍本丛刊》,书目文献出版社 1998 年版,第 85 册,第 81 页。
④ 李肇《唐国史补》卷下,中华书局 1991 年版,第 161—162 页。
⑤ 佟培基笺注《孟浩然诗集笺注》卷中,上海古籍出版社 2013 年版,第 257 页。
⑥ 仇兆鳌注《杜诗详注》卷九,中华书局 1979 年版,第 715 页。

到达大庾岭后需弃舟登山,交通方式的骤然改变会对文人创作产生刺激;另一方面,大庾岭的山体环境中的各类南方物象,也会激发诗人的创作欲望。且看宋之问《早发大庾岭》:

> 晨跻大庾险,驿鞍驰复息。雾露昼未开,浩途不可测。
> 嶙起华夷界,信为造化力。歇鞍问徒旅,乡关在西北。
> ......
> 春暖阴梅花,瘴回阳鸟翼。含沙缘涧聚,吻草依林植。①

通过此诗可以看到,诗人至大庾岭换乘了车马,而在攀登过程中,大庾岭的山体、晨雾、梅花、飞鸟、溪涧、含沙、毒草、山林等让诗人感觉到艰难与危险的地理环境要素皆成为诗人创作的内容。

第二,文化因素。如果说大庾岭的交通方式与地理环境是激发文人创作的外在因素,那么大庾岭所蕴含的文化意义则是驱动文人创作的内在因素。相关文学作品显示,大庾岭有两方面的文化意涵会被行旅至此的文人强烈感受到。其一,中原南方边界。在唐人作品中,大庾岭的边界性被反复表现。如宋之问诗云:"度岭方辞国,停轺一望家"②,张说诗云:"岭路分中夏,川源得上流"③。唐人认为大庾岭就是华与"夷"的分界,度过了大庾岭就如同离开了国家。而事实上,大唐帝国行政意义上的南界并非大庾岭,这一现象属于文化意义上的界定与认知。其二,庾岭梅花。梅花是唐代大庾岭作品中最常出现的题材,可以说,梅花已经成为大庾岭最具代表性的物象,故而唐人在作品中赋予了大庾岭梅花"南物""早春""寄远""南北枝"等丰富的文化内涵,如李白诗"目极何悠悠,梅花南岭头"④,杜甫诗"汉节梅花外,春城海水边"⑤,白居易诗"庾岭

---

① 陶敏、易淑琼校注《沈佺期宋之问集校注·宋之问集》卷二,中华书局 2001 年版,第 429 页。
② 陶敏、易淑琼校注《沈佺期宋之问集校注·宋之问集》卷二,第 428 页。
③ 熊飞校注《张说集校注》卷九,中华书局 2013 年版,第 452 页。
④ 王琦注《李太白全集》卷一三,中华书局 2011 年版,第 577 页。
⑤ 仇兆鳌注《杜诗详注》卷一一,第 928 页。

梅花落歌管,谢家柳絮扑金田"①,李峤诗"大庾敛寒光,南枝独早芳"②,等等。可见在唐代,大庾岭梅花已经成诗歌中的经典意象并被广泛传播,成为来到大庾岭的文人无法避开的文化符号。

以上是对唐代文人至大庾岭为何易于作诗的分析。当然,大庾岭唐诗之路的形成还有着更为宏大的背景,与大庾岭交通地位的提升、南北交流的繁荣以及著名文人的带动效应等因素是分不开的。卢盛江先生指出大庾岭是一条贬谪诗路,从相关作品来看,唐代大庾岭诗歌正是由神龙年间宋之问、沈佺期、房融等一批贬谪文人的群体创作带动兴起,《旧唐书》载:"之问再被窜谪,经途江、岭,所有篇咏,传布远近"③,可见宋之问等谪臣对大庾岭诗路的带动效应。然而,仍需追溯的是,文人到大庾岭作诗以及初盛唐诗歌作品对大庾岭"华夷之界""早春"等观念和南方典型意象的表达是突然产生的吗?在唐代之前,有没有文人来过大庾岭并留下作品呢?事实上,在很多大庾岭诗歌中,都能找到对文学传统的继承,宋之问《题大庾岭北驿》云:"阳月南飞雁,传闻至此回"④,孟浩然《洛中访袁拾遗不遇》云:"闻说梅花早,何如北地春"⑤,从这些诗句中,可明显感受到诗人对大庾岭的认知来自于更早的文学观念。要厘清大庾岭唐诗之路的形成与嬗变,更需向前追溯其文学渊源。

二、早期"五岭"与庾岭诗中的边塞意象

当以"大庾岭"或其别名"梅岭"查找历代文学作品,可发现此类作品最早出现在唐代。但需注意的是,大庾岭名称的出现也较晚,现在可

① 谢思炜校注《白居易诗集校注·外集》卷上,中华书局 2006 年版,第 2886 页。
② 徐定祥注《李峤诗注》卷四,上海古籍出版社 1995 年,第 232 页。
③ 刘昫等《旧唐书》卷一九〇,中华书局 1975 年版,第 5025 页。
④ 陶敏、易淑琼校注《沈佺期宋之问集校注·宋之问集》卷二,第 427 页。
⑤ 佟培基笺注《孟浩然诗集笺注·宋本集外诗》,第 535 页。

以找到最早出现"大庾岭"名称的文献是《南康记》,其中有"南野县大庾岭三十里至横浦"①的记载,而《南康记》是南北朝时期的地志。当然,作为自然地理空间,大庾岭亘古存在,在"大庾岭"名称之前,这片地域亦有其他名字称之,如"塞上岭""五岭""岭表""南埜"等,其中使用最多的当属"五岭"。尽管后人对"五岭"的理解出现分歧并具化为南方的五座山岭,但从关于"五岭"的记载与文学作品来看,大多数的空间指向就是大庾岭,故有学者提出,"五岭"之名最开始所指的地理空间就是大庾岭②。因此,当以这些名称来查找汉魏六朝时期的作品,就能发现大庾岭这片空间早已悄然进入了文人的作品当中。

最早出现"五岭"的作品是东汉王逸的楚辞《九思》,其云:"迫中国兮迮狭,吾欲之兮九夷。超五岭兮嵯峨,观浮石兮崔嵬",并自注"五岭":"将之九夷,先历五岭之山,言艰难也",注"浮石":"东海有浮石之山"。③ 这首作品有一定的迷惑性,首先作品里明确出现了"五岭"名称,且此地名兼有分隔"中国"的边界属性,与大庾岭很相似;其次王逸曾为豫章太守,其作品出现"五岭"是有可能的。然而细玩辞意,此五岭应在中原与九夷之间,而九夷的大致地理范围应在中国东部海岱地区④,且王逸自注中亦清楚注明九夷观浮石的地点在东海,故此"五岭"非"南方五岭",此作品亦不当成为大庾岭的相关作品。

真正可以明确出现大庾岭地理空间的作品,是西晋陆机的两首诗作,其一为《从军行》:

> 苦哉远征人,飘飘穷四遐。南陟五岭巅,北戍长城阿。
>
> 深谷邈无底,崇山郁嵯峨。奋臂攀乔木,振迹涉流沙。
>
> 隆暑固已惨,凉风严且苛。夏条焦鲜藻,寒冰结冲波。

---

① 司马迁《史记》卷一一三司马贞《索隐》引《南康记》,中华书局 1959 年版,第 9 册,第 2969 页。
② 周宏伟《"五岭"新解》,《湘南学院学报》2014 年第 4 期。
③ 王逸《九思》,黄灵庚点校《楚辞章句》卷一七,上海古籍出版社 2017 年版,第 373—374 页。
④ 袁洪流《"子欲居九夷"考——东汉人视野下的九夷》,《中国文化研究》2013 年第 2 期。

> 胡马如云屯，越旗亦星罗。飞锋无绝影，鸣镝自相和。
>
> 朝食不免胄，夕息常负戈。苦哉远征人，抚心悲如何。①

在这首诗里也出现了"五岭"这一称谓，那么此"五岭"是否就是指大庾岭呢？此诗为陆机创作的一首乐府诗，主要是描写远征边塞的行旅之苦。诗云"南陟五岭巅，北戍长城阿"，可知诗中"五岭"是与长城相对的南方边塞。陆机此句亦有出处，在《史记》中就有（秦）"北有长城之役，南有五岭之戍"②的记载，而诸多材料表明，秦始皇所戍五岭，主要就是在大庾岭。在当时，大庾岭是与北方长城相对应的南方边塞，故当时的大庾岭又有"塞上"之称③。陆机这首诗，首次将大庾岭带入了文学空间，诗中对深谷、乔木、隆暑、鲜藻、越旗的描写，构建了南方边塞的典型意象。

《赠顾交趾公真诗》是陆机另一首出现大庾岭的作品：

> 顾侯体明德，清风肃已迈。发迹翼藩后，改授抚南裔。
>
> 伐鼓五岭表，扬旌万里外。远绩不辞小，立德不在大。
>
> 高山安足凌，巨海犹萦带。惆怅瞻飞驾，引领望归斾。④

此诗为陆机送友人至岭南任官的送行诗，诗中"五岭"作为一个重要地理节点，被诗人看作是朋友"抚南裔"的起点，而"伐鼓""扬旌"则说明"抚南裔"是要采用征战的方式，故"五岭"在诗中仍然是体现其"边塞"文化意涵。若将此诗与《从军行》联系起来看，会发现两首诗皆在表现大庾岭与军事的关系，这恰恰反映了大庾岭早期作为南方边塞被开发利用的历史事实。

---

① 杨明校笺《陆机集校笺》卷六，上海古籍出版社 2016 年版，第 1 册，第 343 页。
② 司马迁《史记》卷八九，中华书局 1959 年版，第 8 册，第 2573 页。
③ 司马迁《史记》卷一一三，中华书局 1959 年版，第 9 册，第 2969 页。
④ 杨明校笺《陆机集校笺》卷五，第 1 册，第 271 页。

陆机这两首作品将大庾岭首次带入到文学空间,并构建了大庾岭"南方边塞"的文学意象,在唐代大庾岭作品中,这一意象被反复构建与表达。如卢照邻《梅花落》诗云:"梅岭花初发,天山雪未开"①,《梅花落》本就是北方边塞曲,而诗人以梅岭花和天山雪做比较,取其南北边塞之意十分明显,与陆机《从军行》异曲同工。此外,唐代大庾岭诗歌作品着意构建"南界""遥远""边戍""岭海""瘴疠""炎蒸""鹧鸪"等意象,皆带有着强烈的南方地域色彩和边塞意识,与北方边塞诗意象形成了鲜明对比,溯其渊源,陆机这两首作品无疑是大庾岭"边塞"意象之滥觞。

三、水陆交通与山水审美空间开拓

　　在陆机、潘岳等所引领的"太康诗风"之后,玄言诗兴起,文人开始热衷于玄学和清谈,此类以玄理入诗的作品"理过其辞,淡乎寡味"②。在这一背景下,文人开始创作山水诗,一定程度上扭转了玄言诗发展的趋势。范文澜指出:"写山水诗起自东晋初庾阐诸人"③。庾阐是东晋山水诗的代表人物,而在他的诗赋中就有涉及大庾岭的作品。

　　庾阐最著名的作品当属让建业纸贵的《扬都赋》,此赋今已散佚,但在《艺文类聚》中,还保留有部分文字。在这些文字中,就出现了大庾岭:

　　　　于是乎源泽浩瀁,林阜隐荟,彭蠡吞江,荆牙吐濑,赴三峡之隘,洞九川之会,泮五岭而分流,鼓沱潜而碎沛。④

---

①　彭定求等《全唐诗》卷一八,中华书局 1960 年版,第 197 页。
②　钟嵘《诗品序》,曹旭注《诗品集注》,上海古籍出版社 1994 年版,第 24 页。
③　范文澜《文心雕龙注》卷二,人民文学出版社 1958 年版,第 92 页。
④　汪绍楹校《艺文类聚》卷六一,上海古籍出版社 1999 年版,第 1109 页。

这段文字主要是描写南方水脉,郦道元《水经注》多处征引这几句话来说明五岭水系情况。赋中所云"彭蠡吞江""五岭分流"就是指赣江水系,赣江由发源于大庾岭的章贡二水合流而成,向北流入鄱阳湖后又汇入长江。庾阐此赋意在描绘国家山川画卷,这段文字把大庾岭地理空间与中原联系了起来,大庾岭不再是陆机笔下遥远的南方边塞,而是国家水路交通的重要组成部分。

除了《扬都赋》,庾阐还有一首山水诗也写到了大庾岭,即《衡山诗》,诗云:

> 北眺衡山首,南睨五岭末。寂坐挹虚恬,运目情四豁。
> 翔虬凌九霄,陆鳞困濡沫。未体江湖悠,安识南溟阔。①

此诗虽名衡山,却非现代地理意义的衡山。诗的首联就说,北眺为衡山,南睨为五岭,可知此诗创作地点当在衡山与五岭之间。《晋书·庾阐传》记载庾阐曾出补零陵太守②,零陵正处于衡山之南,五岭之西北,庾阐此诗极可能就作于此任上。庾阐既非在衡山,且在诗中又吟咏五岭,为何称之为《衡山诗》呢?这其实是传达了当时人对南方山岳的地理认知,颜师古曾注"五岭"云:"领者,西自衡山之南,东穷于海,一山之限耳。"③从颜氏注文可知,古人认为从大庾岭向西蜿蜒至衡山,向东绵延至海,其实就是一座分隔南北的山脉,庾阐《衡山诗》正是对古人这一地理观念的文学表达,并构建起大庾岭与衡山在文学空间上的紧密联系。

在唐代大庾岭诗歌中,绝大多数作品都有对山水风光的描写。这一方面是因为大庾岭通道本就由山路与水道组成,山水要素自然容易成为过往文人的主要审美对象和诗歌题材。另一方面,庾阐的诗歌亦对唐代大庾岭山水创作产生影响。如唐代阎朝隐《度岭》:"岭南流水岭

---

① 逯钦立辑校《先秦汉魏晋南北朝诗·晋诗》卷一二,中华书局 2006 年版,第 874 页。
② 房玄龄等《晋书》卷九二,中华书局 1974 年版,第 8 册,第 2385 页。
③ 班固《汉书》卷三二,中华书局 1962 年版,第 7 册,第 1832 页。

南流,岭北游人望岭头。"①李德裕《谪岭南道中作》:"岭水争分路转迷,桄榔椰叶暗蛮溪。"②李绅《逾岭峤止荒陬抵高要》:"岭上泉分南北流,行人照水愁肠骨。"③这些诗歌都表现了庾阐《扬都赋》"泮五岭而分流"之景象。对庾阐《衡山诗》文学空间观念的继承则更多,唐代大庾岭诗歌作品有一个特殊的现象,经常会将大庾岭与衡岳、湘水合并创作,如沈佺期《遥同杜员外审言过岭》(《国秀集》又名《遥同杜五过庾岭》):"南浮涨海人何处,北望衡阳雁几群。"耿湋《岳祠送薛近贬官》:"遥思桂浦人空去,远过衡阳雁不随。度岭梅花翻向北,回看不见树南枝。"这些作品皆体现了自衡山至庾岭乃为一岭的空间观念。

四、迁谪之路与庾岭贬谪诗歌范式

如果说庾阐是山水诗的先驱,那么谢灵运则将山水诗推向了顶峰,其作品对当时玄言诗风的转变产生了巨大的影响。在谢灵运的山水作品中,就有两首专门写大庾岭,分别为《岭表赋》和《岭表》诗。顾绍柏考证这两首作品作于元嘉十年(433)谢灵运流放广州途中,应是。《宋书·谢灵运传》记载:"陈太祖知其见诬,不罪也。不欲使东归,以为临川内史,加秩中二千石,在郡游放,不异永嘉……可降死一等,徙付广州。"④谢灵运因得罪会稽太守孟𫖮,调任临川太守,至临川后再次被人弹劾,告他谋反,故被流放广州。那么谢灵运这两首作品是作于流放途中的哪个地点呢? 这从作品内容就可以判断,其《岭表赋》曰:

> 见五溇之东写,睹六水之南挥,□灵海之委输,孰石穴之永归。

---

① 陈尚君辑校《全唐诗补编·补全唐诗》,中华书局 1992 年版,第 11 页。
② 傅璇琮、周建国校笺《李德裕文集校笺·别集》卷四,中华书局 2018 年版,第 602 页。
③ 卢燕平校注《李绅集校注》,中华书局 2009 年版,第 110 页。
④ 沈约《宋书》卷六七,中华书局 1974 年版,第 6 册,第 1777 页。

若乃长山款跨,外内乖隔,下无伏流,上无夷迹,麕兔望冈而旋归,鸿雁睹峰而反翮。既陟麓而践坂,遂升降于山畔。顾后路之倾巇,眺前磴之绝岸。看朝云之抱岫,听夕流之注涧。罗石棋布,怪谲横越。非山非阜,如楼如阙。斑采类绣,明白若月。萝蔓绝攀,苔衣流滑。①

其《岭表》诗曰:

照涧凝阳水,潜穴□阴□。
虽知视听外,用心不可无。②

从内容可以看出,无论是赋作还是诗,都是在描写登山景象。谢灵运从临川出发往广州,取大庾岭路最为便捷,先由赣江至大庾岭,翻过大庾岭后入浈水,可由水路至广州,整条路线唯有大庾岭需要弃舟登山,故赋作中的高山只可能是大庾岭。此外,赋云"长山款跨,外内乖隔",这又与大庾岭的自然与文化属性十分吻合,所谓"长山款跨"即指大庾岭乃连绵不绝的山脉,即庾阐《衡山诗》中"一山之限"的意涵;而"外内乖隔",则明显化用淮南王刘安向汉武帝描述大庾岭"天地所以隔外内也"之语③。所以,谢灵运《岭表赋》与《岭表》诗为大庾岭作品当无疑。

谢灵运的这两首作品,在其众多作品中并不突出,亦未得到学者太多关注。但对于考察大庾岭地域发展及其文学流变具有重要意义,主要表现在两个方面:

(一) 推动了大庾岭山水文学的进程

在《岭表赋》中,谢灵运对大庾岭的景观有精彩的描绘。如有登顶

---

① 顾绍柏校注《谢灵运集校注》,中州古籍出版社 1987 年版,第 371 页。
② 顾绍柏校注《谢灵运集校注》,第 202 页。
③ 班固《汉书》卷六四,中华书局 1962 年版,第 9 册,第 2781 页。

大庾岭后的描写,"见五溇之东写,睹六水之南挥",诗人以第一视角展示所见景观,"五溇"和"六水"即为岭之南北水系,在诗人笔下呈现出气势磅礴的景象。有对大庾岭整体景观的描写,"若乃长山款跨,外内乖隔,下无伏流,上无夷迹",为读者展现出一座绵延不绝的山脉,将陆地分隔开来。有大庾岭近景的描写,"顾后路之倾巇,眺前磴之绝岸。看朝云之抱岫,听夕流之注涧。罗石棋布,怪谲横越。非山非阜,如楼如阙。斑采类绣,明白若月。萝蔓绝攀,苔衣流滑",在谢灵运的笔下,大庾岭是绝美的,朝云环绕山峰,流水汇成溪涧,岩石星罗棋布、姿态万千,石上青苔流滑,萝蔓绝攀,真是一派原始的大山景象。然而,在这绝美的自然景观描写中,似乎又透出一种不同寻常的气氛,往后是倾斜的山峰,往前是绝壁山崖,所见的石头怪谲横越,这些描写实为作者心境的体现,表现出对前途的担忧,对前往岭南的恐惧。谢灵运本就是山水写作的大师,其对景物的描摹细致入微,善于揣摩景物特点,通过对文字的"雕琢",恰如其分的融入其主观色彩,使得景物既呈现出多变的姿态,体现作者内心情感,却又不失其自然之色。可以说,《岭表赋》较好的展现了谢灵运的创作特点,对大庾岭的风光刻画极致传神,是当之无愧的山水佳作,对唐代大庾岭山水诗的发展有重要的影响。

(二) 开大庾岭贬谪文学之先河

贬谪文学是唐代大庾岭诗路的主旋律,谢灵运的两首作品无疑是大庾岭贬谪文学的开山之作,且对唐代相关诗歌的创作产生了重要影响。其影响有三:

第一,成为大庾岭贬谪诗歌中的典故被引用。谢灵运在过大庾岭后不久即被弃市,但却是因为其到达广州后密谋劫囚之事败露,才被处以极刑[①]。所以,谢灵运翻越大庾岭时仍是以谪臣的身份与心情创作

---

① 张小夫《谢灵运流放广州时间及死因考》,《兰州学刊》2005 年第 3 期。

的诗赋。唐代张子容写诗给赣县好友袁瓘云："山绕楼台出，溪通里闬斜。曾为谢客郡，多有逐臣家。"①赣县就在大庾岭之北，此诗说的就是谢灵运曾被贬谪至大庾岭的旧事，而"多有逐臣家"则表明了唐人对谢灵运过大庾岭时贬谪身份的认同。

第二，形成了大庾岭贬谪诗典型意象。赋云："麏兔望冈而归，鸿雁睹峰而回"，说麏兔、鸿雁看到大庾岭就要返回，似在描述一种自然的现象，其实，这是诗人将自然现象拟人化的一种表现手法，意在表现大庾岭的高绝与偏远，至于这种现象是否真实存在，已经不重要了。谢灵运对自然物象进行人格化的重新塑造，赋予其独特的文化寓意，以表达贬谪之人眷恋思归这一更深层次的精神内涵，塑造了"庾岭回雁"的典型意象，被后世作品不断化用与效仿。如宋之问《题大庾岭北驿》"阳月南飞雁，传闻至此回"②，所谓"传闻"，恐怕即来自谢赋。此外，张九龄《二弟宰邑南海见群雁南飞因成咏以寄》"为我更南飞，因书至梅岭"③，刘长卿《送李秘书却赴南中》"独逢回雁去，犹作旧行飞"④，这些作品皆援引或化用了"回雁"之意象。

第三，形成了大庾岭贬谪文学的一种写作范式。谢氏《岭表赋》有很清晰的逻辑结构，即先以大庾岭横断南北之景象起兴，表现大庾岭为"国之边界"这一文化象征，继而构建"望归""回雁"等贬谪意象，最后描写登山景致。在唐代大庾岭作品中，这种写作范式屡见不鲜。且看沈佺期《遥同杜员外审言过岭》：

> 天长地阔岭头分，去国离家见白云。
> 洛浦风光何所似，崇山瘴疠不堪闻。
> 南浮涨海人何处，北望衡阳雁几群。
> 两地江山万馀里，何时重谒圣明君。⑤

---

① 彭定求等《全唐诗》卷一一六，第 1176 页。
② 陶敏、易淑琼校注《沈佺期宋之问集校注·宋之问集》卷二，第 427 页。
③ 熊飞校注《张九龄集校注》卷四，第 328 页。
④ 储仲君笺注《刘长卿诗编年笺注》，中华书局 1996 年版，第 509 页。
⑤ 陶敏、易淑琼校注《沈佺期宋之问集校注·沈佺期集》卷二，第 85 页。

试析此诗创作结构，不难发现与谢赋的相似之处，同样是以岭分南北起兴，紧接着开始构建"瘴疠""回雁"等意象，与谢赋相比，只是弱化了对登山景观的描写。再看宋之问《度大庾岭（其一）》：

> 度岭方辞国，停轺一望家。
> 魂随南翥鸟，泪尽北枝花。
> 山雨初含霁，江云欲变霞。
> 但令归有日，不敢恨长沙。①

此诗仍然以大庾岭为"南方国界"起兴，接着构建"南翥鸟""北枝花"等贬谪意象，后又描写登山所见"山雨""江霞"等景观，与谢赋创作范式几乎完全一样。

五、行旅诗与庾岭古道人文景观

自东晋建都建康（南京），大庾岭因其交通与军事作用，与中原联系日益紧密，尤其随着萧氏在始兴的经营，陈霸先在庾岭的崛起，许多在当时文坛有重要影响的人物，都曾到过大庾岭。如"竟陵八友"中的范云、时称"阴何"中的阴铿，还有江总、柳恽等。与谢灵运不同的是，这些文人并非贬谪文人，而是因为任官、战乱等原因来到大庾岭并创作了相关作品，与陆机、庾阐对大庾岭的异地想象作品也不同，这些作品大多是描写自身所见所感，有典型的行旅特征。

范云是南齐萧子良集团的核心人物，与谢朓、沈约等人合称"竟陵八友"。这一批文学家是当时的文坛领袖，并致力于永明新体诗的尝试，为唐代格律诗的发展打下了基础。范云曾在始兴为官，颇有善政。

---

① 陶敏、易淑琼校注《沈佺期宋之问集校注·宋之问集》卷二，第 428 页。

《梁书·范云传》:"复出为始兴内史。郡多豪猾大姓,二千石有不善者,谋共杀害,不则逐去之。边带蛮俚,尤多盗贼,前内史皆以兵刃自卫。云入境,抚以恩德,罢亭候,商贾露宿,郡中称为神明。"①就在这次赴任过大庾岭途中,范云创作了一首诗歌,名为《酬修仁水赋诗》,诗云:

> 三枫何习习,五渡何悠悠。
> 且饮修仁水,不挹背邪流。②

此诗创作于修仁水,那么修仁水在何处?《元和郡县图志》:"有修仁水,出(始兴)县东北东峤山,仍有三枫亭、五渡水。齐范彦龙为始兴守,至修仁,酬水赋诗。"③东峤山即大庾岭,可知诗中修仁水、三枫、五渡皆为大庾岭南麓的地名。诗当为范云翻越大庾岭至修仁水所作。大庾岭俗传"经大庾则清秽之气分,饮石门则缁素之质变",吴隐之为广州刺史时,担心"越岭丧清",故至石门后,特意饮石门水,并赋诗明志云:"古人云此水,一歃怀千金。试使夷齐饮,终当不易心。"④或是受到吴隐之影响,亦或是对始兴"边带蛮俚,尤多盗贼"之政况已有风闻,当范云到达修仁水后,陡然听到"修仁"之名,颇合其心中所想,欣然赋下此诗,以明其志。范云诗风格明净,《诗品》称其诗"清便宛转,如流风回雪"⑤。《酬修仁水赋诗》同样体现了范诗之特点,诗风清新自然,声调婉转流畅,借山水抒发己志,气格警拔,兼具风骨,是范云较为成熟的作品,也是大庾岭文学作品中难得的佳作。

阴铿,梁、陈著名文学家、诗人,与何逊并称"阴何",阴铿亦曾到过大庾岭。关于阴铿生平,《陈书》《南史》有记载,皆较为简略。戴伟华、顾农、赵以武等学者都曾考证阴铿生平。其中赵以武据《隋书·经籍

---

① 姚思廉《梁书》卷一三,中华书局 1973 年版,第 1 册,第 230 页。
② 逯钦立辑校《先秦汉魏晋南北朝诗·梁诗》卷二,第 1551 页。
③ 贺次君点校《元和郡县图志》卷三四,中华书局 1983 年版,第 902 页。
④ 房玄龄等《晋书》卷九〇,中华书局 1974 年版,第 8 册,第 2341—2342 页。
⑤ 曹旭注《诗品集注》,第 312 页。

志》关于阴铿任"陈镇南司马"的记载,考定阴铿在 555 年至 559 年间,投靠广州刺史萧勃,后依欧阳頠,期间创作《游始兴道馆》诗。① 事实上,两晋南北朝时期,大庾岭地域道教颇盛,葛洪、许逊等著名道教人物都曾来此修行,晋末起兵大庾岭的卢循亦为天师道弟子。据《舆地纪胜》记载:"玲珑岩,在始兴县南,石峰平地,拔立奇秀,中旋一室,虚旷幽邃,古谓葛仙翁炼丹于此岩。"又有二仙坛:"在大庾岭,踞山巅,旧传刘许二仙烹炼于此,今有仙茅,惟近坛者妙。"②道光《广东通志·古迹畧》记载,始兴县古迹有始兴道馆。③ 阴铿《游始兴道馆》即是他过大庾岭后的一首行旅诗,描写了大庾岭地域的道观景观:

> 紫台高不极,清溪千仞馀。坛边逢药铫,洞里阅仙书。
> 庭舞经乘鹤,池游被控鱼。稍昏蕙叶敛,欲暝槿花疏。
> 徒教斧柯烂,会自不凌虚。④

这首诗描绘了诗人游始兴道馆的情景,诗歌对于景物刻画细致入微,体现了阴铿五言诗的特点。然而,阴铿作诗往往过于注重对辞藻的雕琢,导致视野不够开阔,缺乏对现实题材的反映,从这首诗中,我们看到的仅仅是一座道馆而已,难以获得更多时代背景的信息。

江总是南朝陈著名的文学家。《陈书·江总传》:"总第九舅萧勃先据广州,总又自会稽往依焉。梁元帝平侯景,征总为明威将军、始兴内史,以郡秩米八百斛给总行装。会江陵陷,遂不行,总自此流寓岭南积岁。"⑤从记载可知,萧勃为江总的九舅,适逢侯景之乱,江总赴广州依之,自此流寓岭南多年,期间还曾在始兴任官。江总有两首大庾岭相关作品,其一为《经始兴广果寺题恺法师山房诗》:

---

① 赵以武《阴铿生平考释六题》,《文学遗产》1993 年第 6 期。
② 王象之《舆地纪胜》卷九三,中华书局 1992 年版,第 2966—2967.
③ 阮元《广东通志》卷二三○,《续修四库全书》,上海古籍出版社 2002 年版,第 8 册,第 757 页。
④ 张帆、宋书麟校注《阴铿诗校注》,兰州大学出版社 1989 年版,第 22 页。
⑤ 姚思廉《陈书》卷二七,中华书局 1972 年版,第 2 册,第 345 页。

息舟候香埠,怅别在寒林。竹近交枝乱,山长绝径深。

轻飞入定影,落照有疏阴。不见投云状,空留折桂心。①

此诗当为江总取道大庾岭往返始兴时游历广果寺所作,陈寅恪曾据此诗考察六朝著名高僧真谛和智恺在始兴的译经活动②。广果寺是始兴地区的著名寺庙,唐代鉴真东渡失败后,曾取道大庾岭返回,期间至广果寺游历,《唐大和上东征传》载:(鉴真)"后巡游灵鹫寺、广果寺,登坛授戒。至浈昌县,过大庾岭,至虔州开元寺"③,可见广果寺处于大庾岭南部交通线上。此诗对广果寺景观描写细致,又融入了个人对佛理的感悟,使得整首作品颇具佛禅空灵意境,对唐代佛教诗歌的创作有深远的影响。江总另一首作品名《诒孔中丞奂诗》:

我行五岭表,辞乡二十年。闻莺欲动咏,披雾即依然。

畴昔同寮寀,今随年代改。借问藏书处,唯君故人在。

故人名宦高,霜简肃权豪。谁知怀九叹,徒然泣二毛。

步出东郊望,心游江海上。遇物便今古,何为不惆怅。

初晴原野开,宿雨润条枚。丛花曙后发,一鸟雾中来。

淹留兰蕙苑,吟啸芳菲晚。忘怀静躁间,自觉风尘远。

白社聊可依,青山乍采薇。钟牙乃得性,语默岂同归。④

诗开篇即云"我行五岭表,辞乡二十年",据《陈书·江总传》:"天嘉四年,以中书侍郎征还朝,直侍中省"⑤,知此诗当为江总还朝时作。从始兴返回建康,取大庾岭路最为便捷,故"五岭表"即指大庾岭,结合谢灵

---

① 逯钦立辑校《先秦汉魏晋南北朝诗·陈诗》卷八,第 2589 页。

② 陈寅恪《梁译大乘起信论伪智恺序中之真史料》,《金明馆丛稿二编》,三联书店 2015 年版,第147—149 页。

③ 汪向荣校注《唐大和上东征传》,中华书局 2000 年版,第 76 页。

④ 逯钦立辑校《先秦汉魏晋南北朝诗·陈诗》卷八,第 2580 页。

⑤ 姚思廉《陈书》卷二七,第 2 册,第 345 页。

运的作品,可见南北朝时,"岭表"已有代指大庾岭之意味。江总此诗,即是描写他行走在大庾岭时的所见所感。江总是南北朝"宫体诗"代表人物,作品多浮艳靡丽,然而其流寓在外的作品,却每有佳作,此诗即为其中之一,整首诗情感真挚,充满了对磨难生活的感悟与思考,诗人思想境界的升华在诗歌中得以体现。此外,这首作品还有一个显著特点,即与以往大庾岭作品"思归""惆怅"等主旋律不同,此诗表达的更多是欢快与超然,这当然是因为作者在长期流寓岭外后终能得以回朝,心情愉悦所致,故贬谪文人笔下的相同物象,在江总这里表达出截然不同的意涵。

南朝诗歌在陈后主的艳词声中缓缓落下帷幕,大庾岭文学的创作也在江总之后暂时告一段落。整个南北朝时期,行经大庾岭的文人愈加频繁,身份也愈加多样,有之任官员、流寓与游历文人等,他们创作的作品带有较强的行旅色彩,反映了当时大庾岭及南方区域的开发与文化传播情况。同时,这些作品也对唐代大庾岭诗歌的创作产生了较大影响。如范云《酬修仁水赋诗》,唐人作品中多用此典或化用诗句,钱起《送李大夫赴广州》:"唯君饮冰心,可酌贪泉水"[1],韦应物《送冯著受李广州署为录事》:"所愿酌贪泉,心不为磷缁"[2],李群玉《石门戍》:"人来皆望珠玑去,谁咏贪泉四句诗"[3]等。又如江总两首作品,其广果寺作品影响了唐代佛教诗歌的创作,宋之问《游韶州广果寺》:

> 影殿临丹壑,香台隐翠霞。巢飞衔象鸟,砌蹋雨空花。
> 宝铎摇初霁,金池映晚沙。莫愁归路远,门外有三车。[4]

若将此诗与江总作品作互文比较,可发现无论是句式结构还是景观意

---

① 王定璋校注《钱起集校注》卷二,浙江古籍出版社 2015 年版,第 68 页。
② 孙望编著《韦应物诗集系年校笺》卷八,中华书局 2002 年版,第 408 页。
③ 羊春秋辑注《李群玉诗集·后集》卷五,岳麓书社 1987 年版,第 126 页。
④ 陶敏、易淑琼校注《沈佺期宋之问集校注·宋之问集》卷三,第 550 页。

象,都十分相似,宋之问此诗可谓是从马总作品中脱胎而出。此外,沈佺期、房融、刘希夷、李群玉等过大庾岭后皆曾游历广果寺并创作诗歌。江总的另一首作品则对唐代从大庾岭北归文人的创作产生影响。如张说神龙元年(705)结束其贬谪生涯,取道大庾岭北返时创作了《喜度岭》,诗云:"见花便独笑,看草即忘忧"[①],与江总"闻莺欲动咏,披雾即依然"之语如出一辙。通过以上分析还可以看出,南北朝时曾被文人吟咏过的空间,在唐代则容易成为文人创作的空间对象,引发聚集效应,这是文学作品对后世创作的另一种影响表现。

通过考察唐前文人活动与文学创作,可对大庾岭唐诗之路的形成有更为深入的认识。唐代大庾岭诗歌创作受到其特有地理空间与文学观念的影响。唐初文人对大庾岭的文学观念也并非突然形成,而是来自更为久远的文学传承。纵观唐前大庾岭文学发展,从汉赋发展至新体诗,从边塞文学发展至山水、贬谪、行旅文学,大庾岭地域空间的文学演进呈现出与主流文学高度一致的嬗变轨迹,同时又明显受到大庾岭地域特征的影响。其文学空间形象不断丰满,创作题材不断丰富,诗歌类型不断分化,为后世大庾岭诗歌的发展奠定了基础。大庾岭作品肇始于两晋,发展于六朝,这是大庾岭地域文学形成和演变的阶段,也是唐代大庾岭诗路文学的渊源。

[作者简介]吴强,文学博士、赣南师范大学历史文化与旅游学院副教授。

---

① 熊飞校注《张说集校注》卷八,中华书局 2013 年版,第 371 页。

方之内外：上清宗师司马承祯与初盛唐文人修道群体

李建军

摘　要：司马承祯是初盛唐之际主流道派上清派的杰出代表，其《坐忘论》是宋元道教内丹学的理论先导，《服气精义论》阐述了较为成熟的以神驭气、服气长生的修炼法门，《天地宫府图》则促成了洞天福地体系的定型，同时他还开出上清派南岳天台系这一重要支系。司马氏在道教思想、道教炼养、道教地理、支系开创等方面都做出了重大贡献，成为一代宗师。司马氏还是一位文化名流，有精到的诗文、书画与音乐造诣。司马氏的宗师地位和精湛才艺使其成为"方外十友""仙宗十友"等修道文人群体的灵魂人物。司马氏以方外之人引领、聚合方内之士之举，对尚隐逸、游方外的时代风气有推波助澜之功，其与文人名士的交游唱和，乃是唐代文坛"方之内外"密切互动的经典案例，在文学史上值得关注。

关键词：司马承祯　方之内外　主流道派　修道群体

唐代是中国道教的黄金时代，司马承祯是初盛唐之际主流道派上清派的杰出代表，先后被武则天、唐睿宗、唐玄宗共五次征至京师，受到君王的极高礼遇，乃名副其实的国师级高道。同时，司马承祯又有精湛的艺文造诣，与陈子昂、宋之问、李白等文人名士皆有交游唱和，演绎出"方之内外"密切互动的精彩华章，对浙东唐诗之路的成型有关键影响，在文学史上有重要价值。关于司马承祯与浙东唐诗之路的关系，学界有相关研究,笔者亦有专文探讨①,此处不赘。关于司马承祯的道教造诣、艺文造诣,及其与文人学士的交游唱和,学界对相关专题皆有研究②,但绾合司马承祯道、文、艺之造诣进行综合探讨,并以此为基础分析"方之内外"互动之图景,尚不多见。笔者在现有研究基础上,力图有新的阐发。

一、上清宗师:司马承祯的道教贡献

司马承祯(公元 647—735 年)③,字子微,法号道隐,自号白云子、天台白云子、白云道士、中岩道士、赤城居士,河内温人(今河南温县)。司马承祯是初盛唐之际主要宗教(道教)之主要流派(茅山派)的杰出代表,是大唐道教的一代宗师,在道教思想、道教炼养、道教地理、支系开创等方面皆有重大贡献。

(一) 道教思想贡献:宋元内丹学的理论先驱

道教思想方面,司马承祯系统构建了运用坐忘之法以修道成仙的

---

① 徐永恩《司马承祯与天台山》,上海古籍出版社 2019 年版;林家骊、何玛丽《司马承祯及天台派道教对浙东唐诗之路的影响》,《浙江树人大学学报》(人文社会科学版)2021 年第 1 期;李建军《司马承祯与浙东唐诗之路关系考论》,载《唐诗之路研究》(第二辑),中华书局 2024 年版。

② 关于司马承祯的道教造诣,详参卿希泰《司马承祯的生平及其修道思想》(《宗教学研究》2003年第 1 期),张敬梅《司马承祯:从服气炼形到坐忘虚心》(华文出版社 2008 年版),吴受琚辑释《司马承祯集》之代序《论司马承祯》(社会科学文献出版社 2013 年版),王运飞《司马承祯道教思想研究》(中央民族大学 2011 年硕士论文),李明静《司马承祯道教思想研究》(郑州大学 2017年硕士论文)等;关于司马承祯的艺文造诣,详参张硕《司马承祯之身体美学研究》(苏州大学2013 年硕士论文),李裴《司马承祯的美学思想》(《中国道教》2003 年第 4 期),高平《论唐代高道司马承祯的文学创作》(载《唐诗之路研究》第二辑,中华书局,2024 年版)等;关于司马承祯与文人学士的交游唱和,详参葛晓音《从"方外十友"看道教对初唐山水诗的影响》(《学术月刊》1992 年第 4 期),胡旭《"方外十友"与盛唐文学》(《厦门大学学报》哲社版 2013 年第 1 期),高丽杨《"仙宗十友":盛唐气象的一个表符》(《中国道教》2014 年第 5 期),严胜英《司马承祯交游考——以"仙宗十友""方外十友"为中心》(《文化产业》2020 年第 36 期)等。

③ 详参朱越利《解读司马承祯传记》,《中国道教》2016 年第 4 期;陈国符《道藏源流考·三洞四辅经之渊源及传授》之《司马承祯传》,新修订版,中华书局 2014 年版,第 41—46 页。

理论框架，这集中体现于其所著《坐忘论》。全书按坐忘之法修道的七个阶段，分为《敬信》《断缘》《收心》《简事》《真观》《泰定》《得道》七篇，最后附以《坐忘枢翼篇》总括其要。《敬信篇》强调"信者道之根，敬者德之蒂。根深则道可长，蒂固则德可茂"①，引导修道者确立"敬信"心态，并开宗明义，提出"夫坐忘者，何所不忘哉！内不觉其一身，外不知乎宇宙，与道冥一，万虑皆遗"②。《断缘篇》指出修道就要斩断尘缘、不为俗累，逐渐到达"恬简日就，尘累日薄。迹弥远俗，心弥近道。至圣至神，孰不由此"③的境界。《收心篇》指出"夫心者，一身之主，百神之帅。静则生慧，动则成昏……学道之初，要须安坐，收心离境，住无所有。因住无所有，不著一物，自入虚无，心乃合道"④，强调心体以道为本，本合道体，必须收心养性，去除被外界所染污垢，恢复本来虚静，始能得道成仙。《简事篇》指出"修道之人，莫若断简事物，知其闲要，较量轻重；识其去取，非要非重，皆应绝之……若处事安闲，在物无累者，自属证成之人"⑤，强调"断简事物"以保证"坐忘收心"。《真观篇》指出"观本知末，又非躁竞之情。是故收心简事，日损有为，体静心闲，方可观妙……若以合境之心观境，终身不觉有恶；如将离境之心观境，方能了见是非。譬如醒人，能观醉者为恶，如其自醉，不觉其非"⑥，强调通过静观，以体验道心。《泰定篇》指出"夫定者，出俗之极地，致道之初基，习静之成功，持安之毕事……心为道之器宇，虚静至极，则道居而慧生"⑦，强调使心保持泰定虚静，以产生智慧。《得道篇》指出"道者，神异之物，灵而有性，虚而无象。随迎不测，影响莫求，不知所以然而然。通生无匮谓之道"，而得道者形神统一，可修成长生不老的"真身"、成为"神人"，即所谓"道有深力，徐易形神。形随道通，与神合一，谓之神人。神性虚

---

① 吴受琚辑释《司马承祯集》，第132页。
② 吴受琚辑释《司马承祯集》，第132页。
③ 吴受琚辑释《司马承祯集》，第133页。
④ 吴受琚辑释《司马承祯集》，第133—134页。
⑤ 吴受琚辑释《司马承祯集》，第138—139页。
⑥ 吴受琚辑释《司马承祯集》，第139—142页。
⑦ 吴受琚辑释《司马承祯集》，第142—143页。

融,体无变灭。形与道同,故无生死。隐则形同于神,显则神同于形,所以蹈水火而无害,对日月而无影。存亡在己,出入无间"①。《坐忘枢翼篇》指出"修道成真,先去邪僻之行。外事都绝,无以干心。然后端坐,内观正觉。觉一念起,即须除灭"②,总结坐忘要旨在于收心去欲,心正欲去,便成大道;该篇还特地强调了"简缘""无欲""静心"的"三戒"以及修道之人"心有五时""身有七候"的进阶。

《坐忘论》融汇儒释道,自成一家之言,在道教思想史上具有承上启下的重要价值。首先,《坐忘论》是对道家"坐忘"思想的继承发展。"坐忘"之说,源于《庄子·大宗师》"堕肢体,黜聪明,离形去知,同于大通,此谓坐忘"③,强调物我两忘、与道契合。魏晋时代玄学家对此有进一步的阐发,郭象注云:"夫坐忘者,奚所不忘哉!既忘其迹,又忘其所以迹者,内不觉其一身,外不识有天地,然后旷然与变化为体而无不通也。"④上述思想再进一步被道教引申发挥,如《道教义枢》卷二引《洞神经》解释"极道"云"心斋坐忘,至极道矣",引《本际经》云"心斋坐忘,游空飞步"⑤。司马承祯正是在此基础上推陈出新的。值得注意的是,作为上清派(茅山派)宗师的司马承祯著《坐忘论》,也吸取了灵宝派等道派的论述。南宋吴曾《能改斋漫录》卷五"灭动心不灭照心"条云:

> 《洞玄灵宝定观经》:"天尊告左玄真人云:'惟灭动心,不灭照心。但凝空心,不凝住心。不依一法,而心常住。'又云:'惟能入定,慧发迟速,则不由人。勿令定中,急急求慧。急则伤性,性伤则无慧。若定不求慧,而慧自生,此名真慧。慧而不用,实智若愚。益资定慧,双美无极。'又云:'唯令定心之上,豁然无覆;定心之下,

---

① 吴受琚辑释《司马承祯集》,第 145 页。
② 吴受琚辑释《司马承祯集》,第 161 页。
③ 郭庆藩《庄子集释》卷三,中华书局 1961 年版,第 284 页。
④ 郭庆藩《庄子集释》卷三,第 285 页。
⑤ 孟安排《道教义枢》卷二,《道藏》第 24 册,第 818 页。

旷然无基。旧业日消，新业不造。无所罣碍，迥脱尘笼。行而久之，自然得道。'"乃知《坐忘论》取此。①

点出《坐忘论》吸取《洞玄灵宝定观经》之处，而《洞玄灵宝定观经》是灵宝派重要经典，于此可见司马承祯的博采众长。

《坐忘论》对道家、道教相关思想的推陈出新，与该书充分吸取释家精髓密不可分。宋人早已发现《坐忘论》与释氏之论相通，晁公武《郡斋读书志》叙录《坐忘论》云："其后有文元公《跋》，谓子微之所谓'坐忘'，即释氏之言'宴坐'也。"②其中所谓文元公即北宋初年的晁迥，由此可知至迟宋初已有学人指出《坐忘论》之出入释氏。其后，叶梦得《玉涧杂书》评论《坐忘论》云：

> 道释二氏，本相矛盾，而子微之学，乃全本于释氏，大抵以戒、定、慧为宗，观七篇序可见。而《枢》之所载，尤简径明白。"夫欲修道，先去邪辟之行，外事都绝，无以干心，然后端坐内观，正觉一念起，即须除灭……定心之上，豁然无覆；定心之下，旷然无基。"又云："善巧方便，唯能入定，发慧迟速，则不由人。勿于定中急急求慧，求则伤定，伤定则无慧。"……此言与释者所论"止观"，实相表里。子微中年隐天台玉霄峰，盖智者所居，疑其源流有自。初潘师正授陶隐居正一法于王知远，以传子微，而陶通明自谓胜力菩萨复生，其言亦多出释氏。③

叶梦得则具体点出"子微之学，乃全本于释氏，大抵以戒、定、慧为宗"，又指出其"定""慧"之论，与智者大师所论"止观"学说"实相表里"，还指出司马承祯的太师祖陶弘景（陶隐居、陶通明）即已吸取释氏之论。叶

---

① 吴曾《能改斋漫录》卷五，上海古籍出版社1979年版，第132页。
② 晁公武撰、孙猛校证《郡斋读书志校证》，上海古籍出版社1990年版，第751页。
③ 叶梦得《玉涧杂书》，《丛书集成续编》第88册，上海书店1994年版，691—692页。

氏之论,可谓有见。其后陈振孙《直斋书录解题》叙录《坐忘论》云:"言坐忘安心之法,凡七条,并《枢翼》一篇,以为修道阶次,其论与释氏相出入。"①点出了《坐忘论》"与释氏相出入"的特质。

细读《坐忘论》,可知先贤之论确实精到。《收心篇》所言"安坐""收心离境,住无所有"与佛家之"禅定"如出一辙。《真观篇》所论"色""想"关系,所言"色都由想尔,想若不生,终无色事。当知色想外空,色心内妄,妄想心空,谁为色主",与佛家之"色""空"何其相似。《泰定篇》所云"定""慧"可以看到天台宗智者大师"止观"学说的影响。智者大师云:"泥洹之法,入乃多途,论其急要,不出止观二法。所以然者,止乃伏结之初门,观是断惑之正要。止则爱养心识之善资,观则策发神解之妙术。止是禅定之胜因,观是智慧之由籍。若人成就定慧二法,斯乃自利利人法皆具足。"②"三止三观,在一念心。"③"若行者如是修习止观时,能了知一切诸法皆由心生。"④将智者所论与《泰定篇》所云对读,可见司马承祯对智者大师思想精髓的汲取。

值得注意的是,司马承祯著《坐忘论》,汲取释氏精髓的同时也吸收儒学精华。《真观篇》云"业由我造,命由天赋。业之与命,犹影响之逐形声,不可逃,又不可怨。唯有智者,善而达之。乐天知命故不忧"⑤,其中的"业"取之于释家,而"命""乐天知命"则是儒学的传统命题,司马承祯将其熔于一炉,提出自己的新见。

总之,司马承祯著《坐忘论》,融会了道家的"心斋坐忘"、儒家的"乐天知命"、佛家的"止观""定慧""色空"等思想精髓,自出机杼,构建了"敬信""断缘""收心""简事""真观""泰定""得道"的修道进阶,在道教思想史、中国思想史上有重要价值。近人刘咸炘《道教征略》云:"至唐

---

① 陈振孙《直斋书录解题》卷九,上海古籍出版社 1987 年版,第 290 页。
② 智顗《修习止观坐禅法要》,[日本]高楠顺次郎、渡边海旭等《大正新修大藏经》第 46 卷,日本大正一切经刊行会 1934 年版,第 462 页。
③ 智顗《摩诃止观》卷九下,《大正新修大藏经》第 46 卷,第 131 页。
④ 智顗《修习止观坐禅法要》,《大正新修大藏经》第 46 卷,第 472 页。
⑤ 吴受琚辑释《司马承祯集》,第 141 页。

而孙知微、吴贞节、司马子微皆和会庄、佛，与葛、陶之专言丹道者稍异焉，此全真之先河也。"①蒙文通《〈坐忘论〉考》云：

> 道家自齐、梁而后，已受佛法影响，以不生不死言长生。显与汉、魏殊致……隋、唐以还道教诸师，皆信轮回之说，不以形躯即身成道为旨要，以不生不死言长生。此为罗什注《老》以来，道家之一变。道家以三一为宗，而归于神与道合，神与道合则不生不死，此余所知于唐、宋道家之说也。隋、唐道士所取于佛法者，为罗什以来之般若宗，司马子微后逮于两宋，道家所取于佛法者为智者之天台宗。不言白日飞升，为隋、唐道教之一变。宋之道教，凡钟吕传道所谓，实近于陈图南之传，远绍子微，而经箓外丹之说以衰，此道教之又一变也。②

蒙先生点出隋唐道教之于汉魏的变化（从"言白日飞升"到"以不生不死言长生"），从中可见司马承祯（司马子微）"取于佛法"改造道教理论的重大贡献。刘先生则径直点出司马承祯等人的理论是"全真之先河"。卿希泰先生主编《中国道教史》云："在当时修炼外丹的风气中，司马承祯力倡'坐忘'，以老庄思想为依据，吸取佛教止观、禅定的方法，给后世道教以极大影响，特别是在道教由外丹转向内丹，由外向内寻求成仙之道的过程中起了重要的理论作用，成为宋元道教内丹学的理论先驱，并给宋明理学以一定影响。"③对司马氏的思想史贡献做了精当表述。在此还要稍微补充一下，《中国道教史》所云"并给宋明理学以一定影响"，也是言之有据。朱熹《近思录》卷四云：

> 伊川曰："司马子微尝作《坐忘论》，是所谓坐驰也。"张伯行《集解》曰："司马子微名承祯，唐天宝中隐居天台之赤城。尝著论八

---

① 《推十书》（增补全本）丙辑，上海科学技术文献出版社 2009 年版，第 632 页。
② 蒙文通《古学甄微·〈坐忘论〉考》，巴蜀书社 1987 年版，第 365—366 页。
③ 卿希泰主编《中国道教史》（修订版）第 2 卷，四川人民出版社 1996 年版，第 234 页。

篇,言清静无为、坐忘遗照之道。'坐忘'字见《庄子》,司马子微盖学庄子之学者也。殊不知有意于坐忘,即是坐驰。盖不能操存此心,以为一身之主,而徒厌思虑之多,欲一切驱除屏息,即此欲忘之心,便已不能忘,故程子又曰:'有忘之心,乃是驰也。'与此处相发明。学者苟能主敬,则自无此患矣。"①

朱熹引述程颐对《坐忘论》的评述,张伯行《集解》又引程颐"有忘之心,乃是驰也",可见程颐对《坐忘论》思想的吸取。

(二)道教炼养贡献:总结服气长生的有效方法

道教炼养方面,司马承祯全面阐述了服气长生的修炼之法,这集中体现于其所著《服气精义论》。该书凡九篇,分别为《五牙论》《服气论》《导引论》《符水论》《服药论》《慎忌论》《五脏论》《疗病论》《病候论》,以阐述服食五牙(五方五行之生气)滋养精气、通润五脏、摄养治病为宗旨。司马承祯首先指出:

> 夫气者,道之几微也。几而动之,微而用之,乃生一焉……夫一者,道之冲凝也。冲而化之,凝而造之,乃生二焉。故天地分乎太极,是以形体立焉;万物与之同禀,精神著焉。万象与之齐受,在物之形,唯人为贞;在象之精,唯人为灵,并乾坤居三才之位,合阴阳当五行之秀,故能通玄降圣,练质登仙……登仙之法。所学多途,至妙之旨,其归一揆。或飞消丹液,药效升腾;或斋戒存修,功成羽化。然金石之药,实虚费而难求;习学之功,弥岁年而易远。若乃为之速效,专之克成,[与]虚无合其道,与神灵合其德者,其唯气妙乎……真人曰:"夫可久于其道者养生也,常可与久游者纳气也。气全则生

---

① 朱熹《近思录》卷四,《丛书集成初编》本,中华书局1985年版,第137—138页。

存，然后能养志，养志则合真，然后能久登生气之域，可不勤之哉！"是知吸引晨霞，餐漱风霜，养精光于五脏，导营卫于百关。既祛疾以安形，复延和而享寿。闭视听以胎息，返衰朽于童颜。①

从道产生气（"气者，道之几微也"），一元之气作为阴阳冲和之气、化生万物的角度，阐发气"与虚无合其道，与神灵合其德"的人神共通性，进而阐发"纳气""服气"之于凡人"通玄降圣，练质登仙"的关键作用。

接着司马承祯详细叙述化服五行、五方生气的具体步骤，服食草药、安和脏腑、行气导引、宣通经脉的具体方法，以及辨析气色、诊断病候、吞符诵咒、禁忌慎养、治病益气、保全元气的具体做法，将导引、吐纳、服气以求长生的修炼方法娓娓道来、和盘托出，具有很强的操作性。司马承祯的炼养理论，"阐发上清经法，继承脏象经络学说，综合各派理论，注重对'气'的锻炼，注重精神对气的统率作用，形成不同于传统道教的更注重实践效益的养身方法，给后世道教以极大的影响"。②

（三）道教地理贡献：促成洞天福地体系的定型

道教地理方面，司马承祯对"洞天福地说"进行了系统总结，构建了比较完备的道教文化地理格局，对后世有深刻影响。

"洞天福地说"③是神仙崇拜结合宇宙论、地理观的产物。其源头可追溯至远古的山岳崇拜与洞穴观念，当时的人们有天地相通的观念，而天柱、昆仑山、建木等即是早期天地相通观念的产物。到战国末期，

---

① 吴受琚辑释《司马承祯集》，第 64—66 页。
② 吴受琚辑释《司马承祯集》卷首《论司马承祯（代序）》，第 9 页。另，盖建民《〈服气精义论〉道教医学养生思想略析》，《道学研究》2003 年第 1 期，认为《服气精义论》蕴涵着"可久于其道者养生也"的服气养生观、道教医学疾病观、养生宜忌思想、服气疗病思想等十分丰富的道教医药养生思想。
③ 关于"洞天福地说"，详参日本学者三浦国雄《不老不死的欲求——三浦国雄道教论集》之"论洞天福地"，四川人民出版社 2017 年版，第 332—340 页；孟昭锋《三至九世纪道教洞天福地文化地理研究》，暨南大学 2013 年博士论文。

燕国、齐国方士声称,东海中有蓬莱、瀛洲、方壶三座神山,西方有昆仑、阆圃两处仙居,为东王公、西王母所居。《山海经》中已经出现不死之国、不死之药以及不死仙方等说法。到汉代,有托名西汉东方朔著的《十洲记》,称神仙有祖洲、瀛洲、炎洲、玄洲、长洲、元洲、流洲、生洲、凤麟洲、聚窟洲等十处居所,在这些名山幽谷,有神仙、天书和灵药。

魏晋时期,随着道教的发展,"福地说""洞天说"逐渐酝酿。"福地说"的来源或可追溯至两晋之际葛洪的《抱朴子》,书中有云:"可以精思合作仙药者,有华山……若有道者登之,则此山神必助之为福,药必成。若不得登此诸山者,海中大岛屿,亦可合药。"①书中列举了华山等适于炼丹合药的"山神必助之为福"之地,虽未使用"福地"一词,但已有其意。比葛洪晚三十余年的孙绰在《游天台山赋》中有"仍羽人于丹丘,寻不死之福庭"②的表述,已拎出"福庭"一词。南北朝时期,已正式出现"福地"一词。齐梁之际的陶弘景在《真诰·稽神枢》中云:"金陵者,兵水不能加,灾厉所不犯,《河图中要元篇》第四十四卷云:'句金之坛,其间有陵,兵病不往,洪波不登。'正此之福地也。"③

"洞天说"的来源或可追溯至成书于东晋时期的《紫阳真人周君内传》,其中有云:

> 或受封一山,总领鬼神;或游翔小有,群集清虚之宫,中仙之次也。若食谷不死,日中无影,下仙也。或白日尸解,过死大阴,然后乃仙,下仙之次也……退登嵩高山,遇中央黄老君合会仙人在其上太室洞门之内……④

里面提及"小有""清虚之宫""洞门",可能是今存较早描述"洞天"的文

---

① 葛洪著、王明校释《抱朴子内篇校释》卷四,中华书局 1985 年版,第 85 页。
② 萧统编、李善注《文选》卷一一,上海古籍出版社 1986 年版,第 496 页。
③ 陶弘景《真诰》卷一一,中华书局 2011 年版,第 191 页。
④ 张君房编《云笈七签》卷一〇六,中华书局 2003 年版,第 2297—2298 页。

献。其后，陶弘景《真诰·稽神枢》云："大天之内有地中之洞天三十六所，其第八是句曲山之洞，周回一百五十里，名曰金坛华阳之天。"[1]已明确提出三十六洞天之说。

魏晋南北朝时期的"福地说""洞天说"，在文化地理上，为道教神仙居处谋划了初步的格局，但尚未形成完善的体系。司马承祯在葛洪、陶弘景等先贤的基础上，构建起了道教洞天福地的宏大格局，这主要体现在《天地宫府图》。该书序云：

> 夫道本虚无，因恍惚而有物。气元冲始，乘运化而分形。精象玄著，列宫阙于清景。幽质潜凝，开洞府于名山……至于天洞区畛，高卑乃异；真灵班级，上下不同。又日月星斗，各有诸帝，并悬景位，式辨奔翔。所以披纂经文，据立图象，方知兆朕。[2]

意即要按照"上下不同"之"真灵班级"，安置"高卑乃异"之"天洞区畛"，为天下神仙真灵居处区分出等级，构建上下衔接的天地宫府体系。《天地宫府图》开列了十大洞天、三十六小洞天、七十二福地共 118 处洞天福地。该书认为"十大洞天者，处大地名山之间，是上天遣群仙统治之所"，开列了王屋山洞、委羽山洞、西城山洞、西玄山洞、青城山洞、赤城山洞、罗浮山洞、句曲山洞、林屋山洞、括苍山洞共 10 处洞天；认为"三十六小洞天，在诸名山之中，亦上仙所统治之处也"，开列了霍桐山洞等 36 处洞天；认为"七十二福地，在大地名山之间，上帝命真人治之，其间多得道之所"，开列了地肺山等 72 处福地。有学者认为："纵观洞天福地分布格局的形成，与其所在地域的自然环境与物产；道教发展程度与道教领袖的影响；国家祭祀政策、皇室的尊崇程度与国家疆域的变迁；地方民众的风俗习惯、区域文化及文人骚客的讴歌与颂扬等众多因素有关。"[3]笔者基

---

① 陶弘景《真诰》卷一一，第 195 页。
② 吴受琚辑释《司马承祯集》，第 44 页。
③ 孟昭锋《三至九世纪道教洞天福地文化地理研究》，暨南大学 2013 年博士论文。

本赞同这种原因分析,认为还可补充一点,即擘画者本人的栖居选择和地理偏好。司马承祯将王屋山洞置于首位,当然与王屋山在道教史上的崇高地位有关,但也可能与其栖居此山有关。更可注意的是,十大洞天中,第二委羽洞天、第六赤城山洞、第十括苍山洞都位于台州,全国十大洞天里台州居然占三个;另外,三十六小洞天中,第十九盖竹山洞属台州,七十二福地中,第四东仙源、第五西仙源、第十四灵墟、第六十司马悔山均属台州。台州在 118 处洞天福地占了 8 处,洞天福地处所之多、分布之密、影响之巨,可谓独领风骚。究其原因,这既是台州深厚的道教底蕴所致,也应与司马氏长期栖居天台山、爱屋及乌有关。

司马承祯擘画的天地宫府格局,成为道教文化地理的基本范式,促成了洞天福地体系的定型。后世不过是在其基础上进行局部调整,如晚唐五代杜光庭的《洞天福地岳渎名山记》开列的十大洞天与司马氏所列基本相同,唯个别名称、地点有异;开列的三十六洞天与司马氏所列亦大同小异;七十二福地与司马氏所列有名称相同而地点不同、名称不同而地点相同、名称与地点均不同等细节歧异,仍然没有跳出司马氏的整体框架。

(四) 支系开创贡献:开出南岳天台系

司马承祯作为上清派第十二代宗师,其弟子薛季昌、再传弟子田虚应一脉,多居住于南岳、天台山,或在南岳、天台山受道,被后世称为南岳天台派[1],或称为上清派南岳天台系[2]。笔者认为称“上清派南岳天台系”(下简称“南岳天台系”)更为准确。据《中国道教史》[3],南岳天台

---

[1] 刘咸炘《道教征略》,《推十书》(增补全本)丙辑,第 629 页。

[2] 袁清湘《徐灵府与上清派南岳天台系》认为:“若称之为道派或可商榷,因为他们自己并没有创造新的授箓方法,所传的依然是上清派的经箓、秘法,而且司马承祯本身为上清派第十二代宗师,他无须开辟新的道派。故从地域来看,或可叫做上清派南岳天台系。”,《中国道教》2009 年第 6 期。

[3] 卿希泰《中国道教史》(修订版)第 2 卷,第 405 页。

系从盛唐到晚唐五代的传承谱系为：

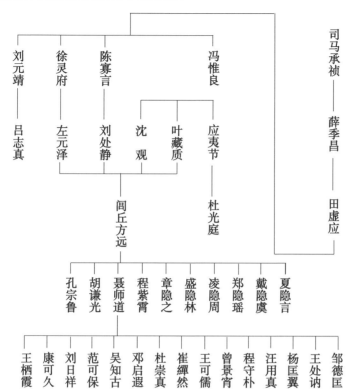

南岳天台系作为从盛唐到中晚唐的上清派支系，影响力丝毫不逊于同时期的上清派茅山系（李含光——韦景昭——黄洞元——孙智清——吴法通——刘得常——王栖霞）。

南岳天台系作为上清派重要支系，从盛唐到晚唐五代道徒众多，涌现了如田虚应、冯惟良、陈寡言、徐灵府、应夷节、叶藏质、闾丘方远、杜光庭等修道于天台的高道，极大地扩大了天台山的影响力，为天台山成为浙东唐诗之路目的地奠定了基础。

二、文化达人：司马承祯的艺文造诣

司马承祯作为道教宗师，不仅有渊深的道学、仙学造诣，也有精到

的诗文、书画、音乐造诣。司马氏现存诗仅 1 首《答宋之问》①,诗云:
"时既暮兮节欲春,山林寂兮怀幽人。登奇峰兮望白云,怅缅邈兮象郁
纷。白云悠悠去不返,寒风飕飕吹日晚。不见其人谁与言,归坐弹琴思
逾远。"②该诗乃回赠宋之问所作,宋之问赠诗题为《吟冬宵引赠承祯》,
云:"河有冰兮山有雪,北户墐兮行人绝。独坐山中兮对松月,怀美人兮
屡盈缺。明月的的寒潭中,青松幽幽吟劲风。此情不向俗人说,爱而不
见恨无穷。"③宋之问赠诗前四句用楚辞体,后四句用七言诗体,以幽寂
之景为衬,抒发对司马承祯的怀念之情。司马承祯的回赠诗用宋之问
赠诗的格式,前四句亦用楚辞体,后四句亦用七言诗体,亦用幽寂之景
为衬,抒发对老友的怀念。宋之问的赠诗与司马承祯的回赠诗都是以
幽景衬逸人、写思情,情景交融,可谓珠联璧合,于此可见司马承祯的文
学造诣。

司马承祯传世的著述不少,但单篇文章并不多,较著者有《茅山贞
白先生碑阴记》《素琴传》。《茅山贞白先生碑阴记》④乃唐玄宗开元十
二年(724 年)司马承祯"将归衡岳,暂憩茅山"之际,为其太师祖陶弘景
树碑所撰文字并亲书于碑阴。文章颂扬了陶弘景"禀习经法,精思感
通,调运丹液,形神炼化,归同一致,举异三清。自古所得,罕能尽善,兼
而聚之,鉴而辩之,静而居之,勤而行之者,实惟贞白先生"的天赋异禀,
与"广金书之凤篆,益琅函之龙章。阐幽前秘,系蒙后学。若诸真之下
教,为百代之明师"⑤的丰功伟绩。文章以四字句为主,写得典雅厚重,
有汉魏古碑之风。《素琴传》乃司马承祯隐居天台山灵墟之际,"有桐生
于阶前""得七岁而材成端伟",于是"取其元干""手操斤斧,自勤斫削"
制琴一张,并著此文以记之。文章首叙制琴素材来源于桐柏山桐木,

---

① 另有一首五言古诗《山居洗心》,明代幽溪传灯《天台山方外志》卷二七署名司马承祯,但《全唐
诗》卷八五二题名《洗心》,署名司马退之,两诗文字一致。该诗是否为司马承祯之作,待考。
② 计有功《唐诗纪事》卷一三,上海古籍出版社 1987 年版,第 193 页。
③ 计有功《唐诗纪事》卷一三,第 193 页。
④ 《茅山志·录金石篇》收录此文,作《茅山贞白先生碑阴记》,下题"天台华峰白云道士河内司马
道隐子微述并书";《全唐文新编》卷九二四收录此文,题作《陶弘景碑阴记》。
⑤ 周绍良主编《全唐文新编》卷九二四,吉林文史出版社 2000 年版,第 12703 页。

"昭生厚土,挺出崇岳。得水石之灵,育清高之性",自有灵性。接着指出"琴者禁也,以禁邪僻之情,而存雅正之志,修身理性,返其天真",赋予琴以"修身理性"的文化品格;又指出"琴之制度,上隆象天,下平法地,中虚合无外响……晖晖有十三,其十二法六律六吕,其一处中者,元气之统,则一阴一阳之谓也",阐发"琴之制度"的文化意蕴。接着梳理从黄帝、虞舜到孔子、伯牙与琴的文化渊源,最后叙述自己制琴、抚琴、玩琴、携琴遨游的超逸之趣。① 文章流畅活泼、韵味悠扬,充溢高远之志、隐逸之乐。《茅山贞白先生碑阴记》之典雅厚重,《素琴传》之清音幽韵,反映出司马承祯能熟稔地根据对象和文体进行贴切写作,具有较高的文章造诣。

司马承祯的书画造诣也可圈可点。司马承祯擅长篆书、隶书,沈汾《续仙传》云其"博学能文,攻篆迥为一体,号曰金剪刀书"②。开元十五年,唐玄宗曾"令以三体写《老子经》"③。上文提及的《茅山贞白先生碑阴记》,乃司马承祯亲自撰文并用篆体书写④。另外,圣历二年(699年),雍州司功王适为司马承祯师父潘师正所写《中岳体玄先生潘尊师碣》,是由司马承祯篆额并用隶书写成,现存部分拓片,字体古朴端庄、遒劲有力,可谓大家手笔。司马承祯还擅长绘画,唐代张彦远《历代名画记》云:

　　司马承祯字子微,自梁陶隐居至先生四世,传授仙法。开元中,自天台征至,天子师之。十五年,至王屋山,敕造阳台观居之,尝画于屋壁。又工篆隶,词采众艺,皆类于隐居焉。制雅琴,镇铭美石为之,词刻精绝。开元中,彦远高王父河东公获受教于先生……⑤

① 周绍良《全唐文新编》卷九二四,第12706—12708页。
② 沈汾《续仙传》卷下,《文渊阁四库全书》本,第1059册,第606页。
③ 刘昫等《旧唐书》卷一九二《司马承祯传》,中华书局1975年版,第5128页。
④ 佚名《宝刻类编》卷八著录《贞白先生碑阴》,云:"河内道隐天台峰白云道士,述并篆书。"《丛书集成初编》本,商务印书馆1936年版,第1514册,第274页。
⑤ 张彦远《历代名画记》卷九,《丛书集成初编》本,商务印书馆1936年版,第1646册,第299—300页。

指出司马承祯是"工篆隶"的书家，又指出其居王屋山阳台观时"尝画于屋壁"，还指出张彦远的高祖父河东公张嘉贞曾受教于司马承祯。张嘉贞在武则天主政时期曾为相，是初唐的书画收藏家，其曾孙张彦远记载其受教于司马承祯，书画艺术应是重要内容，[1]于此可见司马承祯的书画造诣。

另外，司马承祯还精通音乐，从所撰《素琴传》即可知其为抚琴高手，《答宋之问》"不见其人谁与言，归坐弹琴思逾远"句，幽远绝尘，颇有琴韵。《新唐书·礼乐制》云："帝（指唐玄宗，引者注）方浸喜神仙之事，诏道士司马承祯制《玄真道曲》，茅山道士李会元制《大罗天曲》，工部侍郎贺知章制《紫清上圣道曲》。"[2]唐玄宗是通晓音律的方家，能将制作《玄真道曲》的任务交给司马承祯，可见司马承祯的音乐造诣。

三、方之内外：司马承祯与"方外十友""仙宗十友"

"方外十友""仙宗十友"皆为初盛唐之际的修道文人群体，群体中的灵魂人物都是司马承祯。

（一）司马承祯与"方外十友"

"方外十友"的说法，最早的现存文献来源于《新唐书·陆余庆传》："（余庆）雅善赵贞固、卢藏用、陈子昂、杜审言、宋之问、毕构、郭袭微、司马承祯、释怀一，时号'方外十友'。"[3]实际上该说法渊源有

---

① 史睿《唐代两京的书画鉴藏与士人交游——以张彦远家族为核心》："张家收藏就地理分布而言，张嘉贞之搜求极有可能在从司马承祯学习书画之后……开元九年，张嘉贞因拜相重返长安，其间又从司马承祯问学，开启书画鉴藏之学的门径。"荣新江主编《唐研究》第二十一卷，北京大学出版社 2015 年版，第 100—102 页。
② 欧阳修、宋祁等《新唐书》卷二二，中华书局 1975 年版，第 476 页。
③ 欧阳修、宋祁《新唐书》卷一一六，第 4239 页。

自。陈子昂为去世的赵贞固作《昭夷子赵氏碣颂》云："君故人云居沙门释法成、嵩山道士司马子微、终南山人范阳卢藏用、御史中丞巨鹿魏元忠、监察御史吴郡陆余庆、秦州长史平昌孟诜、雍州司功太原王适、洛州参军西河宋之问、安定主簿博陵崔璩，咸痛君中夭。"[1]后来，卢藏用为去世的陈子昂作《陈子昂别传》云："（子昂）尤重交友之分，意气一合，虽白刃不可夺也。友人赵贞固、凤阁舍人陆余庆、殿中侍御史毕构、监察御史王无竞、亳州长史房融、右史崔泰之、处士太原郭袭徽、道人史怀一，皆笃岁寒之交，与藏用游最久。"[2]《旧唐书·陆余庆传》云："少与知名之士陈子昂、宋之问、卢藏用、道士司马承祯、道人法成等交游。"[3]《昭夷子赵氏碑》开列赵贞固朋友圈为释法成、司马承祯（司马子微）、卢藏用、魏元忠、陆余庆、孟诜、王适、宋之问、崔璩，外加碑主赵贞固和撰碑人陈子昂，共 11 人；《陈子昂别传》开列陈子昂朋友圈为赵贞固、陆余庆、毕构、王无竞、房融、崔泰之、郭袭徽、史怀一，外加传主陈子昂和作传人卢藏用，共 10 人；《旧唐书·陆余庆传》开列陆余庆朋友圈为陆余庆、陈子昂、宋之问、卢藏用、司马承祯、法成，共 6 人。三个朋友圈人物中，三圈重合者有陈子昂、陆余庆、卢藏用，两圈重合者有司马承祯、宋之问、法成、赵贞固，可见初唐时陈子昂、司马承祯等人确实存在较为紧密的交游圈，形成了一个特殊群体。宋祁、欧阳修等人修《新唐书》时，可能沿袭已有说法并酌情增减其中人物（取三圈重合者陈子昂、陆余庆、卢藏用，取两圈重合者司马承祯、宋之问、赵贞固，外加杜审言、毕构、郭袭徵、释怀一），将其称为"方外十友"。

"方外十友"是初唐后期的重要文人群体，大多结缘道流，其中多人还与司马承祯有千丝万缕的联系。陆余庆"虽才学不逮子昂（指陈子昂，引者注）等，而风流强辩过之。累迁中书舍人"，可见是颇有才干、身

① 周绍良《全唐文新编》卷二一五，第 2459 页。
② 周绍良《全唐文新编》卷二三八，第 2699 页。
③ 刘昫等《旧唐书》卷八八，第 2877 页。

居清要的重要文臣,史书记载其"少与知名之士陈子昂……司马承祯……等交游"①,物以类聚、人以群分,可见陆余庆自己也是当时的名士。赵贞固,即赵元亮,字贞固,陈子昂《昭夷子赵氏碣颂》云其"为幽州宜禄县尉,到职逾岁,默然无言,唯采药、弹琴咏尧舜而已。州将郡守,穆然承风,君之道标浩如也。因巡田入陇山,见乌支丹穴,密有潜遁之意"②,其中提及"采药""见乌支丹穴,密有潜遁之意"云云,可见乃崇道好仙之人;该文还提及嵩山道士河内司马子微等"咸痛君中夭",可见其与司马承祯应有交往。卢藏用曾隐于终南山学道,后入朝居要职,与司马承祯有关于仕与隐的精彩对话,史载:"有道士司马承祯者,睿宗迎至京,将还,藏用指终南山谓之曰:'此中大有佳处,何必在远!'承祯徐答曰:'以仆所观,乃仕宦捷径耳。'藏用有惭色。"③宋之问曾师从潘师正学道,其《卧闻嵩山钟》诗有云"昔事潘真人,北岑采薇蕨。倚岩顾我笑,谓我有仙骨"④,可见乃司马承祯同门师兄弟。宋之问有《送司马道士游天台》《寄天台司马道士》《冬宵引赠司马承祯》三首诗赠司马承祯,司马承祯亦有诗回赠。陈子昂"晚爱黄老之言,尤耽味易象,往往精诣。在职默然不乐,私有挂冠之意"⑤,曾为司马承祯师父潘师正撰写《续唐故中岳体玄先生潘尊师碑颂》。杜审言虽以儒为主,但亦有服食求仙的道家情结,陈子昂《送吉州杜司户审言序》云:"杜君乃挟琴起舞,抗首高歌:'哀皓首而未遇,恐青春之蹉跎。且欲携幽兰,结芳桂,饮石泉以节味,咏商山以卒岁。返耕饵术,吾将老焉'。"⑥可见杜审言在贬谪之际,亦曾有隐居林泉、返耕饵术的求仙愿望。毕构乃则天朝至玄宗朝的达官显宦,官至户部尚书。郭袭微,郭衍曾孙、郭肃宗少子,曾任左拾遗。释怀一,俗姓史,即史怀一,曾"削发十二年,诵经峨眉里"⑦,是初盛唐

---

① 刘昫等《旧唐书》卷八八,第2877页。
② 周绍良主编《全唐文新编》卷二一五,第2459页。
③ 刘肃《大唐新语》卷一〇,中华书局1984年版,第157—158页。
④ 沈佺期、宋之问撰,陶敏、易淑琼校注《沈佺期宋之问集校注》,中华书局2001年版,第583页。
⑤ 周绍良主编《全唐文新编》卷二三八,第2698页。
⑥ 周绍良主编《全唐文新编》卷二一四,第2446页。
⑦ 彭定求等《全唐诗》卷一三〇,中华书局1999年版,第1322页。

时期的高僧。这三位大致与司马承祯同时代，其与道教之关系、与司马承祯之交往，因无史料参稽，阙疑待考。

据葛晓音先生的研究，"'方外十友'交游的时间，大致可考定在公元 685—696 年这十年间，而地点则以嵩山为主……当是以司马承祯所在道观为中心，求仙问道，论文采药……但主要还是以学仙为主……热衷于道教炼丹采药之事，是他们结交的重要原因"。葛先生进一步指出："'方外十友'中绝大多数都是汲汲于用世者。他们之所以乐于信奉道教，乃是因为道教的宗旨其实也是以入世为本、而以出世为迹，比儒教和佛教更完满地解决了仕与隐的矛盾……'方外十友'中的司马承祯正是茅山道派的重要传人之一……其思想承传茅山道派，并直接影响方外十友，则是无疑问的。"①葛先生指出方外十友的共同倾向是"学仙为主""信奉道教""完满地解决了仕与隐的矛盾"，恰中肯綮，令人信服。葛先生还指出方外十友的交游中心，当以司马承祯道观所在的嵩山为主，司马承祯的思想直接影响了方外十友，这些论断也持之有故。于此可以看出司马承祯在方外十友中的核心影响。方外十友中的宋之问、杜审言、陈子昂是初唐后期的诗坛大家，其余几位也是较有影响的文人，方外十友可谓初唐后期最有影响的文人群体，司马承祯能在这个群体中有核心影响，可见其已经成为文人圈中的道教思想辐射源，这为其后来隐居天台而文人追慕至天台形成浙东唐诗之路积累了声誉。

（二）司马承祯与"仙宗十友"

"仙宗十友"的说法②，最早的现存文献来源于北宋初年黄休复《益

---

① 葛晓音《从"方外十友"看道教对初唐山水诗的影响》，《学术月刊》1992 年第 4 期；另，胡旭《方外十友与盛唐文学》，《厦门大学学报》（哲学社会科学版）2013 年第 1 期，可以参看。
② 关于"仙宗十友"的研究，可以参看高丽杨《"仙宗十友"：盛唐气象的一个表符》，《中国道教》2014 年第 5 期。

州名画录》,该书卷中云:

> 石恪,字子专,成都人也。幼无羁束,长有声名,虽博综儒学,志唯好画。攻古体人物,学张南本笔法。有《田家社会图》《鳌灵开峡图》《夏禹治水图》《新罗人较力图》,陈子昂、卢藏用、宋之问、高适、毕构、李白、孟浩然、王维、贺知章、司马承祯《仙宗十友图》,《严君平拔宅升仙图》《五星图》《南北斗图》《寿星图》《儒佛道三教图》《道门三官五帝图》。虽豪贵相请,少有不足,图画之中,必有讥讽焉。城中寺观壁画亦多,兵火后,余圣寿寺经阁院玄女堂六十甲子神、龙兴观仙游阁下龙虎君,并见存。①

《益州名画录》是一部以记述唐、五代至宋初益州寺观壁画为主的画史性著述。书中所记石恪为五代后期、北宋初年“博综儒学,志唯好画”的知名画家,从“城中寺观壁画亦多”可知其多画寺观壁画而题材应为佛道之类,从《益州名画录》所记画作名称可知多为道教题材。其中记载石恪曾创作展现陈子昂等十人的《仙宗十友图》,可见至迟在北宋初年已有“仙宗十友”的说法。后来,叶廷珪于南宋绍兴年间编著《海录碎事》,云:“唐司马承祯与陈子昂、卢藏用、宋之问、王适、毕构、李白、孟浩然、王维、贺知章为仙宗十友。”②《益州名画录》与《海录碎事》中“仙宗十友”的名单有九人相同,惟《益州名画录》中的“高适”,在《海录碎事》中作“王适”。据学者考证,武周时期的王适与道教关系密切,“仙宗十友”中列“王适”更为合适,《海录碎事》的十人名单更为妥当。③

仙宗十友中的成员,与方外十友相同者有陈子昂、宋之问、司马承祯、毕构、卢藏用五位。与方外十友相似,仙宗十友中的成员,也大多结

---

① 黄休复《益州名画录》,《文渊阁四库全书》本,第 812 册,第 497 页。
② 叶廷珪《海录碎事》卷八下,《文渊阁四库全书》本,第 921 册,第 369 页。
③ 高丽杨《“仙宗十友”:盛唐气象的一个表符》,《中国道教》2014 年第 5 期。

缘道流，其中多人还与司马承祯有千丝万缕的联系，详见下表：

"方外十友"与"仙宗十友"成员一览表

"方外十友"与"仙宗十友"	具体成员	结缘道流、与司马承祯交往情况
方外十友成员	陆余庆	史书记载其"少与知名之士陈子昂……司马承祯等交游"（刘昫等《旧唐书》卷八八《陆余庆传》）。
	赵贞固	陈子昂《昭夷子赵氏碣颂》提及司马承祯等"咸痛君中夭"，可见赵贞固与司马承祯应有交往。
	杜审言	从陈子昂《送吉州杜司户审言序》可知杜审言在贬谪之际，亦曾有隐居林泉、返耕饵术的求仙愿望。
	郭袭微	曾任左拾遗，其与道教之关系、与司马承祯之交往，暂无史料参稽，阙疑待考。
	释怀一	俗姓史，即史怀一，初盛唐时期的高僧，其与道教之关系、与司马承祯之交往，暂无史料参稽，阙疑待考。
成员重叠者	陈子昂	陈子昂"晚爱黄老之言"，曾为司马承祯之师潘师正撰写《续唐故中岳体玄先生潘尊师碑颂》。
	宋之问	曾师从潘师正学道，乃司马承祯同门师兄弟。宋有《送司马道士游天台》《寄天台司马道士》《冬宵引赠司马承祯》三首诗赠司马承祯，司马承祯亦有诗回赠。
	司马承祯	初盛唐之际的道教宗师、文化名流。
	毕构	武则天朝至唐玄宗朝的达官显宦，其与道教之关系、与司马承祯之交往，暂无史料参稽，阙疑待考。
	卢藏用	文献记载其与司马承祯有关于仕与隐的精彩对话（刘肃《大唐新语》卷一〇）。
仙宗十友成员	王适	曾为司马承祯之师潘师正撰写《潘尊师碣》，而该碣乃是由司马承祯亲笔书写的，两人在此事上有交集。
	李白	资深道教徒，曾于江陵与司马承祯相遇，并得到后者的褒扬。
	孟浩然	有诗《寻天台山》，曾上天台山寻访修仙的太一子。
	王维	信佛，但与道教徒亦有密切交往，写有《赠焦道士》《赠东岳焦炼师》两首诗赠给司马承祯的徒弟焦静真。
	贺知章	早年与道教徒多有交往，晚年皈依道门。

王适曾为司马承祯师父潘师正撰写《潘尊师碣》，而该碣乃是由司马承祯亲笔书写的，两人在此事上必有交集。李白是资深道教徒，曾于江陵与司马承祯相遇，并得到后者的褒扬。孟浩然《寻天台山》云"吾友太一子，餐霞卧赤城。欲寻华顶去，不惮恶溪名"①，可见曾上天台山寻访修仙的太一子。王维信佛，但与道教徒亦有密切交往，写有《赠焦道士》《赠东岳焦炼师》两首诗赠给司马承祯的徒弟焦静真。贺知章早年与道教徒多有交往，晚年皈依道门，《旧唐书》本传云："天宝三载，知章因病恍惚，乃上疏请度为道士，求还乡里，仍舍本乡宅为观……至乡无几寿终，年八十六。肃宗以侍读之旧，乾元元年十一月诏曰：'故越州千秋观道士贺知章……'。"②可见贺知章晚年已是货真价实的道士（越州千秋观道士）。

"仙宗十友"的命名，即可看出其群体特质在修仙，而其中造诣最为精深者则是司马承祯。《海录碎事》记载仙宗十友，用"司马承祯与……为仙宗十友"的句式表达，将司马承祯列为首位，居于主导，可谓洞悉了仙宗十友的特质与司马承祯的贡献。于此可见司马承祯在仙宗十友中的核心地位。

总之，"方外十友"与"仙宗十友"都是初唐后期至盛唐时期热衷于修仙问道的文人群体，在这些文人群体中，司马承祯都居于核心地位，发挥着核心影响，可以说司马承祯已是这个时期好仙文人群体的思想领袖。

另外，司马承祯于武则天圣历年间（698—700年）、唐睿宗景云二年（711年）、唐玄宗开元九年（721年）被征召赴京，在京和离京返天台时，文人名士乃至皇帝多有赠诗。唐玄宗有《王屋山送道士司马承祯还天台》，宋之问有《吟冬霄引·赠承祯》《送司马道士游天台》《寄天台司马道士》，沈佺期有《同工部李侍郎适访司马子微》，李峤有《送司马先生》，崔湜有《寄天台司马先生》，张说有《寄天台司马道士》，沈如筠有

---

① 彭定求等《全唐诗》（增订本）卷一六〇，第1648页。
② 刘昫等《旧唐书》卷一九〇中，第5034—5035页。

《寄天台司马道士》，等等。这些诗篇多出自诗坛巨擘，或赞颂司马承祯"闻有三元客，祈仙九转成"[①]"长生术何妙，童颜后天老"[②]的高深道行，或想象其于天台"尚惜金芝晚，仍攀琪树荣"[③]、"凭崖饮蕙气，过涧摘灵草"[④]的隐修场景，扩大了司马承祯在士林中的影响，也扩大了天台山在修仙群体中的影响。

概言之，司马承祯是"方外十友""仙宗十友"等修道文人群体的灵魂人物，其以方外之人引领、聚合方内之士之举，对尚隐逸、游方外的时代风气有推波助澜之功，其与文人名士的交游唱和，乃是唐代文坛"方之内外"密切互动的经典案例，在文学史上值得关注。

[作者简介]李建军，台州学院中文系教授。

---

① 彭定求等《全唐诗》（增订本）卷五四，第 665 页。
② 彭定求等《全唐诗》（增订本）卷九五，第 1019 页。
③ 彭定求等《全唐诗》（增订本）卷五四，第 665 页。
④ 彭定求等《全唐诗》（增订本）卷九五，第 1019 页。

域外诗路研究

唐诗咏海上丝绸之路行旅 *

石云涛

摘　要:唐诗反映了唐代社会生活的方方面面,唐诗里有丰富的有关海上丝绸之路发展的资料,远赴海外从事贸易的"海客"在唐诗里留下身影;经过海路入华的各色域外人等,也在唐诗描写中留下了踪迹,东南亚、南亚入唐贡使、经海路入华经商的"商胡"、从事宗教活动的佛教、婆罗门教僧侣和通过入贡和贩运到中国来的"昆仑儿"等,都曾引起唐代诗人吟咏的兴趣。关于唐代海上丝绸之路的发展,有丰富的文献资料和考古资料。而从诗史互证角度看,唐诗中反映海上丝路的作品具有重要的史料价值,甚至具有某种重要的补充作用。

关键词:唐诗　海上丝绸之路　海客　贡使　昆仑儿

在中外文化交流和诗歌发展都形成高峰的唐代,海上丝绸之路的发展为唐诗创作提供了丰富的素材,唐诗作为社会生活的反映,对于认识丝路发展具有重要的参考价值。海上丝绸之路带来了商业贸易的繁荣,苍茫辽阔的大海引起人们对遥远陌生的世界的遐想,唐诗生动地反映了当时社会生活风貌。那些不畏风波之险远赴异域从事贸易的海商,还有经海路入华相貌奇异的外国人,往往引起诗人吟咏的兴趣,通过这些诗我们可以依稀看到活跃在唐代海上丝绸之路上往来人员的身

---

* 基金项目:本文是国家社会科学基金重大项目"汉唐间丝绸之路历史书写和文学书写文献资料整理与研究"(编号:19ZDA261)阶段成果。

影和行踪。

一、唐诗中从事贸易的"海客"和"海商"

从事海外贸易的商人被唐代诗人称为"海客""海贾""海商"。中国人很早就在太平洋和印度洋之间从事贸易活动。汉代商使已经到黄支国（在今印度）和已程不国（今斯里兰卡）[①]；东晋时法显从天竺至师子国（今斯里兰卡），在无畏山僧伽蓝见到佛像前有中国商人供养的白绢扇[②]，说明那时已有中国商人从事海外贸易。他从师子国和摄婆提国回国，都乘商贾大船，反映了中国与东南亚与南亚之间海上贸易的兴盛。唐代海贾出海远航进行贸易活动也很活跃，这方面正史文献很少记载，而文学作品提供了不少信息。出海贸易是一项风险很大的活动，柳宗元《招海贾文》极力描写大海的危险，奉劝海贾珍惜生命，不要过分贪图钱财："咨海贾兮，君胡以利易生而卒离其形？""咨海贾兮，贾尚不可为，而又海是图。死为险魄兮，生为贪夫。亦独何乐哉？归来兮，宁君躯。"在柳宗元笔下，这些海贾"东极倾海流不属，泯泯超忽纷荡沃。殆而一跌兮沸入汤谷，舳舻霏解梢若木。"[③]汤谷即"旸谷"，神话中太阳升起之处。与虞渊相对，虞渊指传说中日落之处。《淮南子·天文训》云："日出于旸谷（汤谷）""入于虞渊"[④]。若木，神话中西极之地的神树。屈原《离骚》云："折若木以拂日兮。"王逸《楚辞章句》注云："若木，在昆仑西极，其华照下地。"[⑤]作家用文学夸张的手法写唐代的"海贾"航行之远。唐代对出海贸易不曾有过禁令，在对外贸易发达的唐代，从事海外贸易的"海贾"应该数量众多，只是在重农抑商的

---

① 班固《汉书》卷二八下《地理志八下》，中华书局 1962 年版，第 1670—1671 页。
② 法显撰，章巽校注《法显传校注》卷四，中华书局 2008 年版，第 128 页。
③ 柳宗元《柳宗元集》卷一八，中华书局 1979 年版，第 508—510 页。
④ 刘安《淮南子》卷三，《二十二子》本，上海古籍出版社 1986 年版，第 1218 页。
⑤ 洪兴祖《楚辞补注》卷一，中华书局 1957 年版，第 46 页。

传统社会,他们的活动很少受到史家的关注,但在唐诗里我们却可以看到他们的身影。

在唐诗里写到海贾们的活动,往往强调他们的远航和艰险。李白《估客行(一作乐)》诗云:"海客乘天风,将船远行役。譬如云中鸟,一去无踪迹。"[1]估客即贾客,从事贸易的商人,在这首诗里又被称为"海客",因为他们是从事海外贸易活动的商贾,远客异方。李白《同族弟金城尉叔卿烛照山水壁画歌》云:

> 高堂粉壁图蓬瀛,烛前一见沧洲清。洪波汹涌山峥嵘,皎若丹丘隔海望赤城。光中乍喜岚气灭,谓逢山阴晴后雪。回溪碧流寂无喧,又如秦人月下窥花源。了然不觉清心魂,只将叠嶂鸣秋猿。与君对此欢未歇,放歌行吟达明发。却顾海客扬云帆,便欲因之向溟渤。[2]

这是一首题画诗,诗人看到画面上"海客"扬帆远行,便想像着可以跟他们驶向大海深处。刘眘虚《越中问海客》云:

> 风雨沧洲暮,一帆今始归。自云发南海,万里速如飞。初谓落何处,永将无所依。冥茫渐西见,山色越中微。谁念去时远,人经此路稀。泊舟悲且泣,使我亦沾衣。浮海焉用说,忆乡难久违。纵为鲁连子,山路有柴扉。[3]

这位海客从南海出发,向西远航,越来越远,消逝了远去的帆影,故云"冥茫渐西见"。他将到何处呢? 不知道,故云"永将无所依"。他将驶向"万里"之远,前途茫然不知,令诗人"悲且泣"。在航海技术不发达的

---

① 李白撰,瞿蜕园、朱金城校注《李白集校注》卷六,上海古籍出版社 1980 年版,第 455 页。
② 李白撰,瞿蜕园、朱金城校注《李白集校注》卷七,第 497 页。
③ 彭定求等《全唐诗》卷二五六,中华书局 1960 年版,第 2870 页。

年代,船行大海有风波之险。黄滔《贾客》云:"大舟有深利,沧海无浅波。利深波也深,君意竟如何。鲸鲵齿上路,何如少经过。"①这首诗寓意跟柳宗元的《招海贾文》相同,讽劝海商重生轻利。远离家乡从事海上贸易活动,除了自然风波之险,还有人为的灾难,比如战争和海盗。李群玉《凉公从叔春祭广利王庙》云:"龙骧伐鼓下长川,直济云涛古庙前。海客敛威惊火旆,天吴收浪避楼船。阴灵向作南溟王,祀典高齐五岳肩。从此华夷封域静,潜熏玉烛奉尧年。"②南海广利王是中国神话中四海龙王之一,居住在南海,地位仅次于东海龙王。当地方官浩浩荡荡的祭祀船队赴广利王庙时,那些海商惊恐地认为有战事发生,急忙移舶远避。出海的大船常常引起诗人的感叹和愁思。陆龟蒙《奉和袭美吴中言怀寄南海二同年》云:"曾见凌风上赤霄,尽将华藻赴嘉招。城连虎踞山图丽,路入龙编海舶遥。"③皮日休《送李明府之任海南》云:"五羊城在蜃楼边,墨绶垂腰正少年。山静不应闻屈鸟,草深从使翳贪泉。蟹奴晴上临潮槛,燕婢秋随过海船。一事与君消远宦,乳蕉花发讼庭前。"④"海舶""过海船"即海贾乘用的出海的大船。海贾出海远行,为诗歌中写离情别绪增添了新的题材。游子成为出海经历风波之险的贾客,思妇则是装束奇异的南蛮女子。张籍《蛮中》写蛮女思念远行的丈夫:"铜柱南边毒草春,行人几日到金潾。玉环穿耳谁家女,自抱琵琶迎海神。"⑤为了祈求出海的丈夫平安归来,女子抱着琵琶去参加祭祀海神的活动。

当海贾经历风涛之险从海外归来,家乡亲人会举行仪式活动迎接他们。许浑《送客南归有怀》写南方沿海地区的风俗:"绿水暖青萍,湘潭万里春。瓦尊迎海客,铜鼓赛江神。"⑥白居易《送客春游岭南二十韵》云:

① 彭定求等《全唐诗》卷七〇四,第 8094 页。
② 彭定求等《全唐诗》卷五六九,第 6599 页。
③ 彭定求等《全唐诗》卷六二五,第 7186 页。
④ 彭定求等《全唐诗》卷六一四,第 7081 页。
⑤ 张籍撰,徐礼节、余恕诚校注《张籍集系年校注》卷六,中华书局 2011 年版,第 796 页。
⑥ 许浑撰,罗时进笺证《丁卯集笺证》卷三,中华书局 2012 年版,第 178 页。

已讶游何远，仍嗟别太频。离容君蹙促，赠语我殷勤。迢递天南面，苍茫海北漘。诃陵国分界，交趾郡为邻。蓊郁三光晦，温暾四气匀。阴晴变寒暑，昏晓错星辰。瘴地难为老，蛮陬不易驯。土民稀白首，洞主尽黄巾。战舰犹惊浪，戎车未息尘。红旗围卉服，紫绶裹文身。面苦桄榔裛，浆酸橄榄新。牙樯迎海舶，铜鼓赛江神。[①]

诗人所送客人远行至"诃陵"，古代文献中又称"阇婆"，其地在今东南亚一带的大海洲中，大约位于今印尼爪哇岛或苏门答腊岛[②]。自南北朝以来，该地都是海上丝路的重要节点。从诗人对"客"的叮嘱来看，此客当为贾客，所以诗人劝他："须防杯里蛊，莫爱囊中珍，北与南殊俗，身将货敦亲。尝闻君子戒，忧道不忧贫。"[③]劝他早日归来，不要贪求财货。"牙樯"二句与许浑诗描写的南方沿海地区风俗相同。那些远航归来的海贾，了解了域外的信息，见多识广。李白《梦吟天姥吟留别》云："海客谈瀛洲，烟涛微茫信难求。"[④]元稹《泛江玩月十二韵》云："巴童唱巫峡，海客话神泷。已困连飞盏，犹催未倒缸。"[⑤]他们都喜欢听海客谈论海外的奇闻。

从海外归来的海贾往往携中国丝绸出海，换取海外商货，这在唐诗中也有反映。首先是珠宝，古代中外传统贸易一个重要内容就是以中国丝绸换取域外的珠宝。陆龟蒙《雨中游包山精舍》云："包山信神仙，主者上真职。及栖钟梵侣，又是清凉域。乃知烟霞地，绝俗无不得。岩开一径分，柏拥深殿黑。僧闲若图画，像古非雕刻。海客施明珠，湘蔌料净食。"[⑥]海客施予高僧的是得自海外的"明珠"。李洞《送人之天台》

---

① 白居易《白居易集》卷一七，中华书局 1979 年版，第 353 页。
② 陈佳荣《古代南海地名汇释》，中华书局 1986 年版，第 449 页。
③ 白居易《白居易集》卷一七，第 353 页。
④ 李白撰，瞿蜕园、朱金城校注《李白集校注》卷一五，第 898 页。
⑤ 元稹《元稹集》卷一一，中华书局 1982 年版，第 129 页。
⑥ 彭定求等《全唐诗》卷六一八，第 7120 页。

云："行李一枝藤，云边晓扣冰。丹经如不谬，白发亦何能。浅井仙人境，明珠海客灯。乃知真隐者，笑就汉廷征。"①其次是香料药物。项斯《寄流人》云："毒草不曾枯，长添客健无。雾开蛮市合，船散海城孤。象迹频藏齿，龙涎远蔽珠。家人秦地老，泣对日南图。"②龙涎即龙涎香。从唐诗里我们还看到当时海上丝路存在奴隶贸易，有人把非洲和东南亚奴隶贩买到唐朝内地，称为"海奴"。杜荀鹤《赠友人罢举赴交趾辟命》云："罢却名场拟入秦，南行无罪似流人。纵经商岭非驰驿，须过长沙吊逐臣。舶载海奴镮硾耳，象驼蛮女彩缠身。如何待取丹霄桂，别赴嘉招作上宾。"③这是他赴交趾途中看到的景象。

从唐诗里我们还了解到，那些出海经商的人还经过长江水道和京杭大运河从事商贸活动，他们把内地商货和域外洋货进行倒卖，长江水道和运河上都有他们的樯橹帆影。阿拉伯人九世纪的地理学著作《道里邦国志》讲到唐代中国南方沿海广州、扬州、杭州等城市："中国的这几个港口，各临一条大河，海船能在这大河中航行。"④唐诗中关于内河海船的描写可以与此相印证。诗僧灵一《酬皇甫冉西陵见寄》诗云："西陵潮信满，岛屿没（一作入）中流。越客依风水，相思南渡头。寒光生极浦，暮雪映沧洲。何事扬帆去，空惊海上鸥。"⑤诗人笔下扬帆远去的"越客"将驶向大海深处。周贺《留辞杭州姚合郎中》诗云："波涛千里隔，抱疾亦相寻。会宿逢高士，辞归值积霖。丛桑山店迥，孤烛海船深。尚有重来约，知无省阁心。"⑥诗人来杭州拜会姚合，临别之际想象着自己行程中于深夜"海船"之上，还会盼望着践约再来。李端《古别离二

① 彭定求等《全唐诗》卷七二一，第 8274 页。
② 彭定求等《全唐诗》卷五五四，第 6414 页。
③ 彭定求等《全唐诗》卷 692，第 7957—7958 页。
④ 伊本・胡尔达兹比赫《道里邦国志》，宋岘译，中华书局 1991 年版，第 72 页。
⑤ 彭定求等《全唐诗》卷八〇九，第 9123 页。按，此诗一题"西陵渡"。又作刘长卿诗，题作《重过宣峰寺山房寄灵一上人》，见《全唐诗》卷一四八，第 1514 页。刘长卿撰，储仲君笺注《刘长卿诗编年笺注》认为此为灵一诗，皇甫冉原唱题作《西陵寄一上人》，中华书局 1996 年版，第 553 页；杨世明《刘长卿集编年校注》存疑，指出"《长卿集》各本皆收"，而《全唐诗》《文苑英华》皆作灵一诗。又见《唐诗纪事》卷七二，《极玄集》下。
⑥ 彭定求等《全唐诗》卷五〇三，第 5716 页。

首》其一云:"水国叶黄时,洞庭霜落夜。行舟闻商估,宿在枫林下。此地送君还,茫茫似梦同。后期知几日,前路转多山。巫峡通湘浦,迢迢隔云雨。天晴见海樯,月落闻津鼓。"①他在长江水道见到"海樯",那是从事海外贸易的商船进入三峡,前往巴蜀从事贸易活动。王建《汴路即事》云:"千里河烟直,青槐夹岸长。天涯同此路,人语各殊方。草市迎江货,津桥税海商。"②当诗人乘船从扬州沿运河北上时,船上乘客来自四面八方,语言各异。因为船从扬州来,扬州是繁华的国际都市,那里海内外客商云集,船上有经商的海客,政府在运河津渡桥口设卡征税。唐代海商的活动在其他史料史极少见,唐诗的这些描写为我们提供了重要信息。

二、唐诗中经海上丝路入华的外国人

在中外文化交流进入高潮时期的唐朝,与世界上众多国家和地区建立了友好交往的关系,海上丝绸之路上中外贸易十分兴盛,因此不同身份的外国人来到中国。在中国人的传统观念中"远夷"朝贡是国家强盛四夷臣服的表现,他们为此自豪;外国人异于中国人的体貌语言,会触发好奇的诗人写诗的兴趣和灵感,因此唐诗中有不少作品写到这些外国人。这些诗反映了当时海上丝绸之路的繁荣景象。周繇《望海》诗:

苍茫空泛日,四顾绝人烟。半浸中华岸,旁通异域船。岛间应有国,波外恐无天。欲作乘槎客,翻愁去隔年。③

---

① 彭定求等《全唐诗》卷二六,第 352 页。
② 王建撰,王宗堂校注《王建诗集校注》卷五,中州古籍出版社 2006 年版,第 226 页。
③ 彭定求等《全唐诗》卷六三五,第 7292 页。

当诗人泛舟海上时,眼见波光浩渺,茫无边际。虽然杳无人烟,却有外国船在附近海域行驶。他由此想像到远处岛屿间有异国存在,他想乘槎而往,但又恐一去不知何年得返。因为不能亲临其地,只能想象而已。柳宗元《鼓吹铙歌十二篇·苞枿》序写唐初对南方地区的征服:"梁之余,保荆衡巴巫,穷南越,良将取之不以师。为《苞枿》第六。"其诗云:

> 苞枿黑对矣,惟根之蟠。弥巴蔽荆,负南极以安。曰我旧梁氏,辑绥艰难。江汉之阻,都邑固以完。圣人作,神武用,有臣勇智,奋不以众。投迹死地,谋猷纵。化敌为家,虑则中。浩浩海裔,不威而同。系缧降王,定厥功。澶漫万里,宣唐风。蛮夷九译,咸来从。凯旋金奏,象形容。震赫万国,罔不龚。①

在大唐文治武功昌盛的声威之下,海裔蛮夷纷纷臣服,九译入贡。晚唐许棠《题金山寺》诗云:"四面波涛匝,中楼日月邻。上穷如出世,下瞰忽惊神。刹(一作塔)碍长空鸟,船通外国人。"②金山寺在江苏镇江西北长江南岸金山上,这首诗反映了外国人由海上进入长江水道的事实。

经过海路入华的外国人首先是贡使。东南亚、南亚各国都经过海路入唐朝贡。经海路入唐的贡使先在广州登陆,然后北上长安或洛阳。所以至岭南任职的官员有接待贡使并负责安排其进京的任务。刘长卿《送韦赞善使岭南》云:

> 欲逐楼船将,方安卉服夷。炎洲经瘴远,春水上泷迟。岁贡随重译,年芳遍四时。番禺静无事,空咏饮泉诗。③

① 柳宗元《柳宗元集》卷一,第19—20页。
② 彭定求等《全唐诗》卷六〇三,第7031页。
③ 刘长卿撰,储仲君笺注《刘长卿诗编年笺注》,中华书局1996年版,第300页。

　　每年随"重译"来朝贡的定是远方的国度和民族。从"欲逐楼兰将"可知韦某南来将入岭南节度使幕府,南方沿海地区的官员有安辑边疆民族和入唐使节的职责,故云"方安卉服夷"。韦某有协助主帅接待来唐使节的责任。刘长卿《送徐大夫赴广州》云:

　　　　上将坛场拜,南荒羽檄招。远人来百越,元老事三朝。雾绕龙山暗,山连象郡遥。路分江淼淼,军动马萧萧。画角知秋气,楼船逐暮潮。当令输贡赋(一作职),不使外夷骄。①

　　徐大夫当即徐浩,代宗时为岭南节度使,兼御史大夫。诗人想象徐浩赴任岭南,将维护唐朝大国形象,威服周边民族和国家,处理好外夷入贡事务,使他们向唐朝纳贡输诚。韦应物《送冯著受李广州署为录事》:

　　　　郁郁杨柳枝,萧萧征马悲。送君灞陵岸,纠郡南海湄。名在翰墨场,群公正追随。如何从此去,千里万里期。大海吞东南,横岭隔地维。建邦临日域,温燠御四时。百国共臻奏,珍奇献京师。富豪虞兴戎,绳墨不易持。州伯荷天宠,还当翊丹墀。子为门下生,终始岂见遗。所愿酌贪泉,心不为磷缁。上将玩国士,下以报渴饥。②

　　冯著将赴广州任录事,作为地方官府广州有责任把"百国"进贡的"珍奇"上献朝廷。元稹《和乐天送客游岭南二十韵》写岭南:"岛夷徐市种,庙觋赵佗神。鸢跕方知瘴,蛇苏不待春。曙潮云斩斩,夜海火燐燐。冠冕中华客,梯航异域臣。果然皮胜锦,吉了舌如人。风飐秋茅叶,烟埋晓月轮。定应玄发变,焉用翠毛珍。"③"冠冕中华客,梯航异域臣"指

① 刘长卿撰,储仲君笺注《刘长卿诗编年笺注》,第 283 页。
② 韦应物撰,陶敏、王友胜校注《韦应物集校注》(增订本),上海古籍出版社 2011 年版,第 217 页。
③ 元稹《元稹集》卷一二,第 140 页。

的就是梯山航海来中华入贡的外国使臣。陈陶《赠容南韦中丞》云："普宁都护军威重，九驿梯航压要津。"①"九驿"当作"九译"，辗转翻译。《史记·大宛列传》云："重九译，致殊俗。"张守节《史记正义》云："言重重九遍译语而致。"②诗写容南韦中丞赴任之地乃沿海地区，那些海港津渡停泊着大量外国贡使的船舶，他们是来自遥远的地方，语言需经重重翻译始通。东南亚国家通过海路入贡犀牛、驯象。储光羲《述韦昭应画犀牛》诗云："遐方献文犀，万里随南金。大邦柔远人，以之居山林。"③白居易《驯犀》一诗写外国贡使进献犀牛的事件：

驯犀驯犀通天犀，躯貌骇人角骇鸡。海蛮闻有明天子，驱犀乘传来万里。一朝得谒大明宫，欢呼拜舞自论功。五年驯养始堪献，六译语言方得通。上嘉人兽俱来远，蛮馆四方犀入苑。④

元稹《驯犀》诗云：

建中之初放驯象，远归林邑近交广。兽返深山鸟构巢，鹰雕鹞鹊无羁鞅。贞元之岁贡驯犀，上林置圈官司养。玉盆金栈非不珍，虎啖狴牢鱼食网。渡江之橘逾汶貉，反时易性安能长。腊月北风霜雪深，踯躅鳞身遂长往。行地无疆费传驿，通天异物罹幽枉。乃知养兽如养人，不必人人自敦奖。不扰则得之于理，不夺有以多于赏。脱衣推食衣食之，不若男耕女令纺。尧民不自知有尧，但见安闲聊击壤。前观驯象后驯犀，理国其如指诸掌。⑤

白居易诗里的"海蛮"即东南亚沿海国家林邑、真腊、诃陵等，他

---

① 彭定求等《全唐诗》卷七四六，第 8479 页。
② 司马迁《史记》卷一二三《大宛列传》，中华书局 1982 年版，第 3166、3167 页。
③ 彭定求等《全唐诗》卷一三六，第 1373 页。
④ 白居易《白居易集》卷三，第 69 页。
⑤ 元稹《元稹集》卷二四，第 283 页。

们都曾向唐朝进献驯犀,元白诗写了贡使入贡并受到朝廷厚遇的过程。

其次是经商的海胡、海夷。唐朝南方沿海地区地方长官努力维护对外贸易的顺利进行,并以强大的军事力量保证了海路的畅通,外国商人往来方便而且安全,正如熊孺登《寄安南马中丞》诗云:"龙韬能致虎符分,万里霜台压瘴云。蕃客不须愁海路,波神今伏马将军。"①商人逐利而来,互通有无,促进了中外物质文化交流。杜甫《送重表侄王砅评事使南海》云:"番禺亲贤领,筹运神功操。大夫出卢宋,宝贝休脂膏。洞主降接武,海胡舶千艘。"②"南海""番禺"都指今广州,王砅以大理评事从朝廷出使广州,途经成都遇杜甫,杜甫写诗送别,其中写到广州"海胡舶千艘",可见来到广州的海外商贾之多。刘禹锡《南海马大夫远示著述兼酬拙诗辄著微诚再有长句时蔡戎未弭故见于篇末》诗云:"汉家旄节付雄才,百越南溟统外台。身在绛纱传六艺,腰悬青绶亚三台。连天浪静长鲸息,映日帆多宝舶来。"③"映日"句亦写广州海上外国商船数量之多。刘禹锡《马大夫见示浙西王侍御赠答诗因命同作》云:"忆逐羊车凡几时,今来旧府统戎师。象筵照室会词客,铜鼓临轩舞海夷,"④在广州马大夫的宴会上,有"海夷"献舞。薛能《送福建李大夫》云:"洛州良牧帅瓯闽,曾是西垣作谏臣。红旆已胜前尹正,尺书犹带旧丝纶。秋来海有幽都雁,船到城添外国人。"⑤福建观察使驻福州,诗写李大夫赴任福州,沿水路而行,近城时有洋人上船。上引元稹《和乐天送客游岭南二十韵》写到岭南"舶主腰藏宝,黄家砦起尘。"诗中自注:"南方呼波斯为'舶主'。胡人异宝,多自怀藏,以避强丐。"⑥可知所谓舶主是来自波斯的船主。周繇《送杨环校书归广南》云:"天南行李半波涛,滩树

---

① 彭定求等《全唐诗》卷四七六,第5421页。
② 杜甫撰,仇兆鳌注《杜诗详注》卷二三,中华书局1979年版,第2042—2047页。
③ 刘禹锡《刘禹锡集》卷三五,上海人民出版社1975年版,第349页。
④ 刘禹锡《刘禹锡集》卷三五,第350页。
⑤ 彭定求等《全唐诗》卷五五九,第6487页。
⑥ 元稹《元稹集》卷一二,第140页。

枝枝拂戏猱。初著蓝衫从远峤,乍辞云署泊轻艘。山村象踏桄榔叶,海外人收翡翠毛。"①翡翠毛是贵重物品,收取可售高价,这是海商的活动。

唐代与海外的宗教交流十分密切,不少外国僧人经海路到来传道,也有外国僧人经西域入华,再由海路回国。这些外国僧人首先是佛教僧人。崔涂《送僧归天竺》云:"忽忆曾栖处,千峰近沃州。别来秦树老,归去海门秋。汲带寒汀月,禅邻贾客舟。遥思清兴惬,不厌石林幽。"②此天竺僧欲归本国,乘贾客舟循海而行。无名氏诗残句:"寄宿山中寺,相辞海上僧。"(齐己《风骚旨格》)③这"海上僧"可能也是指经海路入华的僧人。印度婆罗门教僧人也有经海路入华的。婆罗门教是印度古代宗教,印度教的古代形式,因崇拜梵天及由婆罗门种姓担任祭司而得名。刘言史《送婆罗门归本国》云:

> 刹利王孙字迦摄,竹锥横写叱萝叶。遥知汉地未有经,手牵白马绕天行。龟兹碛西胡雪黑,大师冻死来不得。地尽年深始到船,海里更行三十国。行多耳断金环落,冉冉悠悠不停脚。马死经留却去时,往来应尽一生期。出漠(一作汉)独行人绝处,碛西天漏雨丝丝。④

可止《送婆罗门僧》云:"雪岭金河独向东,吴山楚泽意无穷。如今白首乡心尽,万里归程在梦中。"⑤有关唐代婆罗门教传入中国的文献资料很少,这两首诗有重要的史料价值。这两位印度婆罗门教僧人一位本想经西域中亚丝绸之路进入中国,但路途险阻难行,只

---

① 彭定求等《全唐诗》卷六三五,第7292页。
② 彭定求等《全唐诗》卷六七九,第7776页。
③ 彭定求等《全唐诗》卷七九六,第8963页。
④ 彭定求等《全唐诗》卷四六八,第5322页。
⑤ 彭定求等《全唐诗》卷八二五,第9292页。按,此诗一作清江诗,见《全唐诗》卷八一二,题作《送婆罗门》。

好改由海道："地尽年深始到船,海里更行三十国",经万里途程,终于实现到长安传经的夙愿,如今又要经西域回国。另一位经西域东来中国,曾经到中国南方传教。如今年迈力衰,归乡无望,也便打消了归乡之念。但梦中仍时时回到家乡。有意思的是这两首诗都用了"独"字形容婆罗门僧的行踪,反映了婆罗门教在中国遭受冷落的状况。

唐时东南亚国家还向唐朝入贡侏儒小黑人,阿拉伯、波斯商人到中国进行贸易活动,还从事奴隶贸易,他们把非洲、马来半岛的黑人、侏儒贩运到唐朝长安,成为达官贵人家庭奴仆。这样的人被称为"昆仑奴"或"昆仑儿"。《旧唐书·南蛮传》云:"自林邑以南,皆卷发黑身,通号为'昆仑'。"① 地处今印度尼西亚的室利佛逝国在唐高宗时曾向唐朝"献侏儒、僧祇女各二"。② 元和八年(813),诃陵国"献僧祇奴四"。③ 唐裴铏传奇小说《昆仑奴》写长安一位"显僚"家中畜有昆仑奴,身怀绝技。④ 这些肤色漆黑、装束奇异、言语特殊的昆仑奴引起汉地人的好奇,有的诗人很感兴趣,便赋诗咏叹。如张籍《昆仑儿》诗云:

> 昆仑家住海中洲,蛮客将来汉地游。言语解教秦吉了,波涛初过郁林州。金环欲落曾穿耳,螺髻长卷不裹头。自爱肌肤黑如漆,行时半脱木绵裘。⑤

---

① 刘昫等《旧唐书》卷一九七《南蛮传》,中华书局1975年版,第5270页。按,张星烺《唐时非洲黑奴输入中国考》认为昆仑或昆仑奴来自在百越,由阿拉伯商人贩运而来。载《辅仁杂志》第1卷第1—2期,又见氏著《中西交通史料汇编》第二册,朱杰勤校订本,中华书局2003年版,第22页。葛承雍《唐长安黑人来源寻踪》认为昆仑奴来自东南亚,载《中华文史论丛》第65辑,上海古籍出版社2001年版。李安山《古代中非交往史料补遗与辨析——兼论中国早期黑人来源问题》认为多元来源说可以较好地解决这一问题。除了非洲和东南亚外,印度可能也是重要来源。印度很早就有黑人奴隶贸易。他还指出,当时来到中国的黑人并非全部都是奴隶,有驯兽师、船员、乐师、耕者、士兵等。文载《史林》2019年第2期。
② 欧阳修、宋祁《新唐书》卷二二二下《南蛮传下》,中华书局1975年版,第6305页。
③ 欧阳修、宋祁《新唐书》卷二二二下《南蛮传下》,第6302页。
④ 汪辟疆《唐人小说》,上海古籍出版社1978年版,第324—326页。
⑤ 彭定求等《全唐诗》卷三八五,第4339页。

这里的"昆仑儿"指的是随海舶到来的南洋诸岛的居民,"蛮客"则是当时来自东南亚的商人,昆仑儿可能是这些商人的侍儿,也可能是被这些商人贩卖至此。"将来"是带来的意思,诗没有交代带来的目的是什么。这种体貌奇异的昆仑儿还引起画家的好奇,成为唐代人物画的题材。顾况看到一位杜姓画家画的昆仑儿,便激发了灵感,写了一首咏画诗《杜秀才画立走水牛歌》:

> 昆仑儿,骑白象,时时锁著师子项。奚奴跨马不搭鞍,立走水牛惊汉官。江村小儿好夸骋,脚踏牛头上牛领。浅草平田擦过时,大虫著钝几落井。杜生知我恋沧洲,画作一障张床头。八十老婆拍手笑,妒他织女嫁牵牛。①

在唐朝人看来,昆仑儿属于丑陋一类,故用"昆仑儿"做比嘲笑相貌丑陋者或夸张某人的丑相。崔涯《嘲妓》其一云:"虽得苏方木,犹贪玳瑁皮。怀胎十个月,生下昆仑儿。"②又《嘲李端端》云:"黄昏不语不知行,鼻似烟窗耳似铛。独把象牙梳插鬓,昆仑山上月初生。"结果李端端因此门庭冷落。崔涯又赋一诗:"觅得黄骝鞁绣鞍,善和坊里取端端。扬州近日浑成差,一朵能行白牡丹。"据说,端端得前诗,忧之。乃重赠此诗美化之,于是豪富之士复臻其门。当时有人戏之曰:"李娘子才出墨池,便登雪岭。"红楼以为笑乐。③

关于唐代海上丝绸之路的发展,有丰富的文献资料和考古资料。而从诗史互证角度看,唐诗中反映海上丝路的作品也有重要的史料价值,甚至具有某种重要的补充作用。在中外文化交流形成高峰的唐代,丝绸之路的发展为唐诗创作提供了丰富的素材,唐诗作为社会生活的反映,对于认识丝路发展具有重要的参考价值。本文通过疏理唐诗中

---

① 彭定求等《全唐诗卷二六五,第 2946 页。
② 彭定求等《全唐诗》卷八七〇,第 9858 页。
③ 范摅《云溪友议》卷中,古典文学出版社 1957 年版,第 32—33 页。

有关通过海上交通中外往来的人物,从一个具体的方面揭示了这一现象。

［作者简介］石云涛,北京外国语大学中国语言文学学院教授。

驿路唐诗安南书写的题材类型 *

吴淑玲

 摘　要:唐时的安南指东到广西那坡、靖西和龙州、宁明、防城等地,南抵越南河静、广平省界,西至红河黑水之间,北抵今云南南盘江、广西西林、广西环江毛南族自治县的广大地区。但唐诗中走向安南的文学书写绝不止于这些地区,也包括岭南一些地区。驿路唐诗的安南书写主要题材类型有:走向安南的奇异物候和风俗、官吏任职生活的反映、被贬人员的生活和内心的反映、科考士子送往迎来的情况等。这些题材是唐朝人走向安南的生活的真实反映,记录了那个时代唐朝版图内南边绝域生活的真实境况,是中国文学第一次真实、具体、形象的安南书写。

关键词:驿路诗歌　走向安南　题材类型

　　唐代西南边域生活着很多少数民族部落,其中大部分在武德初就开始内附,并在数百年间的大多数时间与唐王朝保持良好的关系,除南诏外,大体东到广西那坡、靖西和龙州、宁明、防城等地,南抵越南河静、广平省界,西至红河黑水之间,北抵今云南南盘江、广西西林、广西环江毛南族自治县的广大地区构成了安南都护府的基本范围。对以中原为中心的唐人来说,安南是一块神奇的土地,它远离大唐王朝的中心,物候、生活与中原完全不同,风俗更有很大区别,走向这里的文人,用他们

---

* 　基金项目:本文是国家社会科学基金一般项目"驿路唐诗的边域书写研究"(17BZW006)阶段成果。

的诗笔记录了这里奇异的物候、不同的风俗、宦海浮沉的感受,在唐代诗人笔下形成独特的风貌风情。

一、走向安南的奇异物候和风俗

(一) 四季缺乏变化的物候特点

在唐代的文化氛围里,文人主要生活在以京都为中心的中原,在他们对生活认同的意识里,四季分明的物候是生活的正常秩序,而安南没有四季变化的物候,这种物候特点带来的不止是新奇,还有不知春夏秋冬的陌生和恐惧,尤其是被贬谪者,甚至把不知春夏秋冬作为时序混乱的写照。如杜审言的《旅寓安南》:

> 交趾殊风候,寒迟暖复催。仲冬山果熟,正月野花开。
> 积雨生昏雾,轻霜下震雷。故乡逾万里,客思倍从来。[1]

这首诗,杜审言完全是北人心态审视南方物候。诗篇一开始就强调交趾与北方气候不同,接着写交趾"寒迟暖复催"的特点,冬天还没到,炎热又要来。冬天没有冬天的样子,日历里的仲冬时节却能收获山果,印象里寒风凛冽的正月却见野花盛开,下点雨就雾气昭昭,本该有霜季节还雷声阵阵,与万里之外的故乡完全不同。正是这完全不一样的物候,让诗人更加思念家乡。再如沈佺期的《岭表逢寒食》:

> 岭外无寒食,春来不见饧。洛阳新甲子,何日是清明。
> 花柳争朝发,轩车满路迎。帝乡遥可念,肠断报亲情。[2]

---

[1] 彭定求等《全唐诗》卷六二,中华书局 1960 年版,第 734 页。
[2] 彭定求等《全唐诗》卷九六,第 1038 页。

寒食节,在农历的冬至后 105 日,清明节前的一、二日,节日期间,禁放烟火,只吃冷食,原因是晋国公子重耳流亡时的随从介之推在公子重耳成为晋文公后,"介之推不言禄,禄亦弗及",介之推因此躲到深山里,重耳欲逼其出山而烧山,致介之推母子因火而亡。晋文公本想给介之推好待遇,结果却酿成惨剧,后悔不已,下令烧山这两日不准用火,故人们需提前准备食物,这两日吃冷食,为寒食节。后来与清明连接,成为祭祀亲人的节日。但是,岭外习俗没有寒食节,也就见不到寒食节特有的食物。故而诗人无端发问,洛阳已经更换了朝代年号,何时过清明节呢? 诗歌的前四句里,蕴含着对岭外生活习俗的不适应,对新朝似乎忘记了他们这些被贬之人感到失落,因而引发诗人更加浓郁的思乡之情。

大历诗人卢纶写有一首《逢南中使因寄岭外故人》,历数了听闻的岭外与中原的不同:

> 见说南来处,苍梧接桂林。过秋天更暖,边海日长阴。
> 巴路缘云出,蛮乡入洞深。信回人自老,梦到月应沉。[1]

"见说",即是听闻。苍梧,即今广西壮族自治区梧州市的苍梧县,在中国的古代地理中代表着极南之地。这里的物候特点是秋后不冷反暖,海边也因水汽大而常见阴天。云山雾绕,洞中生活。因其遥远和蛮荒,书信来往极其不便,收到一封信人都可能变老,甚至梦中收到书信也可能已经从月出到了月落,而梦原本是倏忽之间,眨眼即到。诗歌从地理位置、气候不同、生活方式不同、书信往来不便四个层面书写岭外与中原的隔绝及往来的不便。

总体看来,来自北方的诗客,见惯了四季变化,感受着变化中的新鲜、浓郁、丰满、苍凉,对于缺少变化的南方感到很不适应,他们感觉在南方不知岁月变动、不知世界变化,悄然中消磨了时光,有一种在不自

---

[1] 彭定求等《全唐诗》卷二七八,第 3155 页。

觉中"信回人自老"的恐慌。

（二）反映岭南昏雾瘴疠等令人不适的气候

在唐人的眼中,去往安南的路途,交通闭塞,环境恶劣,蚊蝇乱舞,虫魅猖獗,湿气重浊,瘴疠丛生,是不适合人居住的地方,因而成为唐朝贬谪官员被发遣之所。当一位又一位士人因为各种各样的原因被发往岭南贬所之时,他们内心深处都存有被疏离的满腹辛酸,都在内心深处不愿意走向这样的荒凉处所,故而,当他们蹒跚而来时,为了宣泄心中被贬的痛楚,会有意无意地放大这里的蛮荒,渲染这里环境的恶劣,其中,对昏雾瘴疠的描写,成为重要的发泄口。

岭南的昏雾瘴疠,原本是中原人心目中的畏途。汉代征服安南的著名战将马援对此深有体悟,《后汉书·马援传》记载,建武十九年(43)正月,马援南击交趾,胜利后被封新息侯,在犒劳三军时,忆起征战情形,对昏雾瘴疠仍心有余悸:"当吾在浪泊、西里间,虏未灭之时,下潦上雾,毒气重蒸,仰视飞鸢跕跕堕水中。"[1]毒气弥漫,飞鸟惨堕,是伏波将军对岭南的残酷记忆。这种记忆也留在唐代被贬岭南的谪人诗中。如沈佺期流放驩州(今越南安城县)时,经过大庾岭,感受到了不同于岭北的气候,写有《遥同杜员外审言过岭》:

> 天长地阔岭头分,去国离家见白云。
> 洛浦风光何所似,崇山瘴疠不堪闻。
> 南浮涨海人何处,北望衡阳雁几群。
> 两地江山万余里,何时重谒圣明君。[2]

诗歌写于神龙元年(705),沈佺期和杜审言均因谄附张氏兄弟先后被

---

① 范晔《后汉书》卷二四,中华书局 1965 年版,第 838 页。
② 彭定求等《全唐诗》卷九六,第 1043 页。

贬,杜审言先起程去峰州(今越南越池东南),过大庾岭时有过岭诗(诗不存),沈佺期随后也过大庾岭去贬所驩州(今越南安城县),读到杜审言诗,不禁感慨万千,因而写下和诗。诗歌首联以"过岭"点出唐时文化地理中蛮荒和文明的分界线。过了大庾岭,被贬谪之人才会真正体会到"去国离家"的感觉,被抛弃、被疏离的感觉。颔联以对比手法,将"洛浦风光"与"崇山瘴疠"进行对比,一个极美之,一个极贬之,美之者不直言具体何以美,而以"何所似"言其无处不美,贬之者却直言其具体的瘴疠之害令人惊怖。前四句应该是两个人共同的感同身受的痛苦。颈联转写思人,"南浮涨海"指杜审言行踪,"北望衡阳"是自己和杜审言共同的回望家乡的行为及过岭后人不如雁的感受。尾联结于两人同是被贬南海,却仍然天各一方,不知何时才能回朝。诗中描写过大庾岭的最重要的感受就是"崇山瘴疠"的畏途、险途,从中可以映射出唐人对"瘴疠"的恐惧。

中唐诗人张籍曾经到岭外边游,也与岭表之外的人多有交往,诗中有数首涉及安南奇异物候和风俗的驿路送别诗,如《送南迁客》《送蛮客》《送南客》《山中赠日南僧》《岭表逢故人》等,不能说篇篇写到瘴雾,但确实涉及者不少。其《送南迁客》诗云:

> 去去远迁客,瘴中衰病身。青山无限路,白首不归人。
> 海国战骑象,蛮州市用银。一家分几处,谁见日南春。①

南迁,是唐代被贬谪之人的"特权",但迁客的命运往往非常糟糕。此诗中的迁客,年老体衰,还要在瘴疠中行走,漫漫长途,应该就是"白首不归人"了。张籍还想象到迁客在迁居之地看到打仗骑象的奇景,写到海国受中原影响买卖用银子作货币而不用铸钱的情况,还写到了这里永远没有春天的气候特点。

---

① 彭定求等《全唐诗》卷三八四,第 4304 页。

（三）岭南奇特的百蛮异俗

广、桂、容、邕、南海、苍梧、郁林、合浦、交趾、九真、日南、儋耳、珠崖等地，由于距离赤道越来越近，生活的民族也多是少数民族，风俗与北方颇不相同。仅以南平为例。《旧唐书》载：

> 南平獠者……土气多瘴疠，山有毒草及沙虱、蝮蛇。人并楼居，登梯而上。号为"干栏"。男子左衽露发徒跣；妇人横布两幅，穿中而贯其首，名为"通裙"。其人美发，为髻鬟垂于后。以竹筒如笔，长三四寸，斜贯其耳，贵者亦有珠珰。土多女少男，为婚之法，女氏必先货求男族，贫者无以嫁女，多卖与富人为婢。俗皆妇人执役。其王姓朱氏，号为剑荔王，遣使内附，以其地隶于渝州。[①]

气候多瘴疠，山川多毒草、沙虱、蝮蛇，这种环境特点，人需要在二楼的竹楼居住。服装也不一样，男子左衽，女子通裙（类连衣筒裙，与汉人上衣下裳不同）。生活习惯也不同。南平獠有南平獠的习俗，乌蛮有乌蛮的习俗，花样百出。这些奇风异俗也出现在入南诗人笔下。如王建的《送严大夫赴桂州》：

> 岭头分界候，一半属湘潭。水驿门旗出，山峦洞主参。
> 辟邪犀角重，解酒荔枝甘。莫叹京华远，安南更有南。[②]

诗中的严大夫走过梅岭，在岭南土地上，感受的是水乡泽国的氛围，一个个水驿挂出了旗幌，居住在山洞的少数民族以洞主旗号为令，洞里的装饰是辟邪的犀角，解酒竟然用甜美的荔枝。这是完全不同的生活场

---

① 刘昫等《旧唐书》卷一九七，中华书局 1975 年版，第 5277 页。
② 彭定求等《全唐诗》卷二九九，第 3398 页。

景,是令人惊异的蛮俗世界。诗人感慨,这里虽然属于安南,却是安南最北的地方,还有更遥远的地方有更加不同的风俗。从这首诗里,我们可以感受到汉人眼中的奇风异俗。

安南的物产也与中原不同,自有其奇妙,如李洞的《送云卿上人游安南》:

> 春往海南边,秋闻半夜蝉。鲸吞洗钵水,犀触点灯船。
> 岛屿分诸国,星河共一天。长安却回日,松偃旧房前。①

李洞送别云卿上人到安南游历,想象到安南在海边,天气炎热,秋夜里也能听到蝉的叫声,而北方夏蝉秋死后再无蝉声。在海边洗钵,就可能遇到鲸鱼、泊船的地方就可能有犀牛、大象碰触船只。水乡以岛屿各自分开,星河相映令人遐想。

二、官吏任职出使生活的反映

唐朝的西南边域,与今天我们理解的游览胜地完全不同。在那时,这里是未曾开化的蛮荒之地,虽然归入大唐版图,却是"畏途巉岩不可攀"的所在,很少有人愿意到这里任职。有一则资料可以证明:

> 贞元十九年,韦皋始通西南蛮夷,酋长异牟寻贡琛请使,朝廷方命抚谕,选郎吏可行者,皆以西南遐远惮之。滋独不辞,德宗甚嘉之,以本官兼御史中丞,持节充入南诏使。未行,迁祠部郎中,使如故。来年夏,使还,擢为谏议大夫。俄拜尚书右丞,知吏部选事。②

---

① 彭定求等《全唐诗》卷七二一,第 8271 页。
② 刘昫等《旧唐书》卷一八五下,第 4830—4831 页。

到西南夷宣诏安抚,原本是非常荣宠之事,但在派选出使安南的使者时,却出了问题,诸多郎吏,竟然多因"邈远"而产生畏惧心理,只有汝南人袁滋不惧辛劳、不怕涉险,勇于前往。这本是朝廷官员分内之事,可是,一位官员若肯出使安南,竟然能够让皇帝高兴到四迁其职:不推辞出使任命,即以本官兼任御史中丞;还未开始走上出使行程,又迁祠部郎中;出使归来,即提拔为谏议大夫;不久,再提升为尚书右丞,还给了"知吏部选事"负责考察提拔官员的重任。由此可见,出使西南边域,在唐人心目中有多艰难,在统治者心目中有多重要。

　　唐朝在安南都护府实施一系列管理措施,必然要派中土官员文士到安南任职,也一定会有文职官吏有机会出使到安南公干,这些朝廷官员和文士在去往安南的路途上,完成朝廷交给的使命,也在充满对安南的好奇中书写着自己的职场人生。

(一)反映大唐使者册封、贺吊的活动

　　册封、贺吊的使者属于纯粹的使者,他们很少在出使地久住,基本上所有的生活都在驿路上,感受的是南方与西北边塞和东北边塞完全不同的驿路生活。这一类诗歌,除了感觉使命光荣、传达天威、路途艰难,没有更多的内容,只举一首为例。如杨巨源《送许侍御充云南哀册使判官》:

> 万里永昌城,威仪奉圣明。冰心瘴江冷,霜宪漏天晴。
> 荒外开亭候,云南降旆旌。他时功自许,绝域转哀荣。[1]

诗歌写许侍御出使南方,就是代表朝廷的威仪,南荒之外,唐朝的驿路直接开过去,云南的蛮洞人将降书顺表递上来,这就是哀册使的功劳,

---

[1]　彭定求等《全唐诗》卷三三三,第3719页。

让天威到达南荒!

这类作品往往没有太多实际内容,艺术上也不讲究,多流于形式,故不多谈。

(二) 反映大唐官员任职地方或巡访地方的活动

去岭南或安南任职,虽是为官,却是苦差,驿路诗歌反映岭南或安南任职,会写到地方遥远、烟瘴重生、行路艰难,也会期望任职能够为主分忧,有所作为,送别诗则以劝慰行者莫叹遥远、不辞辛劳为主。

唐高宗调露元年(679 年),岭南邕州、岩州一带(今广西境内)獠族叛乱,统治者发兵征讨。初唐诗人李峤,时任监察御史,奉命充任监军,随军南征。李峤此次随军出征功业不小,他亲入獠洞,宣谕朝旨,成功招降叛军,其《安辑岭表事平罢归》详细记载了招降事:

> 自我违瀍洛,瞻途屡挥霍。朝朝寒露多,夜夜征衣薄。
> 白简承朝宪,朱方抚夷落。既弘天覆广,且谕皇恩博。
> 皇恩溢外区,憬俗咏来苏。声朔臣天子,坛场拜老夫。
> 绛宫韬将略,黄石寝兵符。返斾收龙虎,空营集鸟乌。
> 日落澄氛霭,凭高视襟带……
> 去舳舣清江,归轩趋紫陌。衣裳会百蛮,琛赆委重关。
> 不学金刀使,空持宝剑还。①

"瀍洛",是瀍水和洛水的合称,代指京师。"自我"四句,写诗人随军出征,路途浪费了太多时间(实因路途遥远,行进困难),受尽了露水侵衣之苦。"白简"四句,说自己带着朝廷的招降文书、肩负使命宣传大唐天下边域之广、皇恩之浩荡。"皇恩"八句,写诗人在獠洞纵横捭阖、令獠

---

① 彭定求等《全唐诗》卷五七,第 688 页。

族臣服、遵唐正朔、拜跪李峤。最后四句写自己团结百蛮,百蛮人在李峤临行前赠送各类珠宝表示感谢和臣服。结语两句李峤炫耀自己的功业,说自己不像那些带着宝刀上战场的人空手而归。意即文臣取得了超越武将的功业,颇有"看我儒士定风波"的味道。

但并不是所有人都有李峤那般功业,更多人把岭外为官视为畏途,如李白游览江西时写的《江西送友人之罗浮》,表达了对友人的担心:

> 桂水分五岭,衡山朝九疑。乡关渺安西,流浪将何之。
> 素色愁明湖,秋渚晦寒姿。畴昔紫芳意,已过黄发期。
> 君王纵疏散,云壑借巢夷。尔去之罗浮,我还憩峨眉。
> 中阔道万里,霞月遥相思。如寻楚狂子,琼树有芳枝。①

在李白眼中,越过五岭,乡关之路比安西还要遥远,湖水为之愁苦,秋渚感到晦暗,而自己和朋友,一个之罗浮,一个憩峨眉,更是山遥地远。诗歌中竟然没有提及友人到罗浮去做什么,该怎么做,前程是什么,只有愁苦和晦暗,可见在李白心目中,罗浮不是什么好去处。

相比而言,高适的《送柴司户充刘卿判官之岭外》则有一些鼓励友人尽力而为之意:

> 岭外资雄镇,朝端宠节旄。月卿临幕府,星使出词曹。
> 海对羊城阔,山连象郡高。风霜驱瘴疠,忠信涉波涛。
> 别恨随流水,交情脱宝刀。有才无不适,行矣莫徒劳。②

诗歌前四句是对友人的激励,说友人所去之处是"雄镇",友人是带着朝廷的节旄光荣出使,到幕府任职就是月亮和星星下凡到人间。中间四句写柴司户的驿路行程,越海跨山、驱瘴经霜,虽然艰难,但柴司户忠信

---

① 彭定求等《全唐诗》卷一七七,第 1809 页。
② 高适撰,刘开扬笺注《高适诗集编年笺注》,中华书局 1981 年版,第 344—345 页。

可嘉,不惧艰难。最后四句写歧路送别宝刀赠友的惆怅,并鼓励柴司户,有才之人到哪里都能够有所作为,不要辜负了这光荣的路程。韩愈有《送桂州严大夫同用南字》也是此类:

> 苍苍森八桂,兹地在湘南。江作青罗带,山如碧玉篸。
> 户多输翠羽,家自种黄甘。远胜登仙去,飞鸾不暇骖。①

韩愈诗题下注云:"严谟也",可见是严谟任桂管观察使上任前的送别之作。关于严谟任桂管观察使,白居易有《严谟可桂管观察使制》,可证严谟确有此行。送别规模应该不小,大家都用"南"字为韵。诗歌首联点出任职之地,颔联写任职地景色之美,颈联写任职地之特产,尾联说严谟此去胜于登仙,像驾飞鸾一般。这是对严谟任职桂管观察使的美赞,也是希望对方愉快接受任命之意。

这一类诗歌,内容比上一类略为丰富,无论是赴任地方还是送别好友,抑或是巡按地方,对任职的期望、对景物的感受、对朋友的关怀,都是发自真心的,尤其是送别诗,更是真心替朋友着想,送别的情谊显得尤为真挚,希望对方有所作为也不是虚言。

(三) 反映军旅任职的生活情况

唐朝的南部边域管理,以归化为主,战争较少,除唐王朝与南诏的战争和很少的几次民变(多是因贪官污吏贪剥过甚导致),几乎很少战事。安南都护府的长官多是以行政为主兼有军权,如裴泰、高骈。幕府中人,既是军幕生活,也是行政处世。一些诗歌反映了这方面情况,如权德舆的《送安南裴都护》:

---

① 韩愈撰,钱仲联集释《韩昌黎诗系年集释》,上海古籍出版社 1984 年版,第 1242 页。

忽佩交州印,初辞列宿文。莫言方任远,且贵主忧分。

迥转朱鸢路,连飞翠羽群。戈船航涨海,旌旆卷炎云。

绝徼褰帷识,名香夹毂焚。怀来通北户,长养洽南薰。

暂叹同心阻,行看异绩闻。归时无所欲,薏苡或烦君。①

诗题中的"裴都护"指安南第八任都护府长官裴泰。关于裴泰,史书记载不多,知其唐德宗贞元十八年(802)五月代前任都护赵昌:"庚辰,以祠部员外郎裴泰为检校兵部郎中,充安南都护、本管经略使。"②但裴泰任职时间甚短,仅八个月而已:"十九年二月己亥,安南将王季元逐其经略使裴泰,兵马使赵均败之。"③驱逐原因,史书未交代。权德舆的这首送别诗,透露的信息也不多,但从中可知,裴泰是从以文章知名的祠部员外郎转任安南都护,是文官远任。此时权德舆的诗风还是颇受宫廷诗风的影响,使用华丽词句描写裴泰的驿路行程,除"涨海""炎云"涉及南方地理和天气,并无实质性内容。权德舆只是希望裴泰在安南都护任上有所作为,成绩突出,将来荣归,带点"薏苡"就可以了。只可惜,裴泰的安南都护生活以失败而告终。

南边军中任职,有少数作品也出现了西北边塞作品大气磅礴的精神境界,如与白居易、元稹、刘禹锡等俱为好友的熊孺登,写有一首《寄安南马中丞》:

龙韬能致虎符分,万里霜台压瘴云。

蕃客不须愁海路,波神今伏马将军。④

这首必须经过驿路传递的诗尚存盛唐边塞诗余韵,将龙虎气象、万里气

---

① 彭定求等《全唐诗》卷三二三,第3634页。

② 刘昫等《旧唐书》卷十三,第396页。

③ 欧阳修、宋祁《新唐书》卷七,中华书局1975年版,第204页。

④ 彭定求等《全唐诗》卷四七六,第5421页。

魄带入诗中,赞美马中丞带去天家威严,能够将瘴云海路等一举克服,夸美当年的马援将军都会拜服在今日的马将军脚下。

反映赴安南军旅生活最多的是晚唐时著名的安南都护高骈。高骈咸通七年(866)任职安南,为静海军节度使。高骈治安南,颇有贡献,驱逐南诏,疏浚漕运,广建城池,使安南都护所在地凸显安宁和繁荣。《资治通鉴》卷二五〇"咸通八年"条记载:"自安南至邕、广,海路多潜石覆舟,静海节度使高骈募工凿之,漕运无滞。"①安南人对此事比较认同:

> (后黎朝)史臣吴士连曰:高骈凿港之役,何其异耶。盖所行合理,故得天之助也。天者理也。地道有险夷,理之常也。人力有济险,亦理之常也。苟险而不能济,天何假于人哉。禹之治水,苟不合乎理,天何由成,地何由平也。其效至于洛龟呈祥,非天之助乎。观骈之言,曰:今凿海派,用济生灵,苟不殉私,何难之有。诚发于言,言岂不顺乎。孚信所感,通乎金石,况于天乎。天所助者顺也。《易》曰:履信思乎顺,自天祐之,吉,无不利。雷震巨石以助之,何足为怿也。②

至于高骈后来的作为和悲剧结局,不属于本文考察之列,故省之。

高骈的安南任职是他生活中浓墨重彩的一笔,是他生活中辉煌的顶点。其家族本武官世家,但他"颇修饰,折节为文学",因此安南生活在他笔下留下很多痕迹。其有关安南的诗歌可以分为三类:

第一类是军旅途程生活,如《南海神祠》和《海翻》:

> 沧溟八千里,今古畏波涛。此日征南将,安然渡万艘。(《南海

---

① 司马光《资治通鉴》卷二五〇,中华书局 1956 年版,第 8118 页。
② [日]陈荆和编校:《大越史记全书·外纪》卷五,有限会社兴生社东京都杉并区南荻窪 2‑23‑9,昭和 59 年(1984),第 168 页。

神祠》)

　　几经人事变，又见海涛翻。徒起如山浪，何曾洗至冤。(《海翻》)[1]

前一首写海行之顺，安然渡过万里波涛，似乎有神灵在保佑(高骈迷信神灵鬼怪，晚年尤甚)。后一首写大海翻滚的波澜，借此感慨人生变化莫测，即使如山的海浪也难洗却人生的冤屈。

　　第二类是安南送别的诗歌，如《赴安南却寄台司》《安南送曹别敕归朝》。这一类诗歌往往借机抒发感慨，如《赴安南却寄台司》：

　　　曾驱万马上天山，风去云回顷刻间。
　　　今日海门南面事，莫教还似凤林关。[2]

高骈在任安南都护之前在西北边塞打仗，他在任秦州刺史时统领军队与吐蕃、党项都进行过艰苦卓绝的西北征战，故而担任安南都护，他希望自己带领的军队不要再像凤林关时那样艰苦和艰难。他的《安南送曹别敕归朝》则是面对驿路送别的场景抒发期盼归朝的情怀：

　　　云水苍茫日欲收，野烟深处鹧鸪愁。
　　　知君万里朝天去，为说征南已五秋。[3]

在云水苍茫的背景下送别，野烟深处的鹧鸪声似乎也在传达着诗人内心的忧愁，他的愁是什么？原来是曹别敕归朝，将踏上万里朝天路，而自己还要留在安南生活，故此希望曹别敕回到朝廷，替自己申说一下已经征南五载的情况，也即希望朝廷考虑自己常年征战在外，允许回归朝

---

① 彭定求等《全唐诗》卷五九八，第 6918，6919 页。
② 彭定求等《全唐诗》卷五九八，第 6919 页。
③ 彭定求等《全唐诗》卷五九八，第 6922 页。

中,思乡、思君之情溢于言表。

第三类是内心世界的外泄。高骈虽是军人,却能以军人之身而吟闺阁之调,披露征南时的柔软内心世界,如《闺怨》:

> 人世悲欢不可知,夫君初破黑山归。
> 如今又献征南策,早晚催缝带号衣。①

诗歌以闺中人的口气,抒发闺中女子与南征之人之间的悲欢离合,刚刚在西北打了胜仗的夫君又被调到了征南的战场,又在催着缝制带有军队编号的军衣,这将又是一场离别。诗人以男儿身作闺阁语,表面写闺中人对自己的不舍,其实衬托的是自己对闺中人的依恋,可见也是儿女情长。但高骈毕竟是军人,思乡念家时可以呢喃儿女,面对征战时就必须英风豪气,高骈也做到了这一点,如他的《南征叙怀》就是军人强大内心世界的披露:

> 万里驱兵过海门,此生今日报君恩。
> 回期直待烽烟静,不遣征衣有泪痕。②

诗歌以大气磅礴之笔,写万里带兵过海的壮阔画面,表达誓报君恩的豪情,并豪迈地表示:待烽烟熄灭,回归朝廷,绝不会让征衣染上泪痕。这就是笑对人生的态度:坚贞、坚强、坚定,令人振奋。

三、南海贬谪人生的描写

岭南、安南在唐代属于尚未开发的蛮荒之地,是贬谪之所。贬谪岭

---

① 彭定求等《全唐诗》卷五九八,第 6919 页。
② 彭定求等《全唐诗》卷五九八,第 6923 页。

南是对官员的极其严厉的处罚,一些犯有重大错误或被认为犯有重大错误的唐朝官员,往往被贬谪到中原人心目中的烟瘴之地,这就意味着他们远离朝政中心,远离家乡和亲人,从此被边缘化,政治生命可能就此终结,因此,贬谪生活就成为南贬人的痛点话题,他们会透过不一样的环境物候和对生活的不适应,书写自己压抑的人生。

一类是自身有短处或心中有忌讳,只写南荒遥远,死生异路,不论是非。被贬南荒的人,尤其是初唐时期被贬南荒的人,往往是自己犯了错误不可饶恕,像沈佺期、宋之问、杜审言等,都是因为谄事武则天男宠张易之兄弟,令人不齿,他们被贬南荒,没有任何理由像屈原那样自视甚高,也没有理由像贾谊那样感慨世俗社会不容贤臣,他们除了感慨南国离京远、死生不知期,没有理由对这个世界有任何抱怨。比如沈佺期的《入鬼门关》:

> 昔传瘴江路,今到鬼门关。土地无人老,流移几客还。
> 自从别京洛,颓鬓与衰颜。夕宿含沙里,晨行冈路间。
> 马危千仞谷,舟险万重湾。问我投何地,西南尽百蛮。[1]

这是沈佺期因交易张易之被贬驩州(今越南安城县)时路途所写。鬼门关即天门关,在今广西壮族自治区玉林市东部与北流县交界的天门山上,《旧唐书·地理志》剑南道的"北流"县条:"北流,州所治。汉合浦县地,隋置北流县。县南三十里,有两石相对,其间阔三十步,俗号鬼门关。汉伏波将军马援讨林邑蛮,路由于此,立碑石龟尚在。昔时趋交趾,皆由此关。其南尤多瘴疠,去者罕得生还,谚曰:'鬼门关,十人九不还。'"[2]《旧唐书》记载的鬼门关,正是沈佺期所经过的关口,是古今交通要隘,也是沈佺期被贬驩州的必经之地。此地地势险要,过往之人往往有死里逃生之叹,行至此地,沈佺期不免感慨万千,他因鬼门关的名

---

① 彭定求等《全唐诗》卷九七,第 1050 页。
② 刘昫等《旧唐书》卷四一,第 1743 页。

称而思虑人生，似乎自己的生命也到了历经生死的境地。回忆一路上风餐露宿、披荆斩棘、履危蹈险的经历，想想自己的目的地竟然是被人视为鄙陋的百蛮之地，其内心的悲凉可以想见。虽然作者没有透露自己的心情，只是描述了路途所见，但当作者把鬼门关与“颓鬓”“衰颜”相联系时，作者那种走向死路的感受已经呼之欲出了。再如宋之问的《题大庾岭北驿》，也是因为谄事张易之被南贬时所作：

> 阳月南飞雁，传闻至此回。我行殊未已，何日复归来。
> 江静潮初落，林昏瘴不开。明朝望乡处，应见陇头梅。①

在大庾岭北驿，已经是极南的所在，大雁至此不再南飞，但宋之问说他的行程却还远未结束，就连回到大庾岭这个地方都不知道何年何月，在“林昏瘴不开”的烟瘴之地，自己若向家乡回望，是不是还能够见到大庾岭的梅花呢？那种远离家乡的失落溢于言表。又如张均的《流合浦岭外作》：

> 瘴江西去火为山，炎徼南穷鬼作关。
> 从此更投人境外，生涯应在有无间。②

张均是开元名相张说长子，“安史之乱”时，他未能逃出长安，接受了安禄山授予的伪官，担任了伪中书令。按唐朝统治者在长安收复后处置伪官的做法，张均应受大辟之刑，但因为唐肃宗与张说的特殊关系，朝廷给予张均特赦免死、长流合浦的判决。按人臣之理，不能杀身报国而是负国偷生，朝廷又给予特赦，应该感激涕零，有羞耻之心，检讨自己的问题，比如王维就曾在《责躬荐弟表》中沉痛表达自己的后悔，反省自己“没于逆贼，不能杀身，负国偷生”的罪恶，但张均在诗歌里只写自己此

① 彭定求等《全唐诗》卷五二，第640页。
② 彭定求等《全唐诗》卷九〇，第985页。

行路途的艰难,感慨可能自己的人生或许就在这条被贬谪的路途上耗尽,可见没有任何是非之思。

　　还有一些人,面对被贬,也是不言是非,只有感慨和同情。如中唐时期的耿湋曾经到过南方,也写过送别友人贬谪岭南的诗歌,其《送友贬岭南》,对友人的贬谪生活充满了同情:

> 暮年从远谪,落日别交亲。湖上北飞雁,天涯南去人。
> 梦成湘浦夜,泪尽桂阳春。岁月茫茫意,何时雨露新。①

耿湋的朋友暮年被贬,而且是被贬谪到唐人心目中的蛮荒之地岭南,这一别天涯海角,生死难料,诗人以大雁北飞和谪人南去进行对比,体现了人不如物的伤感。接着又用更加伤感的语言想象有人梦里思归、洒泪南方的痛苦,并替友人祈盼天恩雨露的降临,从中可见唐人对南贬畏途的认识。

　　有些南流之人,一去即是死路,客死他乡,尸骨亦不得返乡,只能葬身边域,如项斯的《哭南流人》:

> 遥见南来使,江头哭问君。临终时有雪,旅葬处无云。
> 官库空收剑,蛮僧共起坟。知名人尚少,谁为录遗文。②

项斯从南来使者口中获悉南流朋友死亡的音信,哭着追问具体情况,这位朋友死在冬天有雪的地方(应该是云贵高原地区),官方只没收了死者的东西,却没有让死者入土为安,是蛮僧也即朋友南流死所的僧人为其起土为坟,才不至于他抛尸荒野。如此结局,还能指望有人为其收录遗文吗?恐怕友人就此声名文章都会湮没于世了。

　　二是对世路艰难的感叹,颇多屈原南贬、贾谊被谪的哀怨和不平。

---

① 彭定求等《全唐诗》卷二六八,第 2982 页。
② 彭定求等《全唐诗》卷五五四,第 6414 页。

在封建社会里，即使唐代这样开明的社会，"一朝天子一朝臣"也依然是社会的痼疾，一些人成为政治斗争的牺牲品，被归类为某个受到打击的集团，或成为受到打击的个人，才华不被认可，生命在被贬的岁月中消耗，唯有盼望哪一天皇上醒悟而已。如大历诗人刘长卿的《送李使君贬连州》：

> 独过长沙去，谁堪此路愁。秋风散千骑，寒雨泊孤舟。
> 贾谊辞明主，萧何识故侯。汉廷当自召，湘水但空流。[①]

诗歌首句中的长沙，是李使君贬谪连州的必经之路，也是贾谊曾经贬谪之所，代表着无辜、委曲和悲凉，故此第二句用"谁堪此路愁"点明诗歌的主旨。颔联以风物描写友人孤舟寒雨的悲惨，颈联以贾谊比喻李使君，以萧何比自己，称李使君是才子被贬，结尾以朝廷召回友人为期盼，以湘水空流表达友人南去的悲哀。——湘水是南水北流，与友人贬所方向完全相反，是人不如物的悲凉。

晚唐诗歌的终结者杜荀鹤有一首《送人南游》概括性地写出了南游人的处境和心态：

> 凡游南国者，未有不蹉跎。到海路难尽，挂帆人更多。
> 潮沙分象迹，花洞响蛮歌。纵有投文处，于君能几何。[②]

首联以高度概括的语言揭示了南游对人心的打击，只要走向南方，就是命运不济，就是蹉跎人生。颔联"到海"一词，在以农耕文明为主的中国，海边即是天尽头，但对于南游人而言，到海边，依然不算天尽头，还要跨海而渡，"挂帆人更多"，则失意之人数量可见，由此衬托出晚唐社会人才的生存现状。颈联写走在失意路上的南游人感受到的海国异

[①] 彭定求等《全唐诗》卷一四七，第 1484 页。
[②] 彭定求等《全唐诗》卷六九一，第 7934 页。

景：到处是海潮留下的沙滩和大象行走的痕迹，到处是花的世界和少数民族的歌声。景象似乎很美，但在诗人的认识里，这是陌路异景，是完全生疏的地方，故有尾联的"纵有投文处，于君能几何"，在这遥远的地方，是很难找到知音的。杜荀鹤诗歌所流露的情感，其实就是唐人对南游、南贬的所有认知，是带有共性的认知，是令唐人视南游为畏途的原因之所在。

三是思亲念友、怀乡恋国的伤感。南贬是唐人心中的痛。因为南贬，可能客死他乡，可能与亲朋故旧生离死别，甚至在路途上见多了生离死别，就特别容易伤感，容易引发思亲念友怀乡的伤情。其中最有名的是宋之问的《度大庾岭》：

> 度岭方辞国，停轺一望家。魂随南翥鸟，泪尽北枝花。
> 山雨初含霁，江云欲变霞。但令归有日，不敢恨长沙。①

宋之问这首诗感情色彩非常强烈。首联一个"方"字，和后面的"望家"联系，把自己度大庾岭与中原的隔绝强烈地凸显出来，表达了对中原、对故土、对京国的万般留恋。颔联以精美的对句蕴含着深沉的典故，将洒泪北枝、魂向北飞、翘首遥望、珠泪满襟、楚楚可怜的诗人形象刻画出来，引人同情。颈联写度岭时的天气，山雨初霁、江云变霞，景色很美，但这种美丽诗人却无心欣赏，或者说美丽的景色更加衬托他内心的悲凉，是"以乐景衬哀景"的烘托作用。尾联盼望回归，说若有回归日，不敢有像贾谊那样的哀怨之情。《史记·屈原贾生列传》记载，贾谊被贬时"闻长沙卑湿，自以寿不得长，又以适去，意不自得。"②宋之问借用此典，反义用之，意在表明自己对朝廷此次贬谪并无不满，祈望朝廷理解自己的思家恋国的情怀。再如沈佺期的《初达驩州》：

---

① 彭定求等《全唐诗》卷五二，第 641 页。
② 司马迁《史记》卷八四，中华书局 1959 年版，第 2492 页。

> 自昔闻铜柱,行来向一年。不知林邑地,犹隔道明天。
>
> 雨露何时及,京华若个边。思君无限泪,堪作日南泉。①

"铜柱"是中国南部边疆的标志,《东观汉记·马援传》记载:"(马)援平交趾……于交趾铸铜马,奏曰:'臣闻行天者莫如龙,行地者莫如马。'"②《后汉书·马援传》"峤南悉平"下李贤注引《广州记》:"(马)援到交趾,立铜柱,为汉之极界也。"③可知东汉大将马援征越成功后有立铜柱以示疆界之事。沈佺期作为学博识广之人,自然很清楚马援故事,故说自己"昔闻",但到亲自行走这一路程,才知道有多遥远。"一年"在唐人驿路行程概念里可以计算到非常遥远的距离,而林邑还要"犹隔道明天",真是远而又远了。所以颈联感慨皇恩雨露何时能够到达,京华又在哪个遥远的地方? 一种被抛荒置远的感觉油然而生,于是引发了尾联的思君之情,说自己的思君之泪,可以作日南(今越南中部,林邑国所在地)的泉水了,以夸张的笔墨描写思君泪水之多,衬托思君之情。

中唐时期的铁血宰相李德裕,在唐武宗时期君臣相得,做了很多有益于国家和黎民的事,外平回鹘、内定昭义、裁汰冗官、助武灭佛等,成为晚唐时期君臣协力的绝唱。唐宣宗即位后,李由于位高权重而被猜忌,五贬为崖州(今属三亚)司户,到达之后写有《登崖州城作》:

> 独上高楼望帝京,鸟飞犹是半年程。
>
> 青山似欲留人住,百匝千遭绕郡城。④

到达贬所的李德裕,深深感受到崖州的遥远。作为曾经的宰相、掌管国家命脉的重臣,他把自己的才华贡献给了摇摇欲坠的大唐王朝,如今却

---

① 彭定求等《全唐诗》卷九六,第 1024 页。
② 刘珍等撰,吴树平校注《东观汉记》,中华书局 2008 年版,第 431 页。
③ 范晔《后汉书》卷二四,第 839—840 页。
④ 彭定求等《全唐诗》卷四七五,第 5397 页。

被贬到如此偏远的地方，远离帝京，也就远离了施展才能的机会，对于有志于改变国家的李德裕来说，难免想念帝京，但这里却是"鸟飞犹是半年程"的遥远所在。李德裕说这里"青山似欲留人住，百匝千遭绕郡城"，写的是山的有情，但其实是一朝天子一朝臣，李德裕的归程难以确定，衬托的是朝廷的无情。而写朝廷的无情，又恰是李德裕对回归帝京的渴望。

四是写南贬者的自我排遣。凡被贬的人，都会感受到人生坎坷、世事艰难，有的人在哀怨中度过，也有人能够旷达处世，其作品中并非总是空发哀怨，而是用另一种思维为自己的人生进行排解，在反向思维中获得心灵的慰藉。如张叔卿的《流桂州》：

> 莫问苍梧远，而今世路难。胡尘不到处，即是小长安。①

张叔卿，可能即开元廿九年(741)杜甫游齐住宿张氏隐居之所并与之订交的那位，曾任广州通判。诗中提及的苍梧，即今广西壮族自治区梧州市治下的苍梧县，在梧州市北部，是唐人心目中遥远的所在。诗人说，不要说苍梧路远，而今世道艰难，苍梧虽远，却是胡尘难到的地方，可以视之为安全的居所。这种说法，与后来苏轼的"此心安处是吾乡"颇为相似，但又不同。苏轼所言，乃心安，张叔卿所言，却是胡尘不到，可见诗人依然牵挂国事，但世路艰难，被人排挤，只能以"胡尘不到处，即是小长安"安慰自己而已。再如柳宗元的《桂州北望秦驿，手开竹径至钓矶，留待徐容州》：

> 幽径为谁开，美人城北来。王程倘余暇，一上子陵台。②

诗题中的徐容州，为同时稍后被贬的长安令徐俊，被贬为容管经略使，

---

① 彭定求等《全唐诗》卷二七二，第 3060 页。
② 柳宗元《柳宗元集》卷四二，中华书局 1979 年版，第 1164 页。

晚于柳宗元从长安出发。"幽径"即诗题中的"竹径",诗题中的"钓矶"是可以垂钓的地方,也是柳宗元心目中绝好的隐居之所。"美人"指徐俊,是诗人对徐俊的美称。按照唐朝驿路行程的规定,乘驿之人不得随意变更乘驿时间,柳宗元告诉徐俊,倘若他被贬的路途上有闲暇时间,可以到自己开拓的这片像严子陵钓鱼台的地方欣赏一下隐逸风光!不仅自己亲手劈开竹径创建隐逸环境,还邀请别人来欣赏,从中可以看出柳宗元在思考自己的人生,希望以隐逸之心对待南贬的生活,这也是很有哲学意味的人生体验。

刘禹锡同样参与永贞革新,同样两被贬谪,后一次被贬连州刺史,赴连州路上写有《赴连州途经洛阳诸公置酒相送张员外贾以诗见赠率尔酬之》,诗云:

> 谪在三湘最远州,边鸿不到水南流。
>
> 如今暂寄樽前笑,明日辞君步步愁。

在刘禹锡看来,自己被贬谪的地方,是三湘最远之地,是鸿雁都飞不到的边州,是河水都不往京都方向流淌的地方,自己也知道去往边州的路途上步步愁烦,但眼前毕竟不是边州,就暂且以酒慰怀,笑一时是一时吧。这是一种生活的感悟,你在乎你所遭遇的,它已然这样,你不在乎你所遭遇的,他亦已然这样,刻意地去琢磨来琢磨去,也很难说活得明白,不如简单些,笑对眼前这樽酒的享乐,未来烦愁由他,反而活得明白、活得洒脱。再如韩愈的《将至韶州先寄张端公使君借图经》:

> 曲江山水闻来久,恐不知名访倍难。
>
> 愿借图经将入界,每逢佳处便开看。①

---

① 韩愈著,钱仲联集释《韩昌黎诗系年集释》卷十二,上海古籍出版社 1984 年版,第 1179 页。

这里的曲江指韶州（今韶关市）的曲江。这里是五岭地区南北经济文化交流的枢纽，也是湘、粤、赣的交通咽喉。韩愈元和十四年(819)谏迎佛骨贬谪潮州，驿路经过此地，但这恐怕是韩愈第三次经过此地了。他曾因贞元十九年(803)关中地区大旱为民请命触怒皇帝，当时被贬为连州阳山县令，对这里的历史沿革、山川地貌、民俗风物等情况，已经很熟悉，但他却故意向先来韶州的刺史张某借阅地理志，还笑嘻嘻地说"每逢佳处便开看"，也即通过地方志了解哪里好玩我便好好走走这些地方。这其实已经不把贬谪当作贬谪，而是视贬谪为一次游览，完全抛却了被贬的心态，颇有苏轼"兹游奇绝冠平生"的味道了。

唐朝与宋朝在哲学思想上很大的不同是，宋朝文人更加成熟，已经学会了理性的处世方式，他们将承担社会责任与追求个性自由作为人生的两极，真正从生活态度上做到了达则兼济天下，穷则独善其身，以欧阳修、王安石和苏轼为代表的文人在处理"穷""达"的问题上几乎成为天下表率。但唐人不完全一样，林庚先生的"少年精神"说是唐代文人的精神气质，他们积极向上，意气风发，凡涉贬谪，心情难好，故而贬谪诗歌多写悲写愁，写思乡思亲念国，只有极少数人略有看开之思，这或许正是唐诗的独特之处吧。

四、士子、僧俗的送往迎来

在安南上层社会浓厚的"尊汉"意识影响下，安南士人积极融入唐朝的科举考试。据《唐会要》卷七十五《选部下》记载：

> 天宝十三载年七月敕：如闻岭南州县，近来颇习文儒。自今已后，其岭南五府管内白身，有词藻可称者，每至选补时，任令应诸色乡贡。仍委选补使准其考试，有堪及第者，具状闻奏。如有情愿赴京者，亦听。其前资官并常选人等，有词理兼通，才堪理务者，亦任

北选及授北官。①

通过这条记载,可知岭南文化受中原儒文化影响很深,而且虽设有南选制度,但愿意赴京参加科考的,"其前资官并常选人等",也听其所便。参加北选也即朝廷正常的铨选,也由参加者自己确定。这样一来,就有科考举子和参加铨选人员来往于京都与安南的驿路上,形成了南选之外的另一种岭南科考风景。

安南举子参加科举考试成功之人寥寥,现所能知者仅姜公辅、姜公复兄弟与交趾诗人廖有方,其中姜公辅最为成功,官至宰辅之位。但这三位都集中在唐德宗、唐宪宗时期,不能反映有唐一代安南士人参加唐朝科举考试的实际情况。因为安南从唐朝立国就完全归属于唐朝,就执行唐王朝的一切制度,科举并不例外。

往来于驿路上的安南士人,用汉语书写着他们驿路的艰辛,而他们的中土朋友,也在与他们的送往迎来中写下了一些有关安南的诗篇。这些诗篇中,有安南举子的旅途生活,也有对安南故土的思念。其中,中原人与安南举子的交往,则多安南的地理风物、气候环境的合理想象。

交趾举子廖有方,《全唐诗》仅存其诗一首,是一首典型的驿路诗,内容是其来中原参加科举考试,安葬一位路途丧命举子的故事。此事对廖有方声望的提升非常重要,成为唐人流传的举子义士的典范,《云溪友议》记载:

> 廖有方校书,元和十年失意后游蜀,至宝鸡西界馆,窆于旅逝之人,天下誉为君子之道也。书板为其记耳:"余元和乙未岁,落第西征,适此公署,闻呻吟之声,潜听而微愒也。乃于暗室之内,见一贫病儿郎,问其疾苦行止,强而对曰:'辛勤数举,未偶知音眮睐。'

① 王溥《唐会要》卷七五,中华书局1955年版,第1369—1370页。

叩头久而复语:'唯以残骸相托。'余不能言。拟求救疗,是人俄忽而逝。余遂贱鬻所乘鞍马于村豪,备棺瘗之礼,恨不知其姓字。苟为金门同人,临歧凄断。复为铭曰:'嗟君没世委空囊,几度劳心翰墨场。半面为君申一恸,不知何处是家乡!'"①

廖有方参加科举失败,游蜀路途上安葬了一位素不相识落拓而死的书生,并写下了这首颇富同情心的七言绝句。这是这位安南举子对同道中人最具仁心的同情和悲悯。书板和诗极有益于廖有方的传名,被天下人尊为"皇唐义士",再次参加科举考试,李逢吉遂将其录取及第,廖有方为不让人多知道自己的事情,及第之后,改名廖云卿度过一生。

晚唐诗人贾岛与南边举子多有来往,写有几首相关作品。其《送郑长史之岭南》曰:

> 云林颇重叠,岑渚复幽奇。汨水斜阳岸,骚人正则祠。
> 苍梧多蟋蟀,白露湿江蓠。擢第荣南去,晨昏近九疑。②

《长江集新校》附录年谱将此诗系于开成元年(836),《唐诗纪事》题曰《送郑史之岭南》,所送举子可能名郑史。郑史及第南归,自然是高兴事,诗人设想郑史一路所经历的山山水水、名人古迹、风物环境,均以"幽奇"为"眼",没有不宜、不适,是荣归者畅意心境的写照。他的《送黄知新归安南》则与上一首格调不同:

> 池亭沉饮遍,非独曲江花。地远路穿海,春归冬到家。
> 火山难下雪,瘴土不生茶。知决移来计,相逢期尚赊。③

---

① 范摅《云溪友议》卷下,《唐五代笔记小说大观》,上海古籍出版社 2000 年版,第 1305—1306 页。
② 贾岛撰,李嘉言校《长江集新校》卷五,上海古籍出版社 1983 年版,第 55 页。
③ 贾岛撰,李嘉言校《长江集新校》,第 83 页。

诗题直呼黄知新,可见此人非官非僧非道,亦不题"秀才",可见既不是安南送选举子,也没有秀才名号,当是此人到京都寻找机会而不得。"春归"透露的信息是参加完考试,没有结果而回归安南,故置于此。贾岛说黄知新在京都游玩流连遍了亭台楼阁、曲江花柳,之后回家。安南路远,春天向回走,冬天才到家,以"春""冬"的长久时间写安南地远天遥。接着写安南与中原气候的不同:炎热而不下雪,又极贫瘠,"瘴土不生茶"。最后表达期望与对方再次相见的机会,但诗人也知道"期尚奢",即很难再见,故表达惜别之情。

晚唐著名诗僧贯休写有与岭南有关的诗歌数首,不仅有送别僧人之作,也有举子,其《送友人之岭外》云:

> 五岭难为客,君游早晚回。一囊秋课苦,万里瘴云开。
> 金柱根应动,风雷舶欲来。明时好□进,莫滞长卿才。①

从"一囊秋课苦"和结句看,可判定贯休友人的身份当为举子,"秋课"可以指士人学习举业的课卷,也可以指秋天的赋税,但友人既然不是去做官,那就只能是一边修习举业,一边寻求某种出路,是属于举子"游边"。贯休认为,岭外并不那么好待,学业艰苦,空气有瘴,还有龙卷风等天气灾害,还是希望有司马相如之才的友人早点回归京都以求得进取之路。

杜荀鹤的《赠友人罢举赴交趾辟命》写一位不再参加科举考试的举子接受安南征召的事:

> 罢却名场拟入秦,南行无罪似流人。纵经商岭非驰驿,
> 须过长沙吊逐臣。舶载海奴镶硾耳,象驮蛮女彩缠身。
> 如何待取丹霄桂,别赴嘉招作上宾。②

---

① 彭定求等《全唐诗》卷八三一,第 9375 页。
② 彭定求等《全唐诗》卷六九二,第 7957 页。

诗中的这位举子,决定不再参加科举考试,准备进京谋求其他出路,但因交趾征召,只得南行。前文已述,岭外在唐人看来是蛮荒之地,故而友人南行虽是征召,但在杜荀鹤看来与流放没有本质区别。诗歌颔联还交代友人赴交趾,不是官府要求的驰驿,可以在长沙拜望屈原与贾谊遗迹,因为友人与被放逐没有二致。颈联写过海路,经象国,各种异域风情。但最终还是希望友人有机会丹宵折桂,以另外一种高规格方式生活,内中包含着对友人的同情、理解、劝慰和鼓励。

除以上内容,去往安南的人也会见到秦汉以来中国开拓南疆的历史遗迹,听闻有关的人物史实和传说,出现了少量的怀古诗,如陈陶的《南海石门戍怀古》。安南僧人到中土求经取法的人也不少,中原士人和僧人与安南僧道往来,也出现了一些反映相关生活的作品,如杨巨源《供奉定法师归安南》、贾岛《送安南惟鉴法师》等,篇幅所限,不再赘述。

驿路唐诗的安南书写,是中国文学史上第一次细致、深入地触及安南生活。在此之前,安南书写比较缺乏,安南管辖范围内的很多地名在《先秦两汉魏晋南北朝诗》中都没有出现,如"大庾岭""藤州""鬼门关""崖州""涨海""铜柱"等,即使有一些提到的地名,也比较空洞和概念化,比如写到交趾,《楚妃叹》中只是用"北据方城,南接交趾"表示方位,《赠顾交趾公真诗》中"伐鼓五岭表,扬旌万里外"指向为官之所;也写到合浦,多是"作守合浦,在海之隅""无因停合浦,见此去珠还""苍梧洞犹在,合浦树应疏"。地名的出现,只是地名,较少对地名进行细节描写和借物感发,只有极少数作品写到岭南的气候或风俗,比如魏诗《苦热行》:"行游到日南,经历交址乡。苦热但曝露,越夷水中藏。"晋诗:"日南出野女,群行不见夫。其状精且白,裸袒无衣襦。"也有极少数加入作者的情感,如谢朓《新亭渚别范零陵云诗》以"云去苍梧野,水还江汉流"表达二人反向而行的伤感,但凤毛麟角,不足以形成对一个时代相关话题的评价。而到唐代,"江南瘴疠地,从来多逐臣"(用隋·孙万寿《远戍江南》语)的地方,因为大批逐臣的到来走进了唐诗的世界。其实诗歌在隋代的安南描写中就拥有了景物描写和感情加持，如上言孙万寿诗提及瘴疠问题，又如贺若弼《遗源雄诗》中"交河骠骑幕，合浦伏波营。勿使麒麟上，无我二人名"的建功立业的渴望，但隋朝的短寿使得安南诗中注重描写和注入感情都转移到了唐代诗人手里，唐诗的安南书写不仅如本文所述内容丰富多彩，描写也如本文所举诗例细腻深刻且大多有感情加持。这是唐人为我们展开的一幅崭新的画卷，虽然它还没有唐诗安西书写的内容丰富，也没有安西书写的充满激情，但作为中国唐代边域书写的一部分，这些书写的内容留下了中原与安南交往的真实轨迹，也告诉我们安南属于唐朝的事实，对我们了解历史、了解中国唐代文化的延展影响，都有重要帮助。

［作者简介］吴淑玲，河北大学文学院教授、博士生导师。

学者纪念

傅璇琮先生的唐诗之路
研究构想与实践 *

房瑞丽

摘　要:傅璇琮关于浙东唐诗之路研究的构想,从学理层面上说,是他"历史—文化"学术研究理路的深化,为唐诗之路的研究指明了方向;也是他关于"传统与现代""文献钻研与实地考察""两个结合"理论的延伸,指引着浙东唐诗之路的发展要以学术研究为基础,从而助力地方文化建设,服务地方经济。傅先生关于浙东唐诗之路的实践,包括学术层面上和具体指导两方面:在学术层面上有两点:一是从学术上确认"浙东唐诗之路"一名;二是最先将"唐诗之路"与"丝绸之路"并提。在具体工作方面的指导,有倡议专门的研究机构,建议建设浙东唐诗之路博物馆,设计具体的路线,提出具体的活动设想,推动浙东唐诗之路研究的普及化和大众化等。

关键词:傅璇琮　浙东唐诗之路　研究构想　具体实践

傅璇琮先生是唐代文学研究界的一座丰碑,令后学晚辈高山仰止。很遗憾,我没能有机会当面聆听傅先生的教诲。但是,也很幸运,因为浙东唐诗之路,让我有机会全面学习阅读傅先生的有关著作文集,因而,也时时被傅先生严谨的治学态度、高尚的学术品格及对后学的殷切关怀情谊感动着。傅先生的学术成就和评传,已有不少专家学者撰文

---

* 　基金项目:教育部人文社科基金规划项目"浙东唐诗之路诗歌研究"(19YJA751010)阶段成果。

总结、评述、怀念和追缅。接到撰写《傅璇琮先生的唐诗之路研究构想与实践》一文的任务，让我顿感压力山大，唯恐自己学殖粗疏，不能领会傅先生思想于万一。但亦深知这是一种荣幸，唯勉力为之，就此命题，粗述一二，不足之处，敬祈方家批评指正。

黄道京先生在《求实、广学、高效、作嫁——怀念学者型编辑傅璇琮先生》一文中，关于"要学习和继承傅先生善于思考、勇于创新的进取精神"部分提到，"无论对古籍整理出版事业的创新性贡献，还是对古典文学研究尤其是唐代文学研究的开拓性突破，傅先生总是在实践中探求理论提高，在理论研究中促进实践更新。"[1]傅先生的浙东唐诗之路研究构想与实践，就是其在理论与实践的双向互动的创新性表现。

竺岳兵先生在《傅璇琮先生与浙东唐诗之路》一文中说："傅璇琮先生的大力支持与浙东唐诗之路事业的发展，的的确确是密不可分的。"[2]傅先生的"大力支持"，除了他的诸多亲力亲为，积极为唐诗之路的发展、为竺岳兵先生推广唐诗之路提供帮助外，还有他在学术上的影响力所带来的"唐诗之路"学术方向的确立和学术热点的形成，都"的的确确"推动了"浙东唐诗之路"研究的进程。可以说，时至今日，中国唐代文学学会唐诗之路研究会的成立和唐诗之路研究能由浙东走向全国，都是与傅先生的影响分不开的。傅先生的《唐代诗人丛考》《唐代科举与文学》等，都实实在在促进了唐诗之路研究的深入。傅先生生前除了在参加唐诗之路相关会议上的发言报告外，还有：《竺岳兵〈浙东唐诗之路〉序》《〈唐诗之路唐诗选注〉序》《从义桥渔浦出发：浙东唐诗之路重要源头学术研讨会论文集》序《唐诗之路：中国文人的山水走廊》（与竺岳兵合著）《走出唐诗的'唐诗之路'》《唐诗里的钱塘江潮》（与戴伟华合著）《"浙东唐诗之路"申报世界文化遗产之我见》《一本令人耳目一新的书——评竺岳兵〈天姥山研究〉》书评等文章。其中，既包含着傅先生一

---

① 黄道京《求实、广学、高效、作嫁——怀念学者型编辑傅璇琮先生》，《中国编辑》2017 年第 2 期。
② 竺岳兵《傅璇琮先生与浙东唐诗之路研究》，见卢燕新、张骁飞、鞠岩《傅璇琮先生学术研究文集》，商务印书馆 2012 年版，第 258 页。

贯的学术理念和研究构想,也有对唐诗之路开发建设的具体指导。

一

在今年四月份召开的"傅璇琮先生 90 诞辰暨《傅璇琮文集》发布会"上,中国社会科学院文学所刘宁研究员谈道,傅璇琮先生是引领学术的规划者与设计师,对推动中国古代文学研究的发展作出了巨大贡献。"他自觉以现代学科意识推动中国古代文学研究的发展,在中国古代文学研究的现代化进程中,作出了里程碑式的贡献。"[1]对傅先生一生学术贡献进行了精到总结和高度评价。就傅先生于浙东唐诗之路的研究构想而言,也可以说是他为建立新型的学科范式所进行的思考之一。

(一) 深化"历史—文化"研究理路

关于傅先生的学术研究方法和学术思想,学界有多种概括,如"文学的社会历史学研究"[2]"文学的历史文化研究"[3]"实学研究与文化探索"[4]"文化学的批评方法"[5]"古代文学研究中的文化意识"[6]等,都是对傅先生"历史—文化—文学"学术理路的阐释和概括。

傅璇琮先生一直呼吁中国古代文学的研究要从文学艺术的整体出发,强调从社会史、文化史的角度来建构文学史。早在 1987 年与沈玉成先生、倪其心先生合撰的《古典文学研究的结构问题》中就谈道,古典

---

① 刘宁《创造引领学术发展的奇迹》,《人民政协报》2023 年 5 月 29 日。

② 罗宗强《〈唐诗论学丛稿〉序》,傅璇琮《唐诗论学丛稿》,京华出版社 1999 年版,序第 2 页。

③ 陈允吉《〈唐诗论学丛稿〉序》,傅璇琮《唐诗论学丛稿》,第 14 页。

④ 刘石《实学研究与文化探索——傅璇琮先生的学术思想》,《文学评论》1993 年第 6 期。

⑤ 张仲谋《试论文化学的批评方法——读傅璇琮〈唐诗论学丛稿〉》,《文学遗产》1997 年第 4 期。

⑥ 詹福瑞《傅璇琮古代文学研究的整体性思维——读〈傅璇琮文集〉札记》,《光明日报》2023 年 5 月 27 日。

文学研究的结构可分为"基础工程和上层结构两个方面"①,其中"上层结构"方面就包括古典文学研究要进行学科交叉融合研究,而"社会—文化—文学"研究的思想正是其跨学科交叉融合综合研究观念的体现。傅先生的《唐代诗人丛考》和《唐代科举与文学》《唐翰林学士传论》等著作,都是贯穿历史文化文学研究理念的成果。

1997年,傅先生在《古典文学的"历史—文化"研究——〈日暮丛书〉序》一文中,正式提出"历史—文化"的综合研究理念:"古代文学研究要向深度发掘,当然要着力于文学内部发展规律的探求,但这种探求是不能孤立进行的,这些年来,文学与哲学思想、政治制度,以及与宗教、教育、艺术、民俗等关系,已被人们逐渐重视。人们认识到,不能孤立地研究文学,也不能像过去那样把社会概况仅仅作为外部附加物贴在作家作品背上,而是应当研究一个时期的文化背景及由此而产生的一个时代的总的精神状态,研究在这样一种综合的'历史—文化'趋向中,怎样形成作家、士人的生活情趣和心理境界,从而产生出一个时代以及一个群体、个人特有的审美体验和艺术心态。"②在《唐代文学研究:社会—文化—文学》一文中也提出:"立足于20世纪的学术发展,面向21世纪的学术趋向,唐代文学研究应走向更具广阔前景和广泛意义的社会—文化研究……从文化视角切入唐代文学研究,是一种历久弥新的方法……应将文学的研究拓展到政治制度、传统思想、社会思潮、社会群体(家族、流派、作家群、社团等)、科举、幕府、音乐、绘画、民俗、交通等文化层面,注意在文史哲相关学科和其他交叉学科的联系中探索知识分子的生活道路、思维方式、心灵状态和社会处境。"③

傅先生的这种学术理念的来源,既有自己的学术思考,也有对其他

---

① 傅璇琮、沈玉成、倪其心《古典文学研究的结构问题》,《驼草集》第二册,中华书局2021年版,第502页。
② 傅璇琮《古典文学的"历史—文化"研究》,《驼草集》第五册,第1253—1254页。
③ 傅璇琮《唐代文学研究:社会—文化—文学》,《驼草集》第八册,第2283页。

学术前人学术理论的总结。首先是受到法国哲学家丹纳的影响,他说:"我也从《艺术哲学》中得到很大启发,觉得研究文学确应从文学艺术的整体出发,这所谓整体,包括文学作为独立的实体的存在,还应包括不同流派、不同地区互相排斥而又互相渗透的作家群,以及作家所受社会生活和时代思潮的影响。"[①]其次是受到闻一多、陈寅恪等大师学术思想的影响。傅先生在《一种文化史的批评——兼谈陈寅恪的古典文学研究》(《中国文化》创刊号 1989)中说:"作为一代史学大师,陈寅恪是有他的学术体系的,这个体系,不妨称之为对历史演进所作的文化史的批评。"[②]傅先生对陈寅恪学术体系的思考,实际上也是他学术理念逐渐建立、不断探索自己的学术体系的过程,他将陈寅恪"历史—文化"基础上的学术体系,拓展到文学研究的领域,提出了唐代文学研究的"历史—文化—文学"三位一体的综合性整体研究。

傅先生对于浙东唐诗之路研究的构想,就是基于这种学术理念的指导。他多次在不同的场合提到浙东唐诗之路的研究,对于拓展唐代文学的研究领域具有重要的意义。如他在《竺岳兵〈浙东唐诗之路〉序》中指出"浙东唐诗之路"的提出,"拓展我们唐代文学研究的领域,并可把唐诗与六朝遗风、山水胜景、社会民俗、佛道玄理、园林建筑、书画音乐等交融探索,从而显示浙东文化的特色"[③]。在《走出唐诗的"唐诗之路"》中,又进一步解释浙东唐诗之路研究,可以"与文学有关的其他亲缘学科进行交叉、交融和综合探索"[④]。"唐诗之路"这一学术概念范畴的确立,本身就意味着多学科交叉融合的研究,而这也正是历史—文化—文学综合性整体研究内在理路的深化,为唐诗之路的研究指明了方向。相信在傅先生这一研究构想的指导下,未来的唐诗之路研究必将成为唐代文学研究领域的奇葩,结出丰硕成果。

---

① 傅璇琮《关于唐代文学研究的一些想法》,《驼草集》第二册,第 457—458 页。
② 傅璇琮《一种文化史的批评——兼谈陈寅恪的古典文学研究》,《驼草集》第三册,第 617 页。
③ 傅璇琮《竺岳兵〈浙东唐诗之路〉序》,《驼草集》第七册,第 1895—1896 页。
④ 傅璇琮《走出唐诗的"唐诗之路"》,《驼草集》第九册,第 2428 页。

(二)构建"两个结合"研究方向

1994 年,傅先生在中国唐代文学学会第七届年会开幕词中说:"我们的唐代文学研究,应当把传统与现代结合起来,把文献钻研与实地考察结合起来。我相信,我们这次来实地考察浙东的自然风光与文化环境,必定更能加深对历史的认识与理解,而我们对浙东唐诗之路的研讨与弘扬,也会促进地区经济和文化的发展。"①"传统与现代"和"文献钻研与实地考察"所构成的"两个结合",是傅先生不同于其他研究领域的关于唐诗之路研究的新构想。

没有传承,就没有文化。在中国现代化进程中,传统文化助力与服务现代化的功能渐次增强,现代化也愈加需要传统文化为之筑牢民族根基。傅先生在《杨庆存〈黄庭坚与宋代文化〉序》中谈到,1993 年,他曾主编《传统文化与现代化》(双月刊)刊物,"其宗旨是立足于古籍研究,以批判继承、古为今用为指导方针,阐述传统文化在现代化建设中的意义与作用,力求古今融会,中西贯通,从而使传统文化研究既有科学的基础,又有为现代化服务的明确方向"②。传统文化研究服务现代化是傅先生一直在致力推进的伟大工程。傅先生在《〈西湖通史〉序》中,引用时任浙江省委书记习近平同志在《浙江文化研究工程成果文库总序》中所说,"我们希望通过实施浙江文化研究工程,努力用浙江历史教育浙江人民,用浙江文化熏陶浙江人民,用浙江精神鼓舞浙江人民,用浙江经验引领浙江人民,进一步激发浙江人民无穷智慧和伟大创造力,推动浙江实现又快又好发展"之后,他说,"我深信,确如习近平同志在此篇总序中所说,文化的力量最终可以转化为物质的力量,文化的软实力最终可以转化为经济的硬实力"③。傅先生关于浙东唐诗之路由

---

① 李招红《浙东唐诗之路学术文化编年史》,中华书局 2022 年版,第 58 页。
② 傅璇琮《杨庆存〈黄庭坚与宋代文化〉序》,《驼草集》第七册,第 1899 页。
③ 傅璇琮《〈西湖通史〉序》,《驼草集》第十册,第 2872 页。

学术研究层面到开发建设的构想,正是这种坚定理念的实践。

在如何将丰厚的经典唐诗文化遗产服务现代化的建设方面,傅先生在评价郁贤皓先生《唐代诗人与浙东山水》时曾说:"不仅注意到了唐诗与地域的关系,而且将古代文学研究紧密地关合现实,以揭示其现代意义。"无疑,"浙东唐诗之路"概念的确立,更加符合唐诗研究"关合现实"这一思路。"浙东唐诗之路"从学术概念提出到全面研究的深入推进,都是与地方经济发展紧密结合在一起的,因而也表明了它的发展方向要以学术研究为基础,从而助力地方文化建设,服务地方经济。早在 1993 年,傅先生在与竺岳兵先生的书信中就谈道:"现在浙江的经济有很大起飞,我极希望浙江的文化有健康的发掘,这里就需要将传统文化与现代文化建设相结合,需要有高层次的学术探讨,使区域文化的研究有进一步开拓。"[1]可以说,傅先生的"极希望",不仅包含着他浓厚的乡梓情感,还有他作为学术大家的时代责任感和使命感。为了这个"应有的作用",二十多年来,傅先生积极支持"浙东唐诗之路"研究的推进和文旅融合的发展,唐诗之路研究和建设今天如火如荼地开展,"的的确确"与傅先生的大力支持密不可分。

傅先生在《竺岳兵〈浙东唐诗之路〉序》中,当谈到媒体报道中提出将"唐诗之路"尽快从学术研究层面转化为实实在在的旅游产品时说:"我觉得这能开拓我们的视野,很值得重视。这样,既能充实旅游产业的文化内涵,有助于经济建设和精神文化建设,也可使国内外游客和广大群众更真切地领受和欣赏唐诗的魅力,使唐诗更接近现实,走向世界。"[2]又说:"现在我们浙江经济有很大的发展,同时把浙江建设成文化大省已成为上下普遍的要求。这一极为有利的客观环境,更可促进传统文化与现代建设很好地结合……正如专家们所强调的,这是一条文化品位很高的旅游风景线。"[3]在《走出唐诗的'唐诗之路'》一文中说:"(浙东唐诗之路的研究)极有现实性,开发利用价值极高""可促进

---

① 李招红《浙东唐诗之路学术文化编年史》,第 36 页。
② 傅璇琮《竺岳兵〈浙东唐诗之路〉序》,《驼草集》第七册,第 1896 页。
③ 傅璇琮《竺岳兵〈浙东唐诗之路〉序》,《驼草集》第七册,第 1896 页。

传统文化与现代建设很好地结合""'唐诗之路'构建出人文景观、自然景观与唐诗整体性的渊源关系,因而为传统文化研究提供了范例。传统文化研究成果如果利用得当,可以促进当代经济建设和文化发展。这不但为古代文学研究,也为当代经济研究提供了新的课题。古代文学研究应该把传统与现实结合起来,中国唐代文学学会对'浙东唐诗之路'的研究,就极有现实性,开发利用价值极高。"①他在评论竺岳兵先生的《天姥山研究》时云其"为传统与现实、学术价值与应用价值的结合做了有益的探索。"②可见,每当傅先生谈到"唐诗之路",就必然将它与开发利用结合起来,高品质地开发利用"唐诗之路",让唐诗之路在当今社会发展中发挥更大的作用,最大程度实现传统文化的现代价值,是傅先生对于唐诗之路研究和发展的美好愿景。这一期许、这一构想,已经在今日浙东文旅发展中得到了很大程度的实现。

在浙东唐诗之路的现代价值转化方面,傅先生还站在学界专家的角度,为浙东唐诗之路申报世界文化遗产发声。他说:"'浙东唐诗之路'作为一条文化线路所具有的遗产价值在于:它是名副其实的中华民族遗产,它构建出了'唐诗之路'上的人文景观和自然景观,为保护好和利用好这份民族遗产提供了有利条件。"③并在 2012 年 11 月,参加在新昌举行的首届中国唐诗文化节暨第十四届新昌天姥山旅游节的唐诗之路学术报告会上,作题为《"浙东唐诗之路"申报世界文化遗产之我见》的报告。浙东唐诗之路申遗,任重道远,期待不久的将来,傅先生的这一美好愿景能够实现。

二

傅先生对浙东唐诗之路研究,从学术层面上的实践,包含两个方

---

① 傅璇琮《走出唐诗的"唐诗之路"》,《驼草集》第九册,第 2428—2429 页。
② 傅璇琮《一本令人耳目一新的书——评竺岳兵〈天姥山研究〉》,《宁波日报》2009 年 3 月 14 日。
③ 傅璇琮《走出唐诗的"唐诗之路"》,《驼草集》第九册,第 2429 页。

面：一是从学术上确认"浙东唐诗之路"一名；二是最先将"唐诗之路"与"丝绸之路"并提。

（一）学术"正名"之功

《荀子·正名》云："名定而实辨。"[1]名称的确立是一种学术身份被学界认同的象征。《尹文子·大道上》："大道无形，称器有名。名也者，正形者也。形正由名，则名不可差。"[2]有名才能正形，可见为学术概念定名的重要性。历史上关于学术概念的发展历程，有一个从"提出"到"确认"，然后再到"突破"的阶段。即一个学术概念的确立，经过提出，确认阶段，然后才会在学术界形成推广和广泛研究之势，最终形成学术研究的突破和学术理论的创立。

"浙东唐诗之路"概念是竺岳兵先生在 1991 年提出的，虽然提出伊始，就引起了学术界的重视，但竺先生毕竟是作为民间学者被大家认识的，一个学术概念要想在学界被认可、被推广，还需要学术大家的加持，傅先生就是将"浙东唐诗之路"概念由新昌、由浙东推向全国的学术引领人。傅先生云："'浙东唐诗之路'的正式提出是在 1991 年。时南京师范大学举行'中国首届唐诗宋词国际学术研讨会'，新昌的竺岳兵先生正式提出这一概念，引起学术界的重视。时我任中国唐代文学学会会长，即于 1993 年，学会正式发函，成立'浙东唐诗之路'的专称。"[3]

没有概念就意味着没有学术，学术研究如果没有概念，将无法在理论层面进行深化，不可能带来理论的创新，学术概念的界定是学术研究的基础和前提。可以说如果没有竺先生的提出，"唐诗之路"将不会被发现；同样，如果没有傅先生以中国唐代文学学会名义的定名确认，就不可能引起学术界的普遍关注。傅先生认为，"浙东一带成为唐诗发展

---

[1] 王先谦撰，沈啸寰、王星贤点校《荀子集解》，中华书局 1988 年版，第 414 页。
[2] 王恺銮《尹文子校正》，商务印书馆 1935 年版，第 1 页。
[3] 傅璇琮《〈浙东唐诗之路重要源头学术研讨会论文集〉序》，《驼草集》第十册，第 2840 页。

的一个特异的地区。对于这一人文现象，'唐诗之路'是一个既鲜明又深邃的高度概括和归纳"①。如果说竺岳兵先生是为浙东唐诗之路命名，傅璇琮先生就是为浙东唐诗之路正名。当下，唐诗之路研究正处在学术界努力"突破"的阶段。

（二）并提"两路"之始

虽然在 1991 年竺岳兵先生在中国首届唐宋诗词国际学术讨论会上宣读论文《剡溪——唐诗之路》后，就有报社报道将其所提出的"唐诗之路"与"丝绸之路"并提②，但傅先生是最早从学术上助推"唐诗之路"建设，并将其提高到与"丝绸之路"研究同样的高度的。他早在 1992 年与时任宁波市委书记、市人大常委会主任项秉炎的信中就写道："'浙东唐诗之路'如加适当宣传，当不亚于西北之'丝绸之路'。"③后来又多次提到，"有唐一代，有两个极具人文景观特色、深含历史开创意义的区域旅程文化，一是河西丝绸之路，另一个便是浙东唐诗之路"④。"学者们已形成一个共识：浙东唐诗之路可与河西丝绸之路并列，同为有唐一代极具人文景观特色、深含历史开创意义的区域文化。"⑤

丝绸之路的概念，最早是 1877 年，德国地质地理学家李希霍芬在其著作《中国》一书中提出来的，他把从公元前 114 年至公元 127 年间，中国与中亚、中国与印度间以丝绸贸易为媒介的这条西域交通道路命名为"丝绸之路"，这一概念很快被学术界和大众所接受。近百年来，围绕"丝绸之路"的研究可以说硕果累累，并习近平主席在 2013 年提出"新丝绸之路经济带"的战略构想，从国家战略高度开展的《推动共建丝绸之路经济带和 21 世纪海上丝绸之路的愿景与行动》，正在深入推进

---

① 傅璇琮《走出唐诗的"唐诗之路"》，《驼草集》第九册，第 2427 页。
② 如《湖南日报》（文摘版）1992 年 4 月 9 日刊发《中国有丝绸之路，也有唐诗之路》一文。
③ 李招红《浙东唐诗之路学术文化编年史》，第 33 页。
④ 傅璇琮《〈浙东唐诗之路重要源头学术研讨会论文集〉序》，《驼草集》第十册，第 2840 页。
⑤ 傅璇琮《走出唐诗的"唐诗之路"》，《驼草集》第九册，第 2428 页。

中。关于丝绸之路的研究与开发,已经上升到国家发展战略的高度。傅先生助推浙东唐诗之路与河西丝绸之路并提,隐含着傅先生对浙东唐诗之路研究和开发的方向性指导和期许,意义深远。"极具人文景观特色、深含历史开创意义的区域文化",说明浙东唐诗之路具有深厚的历史文化内涵,值得学术界深入开展研究;而独特的景观特色和区域文化,说明浙东唐诗之路在文旅开发层面具有巨大的发展前景,可以说指明了浙东唐诗之路研究和应用的方向。

(三)具体指导之建议

傅先生还为"浙东唐诗之路"的发展,"的的确确"做过不少的具体指导。除了上文提到的支持申报世界文化遗产外,还有以下几方面。

倡议专门的研究机构。1990 年 11 月底,在南京召开的中国唐代文学学会第五届年会暨唐代文学国际学术讨论会。傅先生就与其他与会专家一起向竺岳兵先生建议建立一个学术研究所。并云:"研究所最好属民间性质,政府给予支持,以便发挥其与国内外学者、专家及各社会团体联系的特殊作用。今后,我们一定大力宣扬浙东的风物名胜,促进贵地文化经济旅游事业的发展。"①早期的新昌县唐诗之路研究开发社,如今的新昌浙东唐诗之路研究社的发展壮大,可以说与傅先生等专家的建议密不可分。

建议建设浙东唐诗之路博物馆。在 2012 年 11 月参加的萧山"从义桥渔浦出发——浙东唐诗之路重要源头学术研讨会"会议上,傅先生提出"在义桥建一个浙东唐诗之路博物馆,把浙东唐诗之路上的主要景观建成微型景观,还可以建渔浦诗碑公园"②。如今,义桥的渔浦诗碑公园已经建成,浙东唐诗之路博物馆也已经在新昌落地。

设计具体的路线。浙东唐诗之路是一条文化旅游的线路,早在

---

① 李招红《浙东唐诗之路学术文化编年史》,第 16 页。
② 傅璇琮《〈浙东唐诗之路重要源头学术研讨会论文集〉序》,《驼草集》第十册,第 2842 页。

1990 年 11 月，傅先生与其他 23 位专家一起考察浙东，就在竺岳兵向绍兴、宁波、台州、金华四市地政府提出的"建设浙东三环旅游线"的《建议书》上签字。后来傅先生又多次与竺先生交流、实地考察，多次在发言中谈到浙东唐诗之路旅游线路的规划。在《唐诗之路：中国文人的山水走廊》一文中写道："从钱塘江口沿鉴湖、剡溪到天姥山、天台山，从新昌、嵊州到上虞、余姚的一条文化线路，这条线路曾经对中国山水诗、书画艺术乃至宗教思想的发展产生了重大影响，可以说是中国文化史上一条举足轻重、绝无仅有的道路。"①萧山义桥会议上又提出："将浙东唐诗之路作为旅游线路，积极发展与浙东唐诗之路有关的旅游经济。义桥渔浦可以联合新昌、绍兴、上虞等地，与浙江在线、浙江旅游等网络媒体进行联合策划，将从萧山区义桥镇渔浦出发，经绍兴、上虞、嵊州、新昌等地的浙东唐诗之路作为一条旅游线路，并逐渐打造成一条黄金旅游线路，使之真正成为可与丝绸之路相媲美的旅游线路。"②从 2018 年始，浙江省政府工作报告中首次将"打造浙东唐诗之路和钱塘江唐诗之路"作为全省大花园建设的重点任务，到 2019 年发布《浙江省诗路文化带发展规划》，2020 年发布《浙东唐诗之路三年行动规划（2020—2022）》，"浙东唐诗之路"这条黄金旅游线路的建设已经初具规模，并在持续推进之中，"与丝绸之路相媲美"，未来已来。

提出具体的活动设想。在唐诗之路的开发方面，傅先生还提出了一些具体的活动设想，如"通过举办渔浦文化节，举办唐诗大赛、唐诗书画摄影比赛等形式，进一步弘扬渔浦传统地域文化"③。在省"四条诗路文化带"建设的背景下，这些活动已经在浙东，在浙江全省都正如火如荼地开展。

推动浙东唐诗之路研究的普及化和大众化。就"浙东唐诗之路"来说，专家学者从学术层面进行着深化研究，而地方政府部门从经济发展

---

① 傅璇琮《唐诗之路：中国文人的山水走廊》，《驼草集》第九册，第 2509—2510 页。
② 傅璇琮《〈浙东唐诗之路重要源头学术研讨会论文集〉序》，《驼草集》第十册，第 2842—2843 页。
③ 傅璇琮《〈浙东唐诗之路重要源头学术研讨会论文集〉序》，《驼草集》第十册，第 2843 页。

的角度着力推动旅游业的发展,二者中间还有一个重要的环节,就是让
"浙东唐诗之路"走进大众的视野。傅先生对如何从传承唐诗经典的角
度赓续文脉,传承经典,服务地方,他也有自己的建议。在《竺岳兵〈浙
东唐诗之路〉序》中,他建议编写《唐诗之路佳作鉴赏》《唐诗之路美景观
赏》,竺岳兵先生和俞晓军老师的《唐诗之路唐诗选注》,就是响应傅先
生的倡导完成的,后来傅先生还为此书作序,赞其将"提高与普及相结
合"①。另外,还有在傅先生的大力推动下,中央电视台还拍摄播出了
《唐诗之路》纪录片,这些都是傅先生助力浙东唐诗之路普及化、大众化
所做的具体工作。

三

附傅璇琮先生与浙东唐诗之路简表②,谨以纪念傅先生为唐诗之
路事业作出的重大贡献。

1990 年 11 月,与其他 23 位专家一起考察浙东,并在竺岳兵向绍
兴、宁波、台州、金华四市地政府提出的"建设浙东三环旅游线"的《建议
书》上签字。

1991 年 5 月,参加中国首届唐宋诗词国际学术研讨会后,与其他
专家一起以大会的名义致函绍兴人民政府和新昌人民政府。提出"希
望贵地继续重视对'唐诗之路'丰富内涵的研究;在重建工作中避俗尚
雅,保持'文化旅游线'的特色,为弘扬民族文化,提高浙东声誉作贡
献"。

1991 年 6 月,被新昌县唐诗之路研究开发社聘请为高级学术
顾问。

---

① 傅璇琮《〈唐诗之路唐诗选注〉序》,见竺岳兵、俞晓军《唐诗之路唐诗选注》,中国国学出版社
2008 年版。
② 本表参阅李招红编著《浙东唐诗之路学术文化编年史》。

1992年11月,在厦门召开的中国唐代文学学会第六届年会上,与海内外学者一起提出,第七届年会把"浙东唐诗之路"作为研讨中心议题。

1992年12月,致信宁波市委书记项秉炎,提到"浙东唐诗之路如加适当宣传,当不亚于西北之'丝绸之路'"。

1993年5月,致信竺岳兵,提到"现在浙江的经济有很大起飞,我只希望浙江的文化有健康的发掘。这里就需要将传统文化与现代文化建设相结合,需要有高层次的学术讨探讨,使区域文化的研究有进一步开拓。我相信今秋的唐诗之路学术研讨会必在这方面起到应有的作用。"

1993年7月,参加新昌"唐诗之路学术讨论会",致开幕词,并进行实地考察。

1993年8月,代表中国唐代文学学会致函竺岳兵,原文如下:同意原"剡溪唐诗之路"正式命名为"浙东唐诗之路",原成员为中国唐代文学学会团体成员。祝"浙东唐诗之路"的研究和开拓工作取得更大成绩。

1994年11月,参加在新昌举办的中国唐代文学学会第七届年会暨唐代文学国际学术研讨会,并致开幕词。提到:我们的唐代文学研究,应当把传统与现代结合起来,把文献钻研与实地考察结合起来。

1995年4月,致电竺岳兵,说:"关于请著名书法家书写'竺道潜山馆'馆名一事,我一定办好。"

1996年5月,代请启功为"竺道潜山馆"题词。

1997年3月,代表中国唐代文学学会向新昌县唐诗之路研究开发社成立6周年致贺信。

1997年8月,《浙江日报》刊发董伯敏、张蔚蔚的《唐诗之路与竺岳兵》,去信竺岳兵,说:"报道写得很好,从中可见竺岳兵为唐代文学事业、为家乡建设,贡献了一颗赤诚之心,感人至深。"

1999年5月,参加在新昌举行的"李白与天姥山"国际学术研讨会暨中国李白研究特别会议,并实地考察。

2001 年 1 月,代请启功为《唐诗之路》题诗。启功《奉题唐诗之路一首》:"浙东自昔称诗国,间气尤钟古沃洲。一路山川谐雅韵,千岩万壑胜丝绸。拙句敬呈璇琮先生,并以奉求新昌浙江唐诗之路研究社诸公粲正。"

2002 年 5 月,为竺岳兵《唐诗之路研究丛书》(四册)作序,后收入《学林清话》(大象出版社,2008)名《竺岳兵〈浙东唐诗之路〉序》。

2006 年 6 月,为竺岳兵、俞晓军编注的《唐诗之路唐诗选注》题写书名并作序。

2007 年 9 月,在《中华遗产》上发表《走出唐诗的"唐诗之路"》一文。

2007 年 9 月,参加《中华遗产》杂志社在北京举行的"唐诗之路"专场推介会,并发言。

2008 年 4 月,至新昌指导唐诗之路工作。

2008 年 10 月,参加在新昌举行的"浙东唐诗之路申遗暨中国天姥山文化研讨会",并发言。

2008 年 10 月,参加在嵊州举行的"浙东唐诗之路申遗暨剡溪文化研讨会",并发言。

2008 年 10 月,与竺岳兵先生等合撰《唐诗之路:中国文人的山水走廊》,发表于《艺苑》2008 年第 10 期。

2009 年 3 月 14 日,在《宁波日报》刊载《一本令人耳目一新的书——评竺岳兵〈天姥山研究〉》书评。

2010 年 11 月,参加在杭州举行的"城市与文化"钱塘江学研讨会,应邀撰写《唐诗中的钱塘江潮》(与戴伟华合作)。

2011 年 11 月,参加在杭州湘湖举行的贺知章学术论坛。

2012 年 4 月,至新昌调研唐诗之路,对唐诗之路事业的发展提出建议。

2012 年 11 月,参加在萧山义桥举行的"从义桥渔浦出发——浙东唐诗之路重要源头学术研讨会"，并为论文集作序。指出"这次研讨会对我们研究唐代文学的确具有开拓性的意义"，"收存的论文是唐代文学研究开拓性的一次学术研讨"，"围绕一个地域开展唐代文学研究确是一个新开拓的学术领域"。

2012 年 11 月，参加在新昌举行的首届中国唐诗文化届暨第十四届新昌天目山旅游节之唐诗之路学术报告会，作题为《"浙东唐诗之路"申报世界文化遗产之我见》的报告。

2016 年 1 月 23 日，傅璇琮先生去世。

李招红编著的《浙东唐诗之路学术文化编年史》中记载："1995 年，傅璇琮曾对竺岳兵说：'凡是唐诗之路的事，我都乐意帮助。'从竺岳兵首倡唐诗之路开始，傅璇琮十多次来浙东考察、研讨唐诗之路，对浙东这片热土倾注了无限的爱和热情。"[①]傅先生于唐诗之路事业无私奉献，是责任、是情怀、是一片赤忱之心。最后再次引用竺岳兵先生文章中的话，"傅璇琮先生的大力支持与浙东唐诗之路事业的发展，的的确确是密不可分的。"[②]以此作结，谨向傅璇琮先生致以崇高的敬意和深切的缅怀！

[作者简介]房瑞丽，中国计量大学人文与外语学院教授。

---

① 李招红《浙东唐诗之路学术文化编年史》，第 226 页。
② 竺岳兵《傅璇琮先生与浙东唐诗之路研究》，见卢燕新、张骁飞、鞠岩《傅璇琮先生学术研究文集》，第 258 页。

竺岳兵先生的唐诗之路研究

李招红

摘　要：继"丝绸之路""茶马古道"之后，1988 年，中国又一条重要的文化之路被发现，那就是"唐诗之路"。而"唐诗之路"的发现者和首倡者，是浙江省新昌县一位半路出家从事学术研究的竺岳兵先生。竺岳兵先生是从地理上得到灵感，并通过深厚的历史文学知识和艰苦卓绝的努力，才发现了这条独一无二的中国文人的山水走廊。竺岳兵先生曾将他发现"唐诗之路"的过程分为三个阶段，即滋育期、兴奋期、社会影响期。"唐诗之路"从滋育，到提出，开展多次国内外学术交流，再与文化建设有机结合，产生了广泛的社会影响。竺岳兵先生的学术之路，贯穿着一种勇于突破的首创精神和一种执著追求的奋斗精神。

关键词：竺岳兵　唐诗之路研究　首创精神　三个阶段

　　纵观竺岳兵先生的唐诗之路研究，时间跨度达 52 年。他几十年如一日，潜心耕耘，付出了比常人更多的努力与艰辛。竺岳兵先生曾将他发现"唐诗之路"的过程分为三个阶段，即滋育期、兴奋期、社会影响期[①]。从学术的角度看，我认为第三阶段也可以称之为拓展期。

---

① 浙江省政协文化文史和学习委员会编《庆祝中华人民共和国人民政协 70 华诞史料专辑 70 年 70 人》，浙江人民出版社 2019 年版，第 430 页。

一、滋育期（1967—1988）

竺岳兵先生 1935 年 5 月出生于浙江省新昌县。作为唐诗之路的发现者和首倡者，竺岳兵先生的人生可谓丰富多彩，他当过兵，做过教师，还做过公路技术员；他爱好广泛，多才多艺，文学、音乐、美术、园林建筑，都有一手。

自 1967 年开始，竺岳兵先生在新昌县土产公司负责全县建设运输毛竹的"毛竹公路"。毛竹公路，特指为运输毛竹而专门修建的马路，是特殊年代的一种特殊的经济行为。竺岳兵先生一直在毛竹山区生活和工作了十二三年，那里的风土、人文、自然地理，在他脑海里渐渐与一些唐诗联系了起来，并产生了一个想法：从慈圣村经茅洋、黄坛、沃洲、兰沿、新昌城区到嵊州接曹娥江出杭州湾，可能是古代著名的水上旅游线。为了验证这一想法，他在这条古水道上跋山涉水，走乡串户，进行了多次实地调查。同时，根据解放军航测地形图，详细地计算出那些地区的集雨面积、河床坡度等等，得出了在古代植被茂密、雨量充沛的条件下，肯定是一条水路的观点。

"唐诗之路"包含了三部分，即路、诗、人。竺岳兵先生发现"唐诗之路"，并不是一拍脑袋灵光闪现就出现了，而是浸润了二十余年的探索、思考和研究所得到的成果。如果没有丰富的地理知识，即使有专业功底和刻苦钻研精神也是不够的。

1983 年 6 月，一个偶然的机会，竺岳兵先生在杭州新华书店读到了南京师范大学教授郁贤皓的《李白丛考》。他视为珍宝，反复研读，仔细琢磨其考证方法。此书给了他很大的启发，让他看到了一片新天地。从那时起，他开始想方设法购买李白以及与之相关的书籍。后来还与郁贤皓先生结下了莫逆之交，开启了他从一个文史爱好者到学术专家的重大转变。

1984 年，竺岳兵先生在读完李白的全部诗卷和古今学人对李白研究书籍的基础上，绘制出了李白一生的游踪图，并写出了约 3 万字的论文《李白行踪考异》，向学术界提出了关于李白研究中的五个问题："移家东鲁"说辨疑、李白"移家东鲁"行踪考异、"会稽愚妇"指谁、李白初入剡中年代考和一条古代著名水上旅游线。学术界给了他很高的赞许：孙望教授称论文"解决了许多过去没有解决的问题"；郁贤皓教授说"五个问题，讲得都很有道理，非常精彩。尤其是末了一章，令人耳目一新"；吴熊和教授说"为李白青壮年时期勾勒出了清晰的轮廓，开辟了新的研究道路"；当时在苏州的日本早稻田大学文学院院长松浦友久，读了他的论文后，专程赶来新昌与他研讨与李白有关的学术问题。这些赞许，令竺岳兵这位"学术门外汉"信心倍增。

到了 1987 年，竺岳兵先生关于"路"的思考已经基本完成。从研究李白起，他又开始了对"诗"和"人"的专业研究。

古人云："五十而知天命"，一种"老无所就"的威胁感在年过五十的竺岳兵心里油然而生。他认识到前半生所谓的"多才多艺"只是浪费精力，转而又认识到自己所具有的综合优势。这或许就是人们常说的"定位"吧！竺岳兵说他的定位就是认识自己，认识社会的需要，把自己的长处与社会的需要结合在一起。他认为：文学艺术，特别是古典文学艺术的本身，就是各科知识的凝结。倘能把过去积累的知识综合起来，去研究唐诗，或许是一条可行的路。

1987 年 4 月，时任新昌县风景名胜管理委员会办公室主任和新昌县旅行社经理的竺岳兵先生做了一个重要决定：提前退休。那年他 52 岁。他对领导这么说："我要躲到地球的某一个角落，研究一个人，这个人就是李白。"从此，竺岳兵开始了对李白的专门研究。这一年，他精读完了清代王琦的《李太白全集》和五种《李白年谱》、四十多种古今专家对李白的研究评论、几百种文史典籍，所做的读书笔记多达几十公斤，这为他后来提出"唐诗之路"奠定了基础。

从研究李白开始，到发现唐诗之路，这是一段艰苦卓绝的岁月。他说要当一只石蟹(石头底下的螃蟹),在石头的保护下,潜心研究学问。那段时间,他没有节假日,上图书馆时常带着干粮,一坐就是一整天。除了研究本身的辛苦之外,还需要克服小县城缺乏资料这样一个关键性难题。县级图书馆没有的书,他四处写信托人购买,《全唐诗》《全唐诗补编》《全唐文》《全上古三代秦汉三国六朝文》《先秦汉魏晋南北朝诗》《二十四史》等书籍,就是在那段时间入手的。

二、兴奋期(1988—1999)

1988年3月,竺岳兵先生的李白研究又一成果丰收,《李白"东涉溟海"行迹考》在《唐代文学研究》第一辑发表①。该文以翔实可靠的论据论证李白曾多次到过剡中(今新昌、嵊州),在学术界引起轰动。此后一些年谱都吸收了这一研究成果,由此在学术界最终确立了他的关于李白初次入剡中的时间在开元十四年(726)和李白四入浙江、三入剡中、二上天台山的观点。可以说,这篇论文是他后来提出"唐诗之路"的基础。

虽然解决了李白研究中的几个问题,但更多的问题出现了。通过李白牵扯出了与之交游的一些诗人,继而牵扯到了整个唐代文学领域。自然而然的,竺岳兵接触到了更广阔的空间,也沉浸在更多的学术问题之中。

在考证李白入剡行踪的过程中,他的视野进一步扩大到了整个唐代诗人的行踪范围,发现了李白、杜甫、白居易、王维、王勃、骆宾王、杜牧等400多位唐代诗人曾入剡,或与浙东剡溪有关。一个新的思想火花在竺岳兵先生脑海闪现:李白以及那么多唐代诗人都如此喜欢来浙东,这里可能存在一条古代旅游线。

---

① 竺岳兵《李白"东涉溟海"行迹考》,《唐代文学研究》第一辑,山西人民出版社1988年版,第234页。

再联想到自己多年前建设"毛竹公路"时对水路的思考，一条路线闪现在了脑海：古人很可能就是沿着这条水路，从钱塘江开始，沿浙东运河，经绍兴、上虞、浙东运河中段的曹娥江，溯剡溪（今曹娥江及其上游），经嵊州、新昌、天台、临海、温州以及余姚、宁波、东至东海舟山这样一条道路而来的。

到了这一步，接下来就需要用唐诗进行验证。他从《全唐诗》《全唐诗补编》《全唐文》等书中摘录与剡中、浙东有关的诗文，并参阅有关地方志，了解相关诗人的生平事迹。

功夫不负有心人，他的设想都一一得到了印证。最终研究统计发现，共有461位唐代诗人或"壮游"、或"宦游"、或"隐游"、或"避乱游"、或"经济考察游"、或"神游"，他们在浙东一带流连忘返，吟咏不绝，使浙东一带成为唐诗发展中一个特异的地区。

1988年7月，竺岳兵在新昌组织举办了浙东旅游资源考察会。并于当年的浙东四市地联谊会筹备会上，首次提出了"剡溪是一条唐诗之路"的观点。

提出"唐诗之路"后，首先得到了学术界的赞誉和支持。1990年11月，傅璇琮、郁贤皓、周勋初、松浦友久、横山弘等23位海内外著名学者写信给绍兴、宁波、台州、金华四市地人民政府，建议加强对"唐诗之路"的研究和利用。上述四市地政府接信后，即在绍兴召开了四市地市长联席会议予以讨论。

1991年6月，由竺岳兵个人出资，在新昌县民政局注册成立新昌唐诗之路研究开发社（后更名为新昌浙东唐诗之路研究社），社址在新昌县南明街道永安巷6号。研究社以浙江东部地区的人文、历史为主要研究对象，成员为来自全国各高等院校和研究机构的文史工作者，宗旨是通过课题研究、出版学术著作、举办学术会议和访问、讲学，团结海内外学人名流，为弘扬民族文化、繁荣浙东的文化和经济做贡献。研究社聘请中华书局总编辑、中国唐代文学学会会长傅璇琮为高级学术顾问，南京师范大学教授郁贤皓、新昌县人民政府原副县长吕槐林为名誉社长,竺岳兵任社长。

1991年5月26日,在南京举行的中国首届唐宋诗词国际学术讨论会上,竺岳兵先生宣讲了他的论文《剡溪——唐诗之路》,论文以严谨而翔实的史料论证了"唐诗之路"的丰富内涵。

对于"唐诗之路"的确切路线,竺岳兵先生认为广而言之,应包括会稽山、天台山、四明山区域内的整个浙东地区,其起点北自钱塘江,南至天台山,沿线经过萧山、绍兴、上虞、嵊州、新昌和天台。对于其定义,竺岳兵先生在论文中写道:"所谓唐诗之路,是指对唐诗特色的形成,起了载体作用的、具有代表性的一条道路。"这里说的"载体",是指诗歌的题材,即自然景观与人文景观等诗歌歌咏的对象。所谓"代表性",是根据以下三个要素考察分析得到的:"一是范围的确定性:在一个相对独立的地区,有大量的风望甚高而格调多样的唐代诗人游弋歌咏于此。二是形态的多样性:诗人在这一区域旅游的表现形式丰富多样。三是文化的继承性:这一地区的人文景观、自然景观,与唐诗有着整体性的渊源关系。三要素中的任何一项,都不能单独形成或构成唐诗之路。"①这样,"唐诗之路"既是一条具体的有迹可寻的诗人走过的道路,又是一条我们常说的"文化路线""思想路线"那样促使唐诗特色形成的抽象的路线。

竺岳兵先生在论文中提出,"唐诗之路"的内涵,并不单单限于唐诗本身,它还扩及到文学、书画、音乐、哲学、伦理、民俗、宗教、园林建筑、社会心理、社会经济等各个领域。唐诗之路在东南亚汉文化圈形成中,也起了特别重要的作用。因此唐诗之路的提出,既拓宽了唐诗研究的路子,也为各门学科、各行各业的研究利用提供了条件。对此,中国唐代文学学会有过精辟的阐述:"浙东,自晋代起渐成为人文荟萃之地,源远流长的山水诗在此滋生,与之有连带关系的书法、绘画以及宗教等,也在这一地域达到鼎盛。唐以降,许多'壮游'的文人、失意的诗人以及

---

① 竺岳兵《剡溪——唐诗之路》,《中国首届唐宋诗词国际学术讨论会论文集》,江苏教育出版社1994年版,第220页。

'宦游'的官吏在浙东一带流连忘返,吟咏不绝,使浙东一带再次成为唐诗发展中一个特异的地区。对于这一人文现象,'唐诗之路'是一个形象、具体而科学的概括和归纳。"

"唐诗之路"提出后,《人民日报》《光明日报》《文汇报》、中央电视台、浙江电视台、香港阳光卫视等数百种新闻媒体对此进行了报道,一些旅行社也纷纷推出唐诗之路旅游线路。竺岳兵先生多次邀请国内外研究唐代文学的专家学者,沿曹娥江、剡溪至新昌、天台等地踩线考察。专家们经过缜密论证后指出,这是一条世界上绝无仅有的诗歌文化旅游线路,称誉他"为中华民族找回了一份珍贵的文化遗产"。学界泰斗严济慈、任继愈、启功和革命元老宋任穷、彭冲、叶飞等为之作诗题词,给予高度赞扬和充分肯定。傅璇琮先生说:"唐诗之路是一条可与丝绸之路媲美的道路。"日本横山弘教授说:"竺岳兵先生发现的唐诗之路是超越国界的,是世界文化的重要组成部分。"启功先生赋诗盛赞唐诗之路:"浙东自昔称诗国,间气尤钟古沃洲。一路山川谐雅韵,千岩万壑胜丝绸。"从此,竺岳兵先生在学术界奠定了唐诗之路发现者和首倡者的重要地位。

1993年8月18日,中国唐代文学学会发函,同意原"剡溪唐诗之路"正式命名为"浙东唐诗之路"。"浙东唐诗之路"从此正式成为中国文学史上的专有名词。

1994年11月22日至26日,以研讨"浙东唐诗之路"为重点的中国唐代文学学会第七届年会暨唐代文学国际学术讨论会,在新昌县隆重举行。国内外学者共101人参加了这次讨论会。代表们认为"浙东唐诗之路的提出,不但对于当代经济、旅游业的发展有着现实意义,而且对于历史和文化的发掘、拓宽唐代文学研究的路子,也有着重要的意义"。为了此次会议的成功举办,竺岳兵先生付诸了大量心血。

竺岳兵先生在会上提交了《〈梦游天姥吟留别〉诗旨新解》,论文阐述了李白之所以选取天姥山作为诗的题材,其原因在于天姥山横空的气势和与此相应的不可替代的文化内涵,与他的诗思相契。文中指出

"越人语天姥"之"越人"为谢灵运,李白的遭遇与谢公的悲剧,是联系全诗各部分的一条主线。杭州大学吕洪年教授说:"经你如此一解,全诗意境豁然开朗。你抓住诗中'天姥连天向天横'的'横'字,可说是找到了解开这一千古之谜的钥匙。全文论析精到,引证周详,鞭辟入里,令人信服,令人赞叹。"日本松浦友久教授说:"大作给这首《梦游天姥吟留别》名作的注解别开生面,通过古典诗歌题材论的意象结构观点,得出很多新颖见解;特别是以'越人'看作'谢灵运'这一点,说服力极大,令人信服。"

三、拓展期(1999—2019)

1999年5月21日至24日,有中国、美国、加拿大、日本、韩国、澳大利亚、俄罗斯、德国以及台湾、澳门地区的代表共53人参加的"李白与天姥"国际学术研讨会在新昌县举行。竺岳兵《天姥山得名考辨》论文提出的"天姥即王母"观点,受到了与会代表的普遍赞同,并被写进了《会议纪要》[①]。中国李白研究会会长郁贤皓在会上说:"关于天姥山命名由来的见解甚为深刻,特别是提出天姥谓西王母、天姥岑是专用词,以及'姥'字字义的转化等等,论据充分,很有说服力……是一篇很有学术价值的好文章。"南京师范大学张采民教授说:"大作资料翔实,条分缕析,考证缜密,很有说服力。尤其是第三部分,提出'天姥'即'西王母',证据充分,论证有力,几可成定论矣!"

2000年春节前夕,一场突如其来的大病,使竺岳兵元气大伤,但他并未因此而放弃初衷。

2003年12月至2004年5月,唐诗之路第一套丛书由中国文史出版社出版,向读者全面系统地介绍了唐诗之路。该丛书是竺岳兵对自

---

① 中国李白研究会等《中国李白研究(1998—1999年集)——李白与天姥国际会议论文集》,安徽文艺出版社2000年版,第443页。

己二十余年来在唐诗之路研究方面作的一次梳理和总结。

丛书之一的《唐诗之路唐代诗人行迹考》(竺岳兵著),是一部研究唐代诗人浙东行踪最完备的著作,考证了 451 位唐代诗人游历浙东唐诗之路的时间、路线、交友、事迹、诗篇等,分上编考证、中编附疏、下编附录三个部分。上篇是对确曾游历浙东但过去学术界没有提到,或者虽然提到过却有很大错误需要纠误的考证,有 61 人;中编附疏,是对过去学术界的看法不够精确,或者众说纷纭,通过进一步阐释和分条疏理,得出新的结论,有 162 人;下编附录,是学术界已经考明行踪及其诗篇,不需要重述而可径录的,有 228 人。竺岳兵先生写作该书,其史料积累始于 1983 年。早在该书初稿阶段,一些专家就指出这是一部研究唐代诗人浙东行踪最完备的著作。书后附有《唐诗之路唐代诗人行迹资料索引》,由竺岳兵与李招红合作完成。索引根据《唐诗之路唐代诗人行迹考》中唐代诗人的研究成果,共列出 180 多种参考书,一一注明诗人的浙东事迹在某书某页,检索快捷方便。

丛书之二的《唐诗之路唐诗总集》(竺岳兵主编),是完整收录浙东唐诗的第一部著作,以《全唐诗》《全唐诗补编》《会稽掇英总集》等典籍为据,收录浙东,即今绍兴市、台州市、宁波市、舟山市地区的唐诗 1505 首。不论作者诗名大小,也不论儒林佛道,或作者于何地作的诗,只要是反映了"唐诗之路"所经之地——浙东的人文风光的诗篇,一般均予收录。竺岳兵以为,古人江南之旅,主要依靠水路,而浙东的会稽山、四明山、天台山和括苍山北部的几座山向平原、盆地一面的水系,均呈向心性,汇注成浙东运河、剡溪、始丰溪,形成了"唐诗之路"的干线。此外的河流则成向背性,形成了"唐诗之路"的支线。为便于踏访者依诗寻访浙东名胜古迹,该书据此设"总条""干线条""支线条",每条条目下有该景点的简要说明,末附《唐诗之路路线图》和词目(景名)笔画索引。

丛书之三的《唐诗之路综论》(竺岳兵主编),是一本有关"唐诗之路"的资料集。分"论文选摘""报刊选摘""信函选摘"和"专载"四大部分,内容涵盖"唐诗之路"的形成原因、内涵及其对当代社会发展（特别是在旅游界）的意义、作用等。每一部分基本按各文发表时间先后顺序排列。李白《梦游天姥吟留别》在"唐诗之路"上具有突出的地位,为此还收入了数篇有关李白与天姥山的文章。该书旨在较为全面地反映十多年来唐诗之路事业的发展概况,使读者可以清晰地了解这一历史文化与现代建设有机结合专题的开发历程。

2005 年 11 月,纪念陆游诞辰 880 周年暨越中山水文化国际研讨会在绍兴召开,竺岳兵先生在会上提交了《唐诗之路与越文化研究——以唐诗之路三要素为中心》,论文在原研究基础上,提出越文化是唐代诗人创作诗歌的题材,唐诗之路与越文化有着整体性的渊源关系①。

2008 年 9 月,唐诗之路第二套丛书出版,其中竺岳兵著《天姥山研究》,被傅璇琮先生称为"令人耳目一新的奇书"。该书对天姥山的自然地理、地理位置、历史地理、地名沿革等,作了全面系统的研究论述;还运用地质发展史专家关于浙东沿海历史上多次海侵、海退的研究成果,和他本人的"天姥即王母"研究成果以及余姚河姆渡、嵊州小黄山、萧山湘湖等文物遗存,鸟瞰式地审视天姥山和相关地区的历史人文地理,大大扩展了视野;并提出了今天姥山、宁波市、舟山市一带,是《西游记》前七回的创作原型的崭新观点。该书还对如何利用天姥山研究的成果开展浙东区域旅游等,提出了一系列意见和建议,从而为传统与现实、学术价值与应用价值的结合做了有益的探索。

2013 年 8 月,鄞州与浙东文化暨书院文化学术研讨会在宁波举行,竺岳兵先生应邀出席会议,并提交了《试论鄞州在浙东唐诗之路上的地位及其它》论文。该文分上、中、下三篇:上篇考察唐代诗人在鄞州区域的活动,讨论鄞州在浙东唐诗之路上的地位;中篇考察浙东地区人地关系和文化景观的次第嬗易对文学研究的影响,其中主要讨论天台山与鄞州一带地区的关系;下篇内容为拓宽学术研究领域、

---

① 费君清、王建华《海峡两岸越文化研究》,人民出版社 2005 年版,第 281—293 页。

加强区域合作、推广研究成果、服务社会等，以及对浙东文化研究的展望。论文意图通过对浙东唐诗之路的研究，促进区域人文群体研究、区域合作研究和区域社会发展。文章还提出了"海侵文化"这一新的命题，认为这是"浙东学派"的特征之一；重视"海侵文化"的研究，可以拓展学术空间。

竺岳兵先生的论文虽然是以解决问题为最初目的，但其价值却远远溢出于此。所以，他带给学术界及社会各界一片惊喜是理所当然的。朱熹说："某寻常看文字都曾疑来。"胡适也倡导："大胆的假设，小心的求证。"发现问题是学术研究向前发展的第一步，是学术思维的最初动因。竺岳兵先生正是在这方面表现出过人之处，他的《〈梦游天姥吟留别〉诗旨新解》《南陵考辨》《此心郁怅谁能论——李白安徽五松山诗诗旨新解》等论文，也都是在这种心态下写出来的。他的论文，篇篇独树新义，言人所未言。

严谨的学术研究都有打破砂锅问到底的精神，竺岳兵先生也不外如是，他对"唐诗之路"进行了刨根问底式的追究，思考为什么独独在唐代出现了这样独特的现象？光山水秀丽肯定是不全面的。通过大量研究发现，主要与晋代留在这里的文化底蕴有特殊的关系。于是，他转向研究晋代文化，研读了西晋和东晋两千多位名人的事迹。渐渐地，他发现浙东自晋代起，就日渐成为人文荟萃之地，源远流长的山水诗在此滋生，与之有连带关系的书法、绘画以及宗教等，也在这一地域达到鼎盛，由此他又总结出了"浙东唐诗之路"的七大文化底蕴，即中国山水诗的发祥地，中国山水画的发祥地，佛教中国化时期的中心地，中国佛教化时期的中心地，道教巩固充实时期的中心地，中国书法艺术的圣地和士族文化的荟萃地。与此同时，《两晋人物大全》《东晋大姓世系考》《东晋名僧世系考》等著作，也均编撰完毕。

多年来，竺岳兵先生除了专注学术研究，也时常涉足野外勘踏考察。单新昌县内，就挖掘了支遁沃洲精舍、智者大师圆寂处、智者大师放螺处、蒙泉、阮裕隐居地、王母洞、顾欢隐居地、齐抗隐居地、郗超精舍、吴融故居、小石佛、天姥寺、王罕岭等几十处名胜古迹，大大丰富了该县的人文旅游资源，让"新昌是浙东唐诗之路精华地"这一论断言之有物、言之有据，也拓展了唐诗之路的内涵和外延。

2018年1月，在浙江省第十三届人民代表大会第一次会议上，省长袁家军在政府工作报告中指出，要"积极打造浙东唐诗之路"的战略部署。同年6月出台的《浙江省大花园建设行动计划》，"打造唐诗之路黄金旅游带"也作为浙江全域旅游推进工程重点内容，被列为大花园建设的十大标志性工程之首。唐诗之路的文化建设和旅游开发在浙江全省如火如荼展开，也进一步推动了相关的学术研究。唐诗之路终于从民间、学术界、旅游界走向了全社会。

至此，在旁人看来，竺岳兵先生已功成名就，可颐养天年了。但他认为，只要一息尚存，人生就没有休止符，故依然马不停蹄，在陈旧而狭窄的板屋里，笔耕不辍，继续不遗余力地投入他最为重视的《再论唐诗之路》的写作。该书从上古文化、人文特点、历史底蕴、唐诗及诗人以及海内外文化交流等方面论证唐诗之路具有全国性、世界性意义，涵盖了他在提出唐诗之路之后的新发现和新成果，可以让人们更全面透彻的了解唐诗之路。他时常写作到后半夜，次日又早早起床，先开电脑，洗脸刷牙，在电脑前吃饭，中午稍作休息后又回到电脑前，如此强度，连年轻人恐怕也承受不了。用竺岳兵自己的话说："老而学如秉烛夜行，歇不下来啊！"遗憾的是，《再论唐诗之路》只写到一半，竺岳兵先生因病于2019年7月6日撒手人寰。

除了专注学术研究，竺岳兵先生也一直心系唐诗之路的未来发展。早在2019年5月下旬，已经病重的竺岳兵先生郑重嘱托前来探望的南开大学卢盛江教授，请他筹备中国唐诗之路研究会。在卢教授的积极筹备下，当年11月，中国唐代文学学会唐诗之路研究会在新昌正式成立。卢教授在成立大会上说，要学习推广唐诗之路精神，也就是竺岳兵精神，在艰难中不懈奋斗与追求的精神，执着于理想又勇于创新的精神。

结　语

竺岳兵先生除发表有关唐诗之路的论文论著以外,还在一些热心企业家和县委县政府的支持下,在新昌组织举办了十多次大中型国际国内学术会议和考察活动,这对于新昌这种既不是大城市也无高校的小县城来说,影响是空前的,在全国也是少有的。这些社会活动的开展,极大地推动了唐诗之路的研究和文化建设。

竺岳兵先生的唐诗之路研究,贯穿着勇于突破的首创精神和执著追求的奋斗精神。他追寻诗路,艰难坎坷,久久为功,令人感动。在做学问上,他主张大胆突破,细心求证,遇有疑问,必予追究。每出一文,必树新义,言人所未言。五十多年来,他在发现和研究唐诗之路的过程中,无论身处何种境遇,始终孜孜以求,朝着目标砥砺前行。

[作者简介]李招红,浙江省新昌县诗路研究中心工作人员、副研究员。

新著述评

唐诗之路的立体考察与前沿研究

——评《唐诗之路与文学空间研究》

赵辛宜

　　文化的传承与嬗变有着特定的空间维度与时间向度,但中国古代文学研究历来偏重线性的文学史梳理,对空间因素的关注和利用还不足够。二十世纪以来,随着人文地理学在中国的发展,关于地域文化与区域文学的研究逐渐兴起,空间因素在古代文学研究中的重要性也逐渐为学者们所称述。在这个背景下,"唐诗之路"概念被提出,并成为新的学术增长点,激发了一系列讨论。在学术界的期待中,由唐诗之路研究会组织编纂的"唐诗之路研究丛书"于最近陆续出版。丛书汇聚了一批唐诗之路研究的高层次成果,无疑是唐代文学与唐诗之路研究的又一推进。其中胡可先所著《唐诗之路与文学空间研究》[①],就是唐诗之路研究的代表性著作。本书设置五编十五章,每一编聚焦不同诗路,分别为诗路长安、诗路洛阳、诗路浙东、诗路浙西、诗路蜀道,涉及唐诗之路的核心区域长安、洛阳以及关键区域浙东、浙西、汉中、巴蜀等地。研究每条诗路,都是围绕诗史发展的纵向演进与区域文学的空间形态,设定多个专题进行展开。专题的选择既突出了不同诗路的总体面貌,又涉及唐代各个时期诸多个案诗人活动及其诗歌创作,由此可以勾勒诗路发展演变的过程,于时空双重维度推进唐代文学史研究。同时,本书对于诗路诗歌艺术的分析,也体现出地理学、历史学难以触及的审美维

---

① 胡可先《唐诗之路与文学空间研究》,中华书局 2023 年版。

度。胡教授对传统文献与石碑、墓志等新出文献的广泛占有,于唐代文学与政治、唐代文学家族研究等领域的多年积累,都为唐诗之路研究有所增益。从而使得本书综合了地理学、宗教学、政治文化研究等多种学科视角,在研究方法、研究重点、研究材料、研究视角等方面都体现出前瞻性与示范性,体现出深厚的学术积淀与广博的问题视野。

一、聚焦文学空间,建构唐诗之路的研究体系

唐诗之路研究重点在于"诗"与"路"的结合,必然要重视文学与空间的关系。每条诗路所联结的地点、形成的路线不同,对文学的生成和发展产生了不同程度的影响。因此,着眼于空间维度,结合不同诗路的地域因素与空间形态进行文学史研究,是唐诗之路研究的核心,也是唐诗之路研究与其他主题研究的重要区别。本书将主题定为"唐诗之路与文学空间研究"即显示出这样的用意。结合具体内容来说,本书聚焦诗路来发掘、整理史料,围绕重要地点展开论述,呈现出以点连线、以点带面的特点。其中既有对每一诗路整体性的把握,又有对不同空间独特性的发现,从而提炼出有关文学群体、诗坛图景、诗歌艺术等方面的重要问题,体现出唐诗之路研究的前沿性,建构起唐诗之路的空间研究体系。本文试从以下三个方面来简要概括。

一是厘清诗路面貌,注重对诗路路线、关键地点的考证和补充。唐诗之路首先是地理之路,只有限定一定的空间范围,才能理清其地域因素对文学发展的作用,才能把握不同诗路与文学空间的整体特征。以本书对浙东诗路的研究为例,胡教授指出:"浙东唐诗之路的研究就文学空间而言,重点就是区域研究、起点研究、行程研究、山水研究等等。目的是在建构浙东唐诗之路的空间研究体系。"①在具体的研究过程

① 胡可先《唐诗之路与文学空间研究》,第3页。

中,首先所做的工作是明确所研究区域的地理范围,例如第七章《唐代越州与浙东诗路》,胡教授简要论述唐代越州的行政区划与具体辖区,明确了本章"以唐代越州为中心,兼及浙东观察使所辖区域"①,继而对这一区域文学展开研究。这使得诗路研究明确了研究范围,有利于问题的聚焦,同时体现出胡教授一贯的学术严谨性与规范性。新昌文人竺岳兵先生于上世纪90年代正式提出"浙东唐诗之路"并定其路线即以剡溪为中心,经曹娥江、剡溪、天台等地。胡教授通过对唐代文人行旅记述与唐代东部地区交通情况的考察,对浙东唐诗之路进行了更切实具体的探究,厘清了浙东唐诗之路的起始地点与路线格局,指出"浙东唐诗之路从主要道路的分布来看,从杭州过了钱塘江进入浙东,就形成了一条干线和两条支线的格局"②。

每条诗路涉及的作家和文学事件众多,所含括的文学史问题非常丰富,必须有选择地限定研究范围,才能提炼出关键问题。因此,除了对诗路路线的梳理,胡教授选取了多个关键地点,以点带面进行研究。例如本书第四章前两节关注武则天时期和长安动乱时期的洛阳文学,这是不同时期的区域文学考察;后两节则对李德裕在洛阳的平泉庄与洛阳的履道坊进行考察,这是区域内部不同地点的个案研究。以及本书对浙东诗路的考察,选取了关键区域越州、关键地点西陵、渔浦与天台山;对浙西诗路的考察,则选取了关键区域润州、湖州与苏州。这样,整体路线考证与关键地点考察相结合,就厘清了诗路的地理面貌,明确了诗路研究的空间范围。

二是凸显诗路特点,注重地域因素对文学的特殊影响。唐代诗人行旅漫游,形成了众多唐诗之路,每条诗路所联结的地点不同,形成和发展的过程多有差异,因此对每条诗路展开研究,必然要提炼总结出其自身特点,在这个方面,本书也做出了很好的示范。例如对诗路长安的研究中,胡教授指出"长安诗坛无论是在诗史发展的纵向演进,还是在

① 胡可先《唐诗之路与文学空间研究》,第199页。
② 胡可先《唐诗之路与文学空间研究》,第286页。

区域文学的空间形态方面,都处于中心的地位,具有引领全国诗坛风会的作用"①,明确了长安具有特殊的政治功能与文化聚合性,凸显了其区域定位的特殊之处。基于这样的整体定位,深入到有关长安的诗歌创作和应制唱和活动,着重考察唐代宫殿及其相关诗歌,透视出唐代长安文化的动态发展历程。这样的研究理路,揭示出唐诗之路研究的一个关键问题,就是要在对文学空间作整体性把握的同时突出不同诗路的差异性,从而体现出一定的创新性。

较于前代,唐人感知空间的方式更为丰富,理解空间的角度更为多元,表现空间的创作更为深刻。本书的诸多内容都体现出探索唐诗空间美学维度的尝试。例如第五编"诗路蜀道"中分列两章对李白、杜甫的蜀道书写进行研究。蜀道高危奇险的特殊地势深刻影响了诗歌的主题内容与艺术表现,本书结合地理著作和地方志乘,对杜甫两组蜀道纪行诗中所纪之地理空间进行历史考察,对诗中表现的蜀道风物与其文化内涵进行考证分析。在诗歌艺术方面,胡教授也注重地理因素对文学创作的影响,例如关注到唐代蜀道诗往往表现出对政治局势的警戒意识,这是诗人由蜀道特殊地势造成的割据历史所引发的联想。还有韵律方面,杜甫在蜀道诗中多选择用仄声韵,"是杜甫根据蜀道的奇险的特点随物赋形所致"②。学界对于李白《蜀道难》与杜甫蜀道纪行诗的研究已经取得了较为丰富的成果,而本书对两者的解读则在空间维度进行了新的开拓。

三是挖掘诗路文献,注重地理著作、地方志乘的整理利用与地域总集的考证分析。清人徐松《唐两京城坊考》序言:"古之为学者,左图右史,图必与史相因也。余嗜读《旧唐书》及唐人小说,每于言宫苑曲折、里巷歧错,取《长安志》证之,往往得其舛误……作《唐两京城坊考》,以为吟咏唐贤篇什之助。"③胡教授指出,以这样的思路利用《唐两京城坊

---

① 胡可先《唐诗之路与文学空间研究》,第 5 页。
② 胡可先《唐诗之路与文学空间研究》,第 519 页。
③ 徐松《唐两京城坊考》,中华书局 1985 年版,第 1 页。

考》等文献,将有助于对文学原生态的研究。本书对《唐两京城坊考》《长安志》《方舆胜览》等志乘、地理类著作的利用,都是其文学空间研究视角的体现。

相比于一般文学总集,地域总集的选集标准主要基于地缘属性,或以作者的籍贯为限,或以作品创作的时地为限,或以作品涉及的地域内容为限,往往能集中地展现地方文学的发展。由本书对《会稽掇英总集》与《丹阳集》的考辨可以看出,胡教授不仅着眼于地域总集在诗文留存方面的文献价值,并且注重挖掘其中对文人聚会活动的记载,从中得出关于当时诗坛图景与文学氛围的认识。以《会稽掇英总集》为例,此书由宋代孔延之编撰,书中搜罗有较多传世文献与实物材料,集中存录了北宋以前越州诗文,并且有多个诗会的记载。胡教授此书对其中重要诗会进行梳理,包括鲍防及其文人集团的唱和、元稹及其文人集团的聚会、杨於陵等人的石伞峰诗会等,从中得出关于中晚唐文人联唱活动、地方郡守引领诗会等文学史方面的认识,体现出对地域总集其诗学价值的深刻利用。

二、关注文人活动,纵深唐诗之路的演变考察

"诗"是文本,"路"是地理,而将其结合起来的是人的活动。诗人作为诗歌创作的主体,他们游历或寓居,入朝或出使,升迁或贬谪,在不同的地方留下诗作,从而形成了多种规模的文学中心与面貌不同的唐诗之路。因此,唐诗之路不仅是地理与空间之路,还是历史与文化之路。对于唐诗之路的研究,必然要将空间维度与时间维度相结合。对此,胡教授明确指出:"以文学研究而言,空间、时间与人物的对应是研究方法的不二法门。"①学者杨义有过论述:"研究文学的发生发展,从时间的

---

① 胡可先《唐诗之路与文学空间研究》,第 38 页。

维度,进入到具有这么多种多样因素的复合的地理空间维度,进行'再复合'的时候,就有可能回到生动活泼的具有立体感的现场,回到这种现场赋予它多重生命意义,就可以发现文学在地理中运行的种种复杂的曲线和网络,以及它们的繁荣和衰落的命运。"①所谓"具有立体感的现场",就是要回到诗人的漫游行旅、宴饮唱和等活动,回到文学创作的原生环境。

本书聚焦诗路,考察地理空间,而落脚在文人活动,在时空两个维度中重新定位文学事件、梳理文学史的脉络。这样的视角下,不仅可以把握不同诗路的特点,还能凸显唐代不同社会背景下区域文化、文人心态及诗歌风貌的变化,在历史场域中纵深唐诗之路的成因考察与演变研究。本书在这方面的工作,可以概括为三个部分。

一是对诗路中历次影响较大的文人集会活动作集中考察,研究其地域特征与时代特征。文人集会与区域文化发展相辅相成。一方面,诗人群体的集会地是诗歌得以创作的具体空间形态,因此不同的地理环境与文化空间使得诗人集会呈现出不同特点;另一方面,诗人于不同时期集会赋诗,诗歌吟咏山水、记叙宴饮,促进了区域文化的发展,对区域文化风格有重塑作用。因此,对诗路中文人集会的考察,通常具有研究诗歌创作、文化生态、政治变革等多方面的意义。例如本书着重考察的武则天石淙集会,既是政治集会,也是具有浓厚道教色彩的活动,同时又是重要的唱和诗会,因此在政治、宗教、文学、思想等方面具有多重内涵。本书以石淙诗碑为切入点,集中考察了石淙题诗的作者身份、合律情况与道教内涵,得到关于初唐宫廷诗人身份与宫廷文学产生氛围的认识。还有对会昌五年(845)春白居易香山"九老会"的考察。胡教授着眼于宴会诗歌与宴饮者身份,分析"九老会"与佛教的关联,探究白居易儒释融合的思想。同时,本书还重点论述了两次宴集的后世影响及海外影响。在时空双重维度来定位诗人集会,也有助于对诗路发展

① 杨义《文学地理学会通》,中国社会科学出版社 2013 年版,第 8 页。

演变的考察。

　　本书不仅对重要的诗人集会进行考证,还对唐代诗歌群体化与集团化发展的整体态势进行观照。具体来看,发生在不同时地的诗会活动呈现出不同的诗学特点,反映了不同的诗坛图景与文人心态;而宏观来看,唐代诗歌集会的时空分布呈现出较为明显的变化,折射出唐代诗歌地域格局的动态演变。胡教授指出:"中晚唐唱和诗的极盛,标志着诗歌群体化与集团化倾向较初盛唐更为明显。而这些唱和又大多数以州郡为中心,说明唐代文学的发展逐渐以京城为中心向地方多元化转化。"①这是对唐代诗歌唱和活动与文人群体化发展的时空特点进行了整体判断。

　　二是对诗路中重要诗人的游历、寓居情况作个案考察,考证其游历时地与交游活动。本书考察的诗人与诗路的关系各有不同,例如有壮游、宦游、避难、任职、隐居等。通过细致梳理诗人的行迹及交游,进而可以对诗路进行重点把握。例如本书对入唐僧人圆仁与圆珍的行记与过所进行考察,由此探究天台山于佛教发展、文化交流方面的具体作用以及在浙东诗路上的重要地位。还有对杜甫从秦州到同谷、从同谷到成都的行迹路线、途径地点的钩稽考证,都体现出"诗""路"研究的紧密结合。于唐代形成的唐诗之路与文学空间一直处在动态演变之中,在时空结合的整体观照下,结合诗人行迹,方能更具体地把握诗路的形成、演变过程。

　　除了对诗人游历的考察,本书还对重要诗人的寓居情况进行研究。相比游历,诗人寓居则是一个相对静态、长时段的过程。例如本书第一章分析唐代长安的文学表现空间,其中一节便是集中关注唐代长安的官僚生活在诗歌中的表现,具体研究涉及文人的宴会、交游、居家、出行等活动,发掘其政治内涵与文化意义。对洛阳履道坊的个案考察中,本书由此坊居住的白居易与崔群两位代表性诗人切入,连缀了丰富的问

①　胡可先《唐诗之路与文学空间研究》,第245页。

题：一是结合诗歌文本与考古遗址对诗人私宅形态的考察；二是对诗人居住此坊时交游活动及重要影响的考察；三是对寓居洛阳的文人不同居住条件的考察。由此不仅能彰显文人对居所空间的理解与书写，还能够进一步探究文人居于洛阳的创作活动与生存状态。

本书对于诗人的个案研究与动态考察，也为我们提示出唐诗之路研究可以开拓的一个重要面向，即具体诗人与唐诗之路的结合研究。除了李白、杜甫、白居易与唐诗之路研究，还可以有宋之问与唐诗之路研究、孟浩然与唐诗之路研究、柳宗元与唐诗之路研究、杜牧与唐诗之路研究、李商隐与唐诗之路研究等等。在具体诗人的个案考察中，紧密结合空间研究，突出不同诗路的特点，是唐诗之路研究的关键所在。

三是对诗路中典型诗人群体与文学家族作重点考察，分析其群体构成、诗歌创作与文坛影响。本书重点考察的诗人群体包括联唱群体、使府诗人群体、诗僧群体等。由于"地理环境的一致性与文化氛围的趋同性"[1]，还有宴饮唱和活动的直接推动，唐代形成了规模不同的地域性文学团体。袁行霈先生对此有所论述："在某个时期，同一地区集中出现一批文学家，使这个地区成为人才荟萃之地；在某个时期，文学家们集中活动于某一地区，使这个地区成为文学的中心。"[2]胡教授在梳理诗人群体的形成机制时，将其归纳为：地域因缘、时代一致、志趣相同与唱酬、联句等群体活动。地区性文学团体的形成，往往有一位关键人物的引领，因此本书还注重诗人群体中领袖人物的重要影响，例如颜真卿之于湖州文学群体，元稹之于越州文学集团等等。

本书对于诗路中典型诗人群体的研究，往往结合唐代重大政治事件与诗人集会活动等问题的考证，从中探究唐诗之路形成原因、演变过程以及文学中心的转移趋势。以本书第七章对鲍防及其文人集团的考察为例。胡教授对鲍防安史之乱前后经历的钩稽梳理，一方面是对其政治活动、文学活动进行考察，具体把握中唐前期越州文人群体的构成

---

[1] 胡可先《唐诗之路与文学空间研究》，第 245 页。
[2] 袁行霈《中国文学概论》，高等教育出版社 2006 年版，第 52 页。

与活动；另一方面意在从文学史整体观照的视角，探究安史之乱促使文学转型以及对区域文学发展的具体影响。

再者，本书对文人群体的诗歌特点、创作心态与哲学思潮进行深入考察，探究文人对于诗路空间的认知和想象，体现出唐诗之路在文化史、思想史研究方面的广阔空间。以本书第七章对皎然为首的诗僧群体的考察为例。胡教授着眼于这批诗人的隐逸身份，对他们的联句创作与交往活动进行分析，指出在江南大的社会环境和自然环境的影响下，其联句内容体现出江南文学的新观念，其交往活动彰显出生活品位与文化品位，折射出安史之乱后江南文士群体的创作与生活追求。

胡教授在唐代文学家族研究方面的深厚积累与学术眼光，为唐诗之路相关研究开拓了空间。本书第十一章《唐诗与湖州》研究湖州唐诗就是重点着眼于两个重要群体与一个文学家族，即以诗僧皎然为核心的诗人群体、以时任湖州刺史的颜真卿为核心的诗人群体与湖州钱氏文学家族。唐人高仲武编选《中兴间气集》列钱起于卷首，并言"士林语曰：'前有沈宋，后有钱郎'"①，将其推举甚高。可见钱起在安史之乱后的中唐前期诗坛具有崇高的地位。钱氏家族也是湖州地区典型的文学家族。本书对钱起、钱徽、钱可复、钱珝四人生平经历、文学活动的梳理中，也连缀出湖州地域文学的发展。

三、立足实证探讨，扩大唐诗之路的研究格局

新材料的整理应用与旧材料的深入挖掘都是推动学术发展的重要因素。本书聚焦唐诗之路来整理史料，挖掘诗路文献，可见对诗歌总集、地理著作、地方志乘等传统文献的整理和利用，还有对考古遗址、摩崖石刻及出土墓志等新出文献的发现与考证。从文学史意义上，充分

---

① 傅璇琮、陈尚君等《唐人选唐诗新编》(增订本)，中华书局 2014 年版，第 459 页。

结合考古遗址与石刻文献,挖掘相关物质材料的诗学内涵,能够还原文学的发生环境与原生状态,从而得到对文人活动、诗坛氛围的认识,进一步勾勒出不同诗路的特点;在研究方法方面,利用实物材料以印证文学文本,综合利用写本文献、石刻文献和考古遗址来进一步推进唐诗之路研究,本书也颇具示范意义。以下举出几例加以阐述。

一是利用考古遗址考察文学产生的空间形态,将实物材料与诗歌文本相印证。例如本书第一章对长安诗歌的研究,选取大明宫与华清宫两个最有代表性的宫殿进行重点考察。长安宫殿曾是诗人参与科举、宫廷任职、朝会作诗的重要处所,是许多政治活动的实际发生地,也是宫廷诗歌得以产生的具体空间形态。与此同时,宫殿也具有深刻的政治意义与文化意义。宫殿作为皇权的象征,其格局变动往往象征着政治时势与制度的变更,其兴衰命运是文人诗歌书写的重要内容,在很大程度上承载了文人对于长安这一城市空间的认知与想象。因此对于宫殿物质与文化两个层面上的研究都必不可少。随着大明宫与华清宫遗址的全面发掘,关于宫殿建置与构造形式的考古研究已经取得丰硕的成果,胡教授着眼于这些考古发现,综合《长安志》《唐两京城坊考》等地理志乘文献,得到关于大明宫重要殿阁、池亭的地理位置与政治功能的认识,并将其应用到唐代诗歌研究之中。

本书第六章对龙门香山寺的考察可作另一示例。香山寺始建于北魏,繁荣于武后时期,白居易为河南尹时进行过重修。洛阳市龙门文物保管所于 1984 年对香山寺遗址进行调查,调查中对于香山寺大致位置的判断,能够对白居易的相关书写进行补充考察。客观地说,对于考古遗址的研究和利用至今仍然集中在考古学和历史学领域,在文学研究方面的成果不多,因此本书的相关研究颇具启发意义。相信随着唐诗之路研究的深入,更多实证材料得以被发现和利用,必然会对唐代文学研究到积极的推动作用。

二是挖掘摩崖石刻的诗学因素,将石刻文本与文学空间研究相结合。学者叶国良曾在《石学的展望》中强调古典文学研究应注意利用金石学研究的成果:"近人研究古典文学,很少注意到其与金石学的关系,这是奇怪的学术脱节现象。古人重视金石文字,金石文字往往占了文集中的最大篇幅,所以研究文学,而不涉猎金石学,是有点奇怪的;清代以前的学者并不如此。石刻释例的起源,正是从研究韩、柳、欧、王的古文来的,其后的研究虽然范畴不限于文字学,但与文学研究与创作关系密切。个人建议古典文学研究者应当将石刻释例的著作纳入参考的范围。"①尤其是对于写本文献大量缺失的唐代,如果不结合实物史料,很多问题就难以在实证中深入。同时,石刻材料是诗歌文本的重要载体,又因其独特的物质属性而具有相对独立性,因此具有传世文献不可替代的独特价值。

一方面,本书注重利用摩崖石刻对唱和活动的记载,以考察文人活动与诗坛氛围。本书第五章从嵩山石淙的摩崖石刻入手,分析久视元年(700)五月武则天君臣的一次大型集会唱和活动。通过诗碑,可以集中考察初唐宫廷诗人的身份和宫廷文学产生的环境。另一方面,本书对于摩崖石刻的利用,还体现在对其文学内涵的挖掘。本书第十三章即从石门题刻的文体类型、纪实性特点以及艺术性三个方面,将石刻文学与地方文学进行结合考察。正如胡教授所言:"本章侧重于石门题刻文学内涵的挖掘和文学价值的衡定,试图在考古学、历史学和书法史研究取得成就的基础上,更为全面地凸显石门题刻在中国文化史建构方面的巨大作用。"②石门题刻中包含有颂、铭、碑、记、赋、诗等各种体裁,由于刻石的性质和写作的场景,题刻内容主要在于铭功记事,并包含一定的时空因素,体现出与中国文学抒情传统不同的纪实特点。其中对汉中胜迹、栈道史迹等内容的记载,也是诗路研究可以取资的重要文献。题刻中还有《游石门题诗》《栈道平歌》等一些纯文学性质的诗赋,蕴含了历代文士途经栈道的山水见闻与空间想象。由此可见,对石门题刻进行深入解读,在实证层面上显示其文学内涵,对于加深对诗路面

① 叶国良《石学的展望》,载《石学续探》附录,大安出版社 1999 年版,第 262 页。
② 胡可先《唐诗之路与文学空间研究》,第 458 页。

貌与地域文学的认识具有重要的学术价值。

三是考察出土墓志中所载诗人生平,对诗路上重要文人及群体活动进行考察。近年来学界对于出土墓志的研究取得了较为显著的成果,胡教授也有《考古发现与唐代文学研究》《出土文献与唐代诗学研究》等著作,利用新出墓志对唐代文学研究中一系列重要问题进行了前沿性研究。但新出墓志数量众多,内容丰富,还有很大的挖掘空间,并且唐诗之路作为研究专题具有其特殊性质,启发我们更多从空间因素、文人活动等角度去深入挖掘出土墓志的文学史内涵。

以本书对《唐郑鲂卢夫人合祔墓志》《唐郑鲂墓志》两方唐人墓志的考察为例。根据两方墓志所言,郑鲂擅长于古诗,与孟郊、李贺唱和颇多,并且他作为元稹观察浙东时的幕吏,必然与浙东幕府所辟幕僚与宾客多有往来。因此,"这两方墓志为我们提供了绝好的唐代诗人群体唱和的资料……对于我们研究中唐文学,特别是中唐时期东南地区的地域文学,是难得的第一手材料"[①]。可见本书对于出土墓志的解读,始终将其置于文学史研究视阈中,考察墓志对文人交游与集会活动的记载,继而对唐代文学与唐代文化进行深层研究。这样的视角下,能够将传世文献、出土文献与域外文献相结合,还原文学的发生环境和原生状态,从而将文学研究与考古学、历史学结合起来,提炼出具有前沿性的新问题。其方法具有重要的示范意义,其成果也在一定程度上扩大了唐诗之路的研究格局。

四、致力综合研究,拓展唐诗之路的问题视野

正如胡教授所言,唐诗之路最为关键的方面是要处理好"诗"与"路"的关系。而"唐诗之路研究,与一般的唐诗研究或者唐代文学研

---

① 胡可先《唐诗之路与文学空间研究》,第 243 页。

究就有着很大区别,后者一定要处理好文学本位与学科延展的关系,而唐诗之路研究则是以文学为主体的多学科之间的综合研究"①。以文学为主体,对唐诗之路进行多学科视角的综合研究,是本书的特点之一。

首先就是文学与地理学的结合。本书聚焦唐诗之路,关注唐代诗歌的分布特点。在文献利用方面,采用了多种地理志乘,对地方文献进行梳理;在研究视角方面,吸收了文学地理学与历史地理学的研究成果,对唐诗之路的重要地点、整体路线进行考辨;在研究重点方面,关注诗路上重要文人及其唱和活动,分析诗歌作品中的地域因素,注重唐代文学中心及其辐射影响。学者梅新林曾提出了文学地理学中的四个"地理"层次,即作家籍贯地理、作家活动地理、作品描写地理、作品传播地理。② 本书对文学空间的研究,也能够体现出上述四个层面的立体综合。

再者,本书注重诗路上的宗教因素与文化交流,与宗教研究、文化研究相结合。例如对浙东唐诗之路的研究,注重发掘浙东在唐代宗教与文化交流中的重要区位意义。唐代浙东的海上口岸,是海上贸易和文化交流的重要通道,台州到明州则是海上丝绸之路的重要节点,与浙东唐诗之路相连接。由日本前来唐朝学道传教的僧人往来于海上丝绸之路,是勾连海上丝绸之路与浙东唐诗之路的关键性人物,其交游和创作都有浓厚的宗教因素,对于他们行踪和创作的考察,也是我们理解天台山佛教的重要材料。由此可见,本书对天台山区位意义、诗僧群体活动及文学书写的考察综合有文学史、宗教史、文化史等多重价值。

此外,本书还注重对文人心态与社会心理的考察,体现出唐诗之路的思想史研究价值。例如在唐华清宫与华清宫诗的研究基础上,胡教授指出此问题还有研究空间,例如华清宫更名的缘由,华清宫的宗教内涵,华清宫兴衰与唐代政治事件的关系,中晚唐华清宫诗所呈现的社会

---

① 胡可先《唐诗之路与文学空间研究》,第 4 页。
② 梅新林《中国文学地理学导论》,《文艺报》2006 年 6 月 1 日。

心理等。文人对于宫殿空间的想象与书写，也是长安文化传承所特有的景观。本书还具体考察了杜牧、李商隐对华清宫的描写，分析其中体现出的文人对于时政的洞察及玄宗以后政治方向逆转对社会心理的影响。此外，关于安史之乱后南迁文人的心态变化与诗歌创作，胡教授此书也结合地域因素与政治背景进行了整体考察。

由以上可见，本书既能详征史料作专题的深入考察，又能综合视角以拓宽文学研究，同时为唐诗之路研究提出了一系列前沿命题。二十世纪末以来，关于唐诗之路的讨论逐渐增多。尤其是近几年，由于重要学者的引领与地方政府的支持，唐诗之路的相关论著在数量与质量、广度与深度上，都体现出明显地增进，本书即是重要成果之一。但总体来看，唐诗之路作为新的学术增长点，在文献整理与问题研究、理论创新方面仍有极大的开拓空间。

首先是诗路文献的整理与考订。诗路研究包含文学、地理、文化、宗教等方面，具有很强的综合性，因此诗路文献的类型也非常丰富，不仅有文学文献、历史文献，还有地理文献、宗教文献、艺术文献等。本书研究也启发我们：诗路研究不仅需要关注传统文献，还必须重视发掘新的史料，积极利用最新考古成果，必要时可以展开实地调查，从而将文学、文献、实物三者结合起来，通过实证的手段拓展对诗歌的空间研究。

其次是研究内容的扩展与纵深。一是其他唐诗之路的研究。唐代形成了多条诗路，每条诗路都有其特殊面貌与不同的形成原因。本书选取了长安、洛阳、浙东、浙西、蜀道五条诗路，彰显出唐诗之路与空间研究的示范意义。正如胡教授所言，唐代西域、商於、陇右、荆南、岭南、海上等地区，也是唐诗之路研究的重要部分，目前已有一些学者进行了相关研究。每条诗路的形成原因和演变过程都不相同，需要结合每一诗路的特殊性进行多点考察，继而进行全面观照和总体把握。二是某一唐诗之路内部的持续性研究。例如本书对浙西诗路的研究主要着眼于润州、湖州、苏州三个地区，胡教授指出，杭州与睦州的诗歌都具有特殊性与学术价值,有待以后进行专题开拓。此外,本书选择了重要的渡口和驿站西陵、渔浦进行考察,提示出相关研究的空间。例如对长安、洛阳诗路的研究也可以从两京馆驿切入,对长安与洛阳之间皇帝巡幸、士人往来的重要地点与诗歌创作进行考证。严耕望《唐代交通图考》已有对唐代馆驿与重要驿道的详细考证[①],这些都可以成为诗路研究的重要材料,需要结合唐代诗歌作进一步的考察。

再者是研究视角的丰富与多元。由以上所述,本书综合有文学、地理、政治、宗教等多重学科视角,为唐诗之路研究提出了一系列前沿命题,例如唐诗中心的形成及其辐射作用,安史之乱与唐代文学中心的转移,浙东唐诗之路与海上丝绸之路的交流贯通等。由此启发,可以对唐诗之路进行多视角的研究,例如文学地理与唐诗之路研究,唐代宗教与唐诗之路研究,域外汉籍与唐诗之路研究,唐代政治与唐诗之路研究等。另一方面,对于"文学空间"的考察也需要综合不同的视角。不仅要着眼于文人活动的现实地理环境,分析地域因素对诗歌创作的影响,还要注重不同时期文人对空间的书写,探究诗歌对地域文化的再现与重塑作用。例如贬谪文人对长安的追忆,南迁文人对江南的体认,都体现出诗歌与地域文化的互相影响,由此也关涉唐诗之路的演变研究。

最后是理论体系的总结与创新。本书由五个专题具体切入,结合实证来探究文人活动与诗路演变,似乎并未着意于建立研究的理论体系。这不仅与本书专题研究的性质有关,而且与唐诗之路研究目前的发展情况有关。总体来看,诗路研究在学术上还处于起步阶段,目前在文献材料的整理考订和诗路形态的专题研究方面的积累还不足够,进行完整理论建设的条件还不充分。由本书对诗路的空间与文化形态、形成与演变过程的考察,能够看到唐诗之路在文学、政治、宗教、思想等多方面的研究价值。我们也期待,在此书的基础上,唐诗之路研究能不

---

① 严耕望《唐代交通图考》,上海古籍出版社 2007 年版,第 1—90 页。

断拓宽学术视野,多角度、多层面地展开研究。通过个案研究与整体把握,总结出符合"唐诗之路"本身特点的研究方法,建构学术体系,进行理论创新,将研究推向纵深。

[作者简介]赵辛宜,浙江大学文学院博士研究生,研究方向为唐宋文学。

粤西唐诗之路研究的总结与建构

——评《粤西唐诗之路探源与诗人寻踪》

钱 辉

摘 要：唐诗之路的研究已经取得了丰硕成果。《粤西唐诗之路探源与诗人寻踪》开创性地提出了"粤西唐诗之路"的新方向。该书从粤西唐诗的作品分析、作家考证、文献考证、历史地理研究、文化研究等角度选编文章，总结了此前粤西唐诗的研究成果，也建构了粤西唐诗之路研究的路径。

关键词：粤西唐诗之路 总结 建构 书评

一、粤西唐诗之路研究现状

上个世纪 80 年代，浙江学者竺岳兵先生提出"唐诗之路"的概念，将浙江地域文化与唐诗的研究结合起来，至 2019 年 11 月 3 日中国唐代文学学会唐诗之路研究会成立，唐诗之路的研究在不断地深入，唐诗之路的研究也进入了新的阶段。

从地域来看，当前研究最为深入的当属浙东唐诗之路。据统计，唐代有四百五十余位诗人到过浙东，留下了一千五百多首唐诗。这些诗作为浙东唐诗之路的研究提供了客观的便利条件。竺岳兵《唐诗之路唐诗总集》、卢盛江《浙东唐诗之路唐诗全编》等做了文献的整理；竺岳兵《唐诗之路唐代诗人行迹考》做出了诗人足迹等相关的历史性考察；胡可先

《唐诗之路与文学空间研究》、娄国耀《辞君向天姥——浙东唐诗之路诗歌解读》、邹方志编选《浙东唐诗之路》等著作做出了文学的解读。李招红《浙东唐诗之路学术文化编年史》更从学术史的角度对浙东唐诗之路的研究进行了回顾。浙东唐诗之路的研究可谓取得了丰硕的成果。

除此之外，亦有许多学者开拓了譬如陇右唐诗之路、齐鲁唐诗之路、京洛唐诗之路、湖湘唐诗之路、皖南唐诗之路、西域唐诗之路等唐诗之路的研究方向。戴伟华《地域文化与唐诗之路》、石云涛《唐诗镜像中的丝绸之路变迁》、杨再喜、吕国康编《湖湘唐诗之路视野下的柳宗元研究集成》、朱曙辉《皖南唐诗之路研究》等著作，更有诸多高质量的论文。

广西，古称"八桂""粤西"。宋人李彦弼《八桂堂记》记载："湘水之南，粤壤之西，是为桂林。"宋人多有以粤西称广西的现象。明清以粤西指广西者更为普遍，明代《徐霞客游记》中有《粤西游日记》，清代汪森有《粤西诗载》《粤西文载》《粤西丛载》等等。粤西（广西）在唐代的范围大致同于桂管、容管、邕管。《大唐六典》卷三："岭南道，古扬州之南境……桂、昭、富、梧、贺、龚、象、柳、宜、融、古、严（已上桂府管内），容、藤、义、窦、禺、白、廉、绣、党、牛、严、郁林、平琴（已上容府管内），邕、宾、贵、横、钦、浔、瀼、笼、田、武、环、澄（已上邕府管内）。"①《元和郡县图志》卷三七"岭南道"条："桂管经略使……管州十二：桂州、梧州、贺州、昭州、象州、柳州、严州、融州、龚州、富州、蒙州、思唐州。县四十七……"②卷三八"邕管经略使……管八州：邕州、贵州、宾州、澄州、横州、钦州、浔州、峦州。县三十三。"③谭其骧《中国历史地图集》隋唐五代卷有《岭南五府经略使管州表》："桂管经略使：桂州、昭州、富州、梧州、贺州、龚州、象州、柳州、宜州、融州、环州、蒙州、古州、严州、芝州；容管经略使：容州、藤州、义州、窦州、禺州、白州、廉州、绣州、党州、牢州、岩州、郁林州、平琴州、山州；邕管经略使：邕州、宾州、贵州、横州、钦州、

---

① 李隆基等《大唐六典》，三秦出版社 1991 年版，第 62 页。
② 李吉甫《元和郡县图志》，中华书局 1983 年版，第 917 页。
③ 李吉甫《元和郡县图志》，第 945 页。

浔州、瀼州、笼州、田州、澄州、淳州。"①以上所列"三管"地区在唐时管辖范围也有变化,但基本覆盖了广西全境。唯窦州今属广东,今属广西边缘的极少数地区如全州等未列入"三管"范围。

唐以前粤西地区的文学发展滞后于中原地区,诗歌作家、作品相对较少。这一现象到唐代有所改观。唐代粤西地区著名的本土诗人有曹唐、曹邺等人。因为各种原因到达粤西地区并留下诗歌作品的著名诗人也遍及唐代。初唐时期有沈佺期、宋之问、张九龄等,中唐时期有柳宗元、戎昱、戴叔伦等,晚唐时期有李商隐等人。除本土诗人外,这些文人来到广西的原因繁多。如做官,唐代以诗赋取士,官员多为文人。郁贤皓先生考证唐代粤西有多达五百五十多名刺史;戴伟华先生《唐方镇文职僚佐考》考证官员手下文职僚佐接近百人。再如贬谪,尚永亮《唐五代逐臣与贬谪文学研究》中统计贬谪而至粤西的有三十八人。也有如李商隐担任幕僚。其他诸如干谒、漫游者亦不在少数。这些诗人在粤西大地上留下了足迹,也留下了为数不少的诗歌。

可惜的是,"粤西唐诗之路"这一提法仍未被学界广泛觉察。对于唐代粤西诗歌的研究,多集中在历史考证、作家的生平、诗歌的赏析、粤西文化与文学等方面,研究对象也集中在几位大家,如二曹、柳宗元、李商隐等。很少有学者从"唐诗之路"这一角度对唐代粤西诗歌进行探讨。然而从历史的客观性来看,无论是粤西本土作家走出粤西还是粤西以外的作家走进粤西,他们足迹与作品中都存在一条诗歌之路——粤西唐诗之路。

二、编纂详情

莫道才教授所编《粤西唐诗之路探源与诗人寻踪》②是粤西唐诗之

① 谭其骧《中国历史地图集·隋、唐、五代十国时期》,中国地图出版社1996年版,第五册,第70页。
② 莫道才《粤西唐诗之路探源与诗人寻踪》,中华书局2023年版。

路领域的开创性著作。该书分三编,分别为:粤西诗路与诗歌创作、诗路诗人寻踪、粤西诗路丛考。从粤西唐诗作品分析、粤西唐诗作家考证、粤西唐诗道路上的历史考证等角度选文。

第一部分为"粤西诗路与诗歌创作",收文 7 篇。张明非先生《唐代粤西生态环境与贬谪诗》①及殷祝胜教授《唐代桂州的文学创作活动考述》②等文章,从宏观视角对唐代粤西诗歌进行了考察。张明非先生《唐代粤西生态环境与贬谪诗》提出粤西的生态环境特征对唐代粤西诗的创作产生了显著的影响。唐代粤西诗创作的主体并不是本土诗人,而是粤西以外的诗人。他们的创作既受粤西生态环境的影响,也赋予粤西地域文化以新的内容,受粤西生态环境影响最大的是贬谪诗人,粤西贬谪诗对前代贬谪诗的突破主要表现在题材的扩大、风格的变化和对诗人心态的深入开掘等方面。殷祝胜教授《唐代桂州的文学创作活动考述》一文认为唐代桂州的创作活动主要出现于中晚唐时期,初盛唐时期较少。创作主体绝大多数出自桂管使府,其中连帅达 10 位,与幕僚平分秋色。较大规模的宴集赋诗见诸记载的虽只有两次,然以桂府连帅、幕僚风雅之士众多的情形来推测,此类活动当不会太少。创作体裁与题材比较多样,有诗有文,偶尔还有志怪小说;就题材言,大量的以山水为题材的作品的产生,初步展现了桂林山水的魅力。这期间出现的本地出生的著名文士,表明唐代桂州地区文化水平已有很大提高。另有钟乃元《论初唐流贬岭南诗人的生命体验及其诗歌创作》③讨论以张说、沈佺期、宋之问、杜审言等人为代表的初唐流贬岭南的诗人,他们有着复杂的生命体验。包括流贬的挫折感,精神上的折磨,炎荒之地的风土人情,获赦北归的惊喜等等。大悲大喜的人生经历使他们有着强烈的创作动机,丰富了他们诗歌的意象,增强了诗歌情感的浓度,并引起了诗歌抒情模式的变化,对有关岭南的诗歌风格产生了较大的影响。

---

① 莫道才《粤西唐诗之路探源与诗人寻踪》,第 101—118 页。
② 莫道才《粤西唐诗之路探源与诗人寻踪》,第 119—149 页。
③ 莫道才《粤西唐诗之路探源与诗人寻踪》,第 164—180 页。

这些特点呈现出粤西初唐时期的诗歌风貌。

叶嘉莹先生《李义山〈海上谣〉与桂林山水及当日政局》①及李宜学《论李商隐流寓桂林时期诗作的空间书写》②两篇文章讨论李商隐在粤西的诗歌创作。叶嘉莹先生《李义山〈海上谣〉与桂林山水及当日政局》讨论李商隐《海上谣》一诗与李商隐所处之环境——桂林山水、李商隐所处之历史环境——当日政局之间的联系。认为该诗是一首难解的诗,其含义前人有多种解读,但多有学者忽略这首诗的本身。叶先生将《海上谣》置于桂林之山水的文化环境之下,将其意象与神话之故实相结合,分析其历史之背景等,探讨了《海上谣》一诗所具有的寓意。李宜学《论李商隐流寓桂林时期诗作的空间书写》一文讨论李商隐唐宣宗大中元年(847)三月来桂林在桂管观察史郑亚幕下担任"支使"期间的诗歌创作。李宜学认为李商隐赴郑亚桂幕是其后半生、近十二年流寓生涯的起点,于其生命中具有指标意义。李商隐在桂幕仅约十个月,但诗作数量却占了其诗歌总数的五分之一,这是李商隐诗歌创作历程中的一个高峰。以李商隐流寓桂林时期诗作为研究对象,透过文本分析,探赜李商隐此一阶段的心灵世界。李宜学借法国加斯东·巴舍拉(Gaston Bachelard)在《空间诗学》中所揭示的空间理论,观察李商隐桂管时期诗作如何描绘桂林,如何塑造桂林地景以承载其流寓生涯的孤独感,又如何透过此私密性的孤独感激发日梦、转化空间为地方,创造出充满个人地方感的桂林文学地景,故而深刻探讨了李商隐流寓桂林时期的诗艺表现及潜在心理。

户崎哲彦《惊恐的喻象——从韩愈、柳宗元笔下的岭南山水看其贬谪心态》③及莫山洪《从永州到柳州:贬谪诗路与柳宗元山水诗的演变》④以柳宗元为个案探讨粤西唐诗。日本学者户崎哲彦在《惊恐的喻

---

① 莫道才《粤西唐诗之路探源与诗人寻踪》,第 3—33 页。
② 莫道才《粤西唐诗之路探源与诗人寻踪》,第 34—77 页。
③ 莫道才《粤西唐诗之路探源与诗人寻踪》,第 78—100 页。
④ 莫道才《粤西唐诗之路探源与诗人寻踪》,第 150—163 页。

象——从韩愈、柳宗元笔下的岭南山水看其贬谪心态》一文中认为韩、柳二人被贬岭南所描写的岭南山水都很新颖,他们将岭南的石山比作剑戟,将山林比作牢狱,对山水有着共同的"负面"的恐怖、憎恶的情绪。同时,他们既领略南方特有的青山秀水,又嫌憎南方特有的穷山恶水,对南方的山水都有赞美和惊恐的正负两面。这样的矛盾心态与岭南地区的自然环境、人文环境密切相关,他们对山水环境的恐惧感更多缘于心理方面的因素。莫山洪《从永州到柳州:贬谪诗路与柳宗元山水诗的演变》认为柳宗元的诗歌创作主要分为永州和柳州两个时期,其山水诗也主要创作于这两个时期。这两个时期的山水诗在形式上是从五言到七言,以古体为主到以近体为主,从意象上是从清秀澄明到奇崛险怪,从情感上是从忧伤到绝望,由此也就构成柳宗元山水诗的演变轨迹。由此也可看出粤西山水与柳宗元山水诗歌创作之间的联系。

第二部分为"诗路诗人寻踪"。收录考证类文章,考证唐代粤西诗人的生平、创作、行迹。梁超然先生《唐末五代广西籍诗人考论》[1]《晚唐桂林诗人曹唐考略》[2]分别依据《全唐诗》对晚唐五代广西籍诗人以及桂林诗人曹唐进行了考证。《唐末五代广西籍诗人考论》一文对晚唐五代时期广西籍诗人的生平经历、诗歌创作等进行考证。考证出唐代粤西本土诗人除了曹邺、曹唐以外,还有翁宏、王元、陆蟾、赵观文、林楚材等人。他们为唐诗的发展,为广西文化的发展做出了贡献。《晚唐桂林诗人曹唐考略》一文依据晚唐桂林诗人曹唐的诗歌考证其大略行踪。曹唐主要活动于穆宗长庆至宣宗大中年间。结合其他材料,也可大致推断其生卒年、交游等情况。曹唐诗集在唐宋时广为流传,《全唐诗》中两卷曹唐诗是明人重辑。目前,曹唐诗仍有大量散佚未见。

陶敏《宋之问卒于桂州考》[3]、莫道才《李商隐寓桂居所遗址考》[4]两

---

[1] 莫道才《粤西唐诗之路探源与诗人寻踪》,第 183—196 页。
[2] 莫道才《粤西唐诗之路探源与诗人寻踪》,第 207—217 页。
[3] 莫道才《粤西唐诗之路探源与诗人寻踪》,第 197—206 页。
[4] 莫道才《粤西唐诗之路探源与诗人寻踪》,第 218—224 页。

篇文章考证宋之问、李商隐在粤西的行迹。陶敏《宋之问卒于桂州考》一文认为宋之问卒于钦州的两条史料难以成立,新旧唐书等史料能够证实宋之问卒于桂州。宋之问在桂州时南行目的地并非钦州而是广州。宋之问流放钦州时应是从越州出发,后经端州、藤州到达钦州。莫道才《李商隐寓桂居所遗址考》根据李商隐诗文提供的材料和实地考察,结合当时及后代的笔记、方志等文献材料,可以初步推测,李商隐在桂居所疑在今叠彩山东南山脚靠滨江处。

　　第三部分为"粤西诗路丛考"收录与唐代粤西文化、历史、文献相关的 4 篇论文。孙昌武《粤西唐诗之路的佛教文化:唐岭南节度使马总为禅宗六祖慧能竖碑事》[1]一文从元和十年(815)岭南节度使马总奏请朝廷褒扬禅宗六祖慧能,诏赐"大鉴禅师"师号、"灵照之塔"塔号,请时任柳州刺史的柳宗元撰写《曹溪第六祖赐谥大鉴禅师碑》一事出发,探讨唐代粤西的思想文化的一个方面。柳宗元基于"统合儒释"立场,强调慧能禅宗思想"其教人,始以性善,终以性善"的教化作用与意义,并大力表扬马总的功绩。《大鉴禅师碑》则揭示了当时岭南地方统治者支持禅宗"统合儒释""以教辅政"的发展态势。柳宗元的碑文作为禅宗史和文化史的重要文献,对于全面认识中晚唐禅宗乃至佛教的整体状况具有重要价值。将粤西的思想文化发展程度置于全国乃至中国历史上来进行考察。

　　日本学者户崎哲彦撰写《唐代古桂柳运河"相思埭"水系的实地勘访与新编地方志的记载校正》[2]一文由莫道才翻译、廖国一校对发表。是文以实地考察为依据,经调查"相思埭"遗址,可见部分新编地方志中记载相思江的水系有误。相思水的河流就是古相思江,相思埭还有"西渠"等别称。户崎哲彦认为唐代的桂州有两条重要的运河,一是灵渠,为北渠;二是相思埭,为南渠。桂柳运河"相思埭"连接了桂州与柳州,弥补了"灵渠"在交通上的不足。

---

[1] 莫道才《粤西唐诗之路探源与诗人寻踪》,第 227—246 页。
[2] 莫道才《粤西唐诗之路探源与诗人寻踪》,第 247—254 页。

莫道才《从"麻兰"到"兰麻"》①考证了柳宗元《寄韦珩》篇中"麻兰"与李商隐《赛兰麻神文》篇中"兰麻"的异同,二者所指为同一地名。但柳宗元笔下"麻兰"应是指干栏式建筑,而李商隐"兰麻"应是从原来的"麻兰"讹传而转指具体地名。

林京海《李渤〈留别南溪〉石刻考》②考证了位于桂林市南溪山白龙洞口石壁的《留别南溪》石刻。该石刻历来被认为是李渤所题。然而,清代开始即有学者发现该石刻所记时间与史书所载李渤在桂时间有所出入。根据现有材料推断,《留别南溪》石刻内容为李渤所作,但时间并非在大历二年。而诗中李渤对桂林山水的热爱却是真切的。从中也可以看到中晚唐时期文人之间对桂林山水"发明"和"称道"的风尚。

三、学术价值

《粤西唐诗之路探源与诗人寻踪》一书完成了对粤西唐诗之路的建构。其一,梳理了唐代重要的粤西诗人;其二,点明了唐代粤西重要的文化景观;其三,建构了粤西唐诗之路的研究路径;其四,书后附录《粤西唐诗之路研究著作论文索引》③为后来研究者提供了便利。

所收文章梳理了唐代重要的粤西诗人。我们可以看到,粤西唐代诗人重要的有初唐时期的宋之问、张九龄等,中唐时期的柳宗元等人,晚唐时期的李商隐、李渤、曹唐、曹邺等人。而他们的身份也多种多样,有粤西本土诗人、有贬谪来粤西的诗人、有官员、有幕僚。而以宋之问、柳宗元、李商隐等最具代表性,最具研究价值,成果也较丰富。

探讨了唐代粤西重要的文化景观。以桂林山水为代表的独特的粤西景观,是唐代来到粤西诗人生活和创作的环境。异于中原的气候环

---

① 莫道才《粤西唐诗之路探源与诗人寻踪》,第 255—265 页。
② 莫道才《粤西唐诗之路探源与诗人寻踪》,第 266—276 页。
③ 莫道才《粤西唐诗之路探源与诗人寻踪》,第 277—293 页。

境也在诗人的诗歌中体现出来。身处远离中原的粤西,对于诗人的身体和心理都有极大的考验。身体的感受、正面或负面的情绪在诗歌中的呈现都与诗人的心态、思想、宗教信仰等都密切相关。

揭示了粤西唐诗之路的研究路径。以作家作品为"点",以作家行迹为"线",从而形成对粤西唐诗之路"面"的考察,进行系统性的研究。亦需要将作品分析与事实考证相结合,将文学研究与文化研究相结合。同时,实地考察与文献考证相结合也是极为重要的。粤西有着大量的陆路古道、水路要道,唐代粤西诗人在这些古道上的足迹与诗歌需要研究者进行充分的实地考察,需要研究者有历史地理的相关知识。

书后附录《粤西唐诗之路研究著作论文索引》,收录了粤西唐诗之路相关的文学文献的研究成果,历史、地理相关的研究成果,思想哲学相关的研究成果,范围较广。时间上包括唐以来的原典文献,也包括上至民国下至当下的报纸期刊等文献,较为全面。

总体来看,《粤西唐诗之路探源与诗人寻踪》作为一本论文集,在选收论文时达到了全面性、系统性、学术性的要求。对于粤西唐诗之路的建构、对于粤西唐诗之路的研究具有启发性意义。粤西唐诗之路无疑是唐诗之路研究的一个新的方向。

[作者简介]钱辉,广西师范大学文学院博士研究生,研究方向为唐宋文学、骈文学。

学术动态

中国唐代文学学会唐诗之路研究会第二届年会（2023）综述

袁　丁

2023 年 4 月 22 至 23 日，中国唐代文学学会唐诗之路研究会第二届年会在淮阴师范学院举行。会议由唐诗之路研究会与淮阴师范学院文学院联合主办，淮阴师范学院文学院承办。来自全国各大高校与研究机构的近百位专家学者与会。

大会学术研讨部分由主题发言和小组讨论两部分组成，与会专家就区域诗路、水陆诗路、具体作家与诗路等方面展开了广泛而深入的讨论，推出了一批唐诗之路研究的最新成果，反映了当下唐诗之路研究的总体状况，指明了唐诗之路研究的未来趋势。

一、区域诗路研究

区域诗路研究是唐诗之路研究的重要组成部分，是唐诗之路研究从地理空间上的细化，这方面具有很大开拓空间，也是本次大会论文选题重点。

卢盛江先生《中唐前期浙东唐诗之路的发展》着眼于浙东地区诗路研究，通过细致的数据统计，发现中唐前期 50 年间浙东诗人总数几乎与初盛唐 138 年相当，而所留下浙东诗的总数，则超过初盛唐 138 年的总和，写有浙东诗的诗人中，曾游浙东占绝大多数，都远远超过初盛唐。究其原因,与地理位置和山水以及经济发展和交通有关。但是吸引文人更主要的,是浙东自东晋以来形成的文化氛围,特别是名士文化氛围。同样的刚刚经历战乱,同样的避乱南奔和文化南移,很容易唤起人们的历史记忆,形成新的名士氛围,吸引大量文人来游。胡可先《唐代洛阳诗歌的时空探索》立足于唐代洛阳诗坛的空间形态,参合时间演变的流程,从特定的侧面对唐代洛阳诗歌加以阐述,也对前人与时贤注意较少或研究未尽的地方加以开拓。吴强、吴夏平《唐代大庾岭诗路的文学渊源》通过溯源的方式,发现魏晋南北朝时期文学作品中,存在一批与大庾岭相关的作品,这些作品呈现出与主流文学高度一致的嬗变轨迹,同时又明显受到大庾岭地域特征的影响。通过深入文本,发现陆机、谢灵运、江总等名家作品的创作范式、审美空间、文学意象等皆对唐代大庾岭诗歌创作产生了较深刻的影响。郝殊姝《湖湘唐诗之路与“湘江北流”诗研究》认为唐代贬谪湖湘、岭南诗人群体是湖湘唐诗之路形成的主要推动者。湖湘唐诗之路上的主要站点往往是行人往来交通的必经站点或临岐分路之处。湖湘唐诗之路有其显著的文化特性,如楚地风物与文化、贬谪主题、悲怨传统等,唐代诗人在沿线留下了数量丰富的贬谪诗。“湘江北流”及其同类诗歌的出现,是唐代湖湘贬谪文化、潇湘形象变迁及初唐诗人承袭六朝句法等因素共同作用的结果,其中蕴含了诗人怀北思君的心态。

此外,像戴伟华《〈地域文化与唐诗之路〉跋》与海滨《〈西域文化与唐诗之路〉提要》虽然只是简要的介绍,但已经让我们感受到了著作的学术分量,标志着区域唐诗之路研究走向深入。

二、水上诗路研究

水陆交通是诗歌传播的重要路径,也是诗人创作的背景与载体。以水陆交通路线切入,既能细化诗人生平研究,也有助于对诗人作品创作深入理解。本次大会论文对此问题进行了深入研究,尤其是水上诗路的研究。

水上诗路研究中,运河诗路得到了与会专家的特别关注。顾建国《运河诗路名物研究四题》论述了与运河相关的四个问题,认为京杭大运河开通后,人们可以坐船到北京。淮河入海的通道一直存在,时至明代,淮泗水泽依然可见海气雾浮的景象。古淮河是从淮阴县治(在今淮阴区马头镇)北部流向山阳湾的,与现今黄淮河的河道大致吻合。宋代,称末口以西三十里的淮河段为"山阳湾"。魏晋时,邗沟运河水位高于淮河。元杂剧中,"清江浦"已然是地名了。以"清江"名之,含有复见清流的深切用意,也意指这段由清江浦通达长江的水色是清澈的。"公路浦",又称"袁浦",它不是后来的"清江浦"。宋代淮扬运河上"二斗门只能在建安军,不可能在淮安"的这个观点,值得商榷。滕汉洋《运河交通与唐诗中的"浊汴"和"清淮"》分析了唐诗中的"浊汴清淮"主题,认为汴水浑浊,淮水清澈,二者成为唐代运河行旅诗中重要的关注对象,各有其意义承载。而汴、淮交汇处水质清浊不同的地理现象及其背后所承载的地域分野观念,使得"浊汴"和"清淮"两个诗歌意象由现实中的运河行旅书写,进而表现更广阔的人生内容,生发诸多新的意蕴。滥觞于唐诗中的"浊汴清淮"吟咏,其主题和内涵在宋人手中得到了继承和进一步的拓展,此后则随着运河改道而逐渐淡出文人的视野。"浊汴清淮"吟咏因汴、淮运河交通之生而生,因汴、淮运河交通之止而止,是一个与运河交通共命运的诗歌主题。王淋淋、王兆鹏《南宋常州运河诗路的构成与书写》以常州运河诗路为关注对象,认为常州运河西起吕城,东至望亭,是南宋的交通要道之一;经行者甚多,吟咏亦不绝,堪称一诗路。诗路包括"路""景""人"三部分,如生命体之骨、血肉和灵魂。运道本身、河上的奔牛、望亭闸,以及道旁的荆溪馆,构常州运河诗路之骨;运河旁的名胜惠山景观,成其血肉;而以杨万里为代表的诗人的行迹与书写,铸其魂。诗人的赋作,为路增添了沉甸甸的诗意;而路也接纳了行者的身体和情绪,抚慰并治愈着他们内心的不甘与伤痛。荀德麟《淮安,唐宋元明清时期的大运河中部"诗路"》重点关注淮安段运河诗路,认为淮安是地跨古淮河两岸的历古之名郡,是黄淮运河交汇处的枢纽;

淮安是明清时期"运河之都",是唐宋元明清时期的大运河中部的"诗路";淮安运河诗词作者多、名家多、作品多;淮安运河诗词彰显了鲜明的时代特色与地域特色;大运河孕育了淮安"诗城"。

还有一些学者也关注了其他水上诗路。杨一恒《略论诗路文化记忆的生成与深化——以唐代峡江诗路书写为例》,以文化记忆为切入点,以峡江诗路为关注对象,认为依唐人的文化感知,峡江的形成浸润在大禹疏凿通江这一记忆的历史之中,峡江既是具有交通意义的"峡路",也是承载着后人想象的"禹迹"。峡路的"知觉中心"在巫峡,历代巫咏之作的层叠积累对峡路文化记忆的生成起到了重要的作用,巫咏经典的遴选也代表着峡路文化记忆的凝定。同时,作为景观镜像和情感意象的峡江,都是其自然特征与情感特质的记忆投影和文学再现,送别诗中的峡江,也展现着送别者的心理距离与空间记忆。反复的文学书写使峡江景观渐趋符号化和文本化,而峡路文化记忆也由此不断传承和深化。景遐东《唐代山水诗与隐逸诗中的若耶溪》关注了若耶溪诗路,认为若耶溪是唐诗中的重要地理意象,泛舟若耶溪是唐人游历会稽的重要活动。唐诗若耶溪书写,集中于绿水青山、草绿花香、鸟兽徜徉的自然之美,为江南山水景观书写的代表;唐人写若耶溪又多写溪边佛寺,并将之比作桃花源,寄托理想禅修与世外仙境之志。若耶溪宴集赋诗也是唐代江南颇具影响的文学活动。若耶溪题材的山水与隐逸诗具有清幽秀美、宁静淡雅的风格。明清以来江南山水文化的一些基本特质在唐诗若耶溪书写中开始显现。

部分学者关注到了陆上诗路,黄友建《骑田岭古道在唐诗之路中的作用》从骑田岭秦汉古道的形成的原因起笔,阐述了骑田岭古道在唐诗之路中的作用,指出了骑田岭秦汉古道是外界了解连州信息之道、文人的友谊之道、古代文化之道。这条被誉为"最具内涵的古道",2017年成功入选"中国十大古道"。张仲裁《金牛道北段的变迁:以唐宋诗为中心的考察》认为金牛道北段路线有几个关键的交通节点:五盘、筹笔驿、百牢关、三泉县。五盘的地望,不可能在嘉陵江东岸,而只能是今川陕交界处之七盘关。筹笔驿只能在龙门阁以北,以其为明清以后的神宣驿是最为合理的。根据现存文献,唐宋时期百牢关向西移动的说法并不成立,只能遵照《元和郡县图志》之说。在确定这几处地理位置的前提下,可以断定金牛道北段的路线情况:此段水陆兼通,金牛是陆路北端之节点,三泉新县是水路北端之节点;陆路必经五盘——筹笔驿——龙门阁一线,不可能沿嘉陵江岸而行;宋代受三泉县战略地位之影响,五盘至金牛一段主驿道有向西摆动之情形。吴淑玲《驿路唐诗安南书写的题材类型》认为唐时的安南指东到广西那坡、靖西和龙州、宁明、防城等地,南抵越南河静、广平省界,西至红河黑水之间,北抵今云南南盘江、广西西林、广西环江毛南族自治县的广大地区。但唐诗中走向安南的文学书写绝不止于这些地区,也包括岭南一些地区。驿路唐诗的安南书写主要题材类型有:走向安南的奇异物候和风俗、官吏任职生活的反映、被贬人员的生活和内心的反映、科考士子送往迎来的情况等。这些题材是唐朝人走向安南的生活的真实反映,记录了那个时代唐朝版图内南边绝域生活的真实境况,是中国文学第一次真实、具体、形象的安南书写。范佳《"南方丝绸之路"和"唐诗之路"的互动研究》主要从唐诗之路对南方丝绸之路的政治书写、唐诗之路见证南方丝绸之路的经济贸易、唐诗之路记录南方丝绸之路的文化交流等方面深入探讨唐诗之路的内涵问题,以南方丝绸之路在政治、经济、文化、民族、交通等方面的研究成果与唐诗之路的关系为切入点,进一步论证和拓宽唐诗之路的内涵,将丝绸之路研究的视角与唐诗之路进行深度结合,从新的角度再认识唐诗之路的内涵。

三、诗人与诗路研究

诗人是诗路研究中的核心内容,没有诗人就无所谓诗路,因此,诗人与作品研究是诗路研究的题中之义。与会专家以诗路视角切入经典作家生平与创作的研究,为经典诗人研究提供了新的思路。

所论诗人贯穿初唐至晚唐,初唐诗人主要关注了王勃。刘亮《王勃入越州时间及创作考》辨析了初唐诗人王勃入越时间与创作,认为王勃入越时间是在上元二年(675)八月下旬至九月初,而不是《初唐四杰年谱》中所说的乾封二年(667)。《上巳浮江宴序》《山亭兴序》两篇序文并非作于越州。《三月上巳被禊序》(《修禊于云门王献之山亭序》)系伪作。《采莲曲》属于乐府拟作,其创作时地难以确认。在王勃入越州的创作中,还有《秋日宴季处士宅序》及其在永兴(萧山)三台山仙人石上所刻的一首七绝值得关注。盛唐时期诗人主要关注到了李白,卢燕新《李白的商於之旅及其古道记忆》考释李白诗所见商於之路地名诗、"四皓""商山皓"等,并考述李白商於之旅路线及其古道记忆。此外,还有方丽萍《边省的文统赓续——以清代贵州李白诗迹为中心》考察了李白在古代贵州的影响,认为出于知识理性,他们深信"未至";但出于地域心理、文化传统等因素又希望"确至"。"地以人显",贵州历史上缺乏文化名人为"润色山川",贵州的文人士大夫以李白为媒介"怀贤志胜"。附会李白在贵州的行迹,既有"援引殊方已负盛名之古人为闾里荣"的地域心理,也是边省文化向心力、中华民族强大凝聚力的具体表现。胡永杰《元丹丘颍阳山居暨李白〈将进酒〉写作地实考》剖析《将进酒》写作地点诸说,认为"作于元丹丘颍阳山居说"是最合理、最圆通的解释,其他诸说皆存在难以通顺的疑点。文章运用文献笺释和实地印证相结合的方法,对李白诗中关于元丹丘颍阳山居的描述及明清文献中关于颍阳当地"丹丘涧"的记述进行考证,初步断定元丹丘颍阳山居的具体位置乃在位于今登封市颍阳镇东北 10 公里处的马鞍山南麓、君召乡黄城村附近的黄城遗址一带。

中唐时期诗人被关注的较多,涉及韩愈、刘禹锡、顾况、李绅。尚永亮《韩愈两度南贬与诗路书写蒭论》考察韩愈的阳山之贬和潮州之贬过程中诗歌创作,认为其诗路创作,除数量之大幅增加、质量之显著提升外,于写景记异、纪地述行、特别事件与人事交往、人文景观及其历史文化内涵诸方面,均独具特色。仅就其两度南贬途中正面涉及之主要地点、景观言,即达三十余处,其中不少具有惟一性和标识性价值。至于像蓝关、武关、层峰驿、楚昭王庙、洞庭湖、岳阳楼、汨罗江等,虽已有不少诗人涉及,但韩诗的描写或角度独特,或感触深挚,某种程度上为其增添了贬官视野中所特有的地理色彩和文化印记。质言之,这既是自然景观与文化风俗异质性不断刺激的结果,也是作者遭受政治打击所导致的发泄欲望的表现。至于常被人忽略的诗路同伴(阳山路途之张署,潮州路途之韩湘)及沿途酬赠诗创作,亦为了解韩愈诗路书写之一要项,而不宜轻易放过。曹春生《唐代诗豪刘禹锡以诗文教化连州》考察了刘禹锡被贬连州的创作与对地方教化,认为刘禹锡在连州,以诗歌文章为抓手,既记录了连州的风土人情、风景名胜,也教化了连州的民众;刘禹锡的不朽的诗文,既是他在连州从政的心路历程,也是他以文教化连州的记载。刘禹锡以他在连州的政绩,不但推动了粤北的社会发展,对当时整个岭南的文化发展也产生了深远的影响。黄世康《刘禹锡与唐代连州〈海阳十咏〉的园林艺术》则通过刘禹锡所写的《海阳十咏》,一窥一代"诗豪"刘禹锡眼中的唐代园林石景艺术和理念。胡正武《追寻顾况〈仙游记〉遗踪及观感》考察了顾况《仙游记》内容,并溯源遗踪。徐永恩《李绅游天台及其诗作考探》探究李绅游览天台山的次数、旅程及其所留下诗篇的不妥之处,力求还其诗篇的本来面目。

晚唐诗人涉及较少,仅有张海《贯休入蜀考论》,考察了贯休入蜀前的蜀中形势、入蜀的原因、时间和路程以及在蜀中的活动。

除了以上研究外,还有学者关注到诗路文化(景观),如何海玲《东山的文化价值研究》、李建军《方之内外:司马承祯道教和艺文造诣与初盛唐文人修道群体》、李谟润《唐代诗人漫游佛寺探究》、刘重喜《"每为中原登此山":南宋使臣盱眙第一山摩崖题名的文学意义》、徐跃龙《刘勰〈梁建安王造剡山石城寺石像碑〉石刻文献考略》、石天飞《宜州南山〈牧童〉诗石刻考述》等。安祖朝《寒山子与国际诗路》和文艳蓉《日本平安学问僧东传唐诗考》考察了域外诗路,虽然本次会议这一领域讨论较少,但却是唐诗之路研究中值得开发的有价值的课题。

　　总体而言,此次学术研讨会反映了唐诗之路研究的最新成果,开掘了新的研究领域,将唐诗之路研究推向深入,为下一阶段唐诗之路研究夯实基础。

　　[作者简介]袁丁,文学博士,淮阴师范学院文学院副教授。

近五年唐诗之路相关学术动态
（会议、讲座篇）

罗娱婷

自 2019 年至今,唐诗之路研究取得初步成效。据不完全统计,已开展的学术会议与讲座有上百次,吸引了越来越多的学者参与到唐诗之路的研究中来。从最初的浙东唐诗之路研究,发展出巴蜀唐诗之路、陇右唐诗之路、岭南唐诗之路等各区域的唐诗之路研究。本文主要整理了近五年来与唐诗之路有关的会议和讲座信息。

会 议 篇

2019 至 2023 年,以唐诗之路研究为主题开展的学术会议共 32 次。另有 19 次会议虽不以唐诗之路为主题,但有学者汇报了以唐诗之路为论题的学术论文,并研讨了诗路的研究与发展问题,故一并纳入。

2019 年

3 月 9 日,台州市唐诗之路研究院研讨会暨课题论证会在天台召开。

6 月 22 日,浙江越秀外国语学院召开"绍兴市浙东唐诗之路研究会"成立大会。

6 月 15 至 25 日,卢盛江历游杭州、金华、台州、新昌等地,联络浙江大学、中国计量大学、浙江师大、宁波大学等高校,筹办"中国唐诗之路研究会"。23 日,"中国唐诗之路研究会"筹委会第一次会议在杭州举行。此次会议确定了唐诗之路研究会秘书处——中国计量大学,并完成了申报成立所需的有关程序和各项工作。25 日晚,于杭州举行中国唐诗之路研究会筹委会第一次会议。

6 月 30 日,卢盛江参加安徽师大"(刘学锴)《唐诗选注评鉴》(十卷本)暨唐诗选本学术研讨会",报告了唐诗之路筹办事宜。

7 月 2 日,中国唐代文学学会秘书处批准成立"中国唐代文学学会唐诗之路研究会"。

7 月 21 日,"陇右唐诗之路学术研讨会"在兰州大学召开,来自全国各地的 20 余位唐诗之路研究专家参会,共同探讨陇右唐诗之路的研究成果及研究方向。

8 月 26 日,天台召开了浙东唐诗之路目的地建设座谈会。

10 月 12 日,浙江省诗路文化带建设暨浙东唐诗之路启动大会在浙江天台召开,提出在天台设立中国唐诗之路研究会"天台山研究中心"。浙江省诗路智库联盟第一次联席会议同期举行。

10 月 16 至 18 日,陕西师范大学文学院举行"唐代到北宋丝绸之路(陆路)上的驿站、寺庙、重要古迹与文人活动、文学创作及文化传播"课题研讨会。

10 月 22 至 23 日,浙江越秀外国语学院举行浙东唐诗之路与大湾区建设高峰论坛。

10 月 30 至 31 日,"中国柳宗元研究会第 9 届年会暨国际学术研讨会"在广西桂林举办,卢盛江以《粤西唐诗之路视野下的柳宗元诗歌》为题作大会发言。

11 月 2 日至 5 日,中国唐代文学学会唐诗之路研究会成立大会暨"缘来新昌"浙东唐诗之路建设成果发布会在新昌举行,中国唐代文学学会唐诗之路研究会正式成立。2 日晚,举行预备大会及选举大会,并同意首批设置中国计量大学研究中心、台州学院研究中心、浙东唐诗之路研究中心(绍兴文理学院)、新昌研究中心四家为唐诗之路研究会下属的"研究中心"。3日上午,举行"中国唐代文学学会唐诗之路研究会成立大会",下午举行了唐诗之路研究会第一次学术研讨会。

2020 年

6月9日,义乌苏溪举办了2020年苏溪诗路建设研讨会。

8月26日,天台召开了浙东唐诗之路目的地建设座谈会。

10月12日,浙江省诗路文化带建设暨浙东唐诗之路启动大会在浙江天台召开,提出在天台设立中国唐诗之路研究会"天台山研究中心"。当天下午举行了浙江省诗路智库联盟第一次联席会议。

10月24日,海南海口举办"第二届苏学研究高端论坛",卢盛江作关于唐诗之路的发言。

10月25日,安徽举办第32届马鞍山李白诗歌节开幕式,卢盛江作关于唐诗之路的发言。

11月12至14日,绍兴文理学院浙东唐诗之路研究中心与中国陆游研究会、中华文学史料学学会共同主办,联合绍兴市陆游研究会、绍兴文理学院越文化研究院承办,绍兴沈园文化旅游发展有限公司协办的"2020爱国诗人陆游与浙江诗路文化国际学术研讨会"在咸亨酒店举行。

11月19日,由中共台州市委宣传部、中共上海市杨浦区委宣传部、台州市社会科学界联合会、台州广播电影电视集团等主办的"'和合文化百场讲坛'走进上海——解码台州:浙东唐诗之路目的地的文化魅力"活动在上海杨浦区图书馆举行。陈尚君、罗时进、吴夏平、高平等教授参会并作主旨演讲。

11月21至23日,中国唐代文学学会唐诗之路研究会首届年会暨第二次学术研讨会及浙江诗路文化带高峰论坛在天台温泉山庄举行,由中国唐诗之路研究会主办,浙江省社科联指导,台州市委宣传部、台州学院、台州市社科联、天台县人民政府承办。

12月4日,卢盛江在湖南祁阳参加"第六届湘漓文化研讨会",作关于唐诗之路的发言,并考察湘漓诗路。

12月8日,成立了中国计量大学诗路文化高等研究院,并举办"诗路文化高峰论坛"。卢盛江、肖瑞峰、蒋凡、胡可先、蔡李章等学者参会并发言。

12月10日,"浙东唐诗之路暨海上诗路启航地——舟山研讨会"在舟山报业传媒集团城市书房举行。

12月11至12日,浙江工业大学在绍兴柯桥举行了"浙江诗路文化带的发掘与重构"学术研讨会。会议宣布建设浙东唐诗之路、钱塘江诗路、瓯江山水诗路、大运河诗路四条"诗路文化带"。

12月23至24日,浙东唐诗之路剡溪智库第三次年会暨"诗路建设,浙东先行"浙东唐诗之路建设成果发布会在嵊州举行。

2021年

4月16至18日,东亚唐诗学国际学术论坛在上海师范大学举办。会议上,卢盛江汇报了《东亚唐诗学与东亚唐诗之路断想》;沈文凡汇报了《传播与接受:中国与朝鲜半岛的唐诗之路》。

5月29日,浙江大学胡可先教授组织"浙东唐诗之路青年论坛"。

5月31日,绍兴社科联举办"浙东唐诗之路研究项目框架设计专家论证会"。

7月20日,中国计量大学诗路文化高等研究院承办"贺知章与诗路文化高峰论坛"。共有学者四十余人出席了此次会议。

7月29日,浙江省民宗委智库专家"推进诗路文化带建设"研讨会在杭州永福寺召开。

10月29日,"李白与唐诗之路学术交流会"在江油市李白纪念馆召开。50余位专家学者参加了会议,研讨会的主题为"李白与唐诗之路研究"和"李白文化产业研究"。此次研讨会上,江油市文联代表"李白重要游踪地宣传文化旅游合作联盟"为台州市天台县授牌,标志着天台县正式成为联盟成员之一。

12月11日,中国唐代文学学会第二十届年会暨唐代文学国际学术研讨会在内蒙古召开。卢盛江作了关于唐诗之路研究的相关发言。

2022 年

3 月 26 日,"诗路文化与古代文学研究的新视野研讨会"暨"绍兴市文化研究工程重大项目浙东唐诗之路研究开题报告会"在浙江越秀外国语学院举行。会议采取线上、线下相结合的方式进行,80 余名专家学者参加会议。"绍兴市文化研究工程重大项目浙东唐诗之路研究开题报告会"同期召开。

7 月 21 至 23 日,"高质量创新视野下的唐诗之路"学术研讨会在新昌举行。

11 月 3 日,温州大学举办浙江省文化研究工程重大课题"瓯江山水诗路研究"开题报告会。

11 月 4 日,温州山水诗文化节"谢灵运与中国山水诗"主旨论坛召开。肖瑞峰汇报《浙江诗路文化视域中的谢灵运》,胡可先汇报《谢灵运与浙东诗路》,卢盛江汇报《谢公古道札记》。

11 月 10 日,越文化研究院赴台州学院和合文化研究院、天台山文化研究院、唐诗之路研究院调研交流。

11 月 11 至 13 日,中国计量大学与杭州市临平区委统战部共同举办了"之江问道·泽润临平·宗教中国化区域佛教历史与当代实践"研讨会。

11 月 25 至 27 日,召开浙东唐诗之路与共同富裕示范区建设高峰论坛。

12 月 2 日,"台峤古风清"——浙东唐诗之路与台州文化学术研讨会在临海市博物馆开幕。

12 月 10 至 11 日,中国唐代文学学会第二十一届年会暨唐代文学国际研讨会在陕西师范大学举行。会议上有多名学者围绕唐诗之路研究展开学术汇报与讨论。

2023 年

4 月 22 至 23 日,中国唐代文学学会唐诗之路研究会第二届年会在淮阴师范学院举行。会议选举成立了唐诗之路研究会新一届理事会,万敬德等 59 人当选为理事,王兆鹏等 27 人当选为常务理事。大会选举卢盛江为会长,罗时进、戴伟华、王兆鹏、胡可先、查清华、邱高兴为副会长。大会将秘书处设置在上海师范大学,聘任吴夏平为秘书长,徐跃龙、房瑞丽为副秘书长。聘任陈尚君为顾问委员会主任,薛天纬、莫砺锋、钟振振、林家骊、詹福瑞、肖瑞峰、刘明华、尚永亮、李浩为顾问委员会委员。聘任尚永亮为学术委员会主任,查屏球、胡阿祥、张伟然为学术委员会副主任,石云涛、刘峰焘、李定广、胡正武、俞志慧为学术委员会委员。

6 月 29 日,中国诗学研究中心在安徽芜湖召开中国古典诗学"双创"发展座谈会,卢盛江参加,并作关于唐诗之路的发言。

8 月 12 日,《重返蜀山:知章文化与现代文明》研讨会在知章故里萧山蜀山举行,卢盛江参加,并作关于唐诗之路的发言。

8 月 24 至 27 日,第二届巴蜀与南方丝绸之路学术研讨会在四川成都举行,会议由四川师范大学文学院承办。

9 月 1 至 3 日,上海师范大学举办第二届东亚唐诗学国际学术研讨会。戴伟华、李芳民、罗时进等围绕唐诗之路研究进行研讨。

9 月 3 日,《唐诗之路研究》第一次编辑会议在上海师范大学人文学院召开,卢盛江、查清华、吴夏平、李定广等学者参会,并就刊物宗旨、编务工作安排、稿源组织和质量等问题进行深入交流。

9 月 23 至 27 日,中国杜甫研究会第十一届学术年会暨四川省杜甫学会第二十二届年会在西安举行。会议议题有"杜甫三秦行迹诗与创作研究""丝路古迹、驿站、寺庙与唐人活动、创作研究"等。

10 月 14 至 15 日,复旦大学举行"中国《文选》学研究会第十四届年会先唐文学国际学术研讨会",卢盛江参加,并作《谢公古道研究》的大会发言。

10 月 27 至 29 日,首届李贺诗歌与洛阳文化学术研讨会在洛阳师范学院召开。卢盛江汇报了《做好唐诗之路,深入研究李贺诗歌与洛阳文化》,以唐诗之路的发展思路为线索提出了"洛阳思路"。

11月28日,"天姥论见——浙东唐诗之路命名30周年"学术会议在浙江新昌举行,近30位全国唐诗之路研究专家、敦煌研究院专家以及新昌本地文化专家参加会议。会议由卢盛江主持,薛天纬、肖瑞峰、荣新江、徐俊、伏俊琏、查清华、赵厚均、徐跃龙、李定广、罗华彤、吴夏平、许芳红、王建国、王红霞、房瑞丽等分别作主旨发言。

讲 座 篇

2019至2023年,以"唐诗之路研究"为主题开展的学术讲座共62次。

2019 年

5月29日,杨晓霭在上海师范大学人文大讲堂主讲《丝绸之路与唐诗境界的开拓》。

5月30日,简锦松在湖北大学人文讲坛主讲《认识现地研究:寻找文学地景》。

7月4日,李德辉在复旦大学主讲《唐代扬州诗歌三角论》。

11月18日,雷恩海在兰州大学文学院主讲《漫谈陇右之路的道路、诗歌及文化品性》。

12月15日,安天鹏在清华大学以《现地研究是人的研究》为主题与简锦松进行访谈,访谈内容载于《数字人文》2022年第二期。

2020 年

1月26日,胡正武在温岭市历史文化研究会主讲《道士隐士与浙东唐诗之路之形成》。

4月3日,王兆鹏在上海师范大学名师云讲堂主讲《新文科实例:数字人文时代古典文学研究的可视化与智能化》。

9月15日,卢盛江在中国计量大学主讲《关于唐诗之路研究的几点思考》。

9 月 21 日,高平在台州教育大讲堂主讲《唐诗之路漫谈》。

9 月 23 日,李浩在河西学院图书馆主讲《唐诗中的黄河文化》。

9 月 25 日,胡可先在兰州大学主讲《唐诗与丝绸之路》。

10 月 27 日,卢盛江在赭麓诗学讲坛主讲《唐诗之路与安徽》。

11 月 19 日,卢盛江在台州学院广文讲坛主讲《浙东唐诗之路的源起和展望》。

11 月 20 日,林家骊在台州学院广文讲坛主讲《"浙东唐诗之路"与旅游文学》。

12 月 1 日,卢盛江在广西师范大学文学院"中文之光·研究生论坛"主讲《粤西与唐诗之路》。

12 月 4 日,鲍志成在浙江文史大讲堂主讲《唐诗之路:从丝绸之路到"一带一路"》。

12 月 27 日,胡可先在浙江文史讲堂主讲《浙东唐诗之路的形成与兴盛》。

2021 年

1 月 10 日,尚佐文在浙江文史讲堂主讲《山水寻吴越,梦寐怀所欢——王孟、李杜、元白笔下的浙江山水》。

1 月 23 日,许力在中央美院主讲《白云行尽到琼台——唐诗之路上的唐代摩崖石窟》。

1 月 31 日,王旭烽在浙江文史讲堂主讲《论唐代茶道的诗意阐发:浙东唐诗之路上的茶》。

3 月 4 日,陈熙珵在北京师范大学主讲《唐诗之路上的佛教与音乐》。

4 月 15 日,卢盛江在复旦古籍所"章培恒先生逝世十周年纪念系列讲座"主讲《唐诗之路的几点启示》。

4 月 21 日,薛天纬在北京大学博雅讲坛主讲《丝绸之路上的唐诗悬案》。

4 月 24 日,卢盛江在浙江兰溪主讲《兰江与浙东唐诗之路》。

5月26日,莫道才在"桂学研究"系列专题讲座主讲《当诗人邂逅桂林山水——湘桂古道与粤西诗路》。

6月1日,卢盛江在绍兴文理学院主讲《关于唐诗之路》。

6月5日,薛天纬在河南大学文学院主讲《丝绸之路上的唐诗悬案》。

10月9日,邱高兴在南开大学MBA智者讲堂主讲《诗与远方——唐诗之路漫谈》。

10月21日,程郁缀在浙江杭州举行的第十三届文化中国讲坛主讲《诗意栖居:唐诗之路与人文精神》。

10月26日,邱高兴在浙江树人学院主讲《诗与远方——浙东唐诗之路漫谈》。

10月30日,胡正武在诸暨市社科联举办的浣江雅集·社科讲堂主讲《浙东唐诗之路——杏花春雨的诗歌地图》。

2022年

3月18日,王晟在中国计量大学主讲《浙江省诗路文化带建设与实践》。

4月16日,商伟在北京大学"江山胜迹——人文风景的建构与传承"系列讲座主讲《唐诗与胜迹书写》。

4月27日,李浩在湖南师范大学文学院主讲《唐诗中的丝路文化》。

5月25日,卢盛江在淮阴师范学院文学院主讲《唐诗之路的由来与研究前景》。

8月17日,中国唐代文学学会与陕西师范大学文学院联合主办"探索·创新"学术前沿系列讲座,卢盛江主讲《谢公古道实地考察及其体会》。

11月10日下午,诸凤娟在台州学院人文学院主讲《唐诗之路上儒佛思想融合的典范》。

11月21日,卢盛江在全国政协书院"诗词艺术古今谈"自约书群讲坛主讲《唐诗之路》。

12月9日，简锦松在四川大学文学与新闻学院主讲《从天而视——卫星遥感影响手绘与杜甫西山诗新论》。

12月16日，郦波在《凉州讲坛》主讲《丝绸之路与凉州词》。

2023年

2月11日，卢盛江在洛阳师范学院文学院举行的关于中华诗词"两创"活动上，做了唐诗之路研究的线上专访。

3月17日，卢盛江在广西民族大学主讲《漫谈唐诗之路》。

3月24日，北京大学港澳台办公室举办"京港大学堂"讲座，董强主讲《世界如何深化中西方跨文化交流？——从〈唐诗之路〉说起》。

3月27日，海滨在四川大学文学与新闻学院主讲《岑参的天山行走与书写》。

4月20日，卢盛江在淮阴师范学院主讲《再谈唐诗之路》。

4月23日，薛天纬在淮阴师范学院主讲《丝绸之路上的唐诗悬案》。

5月12日，王兆鹏在广州大学人文学院艺文讲坛主讲《文学现场勘查的实践与学理意义》。

5月20日，卢盛江在广西大学主讲《谈谈唐诗之路》。

5月25日，卢盛江在扬州大学主讲《谈谈唐诗之路》。

6月11日，全球研究论坛·全球城市研究举行线上讲座，唐克扬、马鸣谦共同主讲《分行的两京：唐诗中的长安与洛阳》。

6月27日，名人大讲堂"杜甫文化季"第三场，胡可先主讲《杜甫的蜀中生活与诗歌创作》。

9月11日，卢盛江在应洛阳师范学院文学院主讲《唐诗之路》。

9月13日，卢盛江在由西南交通大学人文学院主讲《"唐诗之路"研究什么？》。

9月14日，卢盛江在四川师范大学文学院主讲《谈谈"唐诗之路"》。

9 月 15 日,卢盛江在四川成都中华诗歌研究院会议室主讲《路·人·诗——"唐诗之路"的由来和研究内容》。

9 月 15 日,卢盛江在成都西南民族大学主讲《诗路与唐诗魅力》。

9 月 19 日,卢盛江在安庆师范大学主讲《深入研究诗路,搞好高校科研,支持文化建设》。

9 月 21 日,卢盛江在池州学院主讲《路、人、诗——"唐诗之路"的由来和研究内容》。

9 月 22 日,海滨在成都阿来书房主讲《峨眉山月半轮秋——李白蜀中读书与干谒》。

9 月 27 日,简锦松在西北大学主讲《唐长安城数位新图与唐诗研究》。

10 月 19 日,李芳民在西安培华学院主讲《渭城、〈渭城曲〉与〈阳关图〉:一个诗路别离意象的生成与经典化》。

10 月 21 日,傅绍良在陕西省图书馆主讲《唐诗繁荣与关中士风》。

[作者简介]罗娱婷,上海师范大学中国古代文学专业博士生,研究方向为唐宋文学与文化。

《唐诗之路研究》约稿启事

　　《唐诗之路研究》是中国唐代文学学会唐诗之路研究会会刊,由唐诗之路研究会主办,每年出版两辑。

　　本刊旨在提升唐诗之路研究品位,为国内外文史研究者提供唐诗之路研究和交流平台。主要刊发唐诗之路及相关研究学术论文,涵盖唐诗之路的文学、历史、地理、哲学、宗教、文化等各种内容。提倡理论研究、史实考证、史料发掘、文献整理、作家作品研究等各种方式,立足于诗路,面向各个领域的学科融合与学科交叉研究;立足于唐代,面向通代的学术渊源和学术影响研究;立足于国内,面向国际的全球开放研究。本刊提倡学术原创,杜绝泛论空谈,恪守学术规范,严禁抄袭剽窃,特别支持在选题、观点、文献、理论和方法上的学术创新,特别欢迎视野宏阔、文献扎实、论证深入、有问题意识、有理论高度的稿件。热忱欢迎国内外同仁赐稿!

稿件要求

　　一、来稿请用 Word 文档,中文简体字排版,字数原则上控制在 1 万至 1.5 万字左右,特别稿件可不受此限制。正文前应附上 300 字左右"摘要"、3—5 个"关键词"。

二、本刊实行双向匿名专家审稿制度。稿件正文中请勿出现作者个人信息。请另页附上作者姓名、工作单位、职称、通信地址、联系电话，以便联系，并提供以下各项之英译：论文题目、作者、工作单位、摘要、关键词。

三、来稿如为项目成果，请使用 * 在论文题目处进行注释，脚注写明项目来源、名称、编号等相关信息。

四、来稿中古代纪年、古籍卷数，一般用中文数字，古代纪年首次出现时须括注公元纪年。如：贞观元年（627）；《旧唐书》卷一。其他数字，一般用阿拉伯数字。凡是第一次提及外国人名，在汉译之外，须附外文原名，如：柏拉图（Plato）。

五、本注释采用脚注形式，注释码，请用①②③之类表示，上标设置，每页重新编号。引用文献需严格遵守学术规范，参考格式如下：

1. 古籍，如：欧阳修、宋祁等《新唐书》卷一二五《张说传》，中华书局 1975 年版，第 14 册，第 4410 页。

2. 专著，如：傅璇琮《唐代诗人丛考》，中华书局 1980 年版，第 20 页。

3. 析出文献，如：陈寅恪《清华大学王观堂先生纪念碑铭》，《金明馆丛稿二编》，上海古籍出版社 1980 年版，第 218 页。

4. 期刊论文，如：葛晓音《初盛唐七言歌行的发展兼论歌行的形成及其与七古的分野》，《文学遗产》1997 年第 5 期。

5. 报刊文章，如：傅璇琮《对"从鸦片战争到'五四'的社会背景和文学概况"一文的商榷及其他》，《光明日报·文学遗产》1956 年 9 月 30 日。

6. 学位论文，应标注学校、学位及提交时间。

7. 外文文献，如：Liuxi（Louis）Meng, *Poetry as Power：Yuan Mei's Female Disciple Qu Bingyun*（1767—1810）, Lanham：Rowman & Littlefield Publishing Group, Inc. 2007, P. 40.

8. 相同书籍的第二次引用,可省略作者和出版信息。如:《新唐书》卷六〇《艺文四》,第 5 册,第 1609 页。

六、编辑部对来稿可提出修改意见,但除了技术性的处理之外,不代为作者修改,文责自负。

七、本刊只发表原创性成果,请勿一稿多投,投稿三个月后若未收到采用通知,作者可自行处理。

八、来稿一经刊用即赠样刊两册。

联系方式

投稿邮箱:tszlyj@163.com

通信地址:上海市徐汇区桂林路 100 号上海师范大学东部文苑楼 520 室吴夏平

邮政编码:200234

《唐诗之路研究》编辑部

图书在版编目（CIP）数据

唐诗之路研究.第一辑/吴夏平主编.
—上海:上海三联书店,2024.6
ISBN 978-7-5426-8513-1

Ⅰ.①唐…　Ⅱ.①吴…　Ⅲ.①唐诗—诗歌研究
Ⅳ.①I207.227.42

中国国家版本馆 CIP 数据核字(2024)第 094712 号

唐诗之路研究
（第一辑）

主　　编　吴夏平

责任编辑　钱震华
装帧设计　陈益平

出版发行　上海三联书店
　　　　　中国上海市威海路 755 号
印　　刷　浙江临安曙光印务有限公司

版　　次　2024 年 6 月第 1 版
印　　次　2024 年 6 月第 1 次印刷
开　　本　700×1000　1/16
字　　数　310 千字
印　　张　23.25
书　　号　ISBN 978-7-5426-8513-1/I·1879
定　　价　98.00 元